Roland Geisler
Defrustare ... verschollen

Dieser Franken-Krimi ist ein Konstrukt aus Fiktion und realen, abgewandelten Kriminalfällen. Beides wird vom Autor in der Geschichte miteinander verwoben.

Alle Figuren sind frei erfunden, teilweise wurden sie von einem »Fake Name Generator« inspiriert. Manche zeitgeschichtlichen Personen sind real, allerdings gilt: Sofern diese Personen der Zeitgeschichte handeln oder denken wie Romanfiguren, ist auch dies ein Produkt der Autorenfantasie. Einige Handlungsorte sind fiktiv, andere wird der ein oder andere Leser wiedererkennen.

Der Autor möchte dem Leser eine Geschichte erzählen, die eine gewisse Authentizität beinhaltet. Deshalb muss dem Geschichtenerzähler erlaubt sein zu sagen: Es ist zwar »nur« ein Roman, er beruht aber auf realen Informationsquellen über verschiedene Verbrechenstatbestände, die in Teilen und unabhängig voneinander tatsächlich so oder so ähnlich vorgefallen sind. So wird in der Geschichte explizit Bezug genommen auf die beschriebenen Misshandlungen von Kindern und Schutzbefohlenen durch Verantwortliche der katholischen Kirche, welche im nachfolgenden Gutachten der Kanzlei Westpfahl – Spilker – Wastl aufgeführt sind.

Manch taktischer und kriminalistischer Handlungsablauf dagegen könnte im wahren Leben genau so erfolgt sein wie in der Geschichte beschrieben.

Alle Informationen über polizeiliche und strafprozessuale Ermittlungshandlungen sind als »offen« einzustufen; das heißt, dass diese für die Öffentlichkeit frei zugänglich sind – z. B. BGBl. I, 2005, 3136. Alle diese Maßnahmen werden zudem im Internet durch verschiedene deutsche und ausländische Strafverfolgungsbehörden ausführlich beschrieben.

Ich fühle mich nicht alt,
weil ich so viele Jahre hinter mir habe,
sondern weil nur noch so wenige vor mir liegen.

– Epikur –

*Der Liebe zu begegnen, ohne sie zu suchen,
ist der einzige Weg, sie zu finden.*

Als Kind wurde dem Autor dieses heilige Medaillon zugespielt ...

Prolog

*Samstag, 10. Februar 2018, 16.22 Uhr,
Faberwald Nürnberger Land, nahe der Grenze zum Moosbüffelland*

Es war kurz vor 16.30 Uhr, als er das Waldstück erreichte. Der Februar hatte genauso begonnen, wie der Januar geendet hatte: nasskalt und düster. Der Waldboden zeigte vereinzelt Spuren von Schnee, das war selten in diesem eher regnerischen Winter. Die durch das Sturmtief »Friederike« hinterlassenen Schäden zu Beginn des Jahres machten den Förstern noch schwer zu schaffen.

Seit Wochen wurden im Faberwald die umgeknickten Bäume durch die zuständigen Waldarbeiter entsorgt und weiterverarbeitet, denn die bayerischen Wälder und Flussauen waren durch das Sturmtief stark in Mitleidenschaft gezogen worden. Die Waldschäden waren enorm. Was nicht in der Holzwirtschaft weiterverarbeitet und keiner sinnvollen Verwertung mehr zugeführt werden konnte, dafür waren die Lohnhäcksler zuständig. Ein Job, bei dem minutengenau abgerechnet wurde und die Stunde, je nach Holzart, zwischen hundertzwanzig und zweihundertvierzig Euro zu Buche schlug.

Heute jedoch hatte man mit denen, die den Häcksler zum Rotieren brachten, keinen Preis vereinbart, denn heute stand ein Versprechen im Raum. Der Auftraggeber bekam die Gewissheit, dass die Arbeit so sorgfältig durchgeführt wurde, dass die Nachwelt keinerlei Kenntnis von diesem speziellen Auftrag erlangen würde. Die Nachwelt sollte das Ergebnis unter der Rubrik »Verschollen« einordnen. Denn die 612 Pferdestärken des rotierenden »Albach Silvator 2000« würden ganze Arbeit leisten.

Der Delinquent würde mit den bereits vorher gehäckselten sieben Schüttraummetern Holz vermengt werden. Seine letzte Ruhestätte sollte er nur für wenige Tage auf einem der drei großen, dampfenden Hackschnitzelhaufen innehaben, bevor Rabenvögel und sonstiges Raubwild den letzten Rest seines zerstückelten und bis dahin verwesten Körpers rückstandslos entsorgt haben würden.

Es war kurz vor dreiviertel fünf, die Dämmerung setzte bereits ein, die tief hängenden Regen- und Gewitterwolken wurden von vereinzelten Böen westwärts getrieben, und am Waldboden machten sich die ersten Spuren des Bodennebels bemerkbar. Es sah aus wie ein mystischer Todeshauch, der sich langsam über die Waldlichtung legte.

Ein großer Mann im Regenmantel, die Kapuze tief ins Gesicht gezogen, betätigte den grünen Starterknopf des Albach-Krans und führte die vier Greifarme über den mit Kabelbindern und Mundknebel fixierten Mann, den man vorher auf drei Fichtenstämmen festgezurrt hatte. Mit starrem Blick in den Himmel hielt dieser einen Rosenkranz umklammert, er zitterte wie Espenlaub, und man ahnte bei seinem Anblick, dass er sich in Todesangst winden würde, wären die Fesseln nicht so eng geschnürt.

Der Maschinenführer blickte auf zwei weitere Männer in dunklen Regencapes, die sich unweit der tödlichen Mission platziert hatten und das Schauspiel gespannt mitverfolgten.

Die am Boden liegende Person betrachtete jede Bewegung der noch baumelnden Greifzangen, die sich langsam, aber unaufhörlich ihrer nächsten Aufgabe widmeten. Es war ein knackendes und dumpfes Geräusch zu hören, das die nebelbehaftete Waldlichtung durchdrang, als die Greifzangen das abgelegte Bündel umklammerten und den Körper des vom Tribunal zum Tode verurteilten Triebtäters mit den hölzernen Baumstämmen hochhoben und Sekunden später auf dem Förderband des Häckslers ablegten. Das Todesband setzte sich in Richtung der rotierenden Schneidwerkzeuge in Bewegung, als Augenblicke später die ratternden Messer den ersten Fichtenstamm in den Silvator 2000 zogen und fast gleichzeitig dessen Hackschnitzel in den bereitgestellten Hänger flogen. Der mutmaßliche Verbrecher hatte dabei seine Augen weit aufgerissen, als plötzlich das höllische Geräusch der tödlichen Klingen nur noch wenige Zentimeter von seiner Fußsohle entfernt verstummte.

Stille kehrte ein, als ein Scheinwerfer auf das Haupt des Kinderschänders gerichtet wurde und eine in eine Kutte gekleidete Person an ihn herantrat. Mit festem Griff zog er ihm den Knebel aus der Mundhöhle, streckte seinen rechten Zeigefinger vor den zu Froschaugen mutierten Blick seines Opfers und fragte in leisem, aber bestimmtem Tonfall:

»Hör noch ein Mal, ein letztes Mal genau zu: Wer steckt hinter der Bruderschaft Conlegium Canisius?«

1. Kapitel

*Samstag, 18. Mai 2019, 19.13 Uhr,
irgendwo im Nürnberger Land*

Es war kurz nach 19.00 Uhr, die heilige Messe war gerade beendet, als Benedikt Fromm, ein untersetzter Mittfünfziger mit sichtbarer Neigung zu Übergewicht, seine Sakristei betrat. Auf den alten Holztisch, der unweit seines antiken Kleiderschranks stand, hatte die Mesnerin bereits die Kollekte der heutigen Messe zum Zählen abgelegt. Heute, in der vierten Osterwoche des liturgischen Kalenders, hatte der Priester sein rotes Gewand angelegt. In seiner Predigt und in seiner ersten Lesung sprach er zur Gemeinde über die Offenbarung des Johannes, über das Tier vom Land: »Hier ist die Weisheit. Wer Verstand hat, berechnet den Zahlenwert des Tieres. Denn es ist die Zahl eines Menschennamens; seine Zahl ist 666.« Die Rede war vom Teufel selbst.

Auch Benedikt Fromm war nicht gefeit gegen das Böse. In all den Jahren seiner Priesterschaft hatte er ein teuflisches Geheimnis gehütet. Ein Geheimnis, von dem nur er wusste, dass er dieses am Jüngsten Tag vor seinem Herrn würde rechtfertigen müssen.

Die Mesnerin hatte bereits das Kirchengebäude verlassen, als die Tür zur Sakristei geöffnet wurde. Pfarrer Fromm, der gerade dabei war, sein kirchliches Gewand abzulegen, erschrak, als er von zwei schwarz gekleideten Personen überwältigt wurde. Es ging blitzschnell. Einer der beiden legte dem Pfarrer einen Mundknebel an, der andere fixierte den Geistlichen am Boden. Fromm hatte keine Chance, sich zu wehren, sich in irgendeiner Form zu artikulieren, denn das mit Chloroform getränkte Büschel, das man ihm auf das Gesicht presste, wirkte sehr schnell – und der Geistliche verlor das Bewusstsein.

... eine Stunde später

Als Fromm wieder zu sich kam, stellte er fest, dass man ihm ein weißes Totenhemd über seinen nackten Körper gezogen hatte und er auf einem Rollstuhl fixiert war. Er befand sich in einem kleinen Raum von etwa zwanzig Quadratmetern, in dessen Mitte ein alter, großer Holztisch stand, der gut und gerne vier Meter lang und zwei Meter breit war. Man hatte Fromm an die linke Seite des Tisches geschoben. Gegenüber von ihm standen drei antike Holzstühle. Zwei davon hatten ihr Rückenteil mit dunkelgrünem Leder überzogen. Ihre Armlehnen wiesen zudem alte Holzschnitzereien und Drechselarbeiten auf. Der mittlere Stuhl war nicht mit Leder bezogen. Dieser Hochlehnstuhl zeigte etwas ganz Besonderes. Sein Rückenteil war mit blauem Samtstoff überzogen, in dessen Mitte mit weißen Fäden eine Waage und unterhalb dieser Waage ein roter Schlüssel eingewebt waren.

Vor jeden Stuhl war eine Petroleumlampe platziert, deren Flammen den schlicht ausgestatteten Raum erhellten. Der Kleriker sah sich um und bemerkte vor sich, in der Mitte des großen Tisches, ein silbernes Standkreuz mit dem Gekreuzigten. Neben diesem sakralen Gegenstand lagen ein verschlossener, schwarzer Umschlag und ein viereckiger, schwarzer Würfel, der mit Stoff bespannt war. Im Hintergrund der drei antiken Stühle war die Zimmerwand mit purpurfarbenem Stoff bespannt. Links von Fromm stand ein altes Eichenvertiko, auf der rechten Seite eine Waschkommode aus vergangener Zeit, die ebenso wie das Vertiko aus der Zeit des Historismus stammte und neben einer Keramikwaschschüssel das dazugehörige Wassergefäß aufwies. Rechts von dieser Wasserkaraffe lagen drei zusammengelegte Handtücher und ein Stück Seife. Hinter dem Geistlichen, direkt neben der Holztüre, stand ein alter Kanonenofen, der wohlige Wärme ausstrahlte und dem fast nackten Pfarrer Wärme spendete. Der ganze Raum vermittelte Fromm den Eindruck, als ob hier eine Anhörung stattfinden würde. Ein Tribunal, dessen Richter sich Zeit nahmen und ihre Hände in Unschuld wuschen, wie einst Pontius Pilatus, als dieser über Gottes Sohn gerichtet hatte. Denn sie hatten ihn, den Geistlichen, gegen seinen Willen hierhergebracht.

Trotz seiner misslichen Lage übertrug sich die Ruhe, die der Raum ausstrahlte, auf Fromm. Außer dem Knistern des Kaminofens war es still. Totenstill, so erschien es dem Gefangenen. War es die Ruhe vor dem Sturm? Der Geistliche dachte nach, warum man ihn hierhergebracht hatte. Wieso hatte man ihn betäubt und mit dem Totenhemd bekleidet auf einem Rollstuhl fixiert? Wo befand er sich, wohin hatte man ihn gebracht? Fromm wurde nun doch unruhig, und die Furcht wuchs. Er konnte die Gefahr, die von diesem Raum für ihn ausging, nicht einschätzen. Weshalb hatte man ihn entführt? Alleine im Angesicht des Gekreuzigten und der drei Öllampen, hatte er die Befürchtung, dass ihn seine Vergangenheit hierhergebracht hatte. Eine Vergangenheit, die Fromm aus seinem Gedächtnis zu verdrängen versucht hatte, was ihm aber niemals vollständig gelungen war. Das Wissen, dass er in seiner Zeit als Geistlicher Unheil über junge Menschen gebracht hatte, holte ihn in diesem Gefängnis ein, so stand zu befürchten. Es war diese gottverdammte Sucht gewesen, dieser Zwang, seine sexuellen Fantasien an unschuldigen Kindern auszuleben, seine Schutzbefohlenen dafür zu benutzen, sie zu schänden und dabei zu züchtigen, sie gefügig zu machen. Seine Erinnerungen holten ihn blitzartig und überwältigend ein. Schweißperlen bildeten sich auf seiner Stirn und bahnten sich langsam, aber stetig ihren Weg zum Hals des Geistlichen. Fromm drehte seinen Kopf nach links und rechts und versuchte dabei, die Schweißperlen mit seiner Schulter abzufangen, als ihn plötzlich eine männliche Stimme ins Hier und Jetzt zurückholte.

»Antworten Sie nur, wenn Sie gefragt werden, und überlegen Sie Ihre Antworten genau. Haben Sie mich verstanden?«

Der Priester sah sich um und versuchte herauszufinden, woher die Stimme kam. Sein Blick fiel auf den schwarzen Würfel, der neben dem silbernen Standkreuz lag. Es war ein Lautsprecher, und aus ihm kam die Stimme.

»Ja, ich habe verstanden«, antwortete Fromm.

»Sind Sie Benedikt Fromm, der Pfarrer, der sein Theologiestudium in Innsbruck absolviert hat?«, klang es aus dem Lautsprecher.

»Ja, der bin ich, mein Name ist Benedikt Fromm«, antwortete der Kleriker.

»Dann sind Sie richtig hier, wir haben einige Zeit gebraucht, um Sie ausfindig zu machen. Wissen Sie, warum Sie hier sind?«, erklang es aus dem Lautsprecher.

»Nein! Bitte sagen Sie es mir, ich möchte erfahren, warum Sie mich hier gefangen halten«, antwortete Fromm.

»Ein kleiner Hinweis, um Ihnen auf die Sprünge zu helfen, sei Ihnen gegönnt. Seit wann sind Sie Mitglied im Conlegium Canisius?«

Benedikt Fromm blickte stoisch auf den Würfellautsprecher und verharrte einen Augenblick still. Seine Augen funkelten im Schein der Petroleumleuchten. Es war so, als ob ihm die Frage nach dieser Bruderschaft einen Weg offenbart hätte. Er stöhnte, denn es war ein steiniger Weg, voller Schmach, Angst und bitterer Wahrheit. Wenn er diesen Weg betrat, das wusste er, würde er ihn beschreiten bis zum bitteren Ende.

»Nochmals meine Frage: Sind Sie Mitglied im Conlegium Canisius?«

Der Befragte rutschte aufgeregt mit seinem Hintern auf dem Rollstuhl hin und her, soweit dies seine fixierten Arme und Beine zuließen.

»Beantworten Sie die Frage!«

Fromms Nervosität war offensichtlich, weitere Schweißperlen bildeten sich auf seiner Stirn, flossen zu seiner Halspartie und nässten die Knopfleiste seines Totenhemds ein.

Er fasste seinen Entschluss. »Warum soll ich hier und jetzt leugnen, wenn Ihnen die Bruderschaft bekannt ist? Ja, ich gehöre diesem Conlegium Canisius an. Und ja, ich weiß, dass ich große Schuld auf mich geladen, Unrecht getan habe in all meinen Jahren als Priester. Ich werde daher meine Schuld nicht leugnen und bin geständig. Wir, meine Brüder und ich, haben uns unter dem Schutzmantel der Kirche an Kindern und Schutzbefohlenen vergangen. Dieses Schuldeingeständnis offenbart Unverzeihliches, und ich werde, sollte ich vor meinen Herren treten, diese Schuld nicht in Abrede stellen, sondern wie auch hier und jetzt ihn um Vergebung bitten.«

»Wie lange gehörten Sie dieser Bruderschaft an, und an wie vielen Kindern haben Sie sich in dieser Zeit vergangen?«

Der Priester antwortete: »Bereits während meines Studiums in Innsbruck wurde ich auf die Bruderschaft Canisius aufmerksam. Es war ein kleiner, erlauchter Zirkel von Priestern, die hinter vorgehaltener Hand von Jünglingen, von Knaben, aber auch von kleinen Mädchen sprachen, damals an der Uni in Innsbruck, in unmittelbarer Nähe des Campus an der Universitätsstraße. Es waren meist ausgewählte Ministranten, die uns in der Ausbildung, also während des Studiums, anvertraut wurden. Und ich füge hinzu, dass wir das Vertrauen dieser Schäflein dazu ausnutzten, unsere sexuellen Fantasien an diesen Geschöpfen auszuleben, sie dazu zu benutzen. Ja, ich bekenne mich schuldig.« Der Geständige schwieg erschöpft. Ihm war bang zumute, was würden seine Kerkermeister mit ihm machen?

Nach kurzer Zeit erklang es aus dem Lautsprecher: »Was genau haben Sie mit diesen Kindern gemacht? Wie oft, in welchem Zeitraum, haben Sie sich an diesen Kreaturen Gottes vergangen? Wurden diese dabei von Ihnen gezüchtigt? Wurde diesen Geschöpfen Gewalt angetan? Wenn ja, wie sah diese aus, gab es hierbei Grenzen?«

Der Kleriker antwortete mit zittriger Stimme: »Nein, es gab keine Grenzen. Die Kinder, egal ob es Mädchen oder Jungen waren, wurden sehr wohl von uns gezüchtigt. Ihnen wurde großes Leid angetan. Es waren nicht nur Vergewaltigungen, die die Kinder über sich ergehen lassen mussten, nein, ihnen wurde bei besonderen Sexsessionen regelrecht der Teufel ausgetrieben. Man sagte den Kindern, dass sie vom Teufel besessen seien und nur durch diese Handlungen wieder auf den rechten Weg geführt werden könnten. Durch diesen Vorwand wurden sie folgsam, aus Angst vor der Hölle. Dann erlebten sie die Hölle auf Erden. Ja, so war es, und ich möchte nichts beschönigen, für diese teilweise abartigen Vorgänge wurde das Wort Exorzismus, missbraucht. Viele von unserer Bruderschaft sind diesem Weg gefolgt. Einem Weg, den man als Geistlicher nicht gehen darf. Ein Weg, der zu allen christlichen Werten in Widerspruch steht.

Unsere christliche Lehre, die im Wesentlichen von der Barmherzigkeit, der Aufrichtigkeit, der Rechtfertigung und Versöhnung gegenüber unseren Mitmenschen geprägt ist, haben wir nach Ablegung des Zölibats mit Füßen getreten. Wir taten dies mit einer Hingabe, die nicht zu entschuldigen ist. Auch nicht am Jüngsten Tag.« Sein Geständnis brachte ihm nur im Augenblick der Beichte Erleichterung. Nach dem letzten Satz legte sich die Last seiner Schuld mit aller Wucht erneut auf seine Schultern.

»Haben Sie nicht etwas vergessen? Unsere Frage wurde nicht vollständig beantwortet«, krächzte es aus dem Würfel.

»Ich kann nur für mich reden und bin geständig, während meiner Zeit habe ich mich in all den Jahren an mehreren Kindern vergangen. Zum Beispiel in meiner Sakristei, bei verschiedenen anderen kirchlichen Anlässen, wie bei Exerzitien und Jugendseminaren von Ministranten. Ich kann nicht mehr sagen, wo überall und wie oft dies passiert ist. Ob alleine oder bei Zusammenkünften mit der Bruderschaft, es war eine abscheuliche Gier, die in uns herrschte und unser Zusammensein mit diesen jungen Geschöpfen mit der Zeit immer stärker prägte. Man kann davon nicht ablassen, man ist gefangen von der Sucht. Und ja, ich muss eingestehen, es gibt auch Kinder, die diese Prozeduren nicht überlebt haben.«

Die Stimme aus dem Würfel ertönte erneut. »Sie haben uns nun einiges aus Ihrer Vergangenheit erzählt, daher möchten wir weitere Einblicke in die Bruderschaft gewinnen. Wer führt dort die Zügel, und wie viele in Ihrer Diözese, aber auch Verantwortliche in anderen Diözesen haben sich an diesen Verbrechen in all den Jahren mitschuldig gemacht? Ich möchte jetzt und heute von Ihnen, Pfarrer Fromm, erfahren: Wer führt die Zügel in dieser Bruderschaft?«

Der Kleriker hatte seinen Blick auf das Standkreuz gerichtet, hielt inne und schwieg, bis er nach kurzer Zeit entgegnete: »Etwas sagt mir, dass ich nicht umsonst dieses Totengewand trage. Sie haben mich ausgewählt, um an jene zu kommen, die dieses Netzwerk in der katholischen Kirche steuern und dafür verantwortlich sind. Diese Leute sollen nach Ihren Vorgaben zur Rechenschaft gezogen werden. Ich möchte und will es daher auch nicht beschönigen, dass ich in meiner gegenwärtigen Situation Abbitte leisten möchte. Mir ist bewusst, dass dies hier und heute meine letzten Stunden sein werden, sonst säße ich nicht hier. Gleichwohl kann ich Ihnen keine Hintermänner offenbaren, weil wir alle ein Gelübde abgelegt haben. Einen Schwur, den keiner in der Bruderschaft brechen wird. Würde die Öffentlichkeit mit dem geheimen Netzwerk des Conlegium Canisius konfrontiert werden, so würde dies in der christlichen Welt einen Aufschrei geben, denn Gott schenkt nach unserer katholischen Lehre den Menschen ihr Heil durch die Sakramente. Diese sieben Säulen – Taufe, Firmung, Eucharistie, das Bußsakrament, die Krankensalbung sowie das Weihe- und Ehesakrament – würden wie ein Kartenhaus zusammenfallen, die Menschen würden sich abkehren von ihrem Glauben und von der katholischen Kirche. Weltweit. Daher werde ich dieses Geheimnis, diesen Schwur der Bruderschaft, mit dorthin nehmen, wo ich einst gerichtet werde, wo ich vor den Barmherzigen treten werde, denn nur er alleine kann mir diese schwere Sünde abnehmen.«

»Dann soll es so geschehen, im Namen des Herrn des allmächtigen Gottes, der am Jüngsten Tage richten wird über die Lebenden und die Toten«, erklang die Stimme aus dem Lautsprecher.

Benedikt Fromm vernahm mit starrem Blick die letzten Worte aus dem Lautsprecher. Es war mucksmäuschenstill im Raum, als kurze Zeit später wie durch eine fremde Hand die drei Lichtquellen im Raum langsam erloschen. Die Finsternis war undurchdringlich, und der Priester sprach in die Dunkelheit: »Lassen Sie mich bitte noch ein letztes, mein letztes Gebet sprechen.«

Sekunden später begann es zu läuten, es war das Glockengeläut einer Todesglocke, die Pfarrer Benedikt Fromm in all den Jahren bei seinen Trauergottesdiensten begleitet hatte. Hier und jetzt schlug sie für ihn. Der Priester bemerkte aufgrund des Läutens nicht, dass sich ihm jemand von hinten näherte. Er spürte lediglich einen feuchten, kalten Wattebausch, der ihm Sekunden später erneut das Bewusstsein nahm und ihn narkotisierte.

Es war kurz vor Mitternacht, der Himmel war klar, und Sterne erhellten das Firmament. Das Himmelsgewölbe schien ihm wie eine Trenn- oder Verbindungsschicht der irdischen Welt zu höheren Mächten, als Benedikt Fromm hinaufblickte. Er lag mit Kabelbindern gefesselt auf dem Förderband des Häckslers. Fromm hatte sein Bewusstsein wiedererlangt und hielt fest umschlossen einen Rosenkranz in seinen gefalteten Händen. Schweißperlen der Angst wurden zu einem Sturzbach über seinen Körper, sein Darm entleerte sich in Todesangst. In nur wenigen Augenblicken würden die rotierenden Schneidwerkzeuge des Albach Silvator das irdische Leben, die letzten Atemzüge des Kinderschänders, beenden. Es nahte der Zeitpunkt, an dem Benedikt Fromm vor seinen Schöpfer treten würde.

2. Kapitel

Montag, 20. Mai 2019, 09.50 Uhr, PP Mittelfranken, K 11

Die wöchentliche Lagebesprechung der K 11er war beendet, als sich Schorsch Bachmeyer und Horst Meier auf den Weg in ihr gemeinsames Büro machten. Dort stellten sie ihre zweiten Humpen Kaffee auf die Schreibtische und begannen mit der Bearbeitung ihrer Posteingänge. Darin fand Horst in einer Umlaufmappe ein Anschreiben mit einem Datenstick.

Nachdem er das Anschreiben gelesen hatte, wandte er sich an seinen Kollegen. »Da schau her, heute mal ein ganz außergewöhnlicher Posteingang«, bemerkte der gebürtige Schwarzenbrucker und fuhr fort: »Du, Schorsch, das hier ist ein anonymes Schreiben. Dieser Anzeigenerstatter verweist auf einen Missbrauchsfall eines Pfarrers, der sich seit Jahrzehnten an Kindern vergangen haben soll. Dieser Pfarrer soll angeblich nicht mehr unter den Lebenden weilen. Der Hinweisgeber verweist hierbei auf diesen Datenstick.« Horst zeigte seinem Gegenüber den Stick.

»Wie jetzt, ein anonymer Hinweisgeber zeigt einen Todesfall an?«, hakte Schorsch nach.

Horst antwortete: »Na ja, so genau kommt das in dem Schreiben nicht rüber. Hier steht lediglich, dass der besagte Pfarrer, ein gewisser Benedikt Fromm, nicht mehr am Leben sein soll. Ob der jetzt verstorben ist oder ob man dabei nachgeholfen hat, darüber steht hier nichts.«

Schorsch hub an: »Dann schaun mer mal nach.«

»Gut, dann lass uns zu Gunda ins Büro gehen. Auf ihrem Auswerte-PC können wir uns die auf dem Stick hinterlegten Informationen ansehen. Du weißt doch, wenn da irgendwelche

Viren drauf sein sollten, wäre das fatal für unser Netzwerk«, fügte Horst hinzu.

Horst und Schorsch betraten Gundas Büro. »Servus, Gunda, wir müssten einmal auf diesen Stick draufsehen.«

Gunda, die sich auch gerade mit ihren Posteingängen beschäftigte, lächelte die beiden Kollegen an und fragte: »Was habt ihr denn da wieder für Schweinereien drauf, die ihr gemeinsam begutachten müsst?«

Schorsch grinste in Horsts Richtung und antwortete: »Nein, Gunda, keine Schweinereien, zumindest stand davon nichts in diesem anonymen Anschreiben. Es sollen sich auf dem Stick Informationen zu den Hintergründen einer Tat befinden. Daher wollten wir auf deinem PC nachsehen, ob sich diese verifizieren lassen.«

»Na, dann gib mal den Stick her«, streckte Gunda Horst ihre rechte Hand entgegen.

»War bei mir im Posteingang.« Mit diesen Worten überreichte Horst seiner Kollegin den Datenträger.

Die steckte ihn in ihren PC, und Sekunden später wurde eine Videosequenz auf dem PC abgespielt.

Neugierig betrachteten die drei Beamten den Film. Sie sahen einen Mann in einem Totenhemd, der auf einem Rollstuhl gefesselt war. Die fixierte Person war in einem spartanisch eingerichteten Zimmer untergebracht. Vor dem Mann stand ein Tisch, auf dem drei Petroleumlampen standen und den Raum erhellten, in der Mitte des Tisches ein silbernes, großes Kreuz. Das Video mit Tonsequenz gab lediglich die Aussagen des am Stuhl Fixierten wieder. Es schien so, als ob vorangegangene Fragen an den Betroffenen aus dem Video herausgeschnitten worden wären, darauf wiesen die Pausen und die Art des Gesprochenen hin. Gunda, Horst und Schorsch sahen gespannt auf den Bildschirm, und Schorsch bemerkte schon nach kurzer Zeit:

»Den kenne ich, der hat einen alten Schulkameraden von mir getraut, der ist Pfarrer in der Südstadt.« Sie hörten das Geständnis eines Pfarrers, eines Geistlichen mit Namen Benedikt Fromm, der in diesem Video jahrelangen Missbrauch an Kindern und Schutzbefohlenen einräumte. Die Videosequenzen waren an Tragik nicht zu überbieten, der geständigen Person stand die Todesangst förmlich ins Gesicht geschrieben. Seine Aussagen sprach er in flehendem Tonfall, durch die Abwesenheit von Fragen und einen Leiter des Verhörs wirkte das Ganze makaber. Man hatte ein Opfer vor sich, das ein jahrelanges Geheimnis von sich gab, sexuelle Handlungen an Kindern einräumte und dies ohne sichtbaren Zwang. Allerdings wies seine Fixierung darauf hin, dass dies keine Situation war, in die er sich freiwillig begeben hatte. War er zu den Aussagen gezwungen worden?

Nachdem der Film zu Ende war, war Gunda die Erste, die sprach. »Das sind entsetzliche Aussagen zu einem jahrelangen Missbrauch, den dieser Benedikt Fromm in seiner Amtsstellung als katholischer Pfarrer begangen haben soll, wie er selbst einräumt. Wenn die Angaben so stimmen, die er da macht. Wir können nicht feststellen, ob er irgendwelche Anweisungen erhalten hat, dies genau so zu sagen. Und ganz ehrlich, liebe Kollegen, eine Zwangshandlung wird von diesem Videostream weder bestätigt noch ausgeschlossen.«

Schorsch ergänzte: »Wie gesagt, ohne jeglichen Zweifel, dieser Benedikt Fromm ist seit Jahren Pfarrer in der Südstadt. Wir sollten ihm daher einen Hausbesuch abstatten und ihn mit seinen Aussagen konfrontieren. Denn sollte er sich wirklich an Kindern vergangen haben, so muss dieser Mann aus dem Verkehr gezogen werden.«

Gunda nickte. »Das ist schon richtig, Schorsch, sicherlich kann er sein Amt nicht mehr ausüben, sollten diese Angaben bestätigt werden. Und sollten wir, bevor wir ihn aufsuchen, erst mit seinen Vorgesetzten in der Kirche sprechen. Denn wer sagt uns, dass man diesen Pfarrer vielleicht nicht nur diskreditieren möchte? Stellt euch vor, das Filmchen ist ein Fake. Möglicherweise ist er unschuldig und wurde wirklich zu diesen Angaben gezwungen. Das könnte auch erklären, dass man ihm ein Totenhemd angezogen und ihn auf den Rollstuhl gefesselt hat. Das könnte auf Zwang hindeuten. Makaber.«

Horst sagte: »Ist nicht ganz abwegig, Gunda, vielleicht war es so. Es ist eine gute Idee, zuerst seine Vorgesetzten damit zu konfrontieren. Nürnberg gehört zum Erzbistum Bamberg, dort werden wir unsere Ansprechpartner finden.«

Schorsch blickte auf das Männerspielzeug an seinem Handgelenk, seine GMT Master II, und ergänzte: »Wunderbar, dann machen wir uns gleich auf den Weg nach Bamberg. Jetzt im Wonnemonat Mai haben die Biergärten wieder geöffnet. Und gerade in Oberfranken gibt es noch etwas fürs Geld, eine gute, leckere Brotzeiten und ein Seidla gehen immer. Wie wäre es mit dem Brauhaus am Kreuzberg, beim Friedel-Winkelmann findet jeder die passende Speis und Trank.«

»Du hast recht«, grinste Horst, »nach getaner Arbeit ruft das Brauhaus am Kreuzberg, das ist genau der richtige Ort, um den Feierabend einzuläuten. Oder was meinst du, Gunda?«

»Eurer Idee bin ich sicherlich nicht abgeneigt, die Karpfensaison ist zwar zu Ende, aber ein gutes Schäuferle oder eine Adlerhaxn bringt man immer unter. Also, meine Herren, ich gehe noch kurz meine Hände waschen. Dann treffen wir uns in fünfzehn Minuten in der Tiefgarage.«

»Gut, und ich sag noch schnell Schönbohm über unsere Abklärung in Oberfranken Bescheid«, schloss Schorsch.

Es war kurz vor halb zwei, als die drei Beamten die Diözese in Oberfranken erreichten. Schorsch hatte ihr Erscheinen bereits bei Generalvikar Sedlmayr, dem Stellvertreter des residierenden Bischofs, angekündigt. Sedlmayr, ein hagerer Mittfünfziger, begrüßte die Kriminalbeamten in der Lobby des Generalvikariats.

»Guten Tag, meine Dame, meine Herren, Baldur Sedlmayr, ich bin der Generalvikar des Bistums. Sie möchten Informationen über Pfarrer Benedikt Fromm einholen? Da muss ich Sie enttäuschen, denn wir hätten selbst gerne gewusst, wo sich unser Bruder aufhält. Benedikt Fromm ist seit dem 18. Mai abgängig.« Der Generalvikar kratzt sich mit der rechten Hand nachdenklich am Hinterkopf.

Schorsch blickte erstaunt in die Runde, dann sagte er zu Sedlmayr: »Na, dann sind wir hier ja genau richtig, uns liegen Informationen vor, die Anlass zur Besorgnis geben und weitere Ermittlungen erfordern. Ein kleiner Hinweis sei mir schon mal gegönnt. Sexueller Missbrauch von Kindern.«

Schorschs nachdenklicher Blick war auf Baldur Sedlmayr gerichtet, der als Reaktion auf das Gehörte seinen Gesichtsausdruck veränderte. Er kniff seine Stirnpartie streng zusammen und gab damit Unmut über das eben Gehörte zu erkennen. Seine tief liegenden Zornesfalten zeigten den Kriminalbeamten, dass man hier ein Thema angesprochen hatte, welches Baldur Sedlmayr gar nicht schmeckte.

»Dann sollten wir das in meinem Büro besprechen, so eine Sache kann man nicht zwischen Tür und Angel bereden. Folgen Sie mir bitte«, sprach Sedlmayr und wies mit seiner rechten Hand in Richtung einer großen Mahagoniholztür. »Dort sind wir ungestört.« Er drückte die messingfarbene Türklinke herunter und geleitete die Besucher in sein Arbeitszimmer.

Gunda, Schorsch und Horst waren beeindruckt. Der Raum mit seinen hohen Wänden war gut und gerne fünfzig Quadratmeter groß. Der alte Steinboden zeigte in Mosaikeinlegearbeiten Motive aus verschiedenen Epochen, von der Ur- und Frühgeschichte über die Antike, das Mittelalter sowie die Neuzeit, alles farblich aufeinander abgestimmt. Von der Arche Noah, dem letzten Abendmahl, den Kreuzzügen und Hexenverfolgungen bis hin zu prunkvollen Einlegearbeiten der Neuzeit reichten die Bilder. Gunda erkannte im Mosaik sogar Ansätze der philosophischen Religionslehre von Immanuel Kant. Eine auf Vernunft beruhende Religion, die die Ideen der Freiheit, der Unsterblichkeit der Seele verband mit der Idee, Gottes Sohn Christus als Sinnbild eines moralisch vollkommenen Menschen zu sehen. Das wurde hier in den alten Mosaiksteinchen farblich dargestellt und vermittelte dem Betrachter die Lehre anschaulich durch die Wahl von Farben und Formen.

In der Mitte des Raumes stand ein alter Pinientisch, der sicher sechs mal zwei Meter maß. In der Mitte des Tisches befanden sich zwei alte Tonkrüge, die Tonkaraffen aus der Zeit der Römer ähnelten, vermutete Gunda. Rings um den Tisch standen zwölf Pinienstühle, deren Rückenteile und Armlehnen mit purpurrotem Samtstoff überzogen waren. Hinter dem Tisch an der Wand hing der Gekreuzigte an einem alten Holzkreuz, das wie der Tisch aus Pinienholz gearbeitet war. Auf der linken Seite des Raumes waren in einem hohen Regal unzählige Bücher, der Anblick erinnerte an mittelalterliche Bibliotheken. Auf der rechten Seite des Raumes standen verschiedene alte Vitrinen, Holzschränke und eine große, mit rotem Leder überzogene Ottomane. Schorsch musste schmunzeln, denn die Ottomane und ihr Leder erinnerten ihn an die »Fuß- Ferraris« des Heiligen Vaters, die an die Kreuzigung und das Blut Christi erinnern sollten und die dieser immer zu besonderen Anlässen in der Öffentlichkeit trug.

»Hier sind wir ungestört«, sagte Baldur Sedlmayr und fuhr fort: »Darf ich Ihnen etwas zu trinken anbieten, ein Wasser, einen Kaffee oder Tee?«

Die drei Beamten sahen einander an, und Gunda antwortete: »Das ist freundlich von Ihnen, aber wir sind nicht durstig, danke. Wir wollen uns auch gar nicht lange bei Ihnen aufhalten, daher kommen wir gleich zum Punkt.«

»Dann nehmen Sie doch bitte Platz«, erklärte Sedlmayr.

Nachdem er sich gesetzt hatte, sagte Schorsch: »Herr Sedlmayr, wie schon angesprochen, sind wir wegen Pfarrer Fromm hier, der Pfarrer aus der Nürnberger Südstadt, der mir sogar persönlich bekannt ist. Es existiert eine Videoaufzeichnung, die uns heute Morgen zugespielt wurde«, Schorsch nickte Gunda zu, die bereits das Laptop geöffnet hatte.

Sie erläuterte: »Uns liegt ein Filmausschnitt vor, in dem dieser Pfarrer ein Geständnis ablegt. Wann und wo das Video gedreht worden ist, ist uns nicht bekannt. Aber wir konnten den Mann im Video eindeutig als Pfarrer Benedikt Fromm identifizieren, der Ihrem Bistum angehört.«

Der Generalvikar antwortete sofort: »Ja, das stimmt, Benedikt führt seit Jahren unsere Kirchengemeinde in der Nürnberger Südstadt und ist sehr beliebt bei seinen Gläubigen. Die katholische Pfarrgemeinde zur Mutter Gottes steht seit Jahren hinter ihrem Pfarrer Fromm. Seine heiligen Messen, aber auch der Umgang mit Alt und Jung zeigt uns immer wieder, wie populär unser Benedikt in seiner Gemeinde ist. Sei es bei spontanen Krankensalbungen im Südklinikum, im Seniorenheim oder auch bei den Menschen zu Hause, Pfarrer Fromm ist jederzeit zugegen, er ist dort, wo man ihn braucht. Aber auch bei kirchlichen Veranstaltungen, sei es in einer Kindertagesstätte oder bei Jugendfreizeiten, Benedikt war und ist ein angesehener und äußerst engagierter Pfarrer, jemand, der zu den sieben heiligen Sakramenten steht und für jedermann da ist, wenn man ihn benötigt. Umso mehr verwundert es mich, dass wir seit diesem Wochenende nichts mehr von ihm hören. Seine

Haushälterin, Frau Hedwig Jansen, die noch am Samstag nach der heiligen Messe alles für ihn in seinem Haus vorbereitet hatte, weiß auch nicht, was los ist. In einem Telefonat am Sonntagvormittag sagte sie mir, dass es keine Erklärung für sein Verschwinden gebe. Benedikt, und das kann ich mit Fug und Recht sagen, war immer sehr zuverlässig. Sei es während unseres gemeinsamen Studiums in Innsbruck oder bei der Termineinhaltung in seiner Kirchengemeinde. Daher ist uns sein Verschwinden völlig unbegreiflich. Heute Morgen haben wir daher im Erzbistum Bamberg beschlossen, dass wir sein Verschwinden nach Ablauf des heutigen Tages bei der Polizei melden werden. Nun ja, meine Dame, meine Herren, Sie sind uns zuvorgekommen. Vielleicht ist es auch gut, dass wir nicht noch weitere Zeit verstreichen lassen und somit die Umstände seines Verschwindens zügig aufklären können.« Der Generalvikar hielt kurz inne und ergänzte dann: »Nun, dann fahren Sie bitte fort.«

»Na gut, dann sehen wir uns noch mal genau die besagte Videosequenz mit Herrn Fromm an.« Gunda drückte auf eine Taste, und Sekunden später wurde das Video abgespielt.

Nachdem der Film zu Ende war, sagte Sedlmayr nach einem Moment der Stille: »Ich bin sprachlos. Was ich bestätigen kann, ist, dass die Person im Rollstuhl in der Tat Benedikt Fromm ist. Das, was Benedikt in diesem Video erzählt, das wiederum kann und werde ich nicht glauben. Aber meine Dame, meine Herren, es ist doch offensichtlich, dass er diese Aussagen nur unter massiver Bedrohung gemacht hat. Das, was er hier erzählt, diese unglaublichen Erklärungen von schlimmen Taten gegenüber Kindern, das ist nicht der Benedikt Fromm, den ich lieben und schätzen gelernt habe, mit dem mich mein halbes Leben verbindet. Nein, das kann ich nicht glauben, es ist völlig ausgeschlossen.«

Es war Schorsch, der darauf antwortete. »Es ist mitunter sehr schwierig, solchen Eingeständnissen von Bekannten oder Freunden Glauben zu schenken. Hinzu kommt, dass die ganze Situation, in der sich Ihr Kollege während der Aufnahme befindet, einen Furcht einflößenden Beigeschmack beim Betrachter hervorruft. Sei es hinsichtlich der Eingeständnisse oder hinsichtlich der außerordentlichen Situation, in der er sich befindet. Es ist daher sehr schwer, das Gesagte zu verifizieren. Solange wir Pfarrer Benedikt Fromm nicht selbst in dieser Angelegenheit befragen, solange werden wir das nicht herausfinden. Daher unser heutiges Erscheinen bei Ihnen in Bamberg. Wir müssen alles daransetzen, Pfarrer Fromm persönlich zu sprechen. Auch die Hintergründe seiner möglichen Entführung hoffen wir so aufklären zu können.«

»Daher setzen wir auf Ihre Kooperation«, fügte Gunda an.

Horst ergänzte: »Herr Sedlmayr, es ist jedoch nicht von der Hand zu weisen, dass gerade sexuelle Übergriffe gegen Kinder und Jugendliche in der katholischen Kirche immer häufiger aufgedeckt und in der Öffentlichkeit wahrgenommen werden. Gehen Sie ins Internet, öffnen Sie den Browser und geben Sie ›sexueller Missbrauch in der römisch-katholischen Kirche‹ ein, und Sie erhalten innerhalb kürzester Zeit knapp zweihundert DIN-A4-Seiten mit Ergebnissen zu Ihrer Suchanfrage. Sind Ihnen als Generalvikar des Bistums Bamberg diese Hinweise mit den dazugehörigen Quellenangaben und Ergänzungen überhaupt bekannt?«

»Ach, wissen Sie, es wird so viel geredet und geschrieben über uns. Glauben Sie wirklich alles, was im Internet steht?«, fragte Baldur Sedlmayr mit einer abwehrenden Geste.

Schorsch runzelte seine Stirn, eine Zornesfalte bildete sich zwischen seinen Brauen, als er entgegnete: »Wissen Sie, Herr Sedlmayr, ich finde diese Aussagen mit Verlaub schon ein bisschen schäbig. Jedem von uns, und ich nehme Sie da nicht aus, sind die sexuellen Übergriffe, also der Missbrauch von Kindern in der katholischen Kirche, bekannt. Seit Jahren wissen wir, dass Verbrechen unter dem Schutzmantel der katholischen Kirche begangen wurden und werden, sich Täter im Collarhemd an Kindern vergehen. Kommt die Tat dann irgendwann ans Tageslicht, werden diese Tatsachen gegenüber Dritten vehement in Abrede gestellt, nach dem Motto: ›Wir sind schon immer die Guten, so etwas machen wir nicht!‹«

Baldur Sedlmayr reagierte unwirsch. »So ein Schmarrn, Herr Bachmeyer, da ist nicht alles wahr, was Sie im Netz über unsere Kirche finden, gleichwohl stimme ich Ihnen in einigen wenigen Dingen zu. Sicherlich gibt es bei uns schwarze Schafe wie überall, davon nehme ich allerdings auch meine Glaubensbrüder in der evangelischen Kirche nicht aus. Und noch zur Ergänzung, der sexuelle Missbrauch von Kindern findet auch in so manchen Familien statt. Aber wir, die katholische Kirche, werden wie immer in den Schmutz gezogen und diskreditiert. Gerade diese neuen sozialen Medien, sei es Instagram, Facebook oder was auch immer, laden Verschwörungstheoretiker regelrecht dazu ein, hier ihren Unmut über die katholische Kirche auszulassen. Ich versichere Ihnen noch einmal: Pfarrer Benedikt Fromm ist ein redlicher Priester, der seinen Glauben, den Glauben an den Allmächtigen tagtäglich gegenüber seiner Kirchengemeinde und in der Öffentlichkeit kundtut. Dass er in diesem Video gefangen, womöglich sogar gefoltert wurde, ist doch offensichtlich, erkennen Sie das denn nicht?« Sedlmayr war jetzt nicht mehr zu bremsen. »Denken Sie an den Satz von Jesus, ›denn derjenige, der frei von Schuld ist, werfe den ersten Stein‹. Also fangen Sie an, werfen Sie den ersten Stein oder besser, finden Sie Benedikt Fromm! Ist das nicht Ihre Aufgabe, erst einmal das Opfer dieser Entführung zu finden? Nur er kann uns, Ihnen, die Wahrheit erklären. Wenn er wieder vor uns steht, dann wird er diese abscheulichen Verdachtsmomente beseitigen, und Sie können die Verantwortlichen für das Video und seine Gefangenschaft zur Rechenschaft ziehen. Also, meine Herren, meine Dame, beginnen Sie mit Ihrer Arbeit und beschuldigen Sie nicht unschuldige Pfarrer und Glaubensbrüder. Meine Zeit ist kostbar, ich möchte Sie daher bitten, jetzt zu gehen und das Erforderliche über dieses absurde und beschämende Video und dessen Urheber einzuleiten. Ich werde mit Ihrem Vorgesetzten, Polizeipräsident Mengert, Kontakt aufnehmen und mich über die unhaltbaren Anschuldigungen in diesem Video beschweren. Also tun Sie bitte alles Notwendige, um Pfarrer Fromm zu finden und diese unglaublichen, ungeheuerlichen Beschuldigungen gegenüber Angehörigen der katholischen Kirche zu widerlegen.«

Schorsch wurde immer ruhiger, je lauter der Geistliche wurde. »Nur mal am Rande angemerkt, Herr Sedlmayr, wir sind hier, um wegen möglicher Verbrechen zu ermitteln, und selbstverständlich auch, um das Verschwinden des Pfarrers aufzuklären.«

Gunda schaltete sich ein: »Der Einwand meines Kollegen, dass die Verfehlungen einiger Kirchenoberhäupter hinsichtlich des sexuellen Missbrauchs in der katholischen Kirche bekannt und verifizierbar sind, sagt keineswegs, dass alle Angehörigen der katholischen Kirche über einen Kamm zu scheren sind. In jeder Berufssparte findet man Missstände, die es aufzuklären gilt.«

Schorsch ergänzte: »Ihre ablehnende Haltung gegenüber falschen Anschuldigungen ist nachvollziehbar, aber es sind eben nicht alle Anschuldigungen haltlos. Ich glaube, wir haben uns hier deutlich ausgedrückt.«

Er holte tief Luft und fügte hinzu: »Nun gut, Herr Sedlmayr, wir werden unsere Ermittlungen hinsichtlich Benedikt Fromm weiter forcieren, und glauben Sie uns, wir werden alles daransetzen, diese Tat aufzuklären. In diesem Sinne: Auf Wiedersehen.«

Die drei Polizeibeamten standen auf und verließen den Raum.

»Leben Sie wohl«, warf ihnen der Generalvikar hinterher.

Es war kurz vor 14.30 Uhr, als die Beamten die A73 an der Ausfahrt Forchheim Nord verließen, wo sie wie ausgemacht einen Zwischenstopp im Friedelskeller am Kreuzberg einlegten.

In Oberfranken traf man nicht nur auf unzählige kleine Brauereien, der Kreuzberg lud mit seinen vier verschiedenen Bierkellern Wanderer und Ausflügler zu einer Brotzeit ein. Hier fand jeder einen guten Schluck selbst gebrautes Bier. Ein Grundnahrungsmittel, um das andere Bundesländer Bayern beneideten. Das sah man auch an den seit Jahren steigenden Besucherzahlen aus angrenzenden Ländern wie Hessen und Thüringen. Das Frankenland lockte diese nicht nur mit seinem guten Gerstensaft, es waren auch die fränkischen Spezialitäten, welche ganze Pilgerströme in den Sommermonaten zum Kreuzberg hinaufzogen. Über Hallerndorf erreichte man den Kreuzweg mit seinen verschiedenen Kreuzwegstationen. Hier gedachten die Christen der Leidenden der Gegenwart, die ungerecht verurteilt, gefoltert, ihres Lebensunterhalts beraubt oder verspottet und zuletzt auch getötet wurden. Es war für die Gläubigen ein Rückzugsort zur Meditation und Andacht.

Horst stellte den Dienstwagen auf dem großen Parkplatz ab und sagte: »Soderla, etzertla sollten wir uns zuerst absprechen, wer von uns später zurückfährt.« Horst blickte seine beiden Kollegen fragend an.

Gunda erlöste ihn: »Also, meine Herren, ich trink heute eine Apfelschorle und werde die Rückfahrt ins Präsidium übernehmen.« Schorsch und Horst nickten freudig.

»Betrinken werden wir uns ja nicht, aber a Mäßla haut einen ja nicht um«, Schorsch schmunzelte bei diesen Worten und schlug Horst auf die Schulter, als sie in kurzen, schnellen Schritten in Richtung Friedelskeller liefen.

Dieser Bierkeller hatte den anderen angrenzenden Brauereien etwas voraus. Saisonal bot hier die Brauereifamilie Winkelmann ihren Gästen verschiedene Spezialbiere an, vom Pilgertrunk, ein Siebenkornbier, bis zum samtigen Dampfbier, ein Erntebier, oder das urige Zoigl, das hier nach altem Hausbrauerrezept den Gästen kredenzt wurde. Aber nicht nur die Vielfalt der verschiedenen Biere und selbst gebrannten Spirituosen zeichnete diese Wirtsfamilie aus. Hinzu kam die ausgewogene fränkische Küche, sei es der leckere fränkische Karpfen, das Schäuferle, die Adlerhaxen oder aber die ausgewogenen Wurstspezialitäten, die das Herz jeden Pilgers höher schlagen ließen. Und nicht zuletzt kam auch der Vegetarier auf seine Kosten, der sich von der Vielfalt der angebotenen Kuchenspezialitäten, natürlich hausgemacht, anlocken ließ.

Es war kurz nach 16.30 Uhr, als sich die drei Beamten gestärkt auf den Heimweg nach Mittelfranken machten.

Schorsch fragte: »Also, was meint ihr beide, wie kommen wir an diesen Pfarrer Fromm heran? Irgendwie müssen wir ja feststellen können, ob seine Aussagen auf dem Video der Wahrheit entsprechen. Das ganze Filmchen, also die Örtlichkeit, der Drehort, das ganze Drumherum, sagen mir, dass diese Videosequenz echt ist. Irgendwo muss er sein, der kann sich ja nicht in Luft auflösen.«

Gunda antwortete: »Ja, Schorsch, ich meine auch, dass das Video echt ist. Aber was ist, wenn man den Pfarrer nach dem Dreh ermordet und die Leiche beseitigt hat?« Sie blickte fragend in den Rückspiegel, denn Schorsch und Horst hatten es sich auf der Rückbank gemütlich gemacht. Darauf wusste keiner eine Antwort, und die beiden schauten nachdenklich auf die vorbeisausenden fränkischen Wälder und Felder.

Dienstag, 21. Mai 2019, 07.37 Uhr, PP Mittelfranken, K 11

Schorsch und Horst hatten sich gerade einen Humpen Kaffee eingeschenkt, als sich die Bürotür öffnete, Schönbohm das Zimmer betrat und fragte: »So, meine Herren, wart ihr gestern schön erfolgreich in Bamberg? Was gibt es Neues von diesem verschwundenen Pfarrer? Da hat doch in der Tat gestern Nachmittag dieser Generalvikar bei unserem Polizeipräsidenten angerufen und sich über Vermutungen über die Kirche in Missbrauchsfällen beschwert.« Der Kommissariatsleiter runzelte fragend seine Stirn.

Schorsch erwiderte: »Erst einmal einen schönen guten Morgen, so viel Zeit muss sein.« Nachdem Schönbohm auch ein kurzes »Guten Morgen« genuschelt hatte, fuhr Schorsch fort: »Das hat uns dieser Sedlmayr schon angekündigt, dass er sich bei seinem Bekannten, also unserem Polizeipräsidenten, beschweren wolle. Das ist natürlich allen klar, wenn man Kritik an der katholischen Kirche übt, gerade im Hinblick auf Kindesmissbrauch, dass solch eine Thematik ganz große Wellen schlagen wird. Denn mal ehrlich, keiner möchte sich diesen Schuh anziehen, und mit Sicherheit nicht diese Kirchenoberen, diese Scheinheiligen.«

Horst übernahm: »Erst mal einen guten Morgen auch von mir. Das ist genau der Punkt, wovon der Kollege spricht. Mit Missbrauchsfällen wollen die in Bamberg nichts zu tun haben. Das kann uns aber wurscht sein, denn wir haben hier nicht nur das Verschwinden dieses Pfarrers aufzuklären, sondern die Wahrheit zu ergründen, ob hinter diesen Vorwürfen des sexuellen Missbrauchs tatsächlich ein Fünkchen Wahrheit steckt. Um das schlussendlich festzustellen, brauchen wir mehr Fleisch am Knochen. Ohne diesen Benedikt Fromm kommen wir nicht weiter. Das Filmmaterial könnte nach bisherigem Sachstand der Wahrheit entsprechen. Wohl bemerkt, könnte. Solange wir diesen Pfarrer dazu nicht befragen können oder konkrete Hinweise auf die Echtheit haben, ist das ganze Video eine Luftnummer.«

Schönbohm hatte sich zwischenzeitlich in der Besucherecke des Büros niedergelassen und bejahte mit einem Kopfnicken Horsts Ausführungen. Dann ergänzte er: »Das mit dem Generalvikar sehe ich genauso wie Sie. Kritik können die schwer wegstecken. Also, meine Herren, machen Sie sich da keine Gedanken, unser Polizeipräsident steht hinter uns. Auch er sieht diesen Anruf des Generalvikars gelassen. Wir machen unsere Arbeit, auch wenn die Kirchenoberen ihren Ruf über die Wahrheit stellen.«

Schorsch nickte. »Wie der Kollege schon erwähnte, könnte an den Vorwürfen in diesem Video schon etwas dran sein.«

Schönbohm fragte: »Und was schlagen Sie vor, wie wollen wir mit den Kirchenoberen auf der Beschwerdehotline umgehen?«

»Vielleicht kommt ja noch ein Hinweis, eine Spur, die uns weiterbringt, oder etwas, das die Sache bekräftigt oder eben entkräftet«, gab Schorsch zur Antwort.

In diesem Moment öffnete sich die Tür, und Gunda trat ein. »Guten Morgen, meine Herren, gibt es was Neues für die Frühbesprechung?«, fragte sie und reichte jedem der Beamten die Hand.

»Außer dem üblichen Tagesgeschäft wird wohl nichts Neues hinzukommen, Frau Vitzthum«, erwiderte Schönbohm, als sich die Bürotür erneut öffnete und eine Botin eintrat. »Ach, hier sind Sie, Herr Schönbohm, es ist etwas für Sie abgegeben worden.« Mit diesen Worten überreichte sie Schönbohm ein Paket, das an ihn persönlich adressiert war.

Schönbohm nahm das Päckchen von der Größe einer Zigarettenschachtel entgegen und fragte die Botin: »Durchlief der Gegenstand schon die Sicherheitskontrollen beim Posteingang?«

Diese antwortete: »Etwas Gefährliches wird nicht drin sein, da es geröntgt wurde. Und da es persönlich adressiert ist, wurde es nicht geöffnet.«

Schönbohm betrachtete das Päckchen nachdenklich. »Komisch, der Absender sagt mir gar nichts: Conlegium Canisius. Vermutlich wieder mal irgendwelche Werbung.« Schönbohm steckte den Gegenstand in seine rechte Hosentasche.

Gunda bemerkte: »Conlegium Canisius, kam das nicht in diesem Video vor? Also, das Video mit Benedikt Fromm?«

»Ja freilich, in dem Video wurde der Pfarrer damit konfrontiert. Er wollte darüber aber wegen eines angeblichen Schwurs nicht sprechen«, bestätigte Schorsch.

Schönbohm schaute verdutzt in die Runde und zog das Päckchen aus seiner Hosentasche. »Jetzt bin ich aber neugierig, hat jemand ein Messerchen oder eine Schere für mich?«

»Hier, nehmen Sie meine Büroschere«, sagte Schorsch und reichte ihm das Werkzeug.

Gespannt sahen die Beamten zu, wie ihr Vorgesetzter mit der Büroschere herumfuchtelte und das Päckchen öffnete.

»Leck mich am Ärmel«, entfuhr es Schönbohm erschrocken, und er ließ das Päckchen samt Schere auf den Boden fallen.

Horst, Gunda und Schorsch sahen sich verdutzt an, dann bückte sich Schorsch, um das Päckchen aufzuheben. Schönbohm warnte ihn sichtlich schockiert: »Da ist ein Finger drin, Herr Bachmeyer!«

Vorsichtig hob Schorsch das Päckchen auf, blickte in die Öffnung und bestätigte: »Tatsächlich, da hat uns einer einen Finger zukommen lassen.«

Schorsch legte das Päckchen auf seinen Schreibtisch, zog sich Latexhandschuhe über und griff in die Öffnung.

»Hier, seht her, was uns der Absender geschickt hat.« Bei diesen Worten hielt Schorsch einen abgetrennten Daumen in die Höhe.

Schönbohm, Gunda und Horst blickten versteinert auf den Finger.

Schorsch fragte: »Conlegium Canisius, was will uns der Absender damit sagen?«

Gunda entgegnete: »Das sieht fast danach aus, als ob dies ein Hinweis auf den verschwundenen Pfarrer sein soll. Zumindest kann man jetzt schon sagen, dass es sich bei diesem ›Wurstfinger‹ um ein männliches Gliedmaß handeln muss, eine weibliche Extremität würde ich ausschließen.«

»Gunda, da liegst du gar nicht so verkehrt«, nickte Schorsch zustimmend und fuhr fort: »Der Daumen dürfte von einem Mann sein, aber das soll sich unser Gerichtsmediziner, der Alois, genau ansehen.« Er legte den Daumen wieder in das Päckchen.

Schönbohm, der sich zwischenzeitlich auch Handschuhe übergezogen hatte, ergriff das Päckchen und fischte mit seinem rechten Daumen und Zeigefinger das Gliedmaß wieder hervor. »Da kann ich nur zustimmen, Professor Nebel soll sich das Teil mal genauer ansehen.« Er drehte das Gliedmaß mit beiden Fingern hin und her, als wollte er sich eine Zigarette drehen. Von seinem Schreck schien er sich erholt zu haben.

Schorsch dachte schon weiter. »Gut, was wir in jedem Fall unserem Gerichtsmediziner mitgeben sollten, ist ein DNA-Vergleichsmaterial unseres vermissten Pfarrers.«

Sein Vorgesetzter nickte. »Natürlich, Herr Bachmeyer, dann fahren Sie zur Wohnung unseres Pfarrers, besorgen die Proben und fahren dann gleich weiter nach Erlangen.«

Es war kurz vor halb zehn, als Schorsch, Horst und Gunda an der Meldeadresse von Pfarrer Fromm eintrafen und ihnen seine Haushälterin, Frau Jansen, die Haustüre öffnete.

»Allmächt, gibt es eine Spur von unserem Pfarrer?«, fragte die ältere Dame.

Schorsch hub an: »Tja, ich möchte jetzt keinem Ergebnis vorgreifen. Was wir brauchen, Frau Jansen, sind DNA-Proben von Herrn Fromm. Am besten wäre seine Zahnbürste oder, vorausgesetzt, er hat einen Trockenrasierer, einige Bartstoppeln.«

Nachdem die Beamten das DNA-Material vom Trockenrasierer des Pfarrers asserviert und die Wohnung des Pfarrers vergeblich auf Hinweise für sein Verschwinden durchsucht hatten, machten sie sich auf den Weg zur Gerichtsmedizin nach Erlangen.

3. Kapitel

*Dienstag, 21. Mai 2019, 10.05 Uhr,
Institut für Rechtsmedizin, Erlangen*

Schorsch, Horst und Gunda stellten ihren Dienstwagen vor der Rechtsmedizin ab und gingen zum Eingang. Doc Fog, wie der Gerichtsmediziner aufgrund seines Namens von den Kollegen genannt wurde, hatten sie von unterwegs angerufen und in Kenntnis gesetzt. So fanden sie an der Pforte hinterlegte blaue Medizinerkittel vor. Als sich alle drei Beamte neu eingekleidet und die Besucherausweise gut sichtbar am Revers befestigt hatten, geleitete sie ein Mitarbeiter des Professors zum Fahrstuhl. Sie fuhren hinunter in den Obduktionsraum, der unmittelbar an den großen Sektionsraum für seine Studenten angrenzte.

Allen dreien war doch ein bisschen mulmig zumute. Hier in diesen weiß gekachelten Räumlichkeiten wurde die Todesursache eines jeden Einzelnen bestimmt, der nicht eines natürlichen Todes gestorben war. Der strenge Geruch nach Formalin und Desinfektionsmitteln war allgegenwärtig, als sie von Alois Nebel begrüßt wurden.

»Na, was habt ihr mir denn Schönes mitgebracht?«, fragte der Professor und begrüßte die drei Kriminalbeamten mit Handschlag.

Schorsch übergab dem Professor zwei Tüten mit Asservaten, die eine enthielt den abgeschnittenen Daumen, die andere eine DNA-Probe des verschwundenen Pfarrers. »Alois, so wie es ausschaut, ist es zwar nur ein Daumen, aber dieser könnte wesentlich zur Klärung eines möglichen Tötungsdelikts beitragen. Es geht um einen Pfarrer, der seit einigen Tagen spurlos verschwunden ist. Hinzu kommt ein Video von ihm, das ihn wegen einer möglichen Straftat schwer belastet. Daher müssen wir unbedingt wissen, ob diese DNA-Proben mit dem uns zugesandten Gliedmaß übereinstimmen.«

»Den DNA-Abgleich überlasse ich meinen Studenten«, der Mediziner griff zu seinem Mobiltelefon und verständigte eine Sekretariatsangestellte, die wenig später hereintrat und beide Gegenstände entgegennahm.

»Also, in der Zwischenzeit trinken wir erst mal einen Kaffee«, schlug der Gerichtsmediziner vor und geleitete die Beamten in sein Büro, das ihnen durch eine große Glaswand Einblick in die Arbeit der Mitarbeiter und Studenten gewährte.

Die Sektions- und Präparationsassistenten fertigten Exponate von den Organen der Leichen und untersuchten diese dann, um die Todesursache des einzelnen Opfers festzustellen. Auch Leichenöffnungen dienten diesem Zweck. Ebenso wurden alle Körperflüssigkeiten vom Blut bis zum Mageninhalt im Rahmen der forensischen Toxikologie untersucht. Alois Nebel, der seit dreißig Jahren diesem medizinischen Handwerk nachging, war eine Koryphäe auf seinem Gebiet. Ihm und seinem Team entging nichts.

Nachdem sie den Professor über das Video mit Pfarrer Benedikt Fromm aufgeklärt hatten, rümpfte dieser seine Nase und sagte: »Ganz ehrlich, wollt ihr meine Meinung dazu wissen? Ich glaube, dass hinter diesen Scheinheiligen in der katholischen Kirche viel mehr steckt als das, was an die Öffentlichkeit dringt. Man wäre manchmal allzu gerne ein Mäuschen, um das zu beobachten, was hinter diesen heiligen Gemäuern stattfindet. Welche Schweinereien dort vertuscht und zu neunzig Prozent nicht aufgeklärt werden, sondern im Verborgenen bleiben. Und ich sag euch noch eines, das ist kein neues Phänomen, die Täter wissen genau, wie sie es anstellen müssen, um den Schutz der

Kirche zu erhalten. Und das seit Jahrhunderten. Der sexuelle Missbrauch an Schutzbefohlenen ist ja kein neues Phänomen. Er wird nur nach außen hin geschickt verschwiegen. Auch die Zahl von durch Priester geschwängerten Nonnen wird geheim gehalten, die Frauen müssen hinter den Klostermauern ihre Kinder gebären und dann sofort zur Adoption freigeben.« Der Professor runzelte seine Stirn und fuhr mit grimmiger Miene fort: »Ganz ehrlich, ich bin der festen Überzeugung, dass gerade viele Kirchenoberen diese Missstände dulden. Ich sag's mal fränkisch: ›Die kenna sich ihre sexuelle Lussd ja a ned herausschwidzn, also wos macht man dann, wenn der Druck da ist? Ablassen! Der eine geht zum Handbetrieb über, der andere benutzt dafür Kinder auf die kriminelle Art, und die Abschottung hinter dicken Gemäuern hilft vielen dabei, dass eben nichts, null, niente, nihil, ans Tageslicht kommt.‹« Die Stimme des Professors klang zornig.

Schorsch stimmte ihm inhaltlich zu, war aber doch erstaunt, wie aufgewühlt es aus Doc Fog herausbrach.

Gunda sagte: »Ich glaube auch, dass die Dunkelziffer gerade im Bereich Missbrauchsfälle in der katholischen Kirche sehr hoch ist. Und gehen wir mal davon aus, dass man diesem Pfarrer in Sachen Missbrauch auf die Schliche gekommen ist, so wundert es mich nicht, dass jemand Rache als Motiv haben könnte. Ich glaube daher eher nicht, dass dieser Pfarrer wieder auftaucht.«

Schorsch meinte: »Da könnte was dran sein, Gunda, denn das Video hat schon den Charakter eines Tribunals vermittelt. Die Szenen mit diesem Pfarrer, in diesem Raum, seine Antworten auf offensichtlich nur für ihn hörbare Fragen deuten fest darauf hin, dass man ihn vor den Kadi gestellt hat. Einen Kadi, der nicht erkannt werden will, aber womöglich über die Hintergründe der Taten Bescheid weiß. Woher er diese Informationen erlangt hat oder welche Insider ihm diese Informationen zugesteckt haben, das ist die große Frage, die es zu klären gilt.«

»Und wenn es eine ganz andere Variante ist?, warf Horst ein und fuhr fort: »Was ist, wenn ein mögliches Opfer hinter der Tat steckt, also Rache nehmen will für das, was ihm unter diesem Benedikt Fromm widerfahren ist? Wenn der Missbrauch Jahre zurückliegt und der damalige Geschädigte nun selbst zum Täter wird? Jemand, der das psychisch nicht verarbeiten kann. In all den Jahren ist er in ein tiefes Loch gefallen, und langsam haben sich Rachegelüste in ihm aufgebaut. Dann wäre der Absender dieses Pakets keineswegs diesem ominösen Conlegium Canisius zuzuordnen.«

Schorsch spann die Überlegungen weiter: »Dieser Name könnte auf einen geheimen Zirkel hinweisen, der Missbrauch an Schutzbefohlenen begeht oder in der Vergangenheit begangen hat. Denn, Leute, genau so kommt die Botschaft in dem Video mit Benedikt Fromm rüber.« Er sah seine Kollegen nicken und fuhr fort: »Fromm wird explizit auf dieses Conlegium Canisius angesprochen. Man zählt ihn quasi dazu. Und Fromm gesteht die Tat sogar ein. Also ist der Absender des Päckchens vermutlich derjenige, der ihm den Daumen abgeschnitten hat. Der Absender hat wahrscheinlich mit diesem geheimen Zirkel, mit dieser besagten Bruderschaft, überhaupt nichts zu tun.«

»Abgezwickt, meine Herren, meine Dame, abgezwickt«, korrigierte der Professor, der sich nach einem lauten »Pling« von der Besprechungsecke an seinen Computer begeben hatte und dort mit seiner Maus hantierte. »Meine Studenten haben mir die forensischen Fotos geschickt. Das Spurenbild sieht mir eher nach einer Zwickzange, also einem Seitenschneider oder einer Gartenschere, aus. Ob dies bei lebendigem Leib geschehen ist, kann man nicht sagen. Die vergrößerte Bildbetrachtung zeigt mir lediglich auf, dass bei diesem Betroffenen das Daumensattelgelenk mit einem Zwickwerkzeug am Vieleckbein gewaltsam entfernt worden sein muss. Und ich sag euch noch was, wenn diese Amputation ohne Narkose durchgeführt worden ist, dann muss dieser Mensch dabei wahnsinnige Schmerzen erlitten haben.« Kaum hatte der Doc seine Erläuterungen beendet, betrat seine Sekretärin mit einer Umlaufmappe das Büro.

»Haben wir schon ein Ergebnis vorliegen?« Professors Nebels Blick war auf seine Mitarbeiterin gerichtet, die ihm die Mappe entgegenstreckte. Doc Fog bedankte sich und studierte stillschweigend den Inhalt. Dabei kratzte er sich am Hinterkopf, blickte schließlich von den Unterlagen hoch in die Runde und sagte: »Also, jetzt haben wir es schwarz auf weiß: Sollte der Pfarrer noch am Leben sein, dann wird er sich künftig schwertun, mit vier Fingern der rechten Hand eine Bibel aufzuschlagen und eine heilige Messe abzuhalten.«

Schorsch registrierte, dass der Professor zu seinem trockenen Sarkasmus zurückgefunden hatte.

»Also haben die wohl tatsächlich ein Tribunal abgehalten und über den Pfarrer gerichtet. Wie auch immer, ob er noch unter uns weilt oder nunmehr dort oben im Auftrag seines Herrn als Türsteher die Himmelspforte bedient«, Schorsch deutete mit seinem rechten Zeigefinger an die Zimmerdecke, »diesen Benedikt Fromm werden wir vermutlich nicht so leicht finden.«

Gunda sagte: »Wo wollen wir jetzt mit unseren Ermittlungen ansetzen? Außer Finger und Video haben wir nichts. Nichts, was uns zu den Tätern führen könnte. Wir müssen herausfinden, was hinter diesem Conlegium Canisius steckt. Das ist der einzige Hinweis, der in dem besagten Video genannt und als Absenderangabe der Fingersendung verwendet wird. Vielleicht finden ja unsere Kriminaltechniker noch verwertbare Spuren an der Verpackung.«

Schorsch ergänzte: »Das ist wirklich der einzige Ansatz, Gunda, aber vielleicht sollten wir in den Räumlichkeiten seiner Kirche nach möglichen Hinweisen suchen. Ich sag mal, wenn der wirklich über Jahre hinweg Kinder oder Jugendliche missbraucht hat, dann könnte der Täter auch unter den Opfern sein. Daher kommen wir nicht drum rum, dass wir beiden Spuren folgen. Wir sollten herausfinden, wie Benedikt Fromm sein Leben als Pfarrer führte. Sollte er mit den Missbrauchsvorwürfen etwas zu tun haben, dann muss es noch Leute geben, die uns darüber etwas erzählen können. Und die werden wir finden.«

»Dann brauchen wir einen Beschluss für die kirchlichen Einrichtungen, die er betreut hat, ganz so einfach wie bei seiner Haushälterin wird es da nicht werden«, bemerkte Horst.

Schorsch nickte zustimmend in die Runde und sprach mit gesenkter Stimme: »Ich sehe schon wieder diesen Generalvikar vor mir mit seinen nervigen Fragen. Aber das wird Dr. Menzel nicht beeindrucken, im Gegenteil, der wird persönlich beim Ermittlungsrichter vorsprechen. Da bin ich mir ganz sicher, den Beschluss bekommen wir.« Dann wandte er sich an Doc Fog: »Alois, du hast uns sehr geholfen, zumindest sind wir jetzt schon mal einen Schritt weiter. Die Asservate sind bei dir am besten aufgehoben.«

Der Professor hob seine Hand. »Bevor ihr geht, ich möchte noch etwas Persönliches sagen.« Die drei Beamten, die schon aufstehen wollten, sanken noch einmal in ihre Sitze. Doc Fog blickte sie mit offenem Blick an, als er fortfuhr: »Ich bin bei dem Thema Missbrauch in der Kirche nicht der neutrale Wissenschaftler, als den ihr mich kennt. Mein Cousin Franz hat sich mit vierzehn umgebracht. Es gab damals Gerüchte um unseren Dorfpfarrer, er würde gerne mit einzelnen Ministranten in der Sakristei über den Katechismus reden. Jahre später hat mir meine Tante erzählt, dass Franz sie angefleht habe, nicht mehr Ministrant sein zu müssen. Was meint ihr, was sie sich nach seinem Tod für Vorwürfe gemacht hat, aber damals schien ihr undenkbar, dass der Pfarrer etwas anderes als ein Heiliger sein könnte.«

»Das tut mir leid, Doc. Das ist unfassbar schlimm.« Es war Gunda, die aussprach, was alle drei dachten.

Der Angesprochene lächelte kurz. »Danke. Nach Franz' Tod wurden die Gerüchte lauter, er war kaum das einzige Opfer. Der Pfarrer wurde kurzerhand versetzt, und wir bekamen einen neuen. Das war es, was die Kirche tat und bis heute tut. Verdächtige schnell woanders hinschieben in ihrem großen kirchlichen Kosmos. Aber nun versteht ihr, warum ich diesem Pfarrer Fromm keine Träne hinterherweinen kann.«

Schorsch drückte seinem Freund kurz den Arm. »Danke, Alois, für deine offenen Worte. Das Leid deines Cousins steht stellvertretend für so viel ungesühntes Unrecht. Wir haben einen verschwundenen Pfarrer zu finden, aber wir werden diese Hintergründe im Auge behalten. Wir halten dich auf dem Laufenden, in diesem Sinne erst einmal Mahlzeit, wir packen es.«

Eine Viertelstunde später meinte Gunda: »Leute, ich könnte etwas zum Essen vertragen, was meint ihr? Zurück zur Dienststelle oder kehren wir woanders ein? Vorschläge, meine Herren.« Gunda grinste in den Rückspiegel.

»Also, nur mal so erwähnt, heute gibt es bei Anneliese Hirschgulasch mit Semmelknödeln«, erinnerte Schorsch sie.

»Sehr gute Idee«, bestätigte Horst und nickte Schorsch zu.

»Also gut, überredet, dann fahren wir zurück und probieren mal, was uns Anneliese heute gezaubert hat«, stimmte Gunda zu.

Gegen 13.00 Uhr saßen die drei in der Polizeikantine und genossen Annelieses Hirschgulasch. Auch Raimar Schönbohm und Michael Wasserburger hatten es sich schmecken lassen und setzten sich nach ihrem Gulasch zu den dreien an den Tisch.

»Soderla, Herr Bachmeyer, was gibt's Neues aus Erlangen?«, fragte Schönbohm.

Schorsch informierte den Kommissariatsleiter über die neuen Erkenntnisse und ergänzte: »Michael, deine Kriminaltechnik sollte sich noch mal das Paket ansehen, in dem uns der Daumen zugeschickt wurde. Vielleicht finden sich ja noch weitere DNA-Anhaftungen davon. Und vielleicht finden wir noch etwas in der Wohnung des Opfers, Dr. Menzel wird uns einen Beschluss zur Durchsuchung erwirken. Irgendwelche Hinweise werden wir dort finden, da bin ich mir ganz sicher.« Schorsch tupfte sich mit der Serviette die Lippen ab, an denen noch ein Rest von Annelieses leckerer Sauce hing.

»Das sollten wir hinkriegen«, sicherte ihm Wasserburger zu. Michael Wasserburger war Leiter der Kriminaltechnik beim Polizeipräsidium Mittelfranken. Wenn es um die Auswertung von daktyloskopischem oder sonstigem Spurenmaterial ging, konnte man sich auf seine Auswerteergebnisse verlassen, auf die man nie lange warten musste. Denn Michael und sein Team arbeiteten Hand in Hand mit Robert Schenk, dem Leiter der Spurensicherung. Robert Schenk, von vielen Kollegen nur Robbi genannt, war ein Beamter, den man Tag und Nacht, egal ob Werk- oder Feiertag, erreichte. So hatte man bei der Nürnberger Mordkommission ein Team, das sich in jeder Hinsicht perfekt ergänzte. Die Spurensicherung und die Kriminaltechnik waren die Werkzeuge, die bei der Aufklärung von Straftaten Wesentliches leisteten. Ihnen und ihrer fortschreitenden Technik hatte man es zu verdanken, dass die nordbayerischen Ermittler bei der Aufklärung im Freistaat an erster Stelle standen.

4. Kapitel

*Donnerstag, 23. Mai 2019, gegen 18.30 Uhr,
nahe Hornschuchpromenade in 90762 Fürth*

Die Tafel war reichlich gedeckt, es war jedoch kein »epulum funebre«, wie man dies im Lateinischen oder als Geistlicher zu sagen pflegte. Es war auch kein Reueessen, wie man es im Rheinland abhielt, oder, auf Fränkisch gesprochen, der Leichenschmaus. Nein, es war eine Zusammenkunft, mit der die fünf Versammelten das Vollbrachte zufrieden feierten. Alle hatten an dem gedeckten Tisch Platz genommen. Auf ein Zeichen des Gastgebers erhoben sie die bleikristallenen Weinkelche. Darin schimmerte tiefroter Rebensaft im Schein der drei großen Kerzenleuchter, die in der Mitte der Tafel platziert waren. Mit Bedacht war die Farbe des Weins gewählt, denn er sollte an den Lebenssaft erinnern, das Blut, ohne das kein Lebewesen auf diesem Planeten zu leben vermochte. Die verschworene Runde wollte anstoßen auf das gemeinsam vollbrachte Werk.

Benedikt Fromm war Geschichte, man konnte ihn als verschollen bezeichnen. Den passenden Trinkspruch dafür hatte man gefunden. Es klang wie ein Glockenschlag, als sich die Bleikristallkelche in der Mitte des Tisches trafen. Fünf Kehlen stimmten gemeinsam an:

*»Hüte dich, dass du nicht dadurch ausgleitest
und hinfällst vor denen, die auf dich lauern.«*[*]

---

[*] Quelle: Altes Testament Das Buch Jesus Sirach 28

Nachdem der Toast feierlich im Raum verklungen war, ergriff der Gastgeber das Wort: »Danke für euer Kommen. Wieder haben wir es geschafft, gemeinsam das zu tun, wofür wir uns zusammengeschlossen haben. Dem Polizeipräsidium Mittelfranken wurde ein Überbleibsel unseres letzten Delinquenten zugespielt. Wir werden daher genau verfolgen, was die Presse über diesen Fromm und sein Verschwinden berichten wird. Nichtsdestotrotz müssen wir wachsam bleiben, heutzutage sind die Strafverfolger mit sehr guten technischen Mitteln ausgestattet. Die aktuelle Technik im Bereich Telekommunikation wird mit Künstlicher Intelligenz unterstützt, deshalb habe ich euch gebeten, heute ohne Mobiltelefon zu erscheinen. Wir müssen bei unseren künftigen Vorhaben auf der Hut sein. Das heißt für uns, dass wir bei jedem unserer Vorhaben genauso agieren müssen wie vor der Zeit der Mobiltelefone. Eine Peilung der geografischen Koordinaten jedes einzelnen Handys erfolgt heutzutage nicht nur über die produzierten Einloggdaten der einzelnen IMEI-Kennungen in den jeweiligen Funkzellen, die Künstliche Intelligenz ist inzwischen so weit fortgeschritten, dass Google und Co. kontinuierlich mitgelesen werden. Wenn wir online sind, wird jeder Schritt von uns von ›Alphabet Inc.‹ überprüft. Egal auf welchen Webseiten wir surfen oder auf welcher Auto-Route wir uns gerade befinden, dieser Konzern aus Mountain View in Kalifornien im Herzen des Silicon Valley wertet alle Daten von uns aus. Und seitdem die Künstliche Intelligenz hierbei zum Zuge kommt, gibt es fast keine Terroranschläge mehr. Habt ihr darüber schon mal nachgedacht? Denn jegliche Kommunikation weltweit wird überwacht.«

Einer der Zuhörenden nutzte die Pause, die der Redner einlegte, um einen weiteren Schluck Wein zu sich zu nehmen und danach anzumerken: « Ich möchte dich nicht unterbrechen, aber gestatte mir eine Zwischenfrage.«

Magnus, der deutlich älter war als der Sprecher, sah diesen mit einem zustimmenden Nicken an. »Frag nur, Thomas.«

»Wie gibt denn Google diese Informationen weiter, wer steckt da also noch dahinter?«

Der Ältere antwortete: »Thomas, es sind die Geheimdienste der Welt. Egal ob wir bei der National Security Agency, der NSA, anfangen, beim russischen FSB, dem Inlandsgeheimdienst der Russischen Föderation, dem Ministerium für Staatssicherheit der Volksrepublik China oder sämtlichen westlichen Diensten, egal, alle setzen die von Künstlicher Intelligenz gesteuerte Auswertungssoftware ein. Sei es in der Auswertung von Telekommunikationsgesprächen oder«, Magnus machte nachdenklich eine kurze Pause und fuhr fort, oder besser noch, seht die Chinesen an, Peking ist allen anderen Ländern große Schritte voraus in der Auswertung biometrischer Bilddaten.«

Der Blick des Gastgebers verweilte auf dem mittleren Kerzenleuchter, er machte erneut eine Pause. Es war mucksmäuschenstill im Raum, alle schauten auf Magnus. Der setzte seine Ausführungen fort, ohne aufzuschauen. »Ich gebe euch ein Beispiel. Was meint ihr, wie lange dauert es in Chinas Großstädten, bis ein Raubüberfall aufgeklärt ist? Wohlgemerkt, die Chinesen besitzen das ausgeklügelste und perfekteste Überwachungssystem auf diesem Planeten. Also, wie lange?« Er blickte jeden Einzelnen fragend an, doch keiner der vier anderen wagte eine Schätzung.

Magnus sah wieder zum Kerzenleuchter, und in seinen Pupillen konnte man wie in einem Spiegel die Kerzen flackern sehen. Nach einer weiteren Pause verriet er die Antwort: »Keine zehn Minuten, dann ist der Täter identifiziert.«

»Wie soll das funktionieren?«, fragte der aus der Runde, der neben Thomas saß.

Wieder kehrte kurz Stille ein, bevor Magnus antwortete:

»China ist ein totalitäres System. Totale Kontrolle durch den Staat, dieser Staat versucht, alle Bereiche des Lebens seiner Bürger zu kontrollieren, sei es die Familie, der Beruf, die Erziehung oder das Freizeitverhalten, jeder Schritt jedes Bürgers wird kontrolliert. Durch den Einsatz von Künstlicher Intelligenz ist man so weit, dass man die absolute Kontrolle über den einzelnen Bürger hat. Alleine in Peking kommen auf tausend Einwohner sechzig Kameras, Großbritannien legt da noch eine Schippe drauf, in London kommen auf tausend Einwohner siebzig Kameras. Und, Herfried«, er blickte auf den, der die letzte Frage gestellt hatte, »wie man im vergangenen Jahr beobachten konnte, sind die Anschläge von Islamisten spürbar zurückgegangen. Das hängt nicht nur mit dem Vergleich der biometrisch erfassten Bilddateien zusammen, hinzu kommt eine Rundumüberwachung aller geführten Telefonate und E-Mails durch die Geheimdienste. Durch speziell vorgegebene Keywords wertet die KI weltweit den Telekommunikationsverkehr aus. Schlägt dann eines der vorgegebenen Keywords in einem Telefonat auf, kann dieses Gespräch fünfzehn Minuten zurückverfolgt werden, um festzustellen, ob die Gesprächspartner sich nur über einen spannenden Krimi unterhalten, wo die Keywords ›Anschlag, Terror, Dschihad oder Allahu Akbar‹ wiedergegeben werden, oder ob sich die Gesprächsinhalte auf einen möglichen Raub oder einen Terroranschlag beziehen. KI wertet jedwede Telekommunikation aus und entscheidet in Bruchteilen einer Zeitschiene, ob man es mit bösen Buben zu tun hat. Und wenn wir schon mal dabei sind, leg ich noch eins drauf«, fuhr Magnus fort und scannte mit scharfem Blick seine Gäste: »Die biometrische Gesichtserkennung hat sich in den letzten Jahren durchgesetzt, aber es gibt noch ein viel besseres Tool der Chinesen. Die sind mittlerweile so gut, dass die Künstliche Intelligenz jeden Menschen auf diesem Planeten in

Sekundenschnelle an seinem Gang erkennen kann, denn jeder Schritt und Tritt ist einmalig. Werden also beide biometrische Tools durch KI verknüpft, ist eine eindeutige Identifizierung von Personen gewährleistet. Inzwischen arbeiten neben den Geheimdiensten auch mehr und mehr die Strafverfolgungsbehörden mit diesen Techniken. Gerade im Bereich der Kapitalverbrechen kommt sie immer mehr zum Tragen. Denn durch die KI wurde ein Meilenstein bei der Überwachung von Personen gelegt. Auch wenn wir hier im Westen von keinem totalitären System regiert werden, hat diese Technik auch bei unseren Geheimdiensten und Strafverfolgungsbehörden ihren Platz eingenommen, vielleicht nicht mit so harten Bandagen wie mit der Schritterkennung in China oder Russland, aber wir sind diesen beiden Staaten verdammt nahe.« Er machte erneut eine Pause und deutete mit seinem linken Zeigefinger auf eine vor ihm auf dem Tisch liegende Liste, seine rechte Hand ergriff den kristallenen Weinkelch, und er prostete ihnen zu: »Daher mein Appell an euch, künftig mit Bedacht und besonderer Sorgfalt vorzugehen, denn nur so wird es uns möglich sein, unentdeckt an die aufgelisteten Personen heranzutreten und ihre Namen einen nach dem anderen abzuarbeiten.«

Alle erhoben wieder ihren Weinkelch, und ein schmaler Mann ergriff zum ersten Mal das Wort: »Fromm ist Geschichte, welcher Name folgt auf ihn?«

Magnus antwortete: »Gute Frage, Gregor. Martin Helmreich ist an die erste Stelle getreten. Helmreich leitet seit Jahren die Pfarrkiche St. Walburga in Neuendettelsau-Petersaurauch. Helmreich ist sehr engagiert und durchaus beliebt in seiner Kirchengemeinde. Aber ich möchte Knut nicht vorgreifen.« Magnus' Blick war nun auf den fünften Mann in der Runde gerichtet, der einen Schnellhefter aus seiner Aktentasche zog und Augenblicke später das Wort übernahm: »Ja, auch dieser

Martin Helmreich hat eine dunkle Vergangenheit. Helmreich wuchs in Wassermungenau auf. Nach seiner Ausbildung, Helmreich studierte wie Fromm in Innsbruck, wurde er zur Diözese Eichstätt berufen und unterrichtete unter anderem an der Mädchenrealschule in Abenberg. Im Juni 2014 soll sich Helmreich an der jungen Schülerin Isabell Hörmann vergangen haben, Isabell Hörmann war zu dieser Zeit Ministrantin in der örtlichen Kirchengemeinde, die Helmreich leitete. Helmreich, damals ein charmanter Mittdreißiger, schaffte es, das Vertrauen des Teenagers zu gewinnen. Und er soll es in der Tat geschafft haben, so die späteren Angaben der Schutzbefohlenen, sie sexuell hörig zu machen. Den Stein ins Rollen brachte Isabells Mutter, als sie eines Tages heimlich das Tagebuch ihrer Tochter studierte.«

Gregor warf ein: »Dann hat ihre Mutter Helmreich angezeigt?«

Knut nickte zustimmend und fuhr fort: »Ja, aber zuerst konfrontierte die Mutter ihre Tochter, als diese mittags von der Schule nach Hause kam, mit dem Inhalt des Tagebuchs. Isabell stritt vehement den Wahrheitsgehalt ab und behauptete, alles nur als Schwärmerei erfunden zu haben. Nachmittags kam es dann zum Streit, als die Mutter ihrer Tochter erklärte, dass sie noch am späten Nachmittag, nach der Rückkehr ihres Vaters, zur Polizei gehen werde. Man werde gegen Helmreich Strafanzeige stellen. Isabell entriss der Mutter ihr Tagebuch und verließ das Haus. Die letzten Zeugen, die Isabell an diesem Tag noch gesehen haben, berichteten, dass der Teenager mit dem Fahrrad in Richtung Kirche gefahren sei.«

»Was passierte dann?«, fragte Herfried gespannt.

Knut blätterte in seinem Schnellhefter, wie, um sich noch einmal zu vergewissern. »Von diesem Zeitpunkt an verliert sich ihre Spur. Als Isabell zum Abendessen nicht erschien, machten sich die Hörmanns auf den Weg zur Polizei.«

»Haben sie dann Helmreich angezeigt?« Diesmal war es Thomas, der fragte.

»Nein, eben nicht«, antwortete Knut und fuhr fort: »Isabell hatte ja ihr Tagebuch mitgenommen. Ohne das Tagebuch, also ohne das von ihr niedergeschriebene Belastungsmaterial gegenüber Helmreich, hatte man nichts in der Hand. An dem Abend zeigten die Eltern nur das Verschwinden ihrer Tochter an. Erst drei Tage nachdem Isabell das letzte Mal gesehen worden war, machten die Eltern sich erneut auf den Weg zur Polizei. Da erst erzählte die Mutter, was sie im Tagebuch der Tochter gelesen hatte, und belastete Pfarrer Helmreich damit schwer.«

»Hat man Helmreich damit konfrontiert?«, hakte Thomas nach.

»Das war nicht so einfach. Die Polizei hatte nur die Angaben von Isabells Mutter, andere Beweismittel hatte man nicht. In Isabells Zimmer fand man keinerlei Hinweise auf sexuellen Missbrauch durch ihren Pfarrer. Nichts von dem, was Frau Hörmann gegenüber der Polizei versicherte, in dem Tagebuch gelesen zu haben, konnte in irgendeiner Form bewiesen werden.«

»Was war mit den Zeugen, die Isabell noch auf dem Fahrrad gesehen hatten, welche Angaben konnten die machen?«, fragte Magnus.

»Beide waren auf dem Weg zum Friedhof, als das Mädchen an ihnen im Pfarrgartenweg vorbeifuhr. Dies war zwar in unmittelbarer Nähe des Pfarrhauses, aber beide Zeugen hatten nicht gesehen, ob Isabell dort angehalten hat. Es war ja nur eine Momentaufnahme, der man üblicherweise keinerlei Beachtung schenkt«, antwortete Knut.

»Hat man diesen Pfarrer oder seine Haushaltshilfe mit diesen Zeugenaussagen konfrontiert?«, hinterfragte Gregor.

Knut nickte zustimmend und sagte: »Die Haushälterin war an diesem Nachmittag beim Friseur gewesen, sie hatte einen halben freien Tag und kam erst am nächsten Morgen wieder ins Pfarrhaus. Pfarrer Martin Helmreich sagte aus, dass das Mädchen an dem Tag nicht bei ihm gewesen sei. Nachdem die Hörmanns Anzeige gegen ihn erstattet hatten, wurde der Pfarrer in die Diözese Eichstätt einbestellt und von der gegen ihn vorliegenden Anzeige in Kenntnis gesetzt, so ist es in den Protokollen der zuständigen Polizeiinspektion zu lesen. Doch die von Frau Hörmann erhobenen Vorwürfe liefen ins Leere. Man hatte nichts gegen Helmreich in der Hand. Nichts.«

»Wie ging es dann weiter, blieb das Mädchen verschwunden?« Es war wieder Magnus, der fragte und wie alle Zuhörer des Kreises an Knuts Lippen hing.

»Eine große Suchaktion begann, weder eine Hundertschaft der Bereitschaftspolizei noch die Wärmebildkameras der eingesetzten Polizeihubschrauber fanden Hinweise auf das verschwundene Mädchen. Im September 2014, nach monatelangen Aufrufen in der Presse und in sozialen Netzwerken, flachte die Suche nach Isabell ab. Resignation seitens der Strafverfolgungsbehörden, ihrer Mitschüler sowie ihrer Familie machte sich breit, denn es gab keinerlei Spuren von dem Teenager, dem Fahrrad, von Kleidungsstücken oder dem Tagebuch. Isabell war verschollen.« Kurz hielt er inne, wie um sich zu besinnen, dann fuhr er fort: »Es war schon Januar 2015, bis man eine erste Spur von dem Mädchen fand. Ein Angler des Nordbayerischen Angelvereins, der an diesem Morgen in Untereschenbach auf Hechtjagd war, fühlte beim Einsatz seines Wobblers unter der Brücke einen schweren Brocken an seiner Leine. Im ersten Moment dachte er an einen Zander, denn der Fang zog sich wie ein nasser Sack durch die Fränkische Rezat. Die aggressiven Fluchten, die ein kapitaler Hecht versucht hätte, womöglich mit Sprüngen, blieben aus. Sein Kescher blieb trocken, als er den Fang anlandete. Statt eines Fisches war es ein rosafarbenes Fahrrad, das er in der Fränkischen Rezat geangelt hatte. Der Petrijünger erinnerte sich an das verschwundene Mädchen, auch er hatte den Fall in den Zeitungen verfolgt. Überall hingen Plakate mit einem Foto der Vermissten und einem Modell ihres pinken Mädchenrads, das mit ihr verschwunden war. Er informierte die Polizeiinspektion Heilsbronn über den Fund, den er an der Brücke abgestellt hatte, bis die Polizei ihn abholte. Es war Isabells Fahrrad, wie kurze Zeit später anhand der Rahmennummer bestätigt werden konnte. Berufstaucher kamen zum Einsatz, die Fränkische Rezat wurde von Windsbach bis zum Swin-Golf Pflugsmühle tagelang abgesucht. Vergebens. Von dem Teenager fehlte jede Spur.«

»Dann ist das Mädchen bis heute verschollen?«, vermutete Gregor.

»Nein, Gregor, die sterblichen Überreste von Isabell Hörmann wurden letztes Jahr im September gefunden. Also das, was Wildschweine oder Raubwild von ihr übrig gelassen haben. Pilzsammler fanden unweit von Untereschenbach in einem angrenzenden Jagdrevier einen Schädel. Eine DNA-Analyse brachte die Gewissheit, dass es das Haupt von Isabell war. Und jetzt haltet euch fest, wer glaubt ihr, wer in diesem Revier zur Jagd geht?« Knut blickte fragend in die Runde.

»Keine Ahnung, mach es nicht so spannend«, meinte Herfried.

Magnus aber fuhr dazwischen und meinte: »Warte noch mit deiner Antwort, Knut, und lass uns unsere Kelche füllen.« Er stand auf und schenkte nach. Sie stießen an, was die Neugierde auf das Ende der Geschichte noch erhöhte.

Knut genoss den Augenblick der Spannung, dann sprach

er weiter. »Pfarrer Helmreich, in diesem Revier geht Pfarrer Helmreich der Jagd nach. Helmreich ist seit Jahren Jäger.«

Diese Äußerung brachte Bewegung in die Zuhörer. Der eine hob das Glas zum Mund, der andere fuhr sich mit der Hand durchs Gesicht, dem dritten entfuhr ein »Nein!«

Herfried schaute skeptisch drein. »Aber wenn er mit dem Verschwinden des Mädchens etwas zu tun gehabt hätte, wäre es ja blöd, die Leiche des Mädchens dort zu vergraben, um sie zu entsorgen.«

Magnus sagte: »Vielleicht hat er Isabell im angrenzenden Nachbarrevier verscharrt, und nur durch einen dummen Zufall wurden die sterblichen Überreste durch Schwarzwild oder Raubwild in sein Revier verlagert. Fuchs und Dachs leben ja in guter Nachbarschaft, beide sind Allesfresser. Vielleicht fühlte sich Helmreich sicher, in all den Jahren wurde Isabell ja nicht gefunden. Die Vermisste ist in Vergessenheit geraten.«

»Hat sich dieser Pfarrer irgendwie dazu geäußert, als er mit dem Fund in seinem Revier konfrontiert wurde?«, fragte Thomas.

Auch das wusste Knut zu berichten. »Als die Polizei ihm offenbarte, dass der Schädel von Isabell Hörmann stamme und es schon sehr merkwürdig sei, dass die Vermisste gerade in seinem Revier aufgefunden wurde, machte Helmreich keine Angaben, die ihn hätten belasten können. Er vermutete, dass der oder die Täter damals den Teenager womöglich in irgendein Waldstück entführt hätten, dass es also reiner Zufall sei, dass dies sein Revier gewesen war. Er betonte aber auch, dass womöglich der oder die Täter damals bewusst das Mädchen dort abgelegt hätten, um ihn dem Verdacht auszusetzen, irgendetwas mit der Tat zu tun zu haben. Denn natürlich war es wie ein Lauffeuer durch den Ort gegangen, als die Eltern von Isabell ihn wegen sexuellen Missbrauchs angezeigt hatten.

Auch wenn es keine Beweise gab, Pfarrer Helmreich wurde diskreditiert, die Kirchenbesuche gingen merklich zurück, fast keiner in der Kirchengemeinde besuchte mehr seine Heilige Messe. Die Kirchenoberen reagierten und zogen Helmreich aus der Kirchengemeinde ab. Da es auch nach dem Fund des Schädels keinerlei Beweismittel für eine mögliche Tatbeteiligung Martin Helmreichs gab, wurde der Fall Isabell Hörmann von der Mordkommission schließlich als Cold Case abgelegt.«

Gregor fragte: »Ist denn Pfarrer Helmreich der Täter, was spricht dafür?«

Magnus übernahm die Antwort: »Das hier, diese blaue Liste. Diese Namen wurden uns von ehemaligen Angehörigen des Conlegium Canisius bestätigt, als sie auf dem Förderband des Albach Silvator 2000 abgelegt wurden und sich die Dieselmotoren in Bewegung setzten. Zwei der Angehörigen dieser Bruderschaft bestätigten unabhängig voneinander die Namen ihrer Glaubensbrüder. In diesem erlauchten Kreis unterhielten sie sich über ihre Verbrechen an den unschuldigen Kindern und Jugendlichen. Einige dieser Kirchenoberen prahlten regelrecht damit, wie einfach es sei, unter dem Schutz der katholischen Kirche solche Taten zu begehen. Immer wieder verhielten sich die Kirchenoberen, auch die, die nicht zu den Tätern gehörten, gegenüber den Betroffenen herrisch, überheblich und bisweilen hinterhältig. Wichtiger als das Leid der Opfer war für sie immer das Ansehen der Kirche.«

Magnus beugte sich mit seinem Oberkörper über den Tisch, seine Zuhörer machten unwillkürlich die gleiche Bewegung, wodurch sie mit ihren Köpfen eng zusammenkamen und alle der Erzählung folgen konnten, obwohl Magnus nun ganz leise sprach. »Es bestehen seit Langem rechtliche Vorbehalte gegenüber der seit Jahrzehnten angewandten Praxis, Geistliche, die im Verdacht stehen, sich des sexuellen Missbrauchs an Kindern oder Schutzbefohlenen strafbar gemacht zu haben, leichtfertig auf einen anderen Dienstposten zu versetzen. In prekären Fällen erfolgte sogar eine Versetzung ins Ausland, nur um einen Skandal in der Presse oder den Medien zu vermeiden. Derartige Maßnahmen dienen nur dazu, das öffentliche Bekanntwerden solcher Übergriffe zu verhindern und die Pflicht zur Sachverhaltsaufklärung nach der Strafprozessordnung und eine etwaige Verurteilung dieser Kinderschänder seitens der Kirche explizit zu unterbinden. Meine Herren, diese verruchte Bruderschaft sucht Schutz und findet Schutz für ihre Taten hinter den dicken Mauern der katholischen Kirche. Hier fühlen sich die Schänder sicher, weil sich immer noch kaum jemand an das christliche Bollwerk herantraut. Seit Jahrhunderten gibt es unzählige Missbrauchsopfer, weltweit, und fast jeder der Täter kommt mit maximal einem blauen Auge davon. Wollen wir das? Wir können diesen Missbrauch nicht verhindern, er wird immer wieder stattfinden, solange es Menschen auf diesem Planeten gibt. Eine Expertenkommission[*] kam zu dem Schluss, dass es gerade in der katholischen Kirche ein katastrophales Ausmaß an Versagen der Führungskräfte war, das die Täter über mehrere Jahrzehnte in ihrem verbrecherischen Treiben sehenden Auges gewähren ließ. Das soll vor allem vor den Neunzigerjahren in einer Vielzahl an Fällen dazu geführt haben, dass eine große Zahl von Kindern, Familien und größeren Gemeinschaften viel Leid erdulden musste. Geschädigten sei man kirchlicherseits mit Gleichgültigkeit und Ignoranz begegnet. So weit zu unseren ›Scheinheiligen‹.«

Herfried fragte: »Welche Aufgaben nimmt Helmreich heute wahr?«

---

[*] Gutachten Bistum Aachen von RA´s Westpfahl Spilker Wastl München, 09. November 2020

Knut übernahm wieder: »Wie ich gerade angedeutet habe, hat man Helmreich schlichtweg weggelobt und ihn in das Bistum Eichstätt zurückbeordert, dort hält er nun regelmäßig weiterhin Messen ab und betreut zudem noch die umliegenden Krankenhäuser und Altenheime. Vom Schulunterricht hat man ihn aber ferngehalten, zu groß wäre der Aufschrei, wenn man weitere Anschuldigungen gegen diesen Pfarrer vernehmen würde. Die Kirchenoberen haben ihn daher aus der Schusslinie genommen. Sie glauben, dass während der Heiligen Messe, bei Krankensalbungen in Altenheimen oder Krankenhäusern ein weiterer Missbrauch durch Martin Helmreich nicht zu befürchten sei.«

»Und wie kommen wir an ihn heran?«, fragte Herfried.

Auch das konnte Knut berichten: »Unser Herr Pfarrer geht nach wie vor jagen. Sein Revier hat sich nicht geändert. Es wäre demnach am besten, ihm dort aufzulauern, wo man die sterblichen Überreste von Isabell Hörmann gefunden hat.«

Magnus nickte zustimmend und rezitierte mit leiser Stimme:

»Ich bin die Wärme deines Herdes an kalten Winterabenden.
Ich bin der Schatten, der dich vor der heißen
Sommersonne beschirmt.
Meine Früchte und belebenden Getränke
stillen deinen Durst auf deiner Reise.
Ich bin der Balken, der dein Haus hält,
die Tür deiner Heimstatt,
das Bett, in dem du liegst, und
das Spant, das dein Boot trägt.
Ich bin der Griff deiner Harke,
das Holz deiner Wiege und
die Hülle deines Sarges.[*]

---

[*] Quelle : unbekannt

Das Revier des Kinderjägers ist ein guter Platz, um ihn anzutreffen. Der Pfaffe soll ein Gejagter werden, ein gejagter Kinderjäger, der uns vielleicht weiterführen wird zum nächsten Täter.« Magnus hielt kurz inne, klopfte mit seinem rechten Zeigefinger auf die blaue Liste und fuhr fort: »Um Taten des Conlegium Canisius aufzuklären und Sühne herbeizuführen.« Er hob seinen Kelch und prostete in die Runde: »So soll es sein.«

5. Kapitel

Montag, 03. Juni 2019, 18.43 Uhr, Revier Untereschenbach, nahe Aufforstungsfläche »Brunner-Quell«

Martin Helmreich stellte seinen grauen Lada Niva in einem Seitenweg nahe der Brunner-Quell-Kanzel ab. Der GPS-Tracker, der vor vier Tagen unter der Stoßstange des Ladas platziert worden war, leistete ganze Arbeit. Dieses Echtzeit-Tracking zeigte dem Besitzer die Position des Wagens mit einer Genauigkeit von bis zu fünf Metern.

Helmreich öffnete seinen Kofferraum und schulterte seinen Jagdrucksack, griff zum Gewehrholster, zog seine Bockbüchse heraus und schulterte auch diese. Die Jagdeinrichtung am Brunner Quell war gerade mal zweihundert Meter Luftlinie entfernt. Der Pfarrer sperrte seinen Wagen zu und machte sich auf den Weg zu der Kanzel, wo er seit Beginn der Bocksaison auf einen starken Rehbock wartete. Helmreich hatte dieses Stück bereits im April immer wieder im Anblick, aber just als die Jagdsaison am 1. Mai begonnen hatte, war der Bock verschwunden und ließ sich nicht mehr auf der freien Fläche des Brunner-Quell blicken. Fast wöchentlich kam er seitdem her und wartete stundenlang auf diesen einen Bock. Vergebens. Lediglich sein dumpfes »Bellen« oder »Schrecken«, wie man den Laut in der Jägersprache bezeichnete, konnte er aus dem angrenzenden Waldstück vernehmen. Ein Reh-Laut, mit dem das Stück einem potenziellen Fressfeind mitteilt, dass es ihn entdeckt habe und nunmehr eine weitere Jagd zwecklos sei. Für Helmreich klang das, als ob das Stück wusste, dass seine Stunde geschlagen hatte. Dann würde er mit dem Gehörn als Trophäe bei der im Herbst anstehenden Hegeschau einen der vorderen Plätze belegen können.

Langsam pirschte sich Martin Helmreich zur Jagdeinrichtung. Es war noch hell, auf seiner Jagd- und Wetter- App wurde der Sonnenuntergang für 21.28 Uhr angekündigt, somit hatte er noch genügend Zeit, sein Ziel zu erreichen und dort sitzend Ruhe einkehren zu lassen. Das würde einen Jagderfolg herbeiführen, freute er sich. Heute war alles perfekt, der Wind kam aus Südwest, was ideal für diese Ansitzeinrichtung war. Denn der Wind war das A und O beim Jagen; saß man im falschen Wind, dann wartete man vergebens, denn das Wild witterte einen bereits auf weite Distanzen.

Heute jedoch musste Pfarrer Helmreich nicht lange warten, bis er etwas im Anblick hatte, er musste nicht viel Sitzfleisch mitbringen, denn kurz nach 19.30 Uhr vernahm er ein Klopfen. Es war ein Geräusch, als ob jemand auf eine Motorhaube klopfte. Nur Helmreichs Fahrzeug stand in unmittelbarer Nähe dieser Jagdeinrichtung, es musste also sein Wagen sein, an den geklopft wurde, denn ein anderes Fahrzeug hatte er bei der Anfahrt nicht bemerkt. Würde er jetzt nachsehen, ob die Geräusche tatsächlich von dort kamen, würde er das Wild vergrämen und seine Jagd damit beenden, bevor sie begonnen hatte.

Verärgert brach Helmreich seinen Ansitz ab, entlud seine Büchse, packte sein Optolyth-Fernglas in den Jagdrucksack und baumte ab. Dabei wurde er immer wütender und machte sich schließlich zornesgeladen auf den Weg zu seinem Fahrzeug. Von Weitem konnte er schon sehen, dass sich drei Gestalten an seinem Geländewagen aufhielten und gestikulierten. Einer klopfte immer wieder auf die Motorhaube. Was sollte das? Irgendetwas stimmte nicht. Pfarrer Helmreich wurde misstrauisch und versuchte, die drei Männer trotz seiner Unruhe in gelassenem Tonfall anzusprechen: »Was machen Sie hier, weshalb klopfen Sie auf die Motorhaube meines Wagens und verursachen diese Geräusche? Damit vergrämen Sie mir das ganze Wild.«

Einer der drei Männer fragte ihn: »Martin Helmreich?«

Der Waidmann erwiderte: »Ja, warum? Woher kennen wir uns, und was soll dieser verdammte Lärm? Was machen Sie hier in meinem Revier?«

Der aus der Gruppe, der am ältesten aussah, antwortete: »Ihre Jagd ist jetzt zu Ende, das letzte Halali kann geblasen werden.« Als wäre das ihr Kommando, näherten sich die beiden anderen schnellen Schrittes. Helmreich hatte keine Chance, zu reagieren oder in irgendeiner Form Widerstand zu leisten. Noch weniger blieb ihm Zeit, seine Waffe auf die drei Fremden zu richten. Helmreich wurde überwältigt, einer entriss ihm seine Büchse, und ein anderer warf seinen Jagdrucksack auf den Boden. Er spürte, wie ein feuchter Lappen mit einem süßlichem Geruch auf seinen Mund und die Nase gepresst wurde. Helmreich wurde schummrig und verlor Augenblicke später das Bewusstsein.

Der neue Tag war bereits angebrochen, als der Pfarrer wieder zu Bewusstsein kam. Er befand sich in einem kleinen Raum, in dessen Mitte ein alter, großer Holztisch stand. In der Mitte des großen Tisches, der von drei Petroleumleuchten und drei Kerzen illuminiert wurde, stand ein silbernes Standkreuz mit dem Gekreuzigten. Hinter dem Tisch saßen die drei Gestalten aus dem Wald, die Leute, die Helmreich überwältigt hatten. Sie hatten ihn auf einem Rollstuhl mit Handschließen fixiert und ihnen gegenüber platziert. Alles, was Helmreich noch am Körper trug, waren ein schlichtes, weißes Totenhemd aus Leinen und ein hölzerner Rosenkranz mit acht Millimeter großen Eben- und Olivenholzperlen, einem silbernen Kruzifix und einem silberfarbenen Siegelring. Seine rechte Hand konnte der Pfarrer frei bewegen.

Helmreich zitterte, denn er hatte Angst. Mit starrem Blick beobachtete er die drei Männer auf der gegenüberliegenden Tischseite, die in gespenstischer Ruhe ihr Opfer beäugten. Das Einzige, was man im Raum vernehmen konnte, war das Ticken einer alten Wanduhr, die kurz davor war, die zweite Stunde des neu angebrochenen Tages anzuläuten. Martin Helmreichs Blick schweifte nun zum silbernen Standkreuz auf dem Tisch. Das Haupt des Gekreuzigten war auf ihn ausgerichtet. Als das Glockenwerk der Uhr ertönte, ergriff wiederum der Älteste der drei Männer das Wort:

»Die Zeit heilt nicht alle Wunden, sie lehrt uns nur, mit dem Unbegreiflichen zu leben...

Ist es nicht so, Pfarrer Helmreich? Warum sind Sie heute hier in diesem schlichten Raum? Was lief in Ihrem Leben anders als bei anderen? Präziser gefragt: Was ist bei Ihnen alles aus dem Ruder gelaufen in Ihrem Umgang mit Schutzbefohlenen? Erzählen Sie davon. Brauchen Sie eine kleine Gedankenstütze oder kommen Sie selbst darauf, warum Sie heute hier sind?«

Der Geistliche hatte immer noch seinen Blick starr auf den Gekreuzigten gerichtet, fast schien es, als habe er die Frage seines Gegenübers nicht verstanden. Das Ticken der alten Uhr klang in seinen Ohren nach dieser Frage lauter, das Ticktack war wie das Stakkato seiner verbliebenen Zeit, die erbarmungslos verstrich, Sekunde um Sekunde. War es so? Hatte seine letzte Stunde geschlagen? Was wussten die drei Männer von ihm? Woher hatten sie gewusst, wo er zu finden war? Was hatten sie mit ihm vor?

Obwohl sich der Pfarrer darauf konzentrierte, das Zittern seiner Hände zu bändigen, schaffte er es nicht. Die Angst stand ihm ins Gesicht geschrieben, Schweiß lief über seine Stirn. Er wandte seinen Blick auf seine Gegenüber und realisierte, dass die drei auf eine Antwort warteten. Auf eine Antwort, die nur er geben konnte. Wie Blitze schossen ihm Erinnerungen durch den Kopf. All das Unrecht, das er seinen Schutzbefohlenen vor Jahren angetan hatte, lief vor ihm ab wie ein böser Film. Er versuchte, sein Unrechtsbewusstsein zu verdrängen. Doch die Bürde der Schuld ließ sich nicht verdrängen, sie verstärkte sein Zittern, als er schließlich anfing zu sprechen: »Ich weiß nicht, warum Sie mich heute entführt und hierhergebracht haben. Wenn Sie Ihre Anschuldigungen näher ausführen könnten, wäre ich Ihnen dankbar.«

Magnus hatte in der Mitte zwischen den beiden anderen Anklägern

Platz genommen und betrachtete sein Gegenüber mit stoischem Blick. »Dann wollen wir Ihnen auf die Sprünge helfen, Herr Pfarrer. Es gibt viele Beispiele, es wäre zu zeitaufwendig, hier und heute alle aufzuarbeiten. Daher möchten wir Ihnen zwei konkrete Fragen stellen. Überlegen Sie genau, wie Sie diese Fragen beantworten. Die erste Frage lautet: Wie lange gehören Sie dem Conlegium Canisius an, und die zweite Frage: Wie war das damals mit Isabell Hörmann? Nicht alles, aber einiges ist uns bekannt, und heute wollen wir die Geschichte von Ihnen hören. Wir wissen, Sie haben das Versprechen des Zölibats gebrochen und, schlimmer noch, tiefes Leid über Ihnen anvertraute Kinder und Jugendliche gebracht. Wo wollen wir anfangen, bei diesem geheimen Bund, der geheimen Bruderschaft, die sich seit Jahrhunderten anmaßt, ihre verbotenen sexuellen Gelüste an Schutzbefohlenen auszuleben? Oder wollen wir mit Isabell Hörmann beginnen, einem Ihrer Schäflein, ein Mädchen, das Ihnen zu erklären versucht hatte, dass ihre Familie über die Umstände der bestehenden sexuellen Beziehung zu Ihnen Kenntnis erlangt hatte. Und dass die Eltern nicht nur die Staatsanwaltschaft, Ihren Generalvikar, sondern auch noch die öffentlichen Medien hierüber unterrichten könnten. Musste das Mädchen sterben, sterben dafür, dass die Öffentlichkeit nichts davon erfahren durfte? Denn nachdem Isabell verschwunden war, gab es einen kleinen Lichtblick am Ende des Tunnels. Einen Hoffnungsschimmer, von dem Sie profitieren konnten. Man konnte vielleicht künftig den möglichen Tatvorwurf des sexuellen Missbrauchs nicht mehr rückgängig machen, aber den Fragen der Staatsanwaltschaft, der Medien und der vorgesetzten Kleriker im Bistum konnten Sie entgegenhalten, dass keinerlei Beweise für solch eine infame Anschuldigung vorlagen.

Solange das Mädchen lebte, waren Sie in Gefahr, entdeckt, verfolgt und verurteilt zu werden. Sie hätten Ihr Priesteramt verlieren können. Somit musste das Mädchen verschwinden. Verschwinden auf Nimmerwiedersehen. Man hat sie Jahre später gefunden, die Leiche von Isabell. Dennoch blieb die Tat bis dato ungesühnt. Aber heute ist der Tag gekommen, wo sich der Täter rechtfertigen kann und wird, hier in unserer Zusammenkunft.«

Nach diesen Worten war es still. Magnus sah erst die beiden rechts und links neben ihm Sitzenden an, die ihm still zunickten. Dann wandte er seinen Blick zum Angeklagten.

Dem Gottesmann lief der Schweiß über die Stirn. Als er versuchte, den Schweiß mit seiner rechten Hand abzuwischen, sah man, wie sehr die Hand zitterte. Seine linke, fixierte Hand hatte sich in den Saum des Totenhemdes verkrallt, die Knöchel stachen weiß heraus. Helmreich atmete schwer. Die Ausführungen von Magnus hatten einen inneren Kampf in ihm ausgelöst. Er ließ seine rechte Hand in seinen Schoß sinken und blickte Magnus grimmig in die Augen. Seine Zornesfalten stachen hervor, als Helmreich auffuhr: »Was bilden Sie sich eigentlich ein, wer Sie sind, mich mit solchen Anschuldigungen zu konfrontieren? Diese Isabell Hörmann war eine Schlampe, die Sachen über mich verbreitet hat, welche meinem Ansehen in der Kirchengemeinde schadeten. Diese Hörmann war ein ausgebufftes Luder, das sich mit frei erfundenen Geschichten in ihrem Freundeskreis hervortat, mehr aber auch nicht. Mich mit einer erfundenen Affäre zu diskreditieren, machte ihr Spaß. Ich habe mit dem Verschwinden des Mädchens nichts zu tun. Sie halten mich hier fest und stellen Behauptungen auf, die in keinster Weise haltbar sind. Lassen Sie mich endlich frei. Sie haben keinerlei Beweise für Ihre Anschuldigungen«, schrie der Kleriker erbost in den Raum und versuchte dabei, mit seiner rechten Hand ruckartig seine linke Handfessel loszureißen. Vergeblich.

Sein Zorn verrauchte so schnell, wie er gekommen war, denn die Ausweglosigkeit seiner Situation war offensichtlich. Magnus beobachtete ihn streng und schweigend.

Mit nunmehr flehenden Blicken sah der Gefangene zu seinen Peinigern, und Magnus fragte ihn: »Wie heißt es in Exodus 20:16?«

Der Gottesmann heulte auf.

Magnus sprach: »*Nicht sollst Du sprechen gegen deinen Nächsten als Zeuge der Lüge*«, und ergänzte: »Genau das trifft auf Sie zu, Pfarrer Helmreich. Leugnen Sie nicht weiter, räumen Sie endlich ein, was wir Ihnen hier und heute zur Last legen. Ihre Lage ist aussichtslos, es gibt kein Entrinnen für Sie!«

Mit weinerlichen Worten versuchte der Geistliche nun, doch noch einen Ausweg für sich zu finden: »Sie müssen mich verwechseln. Ich bin nicht derjenige, den Sie suchen.«

»Ach ja, eben noch die Schlampe und das ausgebuffte Luder«, schrie Knut ihn an und hätte noch mehr gesagt, hätte Magnus ihn nicht unterbrochen, indem er seine Hand auf den Tisch donnern ließ. Denn Magnus wollte das Wort wieder übernehmen und sprach in ruhigem Ton: »Sie und wir wissen, dass wir Sie nicht verwechselt haben. Sie sind der, den wir gesucht und gefunden haben. Sie sind Mitglied dieser Bruderschaft.«

Helmreichs Blick wurde glasig, und er starrte auf das Standkreuz in der Tischmitte. Stille kehrte ein, nur das Ticken der alten Uhr übertönte die Stille des Raumes. Die Sekunden verstrichen, ticktack, ticktack. Thomas, Knut und Magnus sahen Helmreich schweigend an und warteten auf weitere Reaktionen des Geistlichen.

Helmreichs Blick war starr auf das abgesenkte Haupt des Erlösers auf dem Tisch gerichtet, als er mit nun leiser Stimme sagte: »Es gab keine Grenzen in der Bruderschaft. Auch körperliche Gewalt, ja mitunter Gewaltexzesse gehörten für viele in der Bruderschaft zu ihrem üblen Tun. Das Mädchen hat mich gelockt und verführt, sie war die Prüfung, die mir der Teufel geschickt hat und der ich nicht widerstehen konnte. In der Bruderschaft fand ich Verständnis. Als Isabell damals bei mir zu Hause erschien, das erinnere ich, als wäre es gestern gewesen. Ihre Mutter hatte Kenntnis über unsere Affäre bekommen, indem sie im Tagebuch ihrer Tochter gelesen hatte. Nicht nur meiner, auch Isabells Ruf wäre ruiniert gewesen, wäre das bekannt geworden. Ich versuchte, sie zu beruhigen, und war doch selbst voller Furcht, was passieren würde, wenn durch ihre Mutter alles ans Tageslicht kommen würde. Es ging nicht nur um den guten Ruf der Mädchenrealschule, nein, hier draußen im Rother Umland im Grenzland zu Ansbach hätte die evangelische Kirchengemeinde mit Fingern auf die katholische Kirche gezeigt. Auch daran musste ich denken.«

Der Pfarrer machte eine Pause, das Reden, sein Schuldeingeständnis strengten ihn sichtlich an. Erneut bildeten sich Schweißperlen an beiden Schläfenseiten, die langsam über die Wangen und den Hals des Priesters nach unten wanderten und vom Totenhemd Helmreichs aufgesogen wurden. Waren es die Einsicht, dass er seinen Peinigern nicht entkommen konnte, die Furcht vor Folter oder ein inneres Verlangen, eine Beichte abzulegen, die ihn reden ließen? Was immer ihn antrieb, seine drei Zuhörer hüteten sich, seine Rede zu unterbrechen. Diese schien er mehr an das Kruzifix auf dem Tisch zu richten als an die lebenden Anwesenden. Doch sprach er jetzt die Wahrheit oder dachte er sich eine neue Geschichte aus, um seine Richter zu besänftigen?

Magnus, der den Ausführungen von Helmreich aufmerksam zuhörte, schien geneigt, es als Beichte zu sehen. Er forderte den Pfarrer auf: »Wir wollen, dass Sie vollumfänglich hier und jetzt die Tat an Isabell schildern. Machen Sie reinen Tisch und fahren Sie fort.«

»Könnte ich bitte etwas zu trinken haben?«, fragte der Gottesmann.

Helmreichs Wunsch wurde entsprochen, langsam leerte er das Glas mit kleinen Schlucken. Es war, als ob er überlegte, was er sagen wollte. Schließlich war das Glas vollständig geleert, und er fuhr fort: »Isabell war aufgebracht, sie hatte Angst, dass die Wahrheit ans Licht kommen würde. Dies hätte bedeutet, dass nicht nur ihre Reputation in Abenberg gefährdet war, das Mädchen dachte auch an die Folgen für mich. Es würde ein steiniger Weg werden für uns beide. Ich versuchte, Isabell zu beruhigen, gleichwohl hatte auch ich Angst um meine Existenz. Im Verlaufe des Gesprächs räumte Isabell ein, dass sie ohne mich nicht mehr leben wolle, ein naiver Spruch, der von mir abgetan wurde. Das Leben sei das höchste Gut auf unserer Erde, die Sinnlosigkeit, dies zu beenden, den Freitod zu wählen, entspreche nicht dem katholischen Glauben, erklärte ich ihr. Ich betonte, dass man immer eine Lösung finden könne, ich wolle auch nicht, dass sie an die Folgen für mich dachte. Sie war jung, sie sollte ein Leben leben ohne Schmach. Wie konnte ich sie davor bewahren? Auch ich war psychisch sehr angespannt, denn ich konnte alles verlieren. Plötzlich, es war wie eine Kurzschlussreaktion, begab ich mich zum Waffenschrank, eine innere Stimme sagte mir, ich müsse es tun. Ich wollte meinem Leben ein Ende bereiten. Ich holte meinen Revolver heraus, öffnete die Trommel und lud fünf Patronen. Isabell war sichtlich geschockt und außer sich, denn so ein Verhalten kannte sie nicht von mir. Sie flehte mich an, bat mich, mir nichts anzutun, sie schluchzte und umklammerte mich und drückte mich an ihren Körper. Sie hielt mich fest umklammert, wollte mich gar nicht mehr loslassen. Als ich ihr Entsetzen sah, beteuerte ich, dass ich es nicht tun würde.

Daraufhin lockerte sie die Umarmung und bat mich um ein Getränk, sie fühle sich ganz schwach von der Aufregung. Nach einem Schluck Wasser wolle sie weiter über eine Lösung mit mir sprechen. Ich legte den geladenen Revolver auf das Vertiko und machte mich auf den Weg in die Küche. Isabell trank gerne Cola, die wollte ich aus dem Kühlschrank holen. In diesem Moment fiel ein Schuss. Isabell hatte sich eines der Sofakissen genommen, es sich vor den Brustkorb gehalten und abgedrückt. Ich rannte sofort zurück, aber es war zu spät. Sie hatte sich direkt ins Herz geschossen.«

Helmreich schwieg, die Erinnerung schien ihn mitzunehmen. Wenn denn die Geschichte stimmte.

»Was haben Sie dann getan?«, fragte Magnus.

»Ich war schockiert. Im ersten Moment stand ich regungslos da und blickte auf Isabell, die leblos auf dem Boden lag. Dann kniete ich mich nieder und versuchte, ihren Puls zu ertasten, vergeblich. Unterhalb der Herzgegend klaffte eine stark blutende Wunde. Ich drehte das Mädchen zur Seite und stellte fest, dass das Geschoss an der linken Schulter wieder ausgetreten war, die Austrittsstelle an ihrer Bluse färbte sich augenblicklich rot. Isabell war tot, und ihre Augen traten hervor. Es war, als ob sie mich ansehen würde, mit einem fragenden Blick, der mich traurig machte. Gleichzeitig wurde ich wütend auf mich. Ich machte mir Vorwürfe, dass ich so leichtfertig die Waffe auf das Vertiko gelegt hatte. Ich legte meine beiden Daumen auf ihre Augäpfel und zog langsam ihre Lider nach unten, um diesen fragenden Blick von ihr ein für alle Mal wegzudrücken. Ihr Blick erinnerte mich an die alte Vorstellung von den lebenden Toten, vor denen man sich schützen muss. Keineswegs sollte ein Leichnam einen Lebenden anschauen. Und um sich eben vor diesem lebenden Toten zu schützen, hat man seinen Mund und seine Augen verschlossen, denn früher befürchtete man, dass dieser über die geöffneten Gesichts- und Körperöffnungen mit den Lebenden in Kontakt treten könnte, um den Lebenden mit dem Fluch eines nahen Todes zu belegen. Heute verschließen wir die Augen oder die Mundöffnung vor allem aus Gründen der Pietät.«

Knut war es, der die nächste Frage stellte: »Wie ging es dann weiter, was haben Sie mit dem Mädchen gemacht?«

»Ich dachte nach, zum Glück hatte ich an diesem Tag meiner Haushälterin frei gegeben. Ich musste Isabell beiseiteschaffen, solange ich allein war.«

»Nachdem Sie sie getötet haben«, warf Magnus ein.

Spannung lag in der Luft, als es nach diesen Worten wieder still wurde. Pfarrer Helmreichs Blick war auf den Gekreuzigten gerichtet, er holte tief Luft, bevor er wieder sprach. »Denn schon der Wortlaut, der Dekalog im Tanach, gebietet uns: ›Du sollst nicht morden‹. Das fünfte Gebot wurde im Dekalog zum Hauptbestandteil, so hat bereits Thomas von Aquin, der bedeutsame italienische Dominikaner und einflussreichste Philosoph der katholischen Kirche, in seinen Werken ausführlich berichtet. Kein Theologe würde jemals dieses Gebot brechen.«

Magnus hakte nach: »Wie muss ich das verstehen: Gilt das fünfte Gebot nur für Menschen oder gibt es Ausnahmen, darf ein Christ töten? Sie sind Jäger, wie verhält es sich hier mit dem Töten?«

Helmreichs Redefluss kam nicht ins Stocken, bereitwillig fuhr er fort. Es war so, als ob er sich nun alles von der Seele reden wollte: »Man muss im Tier auch das Geschöpf sehen und verantwortungsvoll damit umgehen. Jäger ist der, der hegt und pflegt, also der, der nicht nur rausgeht und die Kugel fliegen lässt, sondern auch die Zusammenhänge der Jagd versteht. Der Mensch hat die Schöpfung gewartet und Kulturlandschaften daraus gemacht, die man nicht mehr rückgängig machen kann. Er ist daher verpflichtet, das Gleichgewicht in dieser Kultur immer wieder ins Lot zu bringen, das jedoch ist keine Rechtfertigung zum wahllosen Schießen. Und bei aller Hege und Pflege, es gibt den Moment, der über Leben und Tod entscheidet. In der Bibel sind Worte zu lesen, die das Töten von Tieren rechtfertigen, aber auch andere, die zum Schutz der Tiere auffordern. Man kann es nur christlich verantworten, wenn es dem Leben dient, wenn man alles im Zusammenhang sieht, dann meine ich, kann man das Töten von Tieren als einzige Ausnahme vor dem Herrn verantworten. Glauben Sie mir bitte, ich habe Isabell nicht umgebracht, ich habe lediglich ihren Leichnam versteckt. Keineswegs wollte ich einem Tatverdacht ausgesetzt sein, denn das wäre passiert, hätte ich die Polizei gerufen.« Helmreich schaute nun mit flehendem Blick auf seine drei Ankläger.

»Fahren Sie fort und berichten Sie detailliert, wie Sie das Mädchen beseitigt haben«, forderte ihn Magnus auf.

»Ich gebe zu, ich habe erst nachgedacht, wie ich vorgehen muss, um mich nicht im Nachhinein verdächtig zu machen.

Zuerst habe ich meinen Revolver entladen und in den Waffenschrank zurückgelegt. Isabell lag auf dem Teppichboden, der bereits mit ihrem Blut beschmutzt war. Spontan schoss mir der Klassiker durch den Kopf, und ich wickelte sie in den Teppich und brachte sie zu meinem Lada Niva. Ich öffnete den Kofferraum und verstaute Isabell und das Fahrrad darin.«

»Was würde am nächsten Tag Ihre Haushälterin sagen, wenn der Teppich nicht mehr an seinem Platz lag?«, fragte Knut.

»Ich habe dieses edle Schmuckstück nicht entsorgt. Ich habe ihn nur zum Verschwinden von Isabells Leiche benutzt; nach meiner Rückkehr am Abend, habe ich den Orientteppich mit einem Teppichreiniger behandelt. Er liegt wieder auf seinem alten Platz, Flecken sieht man nicht mehr, und meine Haushälterin hat auch nichts bemerkt.«

»Wie ging es weiter mit Isabell?«, fragte Magnus, der sich wenig für den Zustand des Teppichs interessierte.

»Ich dachte nach, was ein sicherer Platz sein könnte. Einen Ort, wo sie für immer ihre Ruhe finden und ich unentdeckt um sie trauern könnte. Da gab es meinen Wald, mein Revier. Unweit des Brunner Quell, also dort, wo ich zuletzt angesessen bin, stehen drei hohe Tannen, diese erinnerten mich an ein Lieblingslied meines Großvaters, ein altes Volkslied, das 1923 von den deutschen Pfadfindern erstmals veröffentlicht wurde. Das Rübezahl-Lied, besser bekannt als ›Hohe Tannen weisen die Sterne‹. Dort, in unmittelbarer Nähe dieser drei hohen Tannen, habe ich sie beerdigt. Das sollte ihre letzte Ruhestätte sein. Es war spät am Nachmittag, ich hatte mit meinem Klappspaten zwischen den drei Pfahlwurzeln der Tannen ein zirka sechzig Zentimeter tiefes Loch gebuddelt. Das war ein Fehler, denn das war nicht tief genug. Wie wir wissen, hat man Jahre später die sterblichen Überreste von ihr gefunden. Ihr Fahrrad habe ich in der Nähe der Rezat abgestellt und wollte damit nur vortäuschen, dass Isabell womöglich beim Spielen am Wasser ertrunken sei. Glauben Sie mir, ich habe Isabell nichts angetan.«

Thomas, der die Ausführungen des Klerikers bisher still lauschend verfolgt hatte, fragte diesen: »Isabells Tagebuch ist seither verschwunden, was können Sie uns dazu sagen?«

»Zuerst wollte ich es Isabell bei der Beerdigung zwischen ihre gefalteten Hände legen, es waren ihre Aufzeichnungen, ihre Worte über unsere gemeinsame Zeit. Aber ich hatte Angst davor, dass man Isabell doch finden könnte, das Tagebuch womöglich noch nicht verwittert wäre und man die Passagen über uns beide lesen könnte. Der Verdacht, dass ich etwas mit dem Tod des Mädchens zu tun hatte, wäre sofort in der Welt gewesen. Ich habe daher Isabells Tagebuch an mich genommen. Jedes Jahr an ihrem Todestag lese ich ihre Aufzeichnungen, dann suche ich die drei Tannen auf, zünde eine Kerze an und gedenke ihrer und unserer gemeinsamen Zeit.«

»Das Tagebuch ist also noch in Ihrem Besitz? Wo haben Sie es versteckt?«, hakte Thomas nach.

Der Pfarrer erklärte es. »Dort, wo ich sie begraben habe. Die mittlere der drei Tannen besitzt einen Nistkasten. Es ist aber in Wirklichkeit kein Vogelkasten, sondern ein Geheimfach. Das Dach des Nistkastens kann man aufklappen, das eigentliche Zugangsloch ist eine Attrappe. Im Inneren des Vogelhäuschens befindet sich eine kleine Tupperbox, dort finden Sie die letzten schriftlichen Worte von Isabell, ein Buch über unsere Liebe.«

Magnus fixierte sein Gegenüber mit erbostem Blick. »Sie haben uns mit Ihren Ausführungen eine Geschichte erzählt, die durchaus der Wahrheit entsprechen könnte. Oder Sie sind ein geschickter Lügner, der überzeugend spricht. So wie Sie zu Ihren Schäflein gesprochen haben, dass auch Sie ein Lamm wären, während Sie in Wirklichkeit die abhängige Lage einer verliebten Vierzehnjährigen schamlos ausgenutzt haben. Genau das lernt man als junger Priester, überzeugend auf sein Gegenüber einzuwirken, es mit seinen Worten zu verführen, genauso haben Sie es jahrelang mit unschuldigen Kindern und Schutzbefohlenen praktiziert. Nach dem Motto, der liebe Herr Pfarrer war und bleibt allzeit unantastbar und lebt dabei seine sexuellen Fantasien, Wünsche und Bedürfnisse entgegen der Bekenntnisse der Kirche und der allgemeinen Pflicht der Fürsorge aller Erwachsenen gegenüber Kindern aus. Er verdrängt dabei alle Situationen, die mit den Gelübden seines Priestertums nicht im Einklang stehen, und schafft sich dabei eine Ersatzwirklichkeit. Nur ist diese eine Fantasie, die dazu dient, ihn vor dem Eingeständnis zu schützen, dass er sündigt.

Herr Helmreich, selbst wenn Ihre Geschichte zu weiten Teilen stimmen würde, wäre es eine Wirklichkeitsflucht aus der realen Welt in eine Ihnen und Ihren fleischlichen Trieben zupasskommende Schweinwirklichkeit. Um es auf den Punkt zu bringen, Ihr Leben ist schlichtweg eine neurotische Abwehr von unangenehmen Aspekten und Anforderungen der Realität. Man sagt in Ihrem Berufsstand dazu auch: ›die Ordensmütze wegwerfen‹. Wozu führt solch ein Verhalten, können Sie sich hier und jetzt den Konsequenzen Ihrer Taten stellen?«

Martin Helmreich war still. Der Kleriker ging in sich, während sein Blick wieder auf das große Standkreuz gerichtet war. Sein Oberkörper war wieder zusammengesunken und das Zittern seiner Hände erneut stärker geworden. Die drei Kerzen flackerten, die Quelle der Zugluft war im Dunkel des Raums nicht zu erkennen, doch ihr kalter Hauch umwehte den Gefangenen. Er hatte Angst und zitterte wie Espenlaub. Symbolisierten die Kerzen sein Lebenslicht, das vielleicht in wenigen Minuten für immer ausgeblasen werden könnte? Was könnte er noch tun, um seine Ankläger davon zu überzeugen, dass er die kleine Isabell nicht getötet hatte? Sie musterten ihn und sein Verhalten aufmerksam. Stand der Priester kurz davor, seine Lebensbeichte abzulegen?

Der Luftzug verschwand, das Flackern hörte auf. Auch der Pfarrer schien ruhiger zu werden, hatte eine Entscheidung getroffen. Er erklärte: »Ja, ich habe weiteres Unrecht getan, es war in der Zeit nach dem Aufnahmeritual beim Conlegium Canisius. Es war die Zeit des Lebens, des Erlebens. Wie im Alten Testament von Adam und Eva berichtet, lebten beide unschuldig im Paradies, bis die Schlange, also der Teufel, sie verführte, die verbotene Frucht vom Baum der Erkenntnis zu essen. Schuldig des Ungehorsams vertrieb sie der Allmächtige aus dem Garten Eden. Und ja, auch wir hatten Geschmack gefunden, wurden schuldig des Ungehorsams und leugneten unser Gelübde, denn wir waren keineswegs enthaltsam. Denn unsere Fleischeslust war stärker als der Glaube, sie hat uns übermannt. So habe ich gesündigt.«

Magnus ließ nicht locker. »Waren es Frauen, Mädchen oder Kinder? Machen Sie reinen Tisch! Das könnte unser Tribunal Ihnen anrechnen für das Strafmaß.«

Des Pfarrers Redeschwall war ungebrochen. Hatte er auch das Gelübde der Enthaltsamkeit und die Unantastbarkeit von Kindern missachtet, so versuchte er nun vielleicht, Vergebung seiner Schuld in der Beichte zu finden. »Mein Verlangen war auf beide Geschlechter gerichtet. Die Bruderschaft förderte alle Arten der fleischlichen Sünde. Der eine bevorzugte junge Knaben, der andere jungfräuliche Ministrantinnen. Aber alle wollten, dass ihre Opfer schweigen. Ich fühlte mich wie in einem Sog, einem Sog von Liebe und Leidenschaft für Kinder, die schon von klein auf die katholische Kirche verehrten, seit ihren Besuchen im Kindergottesdienst. Mitunter hatte man es als Pfarrer sehr einfach, in die Psyche des auserwählten Kindes einzudringen, um es dorthin zu führen, wo man es haben möchte, nämlich die sexuellen Taten und körperlichen Misshandlungen über sich ergehen zu lassen. Manchmal war es nicht einfach, dann kam das Spiel des guten Pfarrers und des bösen Pfarrers zum Zug.«

»Wie funktionierte das genau?«, hakte Knut nach.

»Es ist ungefähr so wie, »guter Cop und böser Cop«, ich schildere Ihnen ein Beispiel. Einer unsere Brüder, Valentin, lebte damals im Kloster Seligenporten, dort unterrichtete er unter anderem in den umliegenden Schulen. Valentin war berüchtigt für seinen unerbittlichen Drang, die ihm unterstellten Kinder zu züchtigen. Hatte eine seiner Schülerinnen ihr Gesangbuch im Vorbereitungskurs zur Erstkommunion vergessen, dann strafte er das Mädchen vor der Klasse, indem er es heftig schlug und an den Haaren riss. Bei den Buben sah das teilweise noch schlimmer aus, er drosch sie windelweich, dafür nutzte er seinen Ledergürtel. Er vermied es, auf den Kopf zu schlagen, denn das hätte sichtbare Verletzungen hinterlassen können. Stattdessen malträtierte er die Kinder mit Schlägen seiner eisernen Gürtelschlaufe auf das Gesäß und den Oberkörper.«

»Gab es da keine Anzeichen am Körper der Misshandelten?«, fragt Thomas.

»Teilweise schon, aber wissen Sie, damals hatten wir andere Zeiten. Die gequälten Kinder vermieden es tunlichst, die blauen Flecken zu Hause zu offenbaren. Vielerorts galten Geistliche damals als unantastbar und geradezu unfehlbar. Viele Eltern standen hinter dem Pfarrer, zudem rutschte ihnen die Hand mitunter auch mal aus. Beklagte sich das Kind zu Hause über die Schläge eines Geistlichen in der Schule, folgte meist die lapidare Antwort: ›Du wirst es halt gebraucht haben‹, und das Thema war vom Tisch. Valentin machte sich das zunutze, denn nach der Bestrafung waren die Kinderlein meist brav und hatten großen Respekt vor ihm. Nach diesem Stadium bestellte er sich ausgewählte Jünglinge nach Hause zum ›Nachsitzen‹ in seinen privaten Räumlichkeiten. Die Schäflein hatten nicht nur Angst vor weiterer Bestrafung, Valentin verstand es zudem, ihnen mit Lob und Schmeicheleien das Gefühl zu geben, etwas Besonderes zu sein. Es war eine regelrechte Gehirnwäsche, die er praktizierte. Keiner seiner Jünglinge würde das besondere Geheimnis verraten. Valentin war guter und schlechter Geistlicher in einer Person, Engel und Teufel für seine Opfer. Er ging teilweise so weit, dass er zwei Buben aufforderte, sich vor ihm gegenseitig zu befriedigen. Selbst die Bibel missbrauchte er zum Erreichen dieses Ziels, indem er behauptete, dort stünde, man solle das Schöne in der Sexualität genießen und Gott zeigen. So sollten sie es nun ihm zeigen. Valentin lebte auf diese Weise jahrelang seine Fantasien aus. Das Bistum Eichstätt hatte großes Interesse am Mythos des unantastbaren, unfehlbaren Geistlichen, denn dann würden auch Macht und Reichtum der Kirchenführer nicht infrage gestellt. Also haben diese Kirchenführer auch in diesem Fall angeblich nie etwas mitbekommen. So konnte Valentin über Jahre hinweg Missbrauch mit Gewaltexzessen unter dem Deckmantel der Kirche ausleben. Wenn einer seiner Schüler Valentin auf der Straße antraf, bestand der immer auf folgende Grußformel: ›Gelobt sei Jesus Christus‹, Valentin antwortete darauf: ›In Ewigkeit Amen.‹ Aber es ging auch für Valentin nicht immer alles gut. Seine Machenschaften führten zum Tod dreier Buben.«

Magnus hatte den Ausführungen seines Gefangenen interessiert gelauscht. »Auch diese grauenvolle Folge der Taten des Valentin sollen Sie offenlegen. Und sagen Sie, wie war sogleich sein Nachname?«

»Käberl, Valentin Käberl, er ist bereits im Ruhestand und lebt heute in einer Emeritenanstalt der Diözese Eichstätt. Valentin war in der Bruderschaft ein Mitglied, dem man mit Respekt begegnete, und er hatte großen Einfluss. Aber nun zu den drei Buben: Valentins Gehirnwäsche ging so weit, dass er den Buben das Gelübde abverlangte, absolutes Stillschweigen zu bewahren. Es kam auch nie etwas während seiner aktiven Dienstzeit ans Licht. Keiner seiner Schutzbefohlenen hat Valentins sexuellen Neigungen jemals verraten. Keiner. Die drei, von deren Schicksal ich jetzt berichte, hatte Valentin so in seinen Bann gezogen, dass sie ihn in allen Belangen bis zu ihrem Tod hörig waren. Es war die Zeit Mitte der Siebziger- bis Ende der Achtzigerjahre, in der jeder der drei jungen Burschen den Suizid gewählt hat. Valentin beschrieb das in seinen Erzählungen uns Mitbrüdern gegenüber so, dass sie die Himmelsleiter erkundet hätten und nunmehr dort oben auf ihn warten würden.«

»Was zum Teufel ist die Himmelsleiter?«, fragte Knut.

»Sie kennen die Himmelsleiter nicht? Es gibt zwei Sorten davon. Die eine Leiter erfordert, dass derjenige absolut schwindelfrei und ohne Höhenangst ist, die andere Leiter ist einfacher zu erklimmen. Beide führen in den Tod. Valentin durchschaute seine Schutzbefohlenen sehr gut. Sobald er merkte, dass einer anfing zu überlegen, sich in seiner Not an jemand zu wenden und etwas zu erzählen von seiner Pein, überzeugte er dieses Kind, die Himmelsleiter hochzugehen.«

Der Kleriker unterbrach seine Ausführungen, bei denen er die Männer ihm gegenüber angeschaut hatte. Nun richtete er seinen Blick wieder starr auf das Standkreuz.

Ein paar schwere Atemzüge später fuhr er fort: »Die Himmelsleitern unterscheiden sich lediglich in der Höhe. Die eine ist ein Hochspannungsmast mit einer Höhe von fünfzig bis sechzig Metern und die andere ein Oberleitungsmast der Deutschen Bahn von fünf bis sechs Metern. Bei beiden Masten erreicht man das Ziel, den Weg zu Gott, in ein neues Seelenleben. Wenn man das Geschehene genau betrachtet, dann hat Valentin diese Buben auf seinem Gewissen, er hat sie gesteuert und in den Tod getrieben.« Helmreich ließ seinen Blick sinken. Er war an das Ende seiner Beichte gelangt.

Magnus war es, der nun sprach. »Man sieht Ihnen an, dass Sie in sich gegangen sind und über all die Jahre nachgedacht haben, in denen Sie daran mitgewirkt haben, dass viele unschuldige Kinder und Jugendliche unter Ihren und den Taten Ihrer Mitbrüder leiden mussten. Sie wissen auch, dass wir Sie nicht mehr gehen lassen werden. Aber wir geben Ihnen eine Möglichkeit, die Art Ihres letzten Weges zu wählen. Sie werden nach Ablauf des Tages in Ihrer irdischen Hülle nicht mehr existieren, und Sie werden für immer verschollen bleiben. Ihnen ist bekannt, dass Ihr Bruder Benedikt Fromm seit Samstag, dem 18. Mai, unauffindbar ist. Auch Sie werden unauffindbar sein. Benedikt Fromm aber bekam von uns keine Option, über seinen letzten Weg zu entscheiden, denn er bereute seine Taten in keiner Weise. So haben ihn die 612 Pferdestärken des Albach Silvator 2000 bei vollem Bewusstsein zu seinem Schöpfer gebracht. Kannten Sie ihn?«

»Ja, auch der dickliche Benedikt war mit in der Bruderschaft. Er hat wie ich sein Theologiestudium in Innsbruck absolviert, allerdings lange vor meiner Zeit. Was bitte ist ein Albach Silvator?«, fragte der Pfarrer.

Knut antwortete: »Ein Baumhäcksler, der außer Hackschnitzeln nichts mehr übriglässt. Dieser Fromm war weder kooperativ noch geständig. Sie können sich diese Momente, in denen er die Messer, die ihn zerstückelten, herannahen sah, ersparen. Denn Sie erhalten, im Gegensatz zu Fromm, eine Option. Nehmen Sie in einem Gebet Abschied von dieser Welt.«

Magnus stand auf und ging zum Tischende, wo ein alter, geschnitzter, hölzerner Weinkelch aus Olivenholz stand, nahm diesen und sagte zu Helmreich: »Dieser Kelch wird nicht an

Ihnen vorübergehen. Sie aber haben die Wahl, ob der Todestrunk oder der Albach Silvator das Letzte sein wird, was Sie in diesem irdischen Leben zu sehen bekommen.«

Dann stellte er den Olivenkrug vor dem Pfarrer auf den Tisch. »Der Trunk wurde aus der gewöhnlichen Brechnuss, auch Krähenaugenbaum genannt, gewonnen und wird in geringen Dosen auch als Analeptikum verwendet. In diesem Pokal aber wartet eine konzentrierte Dosis auf den Trinkenden. Nachdem Sie ein oder zwei Schlucke aus dem Kelch genommen haben, wird es in kürzester Zeit zu einer Übererregung der Rückenmarksnerven kommen, Atemnot wird einsetzen, ein Zucken wird Ihre Muskeln befallen, Ihre Atmung wird aussetzen, und der Tod wird in Sekundenschnelle eintreten. So ist die Wirkungsweise von Strychnin. Erst danach, wenn alles vorüber ist, kommen die 612 Pferdestärken zum Einsatz und werden alle Spuren Ihres irdischen Daseins auf alle Ewigkeit verwischen. Entscheiden Sie selbst, nehmen Sie Abschied von dieser Welt.« Nach diesen Worten ließen die drei Richter den Verurteilten allein mit dem Kelch, den er mit der freien Hand greifen und zu den Lippen führen könnte.

Es war eine laue Sommernacht, der Himmel war klar, und die Sterne funkelten, als Magnus, Thomas und Knut die Hütte verließen. Im Hintergrund rief ein Uhu laut und vernehmlich sein »Bubo Bobo.«

Magnus murmelte: »*Mit ihrem weisen Eulenblick sah warnend sie auf das Geschick*«[*], als er Helmreichs silbernen Siegelring im Mondschein betrachtete.

---

[*] Quelle: Die weise Eule, von R. Brunetti

6. Kapitel

Dienstag, 04. Juni 2019, 08.25 Uhr, Revier Untereschenbach, nahe Aufforstungsfläche »Brunner-Quell«

Ein Azorenhoch bescherte dem Frankenland einen sonnigen und warmen Juni, die Temperaturen erreichten schon morgens annähernd zwanzig Grad, die Sonne strahlte den ganzen Tag, und kein Wölkchen fand sich am Himmel.

An der klaren Morgenluft erfreute sich auch Hannah Kruspeg auf ihrem Schimmel beim morgendlichen Ausritt. Das Tier kannte den Weg, so musste die Reiterin die Zügel nur sanft führen. Doch als sie um die nächste Ecke trabten, zog Hannah Kruspeg die Zügel fest, damit ihr Pferd stoppte. Brav hielt das Tier neben einem Lada Niva, der den Weg halb versperrte und dessen Fahrertür offen stand. Doch es war kein Mensch zu sehen. Die Reiterin registrierte, dass auf dem Fahrersitz ein Jagdrucksack abgestellt war, und zwischen Fahrer- und Beifahrersitz erkannte sie zudem den Lauf einer Langwaffe. Kruspeg stieg ab und trat näher an das Fahrzeug. Es war in der Tat eine Büchse, die zwischen den Sitzen lag.

Lauf rief sie: »Hallo, ist da jemand?«

Sie erhielt keine Antwort. Es war still, kein Jäger, Förster oder Waldarbeiter machte sich bemerkbar. Irgendetwas musste passiert sein, so lautete die Schlussfolgerung der Reiterin.

Hannah zog ihr Mobiltelefon aus ihrer Weste, wählte den Notruf 110 und meldete das herrenlos abgestellte Fahrzeug, dessen Besitzer trotz offener Tür weit und breit nicht zu sehen war. Es dauerte zirka zwanzig Minuten, bis eine Polizeistreife eintraf. Nach Aufnahme ihrer Personalien und ihrer Aussage konnte Hannah Kruspeg wieder ihrem Hof und dem Frühstück entgegenreiten.

Den Beamten war nach einer Halterfeststellung klar, dass es sich um das Fahrzeug von Martin Helmreich handelte. Von dem war nichts zu sehen, auch ein Lautsprecheraufruf in unmittelbarer Nähe des verwaisten Lada blieb ohne Antwort. Ein Telefonat mit dem Bistum Eichstätt bestätigte, dass der Kleriker verschwunden war. Nun galt er auch offiziell als vermisst.

Donnerstag, 06. Juni 2019, 10.43 Uhr, Kriminalpolizeiinspektion Ansbach, Schlesierstraße 34, 91522 Ansbach

In der Poststelle jeder Polizeidienststelle war die tägliche Überprüfung der Post unter Sicherheitsaspekten Routine. So auch an diesem Tag in Ansbach. Die elektrische Schlitzmaschine erfasste das gepolsterte Kuvert, die Poststellenmitarbeiterin nahm es mit ihrem Latexhandschuh und schüttete den Inhalt auf eine Unterlage. Heraus fiel ein silberner Herrenring, der aussah wie ein alter Kreuzritter-Ring. Auf ihm prangte ein Symbol, in dem Kenner das Bild für körperliche, seelische und geistige Reinheit und Unschuld erkennen konnten. Ein auf dem Boden stehendes Lamm mit einem Kreuz-Banner stach besonders hervor. Es war das Lamm Gottes, das Symbol der Kreuzritter. Auf jeder Seite des Rings befand sich zudem das Christusmonogramm, das aus den griechischen Anfangsbuchstaben des Namens, aus X (Chi) und P (Rho), zusammengefügt war, ein Christogramm, das auch »Chi-Rho« oder Konstantinisches Kreuz genannt wurde.

Erstaunt betrachtete die Beamtin den silbernen Ring, schaute nochmals in das Kuvert und bemerkte, dass in der unteren linken Ecke ein kleiner, weißer Zettel angetackert war. Vorsichtig löste sie die Klammer und entnahm den Zettel, auf dem stand:

Dieser Ring ist aus dem Nachlass von Martin Helmreich, einem Priester der Diözese Eichstätt, der seit Ablauf der dritten Stunde des 04.06.2019 nicht mehr unter den Lebenden weilt. Auch er war Mitglied der Bruderschaft Conlegium Canisius wie auch sein Glaubensbruder Benedikt Fromm. Diesen hat seine dunkle Vergangenheit schon vor Wochen eingeholt.

Sie drehte den Zettel um und bemerkte auf der Rückseite eine mit Tesafilm befestigte Micro-SD. Es brauchte weitere Sekunden und nochmaliges Lesen der Botschaft, bis die Leserin begriff. Dies war möglicherweise der Bericht über ein Verbrechen. Der Gedanke ließ sie schaudern, und sie machte sich schnurstracks auf den Weg zu ihrem Vorgesetzten, der unverzüglich die Mordkommission informierte.

Schnell war klar, dass der Siegelring dem vermissten Pfarrer gehörte. Der Brief legte zudem nahe, dass es einen Zusammenhang zwischen dem Verschwinden beider Pfarrer gab.

Was aber befand sich auf der Micro-SD, welche Erkenntnisse konnte man daraus gewinnen, und welche Rolle spielte die Bruderschaft, der beide Vermissten angehört haben sollten? Konnte die Micro-SD Aufschluss über den Verbleib der beiden Geistlichen bringen? Die Speicherkarte musste von der Kriminaltechnik des Polizeipräsidiums Mittelfranken forensisch ausgewertet werden.

Eine Abfrage im polizeilichen Informationssystem zeigte, dass die kriminalaktenführende Dienststelle im Fall Benedikt Fromm die Nürnberger Kollegen vom K 11 waren. Diese mussten schnellstmöglich von den vorliegenden Beweismitteln in Kenntnis gesetzt werden.

Donnerstag, 06. Juni 2019, 11.51 Uhr,
Polizeipräsidium Mittelfranken, K 11

Schorsch, Gunda und Horst wollten sich gerade auf den Weg in die Kantine machen. Sie freuten sich auf Annelieses heutigen Gaumenschmaus, Pfeffersteaks mit Spargel und gekochten Kartoffeln. Da klingelte Schorschs Telefon, und im Display erkannte er die Telefonnummer der Ansbacher Kollegen. Mit einem Seufzer hob er ab.

»Bachmeyer K 11, Kollegen, wir sind gerade auf dem Sprung in die Kantine, wie kann ich euch helfen?«

Schorschs Sorge um sein Mittagessen war unbegründet. Denn was der Kollege aus Ansbach ihm berichtete, machte klar, dass die an die Dienststelle geschickte Speicherkarte schnell ausgewertet werden musste. Also war Michael Wasserburger, der Leiter der Kriminaltechnik, ihr Mann. Schorsch war erleichtert. Alle im Kommissariat wussten, dass sich Michael jeden Tag pünktlich um 12.00 Uhr bei Anneliese in der Kantine einfand. Damit wurde das Mittagessen quasi zur Dienstpflicht, denn bei Annelieses Steak konnten sie den Kollegen trefflich über seine neue Aufgabe unterrichten.

Es war fast 13.00 Uhr, als sich alle vier satt und zufrieden bei Schorsch im Büro auf einen Espresso trafen. Dort warteten sie auf Schönbohm, den Schorsch über die neue Situation informiert hatte. Kaum standen die Espressi dampfend vor ihnen, ging die Tür auf, und der Kommissariatsleiter betrat mit den Worten: »Mahlzeit, was gibt es Neues in Sachen Benedikt Fromm?« das Büro.

Schorsch antwortete: »Bisher haben wir nicht viel über das Verschwinden, Fromm ist wie vom Erdboden verschluckt. Aber die Ansbacher Kollegen haben einen möglichen Hinweis erhalten. Das könnte eine neue Spur sein. Ein Kurier ist mit den an die Ansbacher Dienststelle geschickten Beweismitteln unterwegs hierher.« Schorsch beschrieb für Schönbohm, was in dem Kuvert gefunden worden war.

»Sobald die Beweismittel eintreffen, wird Kollege Wasserburger mit der forensischen Auswertung des Speichermediums beginnen.«

Es war kurz vor 14.00 Uhr, als Gunda, Horst, Schorsch und Schönbohm alle vor Wasserburgers Rechner Platz genommen hatten. Vier Augenpaare verfolgten, wie der Forensiker die Micro-SD in ein Lesegerät einlegte. Gespannt sahen sie auf dem Bildschirm einen Ordner namens *Mitglieder Conlegium Canisius* erscheinen. Wasserburger klickte auf das Ordnersymbol, und ein Datenverzeichnis mit zwei Unterordnern öffnete sich. Diese trugen die Namen Fromm und Helmreich. Michael klickte auf *Helmreich*, und ein weiterer Unterordner mit verschiedenen Videosequenzen öffnete sich. Der Kriminaltechniker öffnete das erste Video.

Es zeigte einen mit Petroleumlämpchen erhellten Raum, in dessen Mitte sich ein alter Holztisch befand. In der Mitte des Tisches stand ein großes Standkreuz mit dem Gekreuzigten. Ein Rollstuhl stand am Tisch, darin saß eine männliche Person in einem weißen Nachthemd. Um seine rechte Hand, die vorne im Bild zu sehen war, war ein Rosenkranz gewickelt. Den Ringfinger zierte ein silberfarbener Siegelring. Links hinter dem Rollstuhl war die Ecke eines alten Eichenvertikos zu erkennen.

Gunda wies mit ihrem Zeigefinger auf den Bildschirm: »Stopp mal bitte das Video! Seht doch, das ist derselbe Raum, in dem auch Benedikt Fromm zu sehen war. Die Person in diesem Video könnte Pfarrer Helmreich sein, die Datei heißt ja schon so.«

Schorsch stimmte seiner Kollegin zu. »In der Tat, so wie es

aussieht, könnte das unser vermisster Pfarrer aus dem Bistum Eichstätt sein.«

Er nickte Wasserburger zu. »Michael, es wird spannend.« Der Angesprochene ließ das Video weiterlaufen.

Ein kurzer Abgleich mit einem Foto von Helmreich machte klar, dass er die Person im Video war. Wie bei seinem Kollegen Fromm konnten die Ermittler allein seiner Aussage lauschen. Diese wies über das Mitwirken des Pfarrers bei einem Missbrauchskomplex hin, der seit Jahrhunderten in der katholischen Kirche verbreitet war und wider besseres Wissen seitens der Kirchenoberen in all diesen Zeiten vehement in Abrede gestellt worden war.

Nach Ende des Films ereiferte sich Gunda: »Seht euch diesen Pharisäer an. Ich war schon vor diesem Film fest davon überzeugt, dass an den Missbrauchsvorwürfen gegen die katholische Kirche viel Wahres dran ist.

Auch in der Politik haben nicht alle weggeschaut. Ich kann mich noch sehr gut an ein Interview unserer ehemaligen Bundesjustizministerin Leutheusser-Schnarrenberger in den *Tagesthemen* erinnern, zu Beginn dieses Jahrzehnts. Die Ministerin warf darin der Kirche vor, sexuelle Missbrauchsfälle in ihren Reihen zu vertuschen und nicht mit den staatlichen Strafverfolgungsbehörden zusammenzuarbeiten. Sie unterstellte der katholischen Kirche Strafvereitelung. Und wie es bei den Scheinheiligen so ist, kam postwendend die Reaktion des Vorsitzenden der Bischofskonferenz. Zollitsch setzte der Ministerin ein Ultimatum, sich innerhalb von vierundzwanzig Stunden für diese falsche Tatsachenbehauptung zu entschuldigen. Die Ministerin zeigte Rückgrat und blieb bei ihrer Aussage. Die Teilnahme an einem runden Tisch zur Klärung der dargelegten Vorwürfe lehnte der Kirchenobere vehement ab. Und weil wir schon mal bei den starken Frauen sind, Leutheusser-Schnarrenberger legte sogar noch nach, indem sie weitere schwere Vorwürfe erhob. Die Ministerin bezeichnete die 2001 erlassene Richtlinie ›De delictis gravioribus‹ als direkte Anweisung zur Vertuschung von Missbrauchsfällen in der Kirche. Und wieder versuchten die Kirchenoberen, sie zu bremsen. Vergebens. Im Februar 2010 verlangte die FDP die Einrichtung eines Entschädigungsfonds. Noch Fragen, meine Herren? Wir haben vermutlich wieder mal in ein Wespennest gestochen, da kommt noch einiges auf uns zu. Von wegen kooperativ bei der Aufklärung sein, das haben wir ja schon bei diesem Generalvikar aus Bamberg selbst miterlebt. Diese Herren blocken ab, wo sie nur können, um ihre Schuldigen aus der Schusslinie zu nehmen. Meine Worte.«

Die anderen hatten Gunda aufmerksam zugehört.

Schönbohm ergriff das Wort: »Wir sollten das hier nicht weiter politisieren, schlagen Sie lieber vor, wie wir mit der Offenbarung des Martin Helmreich weiter verfahren wollen.«

Horst, der den Statements seiner Kollegen aufmerksam gelauscht hatte, sagte: »Wie wir im Video sehen konnten, haben wir jede Menge zum Abarbeiten. Es stellt sich die Frage, in welcher Verbindung beide Videos zueinander stehen. Klar ist, dass es bei beiden Pfarrern um den sexuellen Missbrauch von Kindern geht. Aber in welcher Beziehung stehen beide zueinander?«

Schorsch nickte. »Der Adressat bekräftigt in beiden Videosequenzen, dass es um diese Bruderschaft geht, zu den beide Vermissten einen Bezug haben müssen. Ist das die Verbindung? Beide Opfer sind bis dato unauffindbar, irgendwo müssen sie aber sein. Wir müssen die Presse und die Medien in unsere Suche einbinden. Nur so haben wir die Möglichkeit, einen gezielten Bürgerhinweis zu erhalten. Das könnte eine Spur sein, die uns weiterbringen könnte.«

Gunda sprach: »Ein guter Ansatz, den wir unbedingt verfolgen sollten. Ebenso stellt sich die Frage, welche Leute sind das, die so ein Tribunal veranstalten, mit ihnen wehrlos ausgelieferten Gefangenen? Welche Leute sind das, die ihr Tun filmen und uns diese Aufzeichnungen zusenden? Sind es vielleicht selbst Missbrauchsopfer? Oder handelt es sich möglicherweise um Täter, die aus einem anderen Motiv bekannt gewordene Missbrauchsfälle auf ihre Art und Weise rächen? Leute, da steht noch jede Menge Arbeit für uns an.«

Horst warf ein: »Was wir schon sagen können, ist, dass der in Ansbach zugesandte Ring Helmreich zuzuordnen sein wird. Das bestätigt die Ausschnittvergrößerung des Videobildes. Wovon wir zudem gehört haben, sind die Aufzeichnungen in dieser Tupperbox. Wir sollten daher diese drei Tannen aufsuchen und nachsehen, ob dieser Nistkasten den besagten Inhalt birgt. Dann haben wir noch Valentin Käberl, den sollten wir mal in dieser Emeritenanstalt besuchen.«

Schorsch nickte seinem Zimmerkollegen zu und ergänzte: »Und dann ist da noch der Hinweis auf die Schwarz-Mander-Kirche in Innsbruck, vielleicht erfahren wir dort mehr über diese Bruderschaft. Eine Dienstreise ist meines Erachtens unumgänglich.« Den letzten Satz sprach er mit Blick auf den Kommissariatsleiter.

Gunda war wieder ganz die ideenreiche Ermittlerin. »Dieser Valentin war zuletzt in der Kirchengemeinde Seligenporten tätig. Wir sollten die Todesfälle unter Jugendlichen dort überprüfen, vielleicht gibt es Hinweise.«

Michael Wasserburger schaltete sich ein: »Gute Ansätze, Kollegen. Dass beide Taten zusammenhängen, bestätigen die beiden Videos. Der Raum, in dem die Geständnisse der beiden Pfarrer aufgenommen wurden, ist derselbe. Wir haben es nach meiner Auffassung mit einer Tätergruppierung zu tun, die Missbrauchsfälle in der katholischen Kirche aufklären und öffentlich machen möchte. Dass beide vermisste Pfarrer bis heute nicht aufgetaucht sind, lässt zudem den Verdacht zu, dass diese Täter sich auch als Rächer betätigen. Alles geben die Täter in ihrem Video nicht preis. Man hat nur einzelne Sprachsequenzen der beiden Delinquenten aufgenommen, und die geben nur Bruchstücke von dem Szenario wieder, das wie ein Tribunal anmutet. Die Täter teilen uns damit etwas über ihre Motive mit, verbergen aber gekonnt ihre Identität. Auch über diese Bruderschaft wissen wir sehr wenig. Letztlich ist auch unklar, wie viel von den Aussagen der Pfarrer der Wahrheit entspricht. Nicht zuletzt, weil sie offensichtlich gefangen sind und Druck auf sie ausgeübt wird. Wie stark der ist, das können wir in den Videos nicht erkennen. Liebe Kollegen, da steckt noch viel, sehr viel Arbeit drin. Die Forensik wird euch nach Kräften unterstützen, dafür steht mein Wort.«

Schorsch sagte: »Danke, Michel, da kommt wirklich noch einiges auf uns zu. Das zweite Video ist anders als das erste: Während Fromm immer geradeaus sah, wechselt Helmreich die Blickrichtung. Meinst du, wir können durch einen eurer Experten herausfinden, wie viele Menschen ihm gegenübersitzen?«

Der Kriminaltechniker antwortete: »Da könnten wir weiterkommen. Es ist ein weiterer Baustein in der Ermittlung, Schorsch.«

Der grinste. »Und wir sehen bei Helmreich einen Arm, der ihm ein Glas Wasser hinstellt. Zwar steckt der in einem langen weiten Ärmel, aber die Hand scheint die eines kaukasischen Mannes zu sein.« Der Forensiker nickte. »Auch das werden wir uns genau ansehen, so wie wir sowieso die Echtheit der Videos genau überprüfen werden.«

Schorsch war zufrieden. »Gut, dann kümmern wir uns mal um die Wohnung und die persönlichen Gegenstände des Pfarrers. Apropos Gegenstände, einen Abstecher in sein Revier zu den drei Tannen mit dem Nistkasten können wir gleich mit erledigen. Das gibt dann heute wohl noch Überstunden. Horst, hast du Zeit, ich möchte trotzdem heute noch rausfahren, mal sehen, wie der Generalvikar in Eichstätt reagiert.«

Während Horst nickte, ergriff Gunda das Wort erneut. »Wenn das so ist, dann möchte ich diesen Generalvikar auch kennenlernen, mal sehen, ob das auch wieder so eine Lachnummer wird wie in Bamberg bei diesem Herrn Sedlmayr. Ich bin dabei.«

»Gute Idee, Frau Vitzthum, eine Frau wirkt bei solchen Ermittlungen meist als Entspannungspol, fahren Sie mit. Ich werde gleich Dr. Menzel darüber in Kenntnis setzen. Aufgrund der Zusammenhänge soll sich die Staatsanwaltschaft Nürnberg-Fürth das Verfahren an Land ziehen«, schloss Schönbohm und hob belehrend seinen rechten Zeigefinger. Nachdem er den letzten Satz beendet hatte, stand er auf und verließ das Büro.

Der Juni hatte es in sich, die Tagestemperaturen erreichten mittags bereits dreißig Grad, der Himmel war meist wolkenlos, und die Natur stand in voller Blüte, als die drei Beamten gegen 16.15 Uhr das Jagdrevier von Martin Helmreich erreichten. Der Waidmann hatte die drei Tannen exakt beschrieben. Sie ragten so weit empor, dass die Beamten sie sofort sahen, nachdem Horst das Dienstfahrzeug nahe einer Lichtung abgestellt hatte und sie ausgestiegen waren. Der Weg war nicht weit, nur wenig später konnten sie sich überzeugen, dass auch der Nistkasten wie von Helmreich beschrieben an einem Stamm in zirka zweieinhalb Metern Höhe angebracht war.

Da standen sie nun vor dem Baum und blickten nach oben.

Gunda lachte. »Bravo, meine Herren, wenn wir jetzt noch

eine Leiter hätten, könnten wir auch den Inhalt des Kastens überprüfen.«

Schorsch überlegte kurz und sagte dann zu Horst: »Räuberleiter.«

Statt eine Antwort zu geben, verhakte dieser spontan seine Hände und stellte sich in Position. Schorsch nutzte den Tritt und hangelte sich hoch zum Nistkastens. Dort bemerkte er, dass das Vogelhäuschen mit einem Scharnier versehen war, das Dach und Rückwand verband, der von Helmreich beschriebene Deckel. Er klappte das Dach nach oben und ertastete den Innenraum des Nistkasten. »Da ist was«, rief er nach unten zu den Kollegen. Sekunden später winkte er ihnen mit einer grünen Tupperdose zu, klappte das Dach wieder zu und sprang auf den Boden.

»Also, dann schauen wir doch mal rein«, meinte Gunda, die sich vorsorglich Latexhandschuhe übergezogen hatte und die Dose öffnete. Darin lag ein gelbes DIN-A5-Notizbuch mit buntem Blütenmuster. Auf der ersten Innenseite stand: *Mein Tagebuch. Isabell Hörmann.*

Gunda blätterte zu den letzten Einträgen. Sie hielt das Buch so, dass Schorsch und Horst mitlesen konnten. Pfarrer Helmreich hatte nicht gelogen, zumindest nicht, was die Gefühle Isabells anging. Das Mädchen beschrieb in jugendlich schwärmenden Worten ihre Liebe zu dem älteren Mann, die niemals enden würde. Sie habe sich ihm ganz hingegeben, um ihn glücklich zu machen, sein Glück sei ihr Glück, so schrieb sie. Sie schwor, dass niemand außer ihrem Tagebuch je davon erfahren solle, denn sonst würde der Geliebte in große Schwierigkeiten kommen. Es waren die Zeilen einer Minderjährigen, die neben allen Liebesschwüren auch Bedenken zum Ausdruck brachte. Ihr war bewusst, dass solch ein Geheimnis auf Dauer zu wahren eine große Bewährungsprobe darstellte, da es nicht absehbar war, ob womöglich durch einen Zufall irgendwann dunkle Schatten über das Glück ziehen würden. Sie würde alles dafür tun, dass sie ihr Geheimnis mit ins Grab nähme, damit Martin weiter in seiner Gemeinde als Pfarrer tätig sein könnte.

Schließlich schlug Gunda das Buch zu. »Sie ahnte nicht, dass genau das passieren würde.«

Schorsch sah nachdenklich in den Himmel, als ob er Isabell eine Nachricht senden wollte, und meinte: »Tja, mein Mädchen, irgendwann kommt alles ans Licht, es fehlt uns leider weiter der wahre Ablauf deines Sterbens. War es eine suizidale Handlung oder war es ein Kapitalverbrechen, welches deine Mutter ungewollt mit ihrem Besuch bei deinem Geliebten und ihren Vorwürfen nach dem Lesen deines Tagebuchs ausgelöst hat? Wir werden es vermutlich nie erfahren.«

»Das sehe ich auch so, dieses Geheimnis wird wohl niemals gelüftet werden«, stimmte Gunda nachdenklich zu.

In diesem Moment klingelte Schorschs Mobiltelefon. Schorsch erkannte die Telefonnummer von Oberstaatsanwalt Dr. Menzel.

Er sparte sich eine Begrüßung. »Herr Dr. Menzel, ich gehe mal davon aus, dass Sie unser Herr Schönbohm schon unterrichtet hat?«

»Hallo Herr Bachmeyer, ja, Schönbohm hat mich vollumfassend über den bisherigen Ablauf dieses Falles unterrichtet, den Zusammenhang mit dem Fall von Benedikt Fromm sehe ich auch so. Deshalb bin ich ab sofort Herr beider Tatkomplexe und habe soeben Ihr heutiges Erscheinen beim Generalvikar Luber in Eichstätt ankündigen lassen.«

Schorsch berichtete Dr. Menzel noch vom Fund des Tagebuchs und verabschiedete sich von dem Staatsanwalt mit den Worten: »Gut, dann brechen wir auf, dieser Herr Luber sitzt vermutlich schon auf heißen Kohlen.«

Sie erreichten die Diözese am frühen Abend. Generalvikar Michael Luber, ein adretter Mittfünfziger im Trachtenanzug, begrüßte sie: »Meine Dame, meine Herren, Ihr Erscheinen wurde mir bereits angekündigt. Eine schreckliche Sache, die da passiert sein soll, treten Sie bitte ein.«

Pater Luber führte die drei in die nahe gelegene Bibliothek. »Nehmen Sie Platz, hier sind wir ungestört, und ich werde mein Bestmöglichstes tun, Ihnen zu helfen.«

Gunda, Schorsch und Horst nahmen an einem schlichten Eichenholztisch Platz. Durch eine hohe Bleiglasfensterfront fiel Abendsonne herein und reflektierte das bunte Farbenspiel der Heiligen und der sakralen Symbole, die in den einzelnen Fenstern eingebracht waren.

Schorsch berichtete dem Generalvikar von dem Video, ohne ins Detail zu gehen. Fragen zu Valentin Käberl unterließ er vorerst. »Wir wollen Sie gar nicht lange aufhalten, Herr Luber. Wir möchten vor allem einen Blick in Pfarrer Helmreichs Räumlichkeiten werfen, vielleicht finden wir irgendwelche Hinweise auf sein Verschwinden und auf eine Bruderschaft, der Pfarrer Helmreich angehört haben soll.«

»Bruderschaft?«, fragte der Pater. »Bruder Martin Helmreich gehörte zur süddeutschen Vizeprovinz der Kongregation ›von den heiligen fünf Wunden‹. Diese Priesterbruderschaft, die 1695 ins Leben gerufen wurde, entwickelte sich zu einer Vereinigung ›inter sacerdotes‹, der die Geistlichen unserer Diözese angehören. Früher war es üblich, sich beim Generalvikar mit eigener Hand in das Bruderschaftsbuch einzutragen, nachdem man eine Pfarrstelle zugewiesen bekommen hatte. Das ist ein alter Brauch mit Tradition.«

Gunda schüttelte den Kopf. »Wegen dieser Bruderschaft sind wir nicht hier, wir sind auf der Suche nach Mitgliedern der Bruderschaft Conlegium Canisius, haben Sie schon davon gehört?«

Luber blickte nachdenklich in die Runde, dann fragte er: »Was soll das für eine Bruderschaft sein? Ich glaube, dass ich diesen Namen noch nie gehört habe.«

Schorsch erklärte: »Nach unserem Wissen, also nach bisherigem Ermittlungsstand, soll es sich hierbei um einen Zusammenschluss von Pfarrern der katholischen Kirche handeln, die ihre sexuellen Fantasien mit Kindern oder anderen Schutzbefohlenen ausleben. Und, Herr Luber, dass Sie mich jetzt nicht falsch verstehen, diese Gruppierung existiert nicht nur in Deutschland, es ist ein Verbund von Priestern über Grenzen hinweg. Und wie in den letzten Jahren in der Presse und anderen Medien berichtet wurde, ist dieser geheime Bund sehr gut vernetzt. Um Klartext zu reden, Ihrer Kirche sind diese Probleme des sexuellen Missbrauchs und physischer Gewalt an Schutzbefohlenen hinlänglich bekannt. Unstrittig ist jedoch, dass diese Missstände vehement geleugnet und Kollegen bei bekannten Verfehlungen gedeckt werden.«

Die Stimme des Generalvikars wurde deutlich lauter. »Ach, Herr Bachmeyer, glauben Sie wirklich alles, was in den Medien berichtet wird? Das ist doch wissentlich gesteuerte Blasphemie gegen unsere Religion. Etwas, das uns seit Jahrhunderten begleitet. Einfach schrecklich, dieser Affront gegen unsere Kirche. Aber ...«, nachdenklich strich sich der Kleriker über seinen Spitzbart, hielt für Sekunden inne und fuhr dann fort: »Es ist natürlich keineswegs in Abrede zu stellen, dass es auch bei uns schwarze Schafe gibt, die durch ihren ausufernden Lebenswandel und ihre Verschwendungssucht in die Schlagzeilen geraten. Aber eine Bruderschaft namens Conlegium Canisius, vermutlich abgeleitet von Petrus Canisius, einem holländischen Jesuiten aus dem 16. Jahrhundert und Vorkämpfer der Gegenreformation, ist mir völlig unbekannt. Alleine schon der Gedanke, der Irrsinn, dass katholische Geistliche sich zusammenschließen, um gegen das Zölibat zu verstoßen, ist meines Erachtens weltfremd, irrsinig und sehr weit, sehr weit hergeholt.«

Diesmal übernahm Horst das Wort. »Dass Sie unsere Behauptungen in Abrede stellen, war uns von vornherein bekannt, so hat auch Ihr Kollege, Generalvikar Sedlmayr in Bamberg, reagiert. Ihre Kirche ist in Bezug auf Aufklärung solcher Missbrauchsverstöße wenig kooperativ, und wenn wir uns die letzten bekannt gewordenen Fälle wegen Kindesmissbrauchs ansehen, verschweigen oder besser gesagt vertuschen Kardinäle solche Verbrechen. Das Problem wird ausgesessen, und wenn der Verdächtige verstorben ist, dann liest man plötzlich in der Presse, dass ein Vorgesetzter den Geisteszustand des Toten in Zweifel zieht. Das katholische Schutzprogramm, es funktioniert. Noch, denn immer mehr Opfer werden laut.«

Stille kehrte ein, Pfarrer Luber, dem man sein Unbehagen und die Uneinsichtigkeit zu den Vorwürfen ansah, schüttelte seinen Kopf und entgegnete in nun wieder ruhigem, aber sehr reserviertem Tonfall: »Sie wollten die Räumlichkeiten sehen, dafür sind Sie gekommen, sehen Sie dort nach, und sollten Sie noch Fragen über den vermissten Bruder haben, so melden Sie sich bitte. Frau Kilian wird Sie nun zu der Wohnung von Pfarrer Helmreich begleiten.«

Die neunzehnte Stunde des Tages hatte gerade begonnen, als ihnen Frau Kilian die Wohnung von Helmreich öffnete und die Beamten mit der Überprüfung begannen. Gunda, Horst und Schorsch war jedoch kein Erfolg beschieden, was ein eindeutiges und gut auffindbares Beweisstück betraf. Was ihnen blieb und Hoffnung machte, war der Waffenschrank von Helmreich. Allerdings fehlte ihnen die Zahlenkombination. Gunda war es, die in den abgelegten privaten Rechnungen den Kauf- und

Anlieferungsbeleg des Tresorherstellers entdeckte, auf dem der Geistliche die Zahlenkombination vermerkt hatte.

Es war kurz vor dreiviertel acht, als Gunda die Zahlenfolge in das elektronische Schloss eingab und den Öffnungsriegel betätigte. Der Waffenschrank öffnete sich.

Neugierig standen nun alle drei vor dem geöffneten Schrank. Schorsch, der Jungjäger, inspizierte die dort aufbewahrten Lang- und Kurzwaffen sowie den Munitionsbestand, der in der oberen Ablage fein säuberlich gestapelt war. Er kontrollierte dabei die einzelnen Munitionspäckchen und wurde nach kurzer Zeit fündig. In einer der Schachteln befand sich ein USB-Stick.

»Da schau her!« Schorsch hielt den Speicherstick in die Höhe und fuhr fort: »Die ganze Wohnung war clean, aber wie Kommissar Zufall es möchte, finden wir hierauf vielleicht einen Hinweis über das bisherige Leben unseres Vermissten.«

Horst ergänzte: »Soderla, ich nehme an, dass da keine Tierfilme oder Reviereinblicke drauf abgespeichert wurden. So gut wie der versteckt war. Ich bin mal gespannt, welche brisanten Daten dabei zum Vorschein kommen.«

»Da könntest du recht haben, das könnte vielleicht ein Lichtblick am Ende des Tunnels sein«, stimmte ihm Gunda zu.

Weitere Hinweise fanden die Beamten nicht. Schorsch schloss den Waffentresor und klebte die Schranktüre sowie den Rahmen mit einem Polizeisiegel ab. Kurz nach zwanzig Uhr überreichten sie Frau Kilian den Sicherstellungsbeleg.

Gunda wandte sich noch einmal an die Haushälterin: »Noch eine Frage, Frau Kilian, Sie sind hier doch vermutlich Mädchen für alles, kann man das so sagen?«

Diese antwortete: »Ja freili, was hättens denn noch gebraucht?«

»Gibt es hier bei Ihnen eigentlich einen Valentin Käberl?«

7. Kapitel

19.55 Uhr, Diözese Eichstätt, Gebäude 7, Eremitenanstalt

Vor der Tür des Haupthauses sagte Frau Kilian zu den Beamten: »Soderla, hier wohnt unser Valentin Käberl. Ich schau mal, ob er da ist, denn meistens verbringt er bei schönem Wetter den Abend in unserem Hofgarten. Ich bin gleich wieder da.« Frau Kilian öffnete die Haustüre und betrat das Gebäude.

Kurze Zeit später stand sie wieder vor den Beamten und schüttelte den Kopf: »Hier ist er nicht, aber wir sollten ihn zu dieser Zeit im Hofgarten antreffen, folgen Sie mir.«

Im Hofgarten angekommen, zeigte sie mit dem Finger auf eine Ecke im Grünen. »Dort drüben an der Rosenbuschhecke sitzt er, ich stelle Sie kurz vor.«

Gespannt blickten die drei auf einen älteren Mann, der auf einer Parkbank saß und seinen Blick nun auf sie richtete.

Als sie vor ihm standen, sprach Frau Kilian ihn an. »Guten Abend, Herr Pfarrer, diese drei Beamten von der Kriminalpolizei waren heute Abend wegen Martin Helmreich hier und wollten kurz die Zeit nutzen, um mit Ihnen zu sprechen.«

Schorsch übernahm das Wort.

»Guten Abend, Herr Käberl.« Er machte eine kurze Pause und fuhr in freundlichem Ton fort: »Gelobt sei Jesus Christus.« Der Angesprochene antwortete, ohne zu zögern: »In Ewigkeit Amen.«

Schorsch nickte und sagte: »Bingo, dann sind wir hier vermutlich beim ehemaligen Pfarrer aus Seligenporten angelangt, richtig?«

»Wie kann ich Ihnen helfen?«, fragte der Pfarrer

Die drei stellten sich kurz vor, dann sprach Schorsch weiter: »Herr Käberl, wie schon von Frau Kilian angesprochen, sind wir eigentlich wegen Ihres verschwundenen Kollegen Martin Helmreich hier.«

Schorsch berichtete, dass ein Video vorliege, in dem Pfarrer Helmreich auch Aussagen über ihn, Valentin Käberl, aus seiner Dienstzeit als Pfarrer in Seligenporten gemacht habe.

Sichtlich erschrocken richtete Käberl seinen Blick zuerst auf die Beamten und dann auf Frau Kilian, die mit großen Augen lauschte.

Schorsch wandte sich an sie: »Danke, Frau Kilian, aber wir kommen hier alleine zurecht. Ihnen noch einen schönen Sommerabend.«

Sichtlich enttäuscht verabschiedete sich Frau Kilian mit den Worten: »Dann werde ich hier wohl nicht mehr gebraucht, Sie finden mich, sollten Sie noch was benötigen, im Hauswirtschaftshaus.«

»Besten Dank«, entgegnete Schorsch und richtete seinen Blick nun wieder auf Pfarrer Käberl.

Dieser sagte: »Danke, ich gehe davon aus, dass die Inhalte aus diesem Video nicht jedermann bekannt werden sollten.«

Sein Blick wanderte nun Richtung Westen, wo die Sonne langsam am Horizont verschwand. »Hier im Hofgarten finde ich Ruhe und Geborgenheit, es ist eine Oase des Schweigens, ein Ort für ein stilles Gebet. Wenn man hier verweilt und seinen Blick auf diesen wundervollen Garten, auf diesen gepflegten und idyllischen Hof mit seinen vielfältigen Rosen und Madonnen-Lilien wirft, dann kommt mir das spirituelle Bild des ›Hortus conclusus‹ aus dem alttestamentlichen »Hohelied der Liebe« in den Sinn, das in der mittelalterlichen Mystik als Paradiesesgärtlein auf Maria bezogen wurde. Dieser Garten hat eine große Bedeutung für mich in meinen letzten Lebensjahren. Diese werden zu dem von Gott bestimmten Zeitpunkt darin gipfeln, zu ihm gerufen zu werden.«

Des Pfarrers Blick war immer noch starr auf die untergehende Sonne gerichtet, er schien nachdenklich, vielleicht hatten ihn Schorschs Ausführungen dazu gebracht.

Nach einigen Augenblicken begann Gunda: »In der Tat ein stiller Ort, Herr Käberl, ein Ort, um Ruhe zu finden, um über Geschehenes in der Vergangenheit nachzudenken, sein Leben Revue passieren zu lassen und seinen Lebensabend in der Obhut der Kirche mit Demut zu gestalten. Aber ist das Wort Demut hier wirklich recht am Platz? War Ihr Leben nicht auch geprägt von Gewaltexzessen, von gewaltsamer Züchtigung von Schutzbefohlenen, von Kindern, jungen Buben, die Sie Ihren sexuellen Fantasien unterwarfen? War es nicht so, dass einige der von Ihnen Ausgewählten psychisch und physisch so bearbeitet wurden, dass sie den vorgegebenen Weg der ›Himmelsleiter‹ nahmen und in den sicheren Tod stiegen? Sind nicht viele der Überlebenden unter Ihren ehemaligen Schülern und Schülerinnen heute noch aufgrund der damals erlittenen Gewalt traumatisiert? War es nicht so, dass ein nur scheinbar ehrenhafter Pfarrer aus Seligenporten Mitte der Siebzigern bis Ende der Achtzigerjahre drei junge Burschen in den Suizid trieb, nur um zu verhindern, dass seine sexuellen Neigungen an die Öffentlichkeit gelangten? Haben Sie Ihre Opfer nicht gezwungen, die eben von meinem Kollegen genutzte Begrüßungsformel auszusprechen, die symbolisierte, dass Ihr dunkles Geheimnis auf Ewigkeit verschwiegen werden sollte?«

Die drei Beamten sahen den Pfarrer an, der seinen Blick vom Horizont abwendete, auf den Rasen vor sich sah und leise sagte: »Wenn das der Inhalt des Ihnen vorliegenden Videos ist, dann hat das Martin nicht freiwillig gesagt, diese Vorwürfe wurden unter Zwang erhoben. Mein Leben war nicht immer vom christlichen Glauben und der Einhaltung des mit meinem Amt verbundenen Zölibats geprägt. Ja, auch ich habe gesündigt. Auf nähere Details möchte und kann ich nicht eingehen. Nur so viel, ich glaube nicht, dass wir Martin Helmreich noch einmal wiedersehen werden. Martin hätte niemals unser Gelübde der Verschwiegenheit gebrochen. Man muss ihn gefoltert haben. Nur unter Gewalt kann sein Schweigen gebrochen worden sein.«

Horst fragte: »Dann sind Sie auch Mitglied dieser Bruderschaft, die jene schützt, die ihre sexuellen Fantasien unter dem Dach der Kirche auf übelste Weise ausleben?«

Der Gefragte schaute kurz auf, dann sprach er, mit wieder fester Stimme. »Wir leben in einem Rechtsstaat, der nicht nur die Opfer schützen sollte. Ist jemand mutmaßlicher Täter, darf kein Geständnis mit Gewalt erzwungen werden. Ich werde daher keine Angaben zu diesen Vorwürfen machen, außer der: Was Martin hier offensichtlich unter Zwang bekundet hat, stelle ich vehement in Abrede.«

Schorsch sagte: »Wie Sie vielleicht richtig vermuten, selbst wenn das, was Pfarrer Helmreich über Sie gesagt hat, genau so passiert sein sollte, beweisen können wir es nicht, noch nicht. Deshalb befragen wir Sie zu den Vorwürfen und nehmen Sie nicht fest. Aber wir sind auch hier, um Sie, einen vielleicht sündig Gewordenen, zu warnen. Denn wenn Pfarrer Helmreich gefangen wurde, dann kann es gut sein, dass nach seinen Aussagen nun auch Ihr Name und Aufenthaltsort den Leuten bekannt sind, die Ihnen womöglich nichts Gutes wollen. Können Sie mir folgen? Die Vergangenheit holt einen ein. Das, was damals passiert ist, das Unrecht, welches Sie möglicherweise in Ihrer Zeit als Pfarrer in Seligenporten über unschuldige Menschen gebracht haben, mit dem müssen Sie selbst klarkommen. Ein besonderer Schutz kann Ihnen nicht gewährt werden, da

Sie es vorziehen zu schweigen. So können wir keine Bedrohungsanalyse durchführen, deren Ergebnis sonst polizeilichen Schutz mit sich bringen würde. Es steht Aussage gegen Aussage, und solange Pfarrer Helmreich verschollen bleibt, wird sich daran nichts ändern. Im Klartext: Man kann Ihnen nichts vorwerfen und nichts beweisen. Drei Ihrer Schützlinge haben den Weg der sogenannten Himmelsleiter gewählt, andere Opfer schweigen bis heute, und von Pfarrer Helmreich fehlt jede Spur. Bisher eins zu null für Valentin Käberl. Unser Ratschlag: Passen Sie künftig gut auf sich auf, denn wenn man Sie finden will, dann wird man das. Vielleicht gibt es für Sie ja bald ein Wiedersehen mit Martin Helmreich und Benedikt Fromm, der Ihnen sicherlich auch bekannt sein dürfte. In diesem Sinne einen geruhsamen Abend.«

Gunda ergänzte: »Und sollte Ihnen doch noch etwas zu dieser Bruderschaft oder zu Ihren Glaubensbrüder Fromm und Helmreich einfallen, hier können Sie uns erreichen.« Sie gab ihm ihre Visitenkarte, dann verabschiedeten sie sich.

8. Kapitel

Freitag, 07. Juni 2019, 08.17 Uhr, Polizeipräsidium Mittelfranken, K 11, Besprechungsraum 1.08

Kommissariatsleiter Schönbohm hatte vor dem Wochenende noch eine Dienstbesprechung einberufen, bei der alle K 11er und die Kriminaltechnik, kurz KTU, teilnahmen. Auch Oberstaatsanwalt Dr. Menzel, den Schönbohm tags zuvor telefonisch über den aktuellen Sachstand informiert hatte, ließ es sich nicht nehmen, an der Besprechung teilzunehmen.

Schönbohm begann: »Guten Morgen miteinander, bevor wir uns alle ins gemeinsame Wochenende verabschieden, sollten wir die bisher gewonnenen Erkenntnisse über die beiden verschwundenen Geistlichen erörtern. Recht herzlich begrüßen möchte ich daher unseren Oberstaatsanwalt. Herr Bachmeyer und Herr Wasserburger werden uns Frage und Antwort stehen. Daher darf ich Sie, Herr Bachmeyer, zuerst bitten.«

Der folgte der Aufforderung gern. »Danke, erst noch mal einen guten Morgen. Viel gibt es nicht zu erzählen, aber was wir bestätigen können, ist, dass Pfarrer Helmreich in dieser Videoaufzeichnung offensichtlich zumindest teilweise die Wahrheit gesagt hat. Das Tagebuch der Verstorbenen Isabell Hörmann war genau an dem Platz, den er beschrieben hatte. Die Täter hatten Zeit, es zu beseitigen, aber offensichtlich wollte man, dass wir in seinen Besitz gelangen. Eine anschließende Untersuchung der Räumlichkeiten von Pfarrer Helmreich verlief zuerst ohne Erfolg, aber in seinem Waffenschrank fanden wir einen USB-Stick.«

Schorschs Blick war nun auf Michael Wasserburger gerichtet, der neben Dr. Menzel Platz genommen hatte. »Hier, Michael, ich hoffe, dass wir weitere Informationen auf diesem Speichermedium finden werden.« Schorsch überreichte Wasserburger eine rote Umlaufmappe, in der sich der sichergestellte Stick befand, und fuhr fort: »Das Tagebuch und dieser USB-Stick sind die einzigen Asservate neben dem besagten Videoclip. Der Inhalt des Tagebuchs bestätigt in der Tat das Verhältnis zwischen Helmreich und der Verstorbenen Isabell Hörmann. Daher sind wir gespannt, welche Hinweise sich auf dem Stick befinden.«

Wasserburger antwortete: »Besten Dank, Schorsch. Ich werde mich heute noch mit dem Datenstick befassen. Gestern Abend habe ich mich noch bis spät in die Nacht mit der Auswertung der Videosequenz, also des Geständnisses von Pfarrer Helmreich, befasst. Zunächst kann man sagen, dass es sich nicht um ein gefaktes Video handelt. Auch dass er nicht allein war, hat sich bestätigt, zum einen durch die sichtbare Hand, die ihm das Glas hingestellt hat. Zum anderen wechselte Helmreich seine Blickrichtung so, dass wir sicher sind, dass ihm in dem Verhör zwei, eher drei Personen gegenübersaßen. Das heißt, dass wir es mit einer Tätergruppe zu tun haben könnten, die aus mindestens drei Personen besteht. Ihr bekommt heute noch unseren schriftlichen Bericht, und vielleicht wissen wir heute Nachmittag schon, was sich auf dem Datenstick befindet.«

Schorsch ergänzte: »Besten Dank, Michael. Was wir euch zudem nicht vorenthalten möchten: Wir haben Valentin Käberl getroffen und mit den Aussagen von Helmreich konfrontiert. Dieser Pfarrer hat alle gegen ihn erhobenen Vorwürfe vehement abgestritten. Aber Gunda, vielleicht kannst du hier den Part Käberl übernehmen?«

Gunda nickte: »Ja gerne, er räumte in seiner Befragung einerseits ein, dass sein Leben nicht durchweg vom christlichen Glauben geprägt gewesen sei. Auch er habe gegen das Zölibat verstoßen. Auf nähere Details auch hinsichtlich der Bruderschaft ging er nicht ein. Er sagte aus, dass Martin Helmreich seine Angaben nur unter physischem und psychischem Druck gemacht haben könne. Dabei verriet er insgeheim mit den Worten: ›Martin hätte niemals unser Gelübde der Verschwiegenheit gebrochen‹, dass es diese Bruderschaft gibt.«

Dr. Menzel fragte: »Ich kann mir gut vorstellen, dass wir mit unseren Ermittlungen nur langsam vorankommen werden. Die Kirche wird versuchen, unsere Erkenntnisse im Hinblick auf den sexuellen Missbrauch kleinzureden, ja ich behaupte sogar, energisch in Abrede zu stellen. Es könnte ein steiniger Weg werden, aber wir werden ihn gemeinsam gehen und auch den Kirchenoberen klar und deutlich unsere Entschlossenheit zeigen. Sie haben meine vollste Rückendeckung. Wir müssen uns darauf einstellen, dass dies nicht die beiden einzigen Opfer sind oder in Zukunft sein werden. Möglicherweise haben wir es hier mit einer Tätergruppierung zu tun, die gezielt darauf ausgerichtet ist, zurückliegende Verbrechen in der katholischen Kirche aufzuklären und die damaligen Täter abzustrafen, Vergeltung zu üben, Rache zu nehmen.«

Schönbohm sah zum Oberstaatsanwalt und bemerkte: »Ihren Ausführungen kann ich nur zustimmen. Meine Damen, meine Herren, dieser Valentin Käberl könnte das nächste Opfer sein. Sollten wir hier nicht Vorsorge treffen, ich denke hier an Schutzmaßnahmen?« Schönbohm blickte fragend in die Runde.

Der Oberstaatsanwalt antwortete: »Zwar beschuldigt Helmreich seinen Kollegen Käberl im Video des sexuellen Missbrauchs, doch der bestreitet die Vorwürfe beziehungsweise macht dazu keinerlei Angaben. Er räumt zwar über die Hintertüre ein, Unrecht getan zu haben, aber Einzelheiten gibt er nicht preis. Ganz ehrlich, wollen und sollen wir uns wirklich die Mühe machen, so einen Menschen in ein Schutzprogramm aufzunehmen? Im Bistum ist er doch sicher aufgehoben. Für eine

Bedrohung von Leib und Leben von Käberl liegen uns keine weiteren Erkenntnisse vor. Wir bräuchten daher ein wenig mehr Fleisch am Knochen, um für diesen Pfarrer Einsatzkräfte zu binden.«

Schorsch nickte zustimmend und ergänzte: »Bisher haben wir wirklich nicht viel. Und gerade was diesen Käberl anbelangt, sollten wir noch tiefgründiger nachhaken. Wie gesagt, wir müssen das Umfeld der damaligen mutmaßlichen Täter, unserer jetzigen Verschollenen, neu aufrollen. Das heißt, wir müssen ermitteln, nach welchen Kriterien die vermeintlichen Entführer ihre Opfer ausgesucht haben. Irgendeine Spur aus der Vergangenheit, aus ihrem kirchlichen Wirken heraus, sollte uns zu den Tätern führen. Die Bruderschaft ist für unsere Täter der Schlüssel zu ihren Opfern. Entweder haben sie dort einen Informanten eingeschleust oder ein Angehöriger, ein ehemaliger Angehöriger dieses Conlegium Canisius, packt ihnen gegenüber aus.«

Hubert Klein, von allen im Team der K 11 nur Hubsi genannt, warf ein: »Dieser hochbetagte Käberl wird vermutlich nicht mehr aktiv in dieser Bruderschaft sein, daher gehe ich mal davon aus, dass er dort keine führende Rolle mehr spielt. Aber was wir bedenken sollten, sein Name ist unseren Tätern bekannt. Da wir ihn nicht als schützenswert einreihen und er in dieser Eremitenanstalt abgeschirmt seinen Lebensabend verbringt, könnte es mit großem Aufwand verbunden sein, dort an ihn heranzukommen. Nach meiner Risikoeinschätzung ist er im Gegensatz zu unseren verschwundenen Pfarrern, die aktiv in der Kirche eingebunden waren, in dieser Bistumseinrichtung gut und sicher aufgehoben. Das Fatale an der ganzen Missbrauchsgeschichte ist jedoch, dass keiner der Täter, geschweige denn ihre Kirchenoberen, jemals einen Kindesmissbrauch eingeräumt haben. Wenn ein Missbrauchsfall bekannt geworden ist, wurde dieser immer wieder geleugnet, die Täter von der Kirche in Schutz genommen. Somit wurde zwar der Name derjenigen bekannt, die möglicherweise in so einen Fall verstrickt waren, aber durch die Verteidigung durch die Kirche wurden diese Taten schnell für die Medien uninteressant, denn an solch ein heißes Eisen wagt man sich nicht ran. Was bleibt, sind die Namen derer, die womöglich darin verwickelt waren. Was ist also, wenn sich unsere Täter über das Internet informiert haben? Die müssen also gar keinen Informanten oder Hinweisgeber haben, vielmehr erlangen sie die Informationen über das Netz. Ich habe mir gestern Abend mal die Zeit genommen und bei Google ›sexueller Missbrauch in der römisch-katholischen Kirche‹ eingegeben und mir die Treffermeldungen näher angesehen. Das Pikante an diesen Vorwürfen ist, dass jüngst sogar ein Kardinal aus Nordrhein-Westfalen einen seiner Glaubensbrüder gedeckt hat. Dieser ehrenwerte und nach wie vor amtierende Kardinal Przebranie schützte aus persönlichen Gründen einen Sexualstraftäter, der ein Vertrauter von ihm war, Hinweise darüber kursieren im Netz. Dieser Przebranie soll diesen Missbrauchsfall weder nach Rom gemeldet noch effizient an der Aufklärung mitgeholfen haben. Im Gegenteil, dieser Kardinal ließ es zu, dass das Opfer regelrecht verhöhnt wurde, da es zur Aufklärung des Falls nicht beitragen wollte. Der Gipfel der Infamie, liebe Leute. Und glaubt mir, die Menschen wachen langsam auf. Es ist daher kein Wunder, dass jedes Jahr Hunderttausende Gläubige der Kirche den Rücken kehren.

Was ich aber schlussendlich damit sagen möchte: Jedermann kann sich im Netz darüber informieren, wer von diesen Klerikern sich wo und wann an Kindern vergangen hat. Die Kirche versucht zwar, mit allen Mittel eine Wahrheitsfindung zu unterbinden, gleichwohl gibt es immer wieder Journalisten, die solche Missstände an die Öffentlichkeit bringen. Daher könnten vielleicht auch unsere Täter über eine vertiefte Netzwerkrecherche der bisher bekannten Missbrauchsvorwürfe auf die Verursacher der Taten – und damit ihre zukünftigen Opfer – gestoßen sein. So können wir an ihren Aufenthaltsort kommen.«

Alle im Raum hatten Hubsi gespannt zugehört.

Gunda sprach weiter: »Hubsis Hinweis ist nicht von der Hand zu weisen, und wer sagt uns, dass die Täter im Netz nicht nur auf öffentlichen Seiten ihre Opfer ausforschen? Was ist, wenn sich unsere Täterklientel diese Informationen aus dem Darknet gezogen hat? Schorschs Hinweis, dass die Täter einen Informanten bei der Bruderschaft eingeschleust haben könnten, ergänze ich: Ein ehemaliger Angehöriger des Conlegium Canisius könnte die notwendigen Informationen im Darknet liefern. Es könnte sich um ein ehemaliges Mitglied der Bruderschaft handeln, das nun, gequält vom schlechten Gewissen, Tabula rasa macht und Hinweise auf vergangene Verbrechen im Darknet offenbart. Und zwar so gezielt und detailgetreu, dass es für die Täter ein leichtes Spiel ist, an die Opfer heranzukommen. Ohne konkrete Absicht liefert er so unseren Tätern alles, was sie brauchen, um ihre Opfer zu finden.«

Dr. Menzel, der die Ausführungen gespannt mitverfolgt hatte, sagte: »Frau Vitzthum, eine gut durchdachte Variante, die durchaus möglich sein könnte. An diese Bruderschaft heranzukommen, Informationen über sie zu finden, wird sich meines Erachtens als sehr schwierig erweisen. Die Beteiligten haben ein Gelübde über ihr Stillschweigen abgelegt. Zudem wissen wir nicht, wie diese Organisation aufgebaut ist. Alles, was wir kennen, sind diese Videosequenzen von unseren verschollenen Opfern. In der heutigen Zeit, bei der Menge und Vielfalt von Seiten im Internet, geschweige denn im Darknet, halte ich Ihre Ausführungen durchweg für realistisch und nachvollziehbar.«

Schorsch nickte zustimmend und ergänzte: »Wir sollten unsere Cybercrime-Experten mit in den Fall einbinden. Was wäre, wenn wir selbst Informationen über einen sexuellen Missbrauch im Darknet streuen, also einen Köder auslegen, auf den unsere Täter vielleicht reagieren? Wenn unsere Meldung einen vermeintlichen Missbrauchsfall in der katholischen Kirche offenbart, könnten der oder die Täter darauf reinfallen.«

Günther Gast vom Sachgebiet 632, IT-Ermittlungsunterstützung/EASy, der seit knapp zwei Jahren den K 11ern zugeordnet war, reagierte sofort: »Sehr guter Vorschlag, wir sollten unsere Abteilung V mit ins Boot holen. Unsere Sachgebiete 541 und 542, die Zentralstelle Cybercrime und deren Ermittler, könnten uns, gerade was das Darknet betrifft, von großem Nutzen sein. Diese Spezialisten könnten uns mit ihren Kenntnissen und Fähigkeiten einen erfundenen, jedoch zielgerichteten Hinweis auf einen Missbrauchsfall, der von der katholischen Kirche erbittert verschwiegen wird, dort einschleusen. Diesen Köder platzieren wir im Darknet. Mal sehen, woher dann konkrete Anfragen zu dem erfundenen Missbrauchsfall kommen und welche Identitäten dahinterstecken. Wir lassen sie anbeißen, und erst, wenn sie den Köder geschluckt haben, schlagen wir zu. Und jetzt versteht mich bitte nicht falsch, ich meine keinen Agent Provocateur, sondern es geht um einen zielgerichteten Hinweis, der es in sich hat, der unsere Täter unvorsichtig werden lässt. Daher sollten wir hier ansetzen und im Darknet mithilfe unserer Spezialisten nichts unversucht lassen.«

Auch Dr. Menzel war begeistert. »Geniale Idee.« Er hatte seinen Blick nun auf Schönbohm gerichtet. Es war gerade so, als wenn er den Kommissariatsleiter um Zustimmung bitten würde.

Schönbohm nickte. »Ich finde alle drei Vorschläge, sei es der von Frau Vitzthum, Herrn Gast oder Herrn Bachmeyer, brillant, daher sollten wir so einen verdeckten Auftritt im Darknet in jedem Fall umsetzen, es ist ein Schritt in die richtige Richtung, der unsere Ermittlungen erfolgreich zum Laufen bringen könnte. Ich werde daher noch heute die Abteilung V des Bayrischen Landeskriminalamts um Amtshilfe bitten und Sie, Herr Gast, mit der Koordinierung in unserem Kommissariat beauftragen. Zugleich wünsche ich, dass Herr Klein weiterhin seine Recherche über den sexuellen Missbrauch in der katholischen Kirche fortsetzt und uns gemeinsam mit Herrn Gast über die Ergebnisse in der kommenden Lagebesprechung berichtet.«

Schorsch hob seinen rechten Zeigefinger in die Höhe und betonte: »Ein kleiner Hinweis sei mir noch erlaubt, bevor wir die Besprechung beenden. Wir sollten im Hinblick auf diesen sexuellen Missbrauch unsere Cybercrime-Kollegen aus München mit in eine weitere Recherche einbinden. Also nicht nur im Darknet einen Köder auslegen und warten, bis jemand anbeißt. Wir sollten im Darknet recherchieren, vielleicht findet sich dort sogar ein verdeckter Hinweis, ein Schlüsselwort oder Begriff, der auf unsere besagte Bruderschaft hindeutet. Oder aber auf diejenigen, die Vergeltungsmaßnahmen gegen Kleriker ergreifen, also auf unsere Täter.«

Dr. Menzel nickte zustimmend, und Schönbohms letzte Worte in der Dienstbesprechung lauteten: »Herr Bachmeyer, so machen wir das.«

9. Kapitel

Samstag, 08. Juni 2019, 18.11 Uhr,
nahe Hornschuchpromenade in 90762 Fürth

Es war ein warmer Sommertag, die Stadt lag noch in der Abendsonne. Alle waren pünktlich. Auf der großen Dachterrasse des herrschaftlichen Anwesens war bereits eine Tafel eingedeckt. Seit Stunden drehte sich der Spieß auf dem großen Gasgrill, bald würde es so weit sein, und das Spanferkel, dessen goldbraune Kruste den Gästen in wahrsten Sinne des Wortes das Wasser im Mund zusammenlaufen ließ, würde das kulinarische Schmankerl des Abends werden. Magnus hatte zum Grillabend geladen. Wieder einmal hatten sie es geschafft, einen Namen von der blauen Liste abzuarbeiten, einen Namen auszulöschen, der es nicht verdient hatte, weiter in der Öffentlichkeit genannt zu werden.

Magnus reichte Knut, Gregor, Herfried und Thomas eine Flöte Champagner und bedankte sich für ihr Erscheinen. Denn es war wichtig, dass man sich traf. Man wollte den Erfolg begießen und einen Schlussstrich ziehen, denn wieder war alles glatt gelaufen. Die Vorsicht hatte sich ausbezahlt, und sie hatten keine Spuren hinterlassen.

Als das Abendessen beendet war, fand man sich gesellig vor dem kleinen Außenkamin ein. Magnus ergriff das Wort: »Ich habe gestern Neuigkeiten erfahren, die Nürnberger Mordkommission tappt nach wie vor im Dunkeln, eine meiner Quellen im Präsidium sagte mir, dass man alle technischen Möglichkeiten in Erwägung ziehen werde, um die Taten an den Herren Fromm und Helmreich aufzuklären. Das heißt für uns, dass wir unsere zukünftige Vorgehensweise noch besser und vorsichtiger koordinieren müssen. Wir dürfen uns keinen Fehler erlauben, Wachsamkeit ist unser aller Gebot.«

Seine Gäste nickten zustimmend, sie alle wollten schließlich nicht entdeckt werden. Thomas nahm seine am Boden abgelegte Aktentasche, öffnete sie und schlug eine Umlaufmappe auf. »Leute, wir haben noch vieles vor uns. Nicht nur, dass unsere Liste um zwei Namen ergänzt wurde. Mir wurden auch Auszüge aus dem sogenannten Westphal-Bericht[*] zugespielt, ein Dokument mit hoher Brisanz. Es ist das Gutachten einer renommierten Münchner Anwaltskanzlei und wird bis heute von der katholischen Kirche unter Verschluss gehalten, da es detailliert über den sexuellen Missbrauch und körperliche Gewalt an Kindern und Schutzbefohlenen im Erzbistum München und Freising berichtet. Wir reden hier von einer Zeitspanne zwischen 1945 und 2018. Ganz aktuell sind mir aus diesem Schriftstück die Ereignisse von 2010 bis 2018 von einem Kollegen zugespielt worden. Dieses Gutachten schließt sogar hauptamtliche Mitarbeiter und tätige Ordensleute mit ein, als Mitwisser und als Täter. Aber nicht nur für das Erzbistum München und Freising hat sich die Kanzlei mit ihrer Aufklärungsarbeit hervorgetan, auch das Erzbistum Köln hat ein Gutachten darüber angefordert. Dort ging aber der Kölner Kardinal vehement gegen die Veröffentlichung vor, da die Studie erhebliche methodische Mängel aufweise und nicht gerichtsverwertbar sei, so mein Kollege. Na ja, die beauftragte Anwaltskanzlei hat die Vorwürfe natürlich zurückgewiesen. Die mir vorliegenden Auszüge aus dem Westphal-Gutachten beinhalten Verstöße, die sich nicht nur im Erzbistum München und Freising abge-

---

[*] Gutachten der Kanzlei Westphal, Spilker und Wastl über sexuelle Missbrauchsfälle und körperliche Gewalt in der katholischen Kirche (Erzbistum München und Freising sowie Köln)

spielt haben. Pikanterweise schildern die Anwälte darin auch Sachzusammenhänge zwischen verschiedenen Missbrauchsfällen innerhalb bayerischer Diözesen. Das sind keine einmaligen Verfehlungen von Tätern an einem bestimmten Ort. Diese Gutachter haben es mit ihrer Recherche geschafft, Missbrauchsfälle der sexuellen Gewalt nicht nur offenzulegen, sondern auch Ross und Reiter zu benennen. Die Münchner Kanzlei ermittelte bis in die obere Kirchenspitze, die Anwälte beleuchteten ohne Unterschied Erzbischöfe und Verantwortungsträger bei den Kirchenoberen. Aber ich werde gleich auf den Punkt kommen. Ich habe die Auszüge ausgewertet, und ein Fall scheint mir besonders sensibel zu sein. Es geht um erzwungene Sexpartys und Zwangsprostitution in einem katholischen Jugendheim. Dieses ehemalige Erziehungsheim südöstlich von München war berüchtigt, so ein Angehöriger der Opferinitiative ›Eckiger Tisch‹. Man spricht sogar von Befreiungsaktionen, die in dieser Horroreinrichtung stattgefunden haben sollen. Rückblickend kann gesagt werden, dass sich aufgrund des massiven Missbrauchs viele der von den Taten betroffenen Insassen das Leben genommen haben. Einer der Täter war ein junger Theologiestudent, der dort sein Praktikum absolvierte und sich bei den Heiminsassen einen Namen machte. Man nannte ihn den ›unbarmherzigen Lächler‹. Er verstand es, seine Opfer psychisch so unter Druck zu setzen, dass viele nur noch den Tod als Ausweg für sich sahen. Züchtigungen mit Stock und Lederriemen waren an der Tagesordnung. Aber der unbarmherzige Lächler hat auch einen Klarnamen. Er heißt Josef Volmer und ist laut Gutachten der Münchner Anwälte im Erzbistum Bamberg eingesetzt. Ich habe ein wenig über diese Person recherchiert, dieser Volmer leitet eine Kirchengemeinde in der Nähe von Lauf. Ein damaliger Zeuge berichtete den Anwälten, dass es sich der unbarmherzige Lächler zur Aufgabe machte, seine sexuellen Wünsche mit körperlicher Überzeugungskraft durchzusetzen. Viele der von ihm ausgewählten Jungen mussten ihn nicht nur oral befriedigen. Dieser Theologiestudent führte sogar Listen darüber, wann und wie oft er seine sexuelle Befriedigung herbeiführen ließ. Er war besessen davon, seinen Rohrstock einzusetzen, und ergötzte sich daran, mit anzusehen, wie unterwürfig seine Zöglinge das umsetzten, was er ihnen auferlegte. Dieser Volmer war, oder besser gesagt ist, eine Bestie in Chorkleidung. Wir sollten handeln.«

Magnus stimmte ihm zu. »Gut vorgetragen, Thomas, dann wollen wir diesen Volmer zur Verantwortung ziehen. Was meint ihr?«

Magnus blickte fragend in die Runde. Knut, Gregor und Herfried nickten zustimmend, sodass der Gastgeber fortfuhr: »Dann sind die Würfel gefallen, lasst uns darauf anstoßen.«

10. Kapitel

Mittwoch, 12. 06.2019, 07.59 Uhr, PP Mittelfranken, K 11

Michael Wasserburgers Kriminaltechnik hatte zwischenzeitlich den bei Helmreich gefundenen Datenstick ausgewertet. Zum Vorschein kamen verschiedene Bilder und Filme mit kinderpornografischem Inhalt, welche zur weiteren Aufarbeitung den Münchner Kollegen des Sachgebiets 542 übergeben wurden. Hinweise oder mögliche weiterführende Erkenntnisse zu der geheimnisvollen Bruderschaft erbrachte die forensische Auswertung des Speichermediums aber nicht. Im Vordergrund stand für die Ermittler, die sexuell misshandelten Kinder zu identifizieren und mit den GEO-Daten des Standorts festzustellen, wo die verbotenen Bilder aufgenommen worden waren.

Zeitgleich waren die Cybercrime-Spezialisten der Abteilung V dabei, einen Köder für das Darknet zu basteln, einen Missbrauchsfall an Kindern, der von einem mit dem Namen ›Der Name der Rose‹ angemeldeten User gesteuert und eingebracht wurde:

Ein aktueller Missbrauchsfall aus dem Erzbistum Bamberg. Laut vorliegender, noch vertraulicher MHG-Studie* vom Juni 2019 habe man einen Diözesanpriester, vier Ordenspriester, vier Ordensbrüder und einen Erzieher als mögliche Täter identifiziert, welche sich im Zeitraum von 2014 bis Mai 2019 an insgesamt neunundzwanzig Opfern sexuell vergangen haben sollen. Darunter befanden sich sech-

---

* Interdisziplinäres Forschungsverbundprojekt zur Thematik Sexueller Missbrauch an Minderjährigen durch katholische Priester, Diakone und männliche Ordensangehörige im Bereich der Deutschen Bischofskonferenz *zehn männliche und dreizehn weibliche Geschädigte. Das Erzbistum Bamberg habe interne Ermittlungen eingeleitet und kirchliche Strafmaßnahmen verhängt. Eine Weiterleitung der Missbrauchsfälle an die staatlichen Strafverfolgungsbehörden wurde aktuell nicht veranlasst, da die internen Ermittlungen seitens der Kirche noch andauern und mögliche Aussagen aus den Reihen der Opfer zu einem schädigenden Ereignis für die katholische Kirche führen könnten, was zu vermeiden sei. Die vorliegende MHG-Studie ist demnach weiterhin unter Verschluss zu halten. Bisherigen Erkenntnissen des Bistums Bamberg zur Folge handelt es sich bei den Opfern um Kinder zwischen elf und siebzehn Jahren. Das Pikante daran ist die Tatsache, dass vier der zehn Täter ihre Opfer in kirchlichen Caritas-Einrichtungen in Franken missbraucht haben sollen, analog zu den in der Vergangenheit aufgedeckten Vorfällen in den NRW-Bistümern. Dort waren spezielle Tatmuster wie im damaligen Essener Franz Sales Haus* bekannt geworden, wo die Täter ausgesprochen sadistisch vorgingen. Gegen sechs Ordensleute bestehen zudem Verdachtsmomente wegen sexuellen Missbrauchs von Ministranten und Ministrantinnen. Hinweisen zufolge wurden die missbrauchten Buben und Mädchen durch Androhung und Einsatz von körperlicher Gewalt zum Schweigen gebracht. In zwei Fällen erfolgte eine spätere Schweigegeldzahlung, so eine interne Quelle. Aus vertraulichen Verlautbarungen wurde zudem bekannt, dass es sich bei der Tätergruppierung um eine Bruderschaft handeln soll, die es sich zu eigen machte, im Verborgenen zu agieren.*

---

* Einrichtung der Behindertenhilfe zur Pflege und Betreuung von Menschen mit geistigen, psychischen und mehrfachen Behinderungen.

(Unterzeichner)
»Im Namen der Rose«
Weitere Einzelheiten werden folgen ...

Schorsch und sein Team hatten im Besprechungsraum Platz genommen, wo ihnen Günther mit einem Kollegen von der Cybercrime den ausgelegten Köder näher erklärte.

»Wir haben einen ganz aktuellen Fall ins Darknet gestellt und diesen mit einem ›Missbrauchsforum‹ verknüpft, in der Hoffnung, dass vielleicht jemand darauf reagiert. Ob es sich dann nur um neugierige Pressefritzen handelt, die eine geile Story wittern, oder möglicherweise um Leute, die etwas zu Missbrauchsfällen sagen können, werden wir sehen. Es wird Beiträge geben, die Entsetzen ausdrücken, und andere, die ihren Unmut über die Kirche und deren Vertreter ablassen, mal in gemäßigter Form, mal in Worten, die das Forum in zwei unterschiedliche Lager spalten wird. Um die Stimmung dort richtig anzuheizen, müssen wir auch Kommentare von Befürwortern steuern, also von Kirchenvertretern, die sich im Darknet sicher fühlen und ihre Taten dort anonym offenlegen, die einen Kick daraus ziehen, ihre krankhafte sexuelle Orientierung gegenüber Dritten preiszugeben. Das ist unsere Taktik.«

Schorsch warf ein: »Günther, eine sehr gute Strategie, die ihr da verfolgt. Wir werden einige Buschfeuer entfachen und eine explosive Stimmung auf der Plattform hervorrufen. Und gerade im Hinblick auf Kindesmissbrauch mit körperlicher Gewalt werden wir mit Hinweisen eingedeckt werden, da bin ich mir ziemlich sicher.«

Gunda nickte Schorsch zu. »Gerade im Darknet, wo man alles kaufen kann, von Betäubungsmitteln über Waffen, Sprengstoff und Falschgeld bis zu Auftragskillern, sind auch Kinderschänder unterwegs. Denk nur mal an die Veröffentlichungen von Wikileaks, wo man streng geheime Unterlagen der Öffentlichkeit preisgegeben hat. Wenn wir also mit unseren Cybercrime-Spezialisten auf die User dieses Forums zurückgreifen können, dann könnten wir an die wahre Identität der Täter kommen.«

Günther bestätigte: »Gunda, das haben wir auch gezielt so vor. In diesem Köder haben wir eine spezielle Software installiert, welche die Internetaktivität auf dem Forum erfasst und uns zuspielt. Ausschlaggebend ist aber die Technik, welche unsere Klientel zum Surfen im Darknet benutzt, also der Browser. Unsere Software erkennt alte Versionen verschiedener Browser. Das von uns genutzte Programm wurde 2018 in den USA entwickelt und den Strafverfolgungsbehörden im Kampf gegen die Kinderpornografie zur Verfügung gestellt. Sollte sich unser Täterkreis mit einem Browserupdate von April 2019 Zugang zu unserem Köder verschaffen, sind wir ›zweiter Sieger‹ und können die Rückverfolgung nicht verifizieren. Derzeit arbeitet die National Security Agency an einem neuen Programm. Die Leute in Maryland wollen für die Terrorismusbekämpfung, den internationalen Drogenhandel sowie die Geldwäsche mit dieser neueren Softwareversion alle Hinweisgeber im Darknet identifizieren, indem diese Version auch alle neueren Tor-Browser knacken kann. Das umfasst die Browser der Anbieter von Information und Ware im Darknet wie auch deren mögliche Abnehmer. Alle sich dort sicher versteckt fühlenden Chatgruppen agieren bald nicht mehr im Geheimen. Dieses bis dato bestehende ›Peer-to-Peer-Overlay-Netzwerk‹, wie das Darknet auch genannt wird, wird in absehbarer Zeit kein dunkles Netz mehr sein. Die Geheimdienste, federführend die der Amis,

Russen und Chinesen, werden künftig die Oberhand bei dieser gezielten Auswertung übernehmen. Gleichwohl wird man aber die Strafverfolgungsbehörden mit ins Boot nehmen müssen. Bei uns in Deutschland haben wir eine restriktive Umsetzung bei der Auswertung und Verwendung solcher Datenquellen. Hier sind uns wegen der Gewaltenteilung in vieler Hinsicht die Hände gebunden. Den Geheimdiensten selbst ist es untersagt, strafrechtliche Ermittlungen durchzuführen. Uns wiederum, als Strafverfolger, bleibt es bis auf einige Ausnahmen verwehrt, auf nachrichtliche Erkenntnisse zurückzugreifen und diese Informationen lageangepasst in das Ermittlungsverfahren mitaufzunehmen. Das kann die ›bösen Buben‹ freuen. Denn die sogenannten ›Non-Paper‹ dürfen wir vor der Judikative nicht zitieren und diese sie nicht offiziell verwenden. Wir müssen immer wieder versuchen, den vertraulichen Hinweisen so weit nachzugehen, dass wir sie selbst erneut ermitteln können, um die schon von den Geheimdiensten gewonnenen Erkenntnisse zur Strafverfolgung nutzen zu können. Obwohl wir wie die Judikative wissen, dass die Hinweise der *Schlapphüte stichfest recherchiert sind, müssen wir es erneut tun, bevor sie vor Gericht als beweiskräftig gelten.«

Günther strich sich nachdenklich über sein Kinn und fuhr fort: »Um das im aktuellen Fall zu erreichen, werden wir in unserem Team verschiedene ›Schauspieler‹ einsetzen, die sich glaubhaft mit einer der Rollen in diesem Forum vor den anderen Forenteilnehmern identifizieren können. Einige, die Befürworter des Missbrauchs sind, zum anderen diejenigen, die Rache schwören. Wir müssen das Forum zum Kochen bringen, und das könnte uns gelingen, wenn wir konträre Meinungen gezielt in den Chats steuern.«

---

* Geheimdienstmitarbeiter

Günther blickte reihum zu Waltraud, Eva-Maria, Hubsi, Blacky und Basti, die seinen Ausführungen gespannt gefolgt waren.

Zuerst meldete sich nun Hubsi mit seiner nasalen Stimme zu Wort. Jeder im Team kannte seine gleichgeschlechtliche Neigung. Jeder wusste, dass er »mit dem kleinen Finger löten« konnte, er ging offen damit um, und alle akzeptierten ihn so, wie er war. Das würden sie sowieso. Aber sie liebten Hubsi dafür, dass er derjenige im K11er-Team war, der keine Überstunden oder Wochenenddienste scheute. Der hilfsbereite und engagierte Beamte war immer da und hatte immer einen passenden Spruch parat. Langeweile kannte er nicht, und das liebten die Kollegen. »Leute, ich würde da zu gerne einen Part mit übernehmen. Wird mir und meinesgleichen doch oft fälschlicherweise unterstellt, wir hätten per se ein krankhaftes Interesse an kleinen Jungen, so helfe ich umso lieber mit, die zu entlarven, die tatsächlich diese Verbrechen begehen, egal ob an Jungen oder Mädchen.«

Waltraud, die Nichte von Polizeipräsident Dr. Mengert, saß in der hintersten Reihe und tippte auf ihrem Mobiltelefon herum. Vermutlich war sie gerade wieder im Chat mit ihrer Freundin Kirstin, die einen Beauty-Shop in Fürth unterhielt, als Roland Löw, von allen wegen seiner Hautfarbe nur Blacky genannt, sie ansprach: »Hey, Waltraud, bist gerade im Chat oder was, wäre das keine Aufgabe für dich, in diesem Forum mitzumachen, vielleicht könntest du ja den Part einer Betroffenen übernehmen, die in der Kindheit Opfer sexuellen Missbrauchs geworden ist.«

Sichtlich ertappt blickte Waltraud zu Blacky, der sie mit seinen weißen Zähnen angrinste und auf eine Antwort wartete. Die kam mit spitzen Lippen. »Ach ja, unser Womanizer will wieder mal sticheln. Aber zu deiner Beruhigung, natürlich klinke ich mich da mit ein und werde dieses Forum ein wenig aufheizen.«

Basti, der Oberpfälzer im Team der K 11er, grinste ihr nickend zu und stichelte: »Unsere Waltraud, die sich auch im Wald traut, mischt also auch mit, da bin ich ja gespannt.«

Waltraud ließ das nicht auf sich sitzen. »Basti, was soll die blöde Anspielung? Ich trau mich ganz woanders.«

»Da sind wir aber jetzt mal gespannt, Waltraud, wo traust du dich denn sonst noch so?« Basti grinste genüsslich.

Waltraud setzte jetzt einen arroganten Gesichtsausdruck auf und fing an: »Das wüsstest du wohl gern, was ich wirklich in meiner Freizeit treibe ...«

Bevor das Scharmützel weitergehen konnte, griff Schorsch ein, dem das Treiben der beiden nicht gefiel: »Jetzt ist Schluss mit dem Gezänke, wir sind ein Team und haben eine Aufgabe zu erfüllen, ihr nehmt das jetzt mal wieder ernst und konzentriert euch. Dass dabei viele mit vollem Engagement an die Sache herangehen und Mehrarbeit nicht scheuen, nicht aber alle gleich, wissen wir.« Der Spruch hatte gesessen, jeder in Schorschs Team wusste, wer damit gemeint war. Zwar hatte Waltraud in ihrem letzten Fall überraschend hohes Engagement gezeigt und damit ihren Teil zum Ermittlungserfolg beigetragen. Es war ihr zu verdanken gewesen, dass man eine Krankenschwester hatte überführen können, die als selbst ernannter Todesengel Patienten mit Kaliumspritzen getötet hatte. Allerdings war das das erste und bisher einzige Mal gewesen, dass Schorsch und die anderen im Team ein relevantes Engagement von ihr erlebt hatten. Doch Waltraud, die von ihren Kollegen auch Frau Teflon genannt wurde, schien unberührt und widmete sich mit ganzer Aufmerksamkeit ihren wohl polierten French Nails.

11. Kapitel

Samstag, 15. 06.2019, 13.39 Uhr, Zum Fischkutter, Nürnberger Str. 19, 91235 Velden/Nürnberger Land

Josef Volmer bestellte sich noch einen Espresso, bevor er nach seiner Rechnung fragte. Der gebackene Karpfen nach Frankenart war wieder köstlich gewesen. Volmer liebte Fisch, und wo im Nürnberger Land konnte man so eine hervorragende Fischauswahl finden wie in Velden? Direkt neben dem Pegnitztalwanderweg von Rupprechtstegen über Lungsdorf führte der Wanderweg zu diesem beliebten Fischrestaurant, in dem er gerade saß. Volmer war seit Jahren Stammgast hier und warb für dieses Fischlokal immer wieder gern in seinem Freundeskreis und seiner Kirchengemeinde. Er fand, er habe etwas gemein mit Simon Petrus, der am See Genezareth seine Netze auswarf, und diese Vorstellung gefiel ihm. Petrus war vom »Fische-Fischer« zum »Menschen-Fischer« berufen worden, Volmer nach seiner Priesterweihe auch zum »Menschen-Fischer« geworden. Im Gegensatz zum Apostel Petrus bezogen sich seine Vorlieben auf das »Kinder-Fischen«. So sollte es vor zwei Jahren zu einem Vorfall in seiner Sakristei gekommen sein. Hinter vorgehaltener Hand erzählte man in seiner Kirchengemeinde, dass der Pfarrer eine gewisse Affinität zu jungen Buben habe. Ein Ministrant gab gegenüber Mitministranten an, dass ihn Volmer beim Ankleiden seines Talars unsittlich berührt habe. Keiner der Buben machte jedoch irgendwelche Anstalten, dieser Erzählung Glauben zu schenken. Erst als der Bub sich gegenüber seinem Vater offenbarte, rieb dieser dem Pfarrer die Aussage seines Sohnes unter die Nase. Doch der Kleriker leugnete vehement und stellte den Buben als höchst unglaubwürdig dar. Volmer untersagte dem Jungen nach diesem Vorfall den Ministranten-Dienst. Seine Reputation sei durch solch eine diffamierenden Aussage eines Lügners gefährdet. Der Vater unterließ daraufhin jedes weitere öffentliche Vorgehen, und für den Gemeindepfarrer war die Sache beendet.

Nach dem Essen verließ Volmer das Restaurant und machte sich wieder auf den Rückweg nach Rupprechtstegen, um von dort mit dem Zug nach Hause zu fahren. Der Weg führte zuerst in einem kleinen Anstieg zum Kriegerdenkmal und dann weiter Richtung Andreaskirche zum Ankertal. Es war ein heißer Tag, und der hügelige Weg brachte Pfarrer Volmer schon nach kurzer Zeit ins Schwitzen. Eine kleine Wandergruppe kam an einer Kreuzung auf ihn zu, und einer der drei Männer fragte ihn nach dem Weg zum Bahnhof in Rupprechtstegen. »Da sind Sie bei mir richtig, das ist auch mein Ziel, folgen Sie mir einfach«, antwortete er freundlich.

Seine neuen Weggefährten trugen alle einen blauen Base-Cap, den sie tief in ihr Gesicht gezogen hatten, und einen Vollbart. Zwei der Wanderer trugen einen Wanderrucksack. Nach einem kurzen »Danke« schlossen sie sich dem Geistlichen an, und als sie wenig später nach Lungsdorf die Brücke über die Pegnitz querten, fragte einer von ihnen: »Na, Herr Volmer, welche Gedanken kommen Ihnen durch den Kopf, wenn Sie hier so alleine am Wasser entlangwandern, lassen Sie die idyllische Landschaft, das Zwitschern der Vögel oder die glasklare Pegnitz mit ihrer besonderen Fischfauna zur Ruhe kommen?« Ein anderer der drei fragte: »Wie sieht eigentlich der Alltag bei einem Pfarrer so aus? Die Heilige Messe oder Trauergottesdienste vorbereiten und Seelsorge bei Kranken? Oder gibt es da noch anderweitige Tätigkeiten, denen Sie lieber im Verborgenen nachgehen?«

Der Angesprochene blieb abrupt stehen und warf einen Blick

auf die drei Männer, die ihre Augen nun alle auf Volmer gerichtet hatten. »Wie meinen Sie das, was soll ich euch darauf antworten?« Josef Volmer sah vom einen zum anderen, und sein Blick wurde dabei immer unruhiger.

Der Größte aus der Gruppe, ein stattlicher Hüne von knapp zwei Metern, zog sich fragend an seinem Bart. Seine hellgrünen Augen blickten klar und wach direkt in Volmers Augen. »So wie ich es gefragt habe. Aber um Ihnen auf die Sprünge zu helfen, als kleine Ergänzung: So eine Sakristei wird mancherorts vom Geistlichen mitunter umfunktioniert zu seiner ganz persönlichen ›Lustkammer‹. Ein Ort des Unrechts, an dem Kindern und Jugendlichen sexueller Zwang angetan wird, in dessen Folge manch Ministrant seinen Glauben verliert. Ein Ort der körperlichen Demütigung und Gewalt. Ist das von mir Vorgebrachte gänzlich abwegig oder ist da ein Fünkchen Wahrheit mit dabei, das unserem Pfarrer Josef Volmer sehr wohl bekannt vorkommt?«

Erschrocken blickte der Geistliche zu dem Hünen hoch. Bei dessen Rede hatten sich seine beiden Gefährten im engen Dreieck um den Pfarrer gestellt. Der hatte mit solchen Fragen nicht gerechnet. Wer waren diese drei bärtigen Männer, woher kannten sie seinen Namen? Volmer bekam langsam Angst, denn der Blick seiner Begleiter war ernster und grimmiger geworden, und sie waren in der Überzahl. Volmers Blick wanderte nun rechts und links auf den Wanderweg. Außer den drei Wandergesellen, die ihm bedrohlich nahe kamen, waren weit und breit keine Spaziergänger zu sehen. Würde ein Hilferuf Aufmerksamkeit anderer außerhalb seines Blickfeldes bekommen? Volmer konnte diesen Gedanken nicht zu Ende führen, denn der Hüne griff in seine ärmellose Wanderweste und umschloss darin einen Gegenstand, dessen Form Volmer durch den Stoff vom Ernst seiner Lage überzeugte. Ohne zu zögern, folgte er den nun beginnenden Anweisungen. »Keinen Laut! Wir biegen gleich nach links ab.«

Die Körpersprache des Hünen zeigte Wirkung, geschickt dirigierte er den Geistlichen vor sich her einen Hang hinauf. Oben angekommen, setzte die Wandergruppe ihren Weg durch unwegsames, teilweise felsiges Gelände fort und erreichte nach zirka zehn Minuten eine natürliche Karsthöhle. Es war eine von 3675 Höhlen, die im Höhlenkataster der Fränkischen Alb registriert waren. Viele dieser kleinen Grotten waren miteinander verbunden und lockten so manchen Höhlenforscher an den Wochenenden in die Fränkische Alb. Einige dieser kleinen Höhlen waren nur Insidern bekannt, da sie abseits von den herkömmlichen Wanderwegen lagen und der Zugang teilweise durch unwegsames Gelände führte.

»Wohin führt ihr mich?«, fragte Volmer, dessen Hemd nach dem kurzen Aufstieg völlig durchgeschwitzt war. Mit einem Papiertaschentuch rieb er sich den Schweiß aus Gesicht und Nacken.

»Wir sind gleich am Ziel, da rein!« Der Hüne bellte seinen Befehl und dirigierte Volmer in die Grotte. Die beiden anderen hatten aus ihren Rucksäcken LED-Taschenlampen ausgepackt und beleuchteten die kleine Höhle, wo man bereits Vorkehrungen für die Ankunft des Geistlichen getroffen hatte. Inmitten der Karsthöhle war ein Metallring eingelassen, an dem man ein Seil befestigen konnte, um in der Höhle nicht die Orientierung zu verlieren.

»Ziehen Sie Ihr verschwitztes Hemd aus und leeren Sie Ihre Hosentasche!«, sagte der Hüne. Die Hand in seiner Tasche um das, was eine Waffe sein musste, ließ den Pfarrer unverzüglich gehorchen.

Wenig später hatte man ihm eine eiserne Fußfessel angelegt und diese mit dem Metallring verbunden. Dann holten sie aus den abgestellten Rucksäcken eine Videokamera und drei Ochsenziemer und stellten sich in einer Reihe vor Volmer auf.

»Erinnern Sie sich an den Buben in der Sakristei, den Sie als Lügner diffamiert haben, der Bub, der keinen Ministranten-Dienst mehr verrichten durfte, nur weil er die Wahrheit gesagt hatte? Nur weil er den Missbrauch seinem Vater gebeichtet hatte. Welche Verfehlungen haben Sie sonst noch begangen?«

Der Hüne holte aus und schlug Volmer mit dem getrockneten Ochsenziemer über den Rücken. Beißender Schmerz brannte sich in Volmers Haut, er keuchte leise auf, als er von dem harten Schlag des Ziemers überrascht wurde. Er kam nicht zum Nachdenken, denn der zweite Schlag folgte unmittelbar. Er schrie laut auf, als ihn einer der beiden anderen fragte: »Wie oft haben Sie mit den Ihnen anvertrauten Kindern und Jugendlichen dieses Spielchen gespielt?«

Wieder krachte der Ziemer auf den Rücken des Geistlichen. Sie schlugen nun zu dritt auf ihn ein. »Wie oft, raus damit!«

Erneut klatschte es auf Volmers Rücken, der inzwischen von dunkelroten Striemen gezeichnet war, die höllisch brannten. »Bitte hört auf«, flehte der Geistliche und schluchzte: »Ja, ich habe mich an meinen Kindern vergangen.«

»Sagen Sie Ihren Namen! Seit wann und wie oft haben Sie das praktiziert?«, schrie ihn der Hüne an und drohte mit hocherhobenem Ziemer.

Der Geschlagene heulte laut auf und krächzte: »Meine Name ist Pfarrer Josef Volmer, ich räume ein, mich schon immer, ich habe mich schon immer an meinen Buben, an meinen Ministranten vergriffen. Ich kann nicht anders, es steckt in mir, es ist sehr schwer für mich, mein sexuelles Verlangen nach den jungen Bürschlein zu unterbinden. Ich schaffe das nicht.«

Er versuchte sich auf dem Steinboden der Grotte zusammenzukauern und blickte mit flehendem Blick hoch zu seinen Peinigern.

»Das hat geklappt, ich habe die Szene im Kasten«, rief der unter den dreien, der die Tortur mit der Videokamera aufgezeichnet hatte. »Was machen wir jetzt mit dem Schwein?« Er hob seinen Ochsenziemer in die Höhe und zog diesen über Volmers rechte Gesichtshälfte.

Der Geistliche schrie erneut auf, er krümmte sich vor Schmerzen auf dem kalten Felsboden. Der Schlag hatte er auf seiner rechten Gesichtshälfte eine klaffende Wunde hinterlassen, die stark blutete. In seiner Pein hatte sich der Geistliche vor lauter Angst eingekotet.

Der Hüne rümpfte die Nase. »Der hat seine Abrechnung bekommen, was meint ihr, sollen wir ihn hier verrecken lassen? Eigentlich sollte man ihn an seinem jämmerlichen Geschröt[*] aufhängen.« Er blickte fragend seine beiden Mitstreiter an und fuhr fort: »Gehen wir, die Luft wird langsam stickig. Er wird ausreichend Zeit haben, um über seine Vergangenheit nachzudenken.«

Er bückte sich, packte Volmers Mobiltelefon und warf es gegen die Felswand, wo es in Stücke zerbrach.

»Vielleicht ereilt ihn ja ein Sommernachtstraum, der ihn bekehren wird, um von der Päderastie abzulassen.« Er griff in einen der abgestellten Rucksäcke, holte ein Verbandspäckchen, ein Päckchen Papiertaschentücher und eine kleine Flasche Mineralwasser hervor und warf es vor Volmer auf den Boden.

---

[*] So bezeichnen die Jäger die Hoden des Haarraubwildes.

Sieben Stunden später

Veronika Balzer blickte auf die Uhr. Es war kurz nach 21 Uhr, und die Haushälterin machte sich Sorgen über das Ausbleiben von Pfarrer Volmer. Irgendetwas musste auf dem Heimweg von Velden passiert sein. Der Besitzer des Fischkutters hatte ihr am Telefon bestätigt, dass Volmer das Restaurant bereits am frühen Nachmittag verlassen habe. Auf dem Mobiltelefon des Pfarrers erreichte sie nur die Ansage, dass der Teilnehmer derzeit nicht erreichbar sei. Das war sehr seltsam. Veronika Balzer gab sich einen Ruck und verständigte die zuständige Polizeiinspektion in Hersbruck, die gemeinsam mit der Bergwacht und einem Polizeihubschrauber sofort eine Suchaktion einleitete. Vergebens.

Es war dann um kurz vor halb fünf Uhr morgens, als beim Kriminaldauerdienst des Polizeipräsidiums Mittelfranken per E-Mail eine anonyme Videosequenz eintraf. Sie zeigte eine verwundete, männliche Person in einer Höhle, angekettet und von blutigen Striemen übersät. Der Mann nannte seinen Namen. Es war der des vermissten Pfarrers Josef Volmer. In der Betreffzeile der E-Mail hatte der Absender Koordinaten hinterlegt, eine kurze Prüfung ergab, dass es die einer Karsthöhle waren. Die Aufnahme im Video könnte dort entstanden sein.

Gegen sechs Uhr wurde der stark unterkühlte Volmer aufgefunden und mit einem Rettungshubschrauber in das Südklinikum Nürnberg geflogen.

12. Kapitel

Samstag, 15. Juni 2019, 07.12 Uhr, Pilotystraße, 90408 Nürnberg

Ein sonniger Tag begann, es sollte erneut sehr warm werden. Für das Wochenende hatte der Wetterdienst Temperaturen bis zu achtundzwanzig Grad angekündigt. Rosanne war noch im Lummerland versunken, während sich Schorsch aus dem Schlafzimmer schlich, um das Frühstück vorzubereiten. Sein Gourmetmetzger im Kirchenweg 39 hatte die passende Auswahl an Leckereien.

Seit fast sechzig Jahren verwöhnten die Meyers ihre Kunden mit ihren hausgemachten Spezialitäten und wurden 2004 sogar vom *Feinschmecker** zu einer der besten Metzgereien in Deutschland gewählt. Rosanne liebte ihren Fleischsalat, ihre Hausmacher Stadtwurst, die hervorragenden Bratwürste sowie die Leberwurst mit Bärlauch. Fußläufig lag die Feinkostmetzgerei nur fünfzehn Minuten entfernt, das war perfekt für einen kurzen Frühsport. Schorsch ließ den Wagen in der Tiefgarage, schlüpfte in seine Laufschuhe und eilte schnellen Schrittes in den Kirchenweg.

Es war kurz vor acht, als Schorsch wieder zurück war und vorsichtig die Wohnungstüre aufsperrte. Er stellte das Wurstpaket und die frischen Brötchen auf dem Küchentisch ab und sah nach Rosanne.

»Na, mein Lieber, wo warst du denn, sag bloß, du hast dich um das Frühstück gekümmert?« Rosanne schmunzelte ihn an,

---

* Der *Feinschmecker* ist eine monatlich in Hamburg erscheinende Special-Interest-Zeitschrift, die sich mit feiner Küche, Wein und anderen Dingen des gehobenen Genusses beschäftigt.

streckte ihren Zeigefinger aus und lockte Schorsch noch mal zurück ins Schlafzimmer.

Es war kurz vor dreiviertel neun, als sich beide unter der Dusche gegenseitig einseiften, abduschten und Rosanne erneut zum Duschgel griff.

Schorsch lachte, denn Rosannes Verbrauch an Duschgel und auch an Klopapier war im Gegensatz zu dem anderer Frauen exorbitant hoch, und Schorsch musste immer einen besonders großen Vorrat an diesen beiden Hygieneartikeln zu Hause haben. Auf diesen speziellen Tick von Rosanne stellte er sich gerne ein. Es gab noch ein paar weitere, die er anfangs belächelt hatte. Wenn Rosanne am Wochenende bei ihm eintraf, war sie nicht nur auf jedwede Wetterkapriole vorbereitet und hatte dafür eine große Reisetasche mit Anziehsachen für fast eine ganze Woche als Gepäck. In einer separaten Tasche führte sie immer drei Rollen Klopapier und reichlich Duschgel mit. Das war Rosanne. Außergewöhnlich, dachte sich Schorsch, aber was gehörte nicht alles zu einer außergewöhnlichen Frau. Er überraschte sie das nächste Wochenende mit einem für ihn bis dato ungewöhnlichen Vorrat an Klopapier und einer Duschgelflasche in XXL-Ausführung. Mit den Worten: »Ich habe mich von dir anstecken lassen, die Diarrhö kann kommen, wir sind auf alles vorbereitet«, öffnete Schorsch an diesem Freitagabend die Türe zu seinem kleinen Abstellraum, dessen obere Ablage mit Klopapier und Rosannes Lieblingsduschgel bestückt war.

Im mittleren Regal hatte Schorsch ein großes Weinregal gebaut. Im Gegensatz zu Schorsch, der abends gerne zu einem Silvaner oder fränkischen Rotling griff, bevorzugte Rosanne einen trockenen Roten – ein Primitivo di Manduria etwa war genau ihr Geschmack. Der Vorrat würde für viele Wochenenden ihres Besuchs reichen. Rosanne hatte sich das Lachen nicht verkneifen können und gemeint: »Schorsch, du bist ein wahrer Schatz, bei dir sind wir für alle Krisenzeiten gewappnet.«

Jetzt blickte sie begeistert auf den reichlich gedeckten Frühstückstisch. »Oh là là, Herr Bachmeyer war bei Herrn Meyer.« Schorsch hatte ihr bereits eine halbe Mohnsemmel mit Fleischsalat belegt, und der Kaffee dampfte aus den Humpen. Bevor sie sich setzte, drückte Rosanne ihn fest an sich, küsste ihn und flüsterte ihm ins Ohr: »Mein Schatz, du bist genial, du denkst wirklich an alles.«

Es gehörte zur samstäglichen Zeremonie, das Wochenende mit einem langen Frühstück einzuläuten, bei dem beide die Zeitung studierten.

Es war kurz vor zehn, als beide ihr passendes Outfit gewählt hatten und in die Tiefgarage gingen. Heute war eine ausgiebige Radtour in das Moosbüffelland angesagt. Schorsch zog sich seinen Rucksack über, dann konnte es losgehen. Nach zwanzig Minuten hatten sie mit ihren E-Bikes den Zufahrtsweg vom Rhein-Main-Donaukanal zum Radweg des alten Ludwig-Donau-Main-Kanals erreicht. Von nun an ging es von Schleuse zu Schleuse leicht bergauf, und bald erreichten sie die Waldschänke am Brückkanal.

Schorsch kannte diesen Ort schon aus seiner Kindheit, fast jeden Sonntag hatte er ihn mit seinem Opa besucht. Damals wurde der Biergarten noch von zwei älteren Frauen bewirtschaftet. Eine richtige Gastronomie wie heutzutage gab es damals nicht. Die ältere Generation traf sich dort zum Frühschoppen. Es gab ein paar Bierbänke, und der Ausschank des bayerischen Grundnahrungsmittels fand meist aus Bügelflaschen statt.

Schorsch bemerkte: »Meine Liebe, heute wollen wir einen schönen und interessanten Ausflug machen, der nicht nur mit kulinarischen Hintergründen beleuchtet werden soll. Wie du weißt, bindet mich mein Beruf bei der Nürnberger Mordkommission sehr ein, und hier am Brückkanal werden Erinnerungen wach. Erinnerungen an meine Kindheit, an meine Jugend. Daher möchte ich dir eine Geschichte erzählen, die damals ganz Deutschland erschütterte und eben nicht nur hier am Brückkanal zu erregten Stammtischgesprächen führte. Über diesen Fall wurde über Jahre hinweg scharf diskutiert, er nahm schließlich einen Ausgang, mit dem der Mehrfachmörder keineswegs gerechnet hatte.«

»Du machst es jetzt aber spannend«, grinste ihn Rosanne gespannt an.

Schorsch und Rosanne stellten ihre Drahtesel ab und nahmen auf einer nahe gelegenen Bank Platz. Bei einem leichten Weizen begann Schorsch seiner Rosanne über diesen spektakulären Mordfall zu berichten. Er erzählte ihr von der Ergreifung Jürgen Bartschs, eines weithin bekannten Triebtäters in den Siebzigerjahren. »Am Samstag, den 18. Juni 1966, wurden die Bewohner eines Hauses in der Ortschaft Langenberg durch heftiges Schellen zum Öffnen der Haustür veranlasst. Vor der Tür stand ein Junge mit unbekleidetem Oberkörper, dessen Hände auf dem Rücken mit einer ebenso dünnen wie reißfesten Schnur gefesselt waren. Den hinzugezogenen Polizeibeamten schilderte der Bub, wir nennen ihn Peter F., eine recht fantastisch klingende Geschichte. Stunden zuvor sei er auf offener Straße überfallen worden und habe einen Schlag auf den Kopf erhalten. Sein Bewusstsein habe er erst in einer Höhle, einem ehemaligen Luftschutzstollen, wiedererlangt. Der vierzehn Jahre alte Peter hatte Verletzungen am Kopf, am Rücken und an den Extremitäten erlitten, die eine stationäre Behandlung im Krankenhaus erforderlich machten. Als er einen Tag später erneut zum vorliegenden Sachverhalt von den Kollegen befragt wurde, gab der Junge an, er habe in den Nachmittagsstunden des 18. Juni einen jungen Mann kennengelernt, der ihm zwanzig Mark* angeboten habe, wenn er ihm beim Wegbringen einer Tasche behilflich sein würde. Zunächst sei der ihm Unbekannte mit ihm in einem Taxi nach Langenberg gefahren. Von dort aus habe ihn der junge Mann unter dem Vorwand, dass dort eine Tasche mit Diamanten versteckt sei, in eine Höhle geführt. Als sie die Höhle erreicht hatten, sei der Junge von dem Unbekannten geschlagen und misshandelt worden. Auf dessen Befehl habe sich der Bub vollkommen entkleiden müssen, und der junge Mann habe schließlich sexuelle Handlungen an ihm vorgenommen. Dabei sei er, der Jugendliche, ohnmächtig geworden. Als er wieder aufgewacht sei, seien seine Hände und Füße gefesselt gewesen. Nunmehr sei er alleine in der Höhle gewesen. Der Täter habe eine brennende Kerze zurückgelassen, die es dem Jungen ermöglicht habe, seine Beinfessel zu durchbrennen und die Höhle zu verlassen. Bei der anschließenden polizeilichen Nachsuche in dem von dem Geschädigten bezeichneten Luftschutzstollen wurden ein Finger, menschliche Knochen, Kinderbekleidungsstücke und, unter teilweise vermoderten Balken, die Reste einer Kinderleiche gefunden. Weitere Kräfte der Spurensicherung wurden hinzugezogen. Noch in der gleichen Nacht wurden in dem Stollen die vergrabenen Überreste von drei weiteren Leichen geborgen. Die Rechtsmedizin der Universität Düsseldorf konnte anhand der vorliegenden Zahnschemata eindeutig die geborgenen Leichen identifizieren. Es waren die Leichen der vermissten Kinder Klaus Jung aus Essen, Ulrich Kahlweiß aus Velbert, Peter Fuchs aus Gelsenkirchen und Manfred Graßmann** aus Essen. Jürgen Bartsch wurde am 21. Juni 1966 vorläufig festgenommen und legte noch am glei-

---

* So die Aussage des Opfers
** Quelle: Diese Namen sind öffentlich im Internet – Wikipedia – sowie in der Fachzeitschrift *Kriminalist* aufgeführt.

chen Tag ein Geständnis ab. Der Täter bestätigte im Wesentlichen die Aussagen des missbrauchten Jungen. Er habe dem Jungen glaubhaft versichert, dass er Detektiv einer Versicherung sei und eine Tasche mit Diamanten abzuholen habe. Hierbei würde er aber unbedingt einen Zeugen benötigen, für dessen Dienste er fünfzig Mark[*] zahlen würde. Damit habe sich der Jugendliche einverstanden erklärt und sei mit ihm gefahren. Dann habe er den Buben in den Luftschutzstollen gelockt und zwar in dessen hinteren Teil, dort wo man auch die entsprechenden Beweismittel vorgefunden hatte. Er habe dem Buben die Bekleidungsstücke vom Leib gerissen und unter Schlägen und Tritten sexuelle Handlungen an ihm ausgeführt. Dabei habe sich der Täter auch selbst entkleidet, masturbiert und versucht, mit seinem Opfer den Analverkehr auszuüben. Da Bartsch unter Zeitdruck gestanden habe und noch keine sexuelle Befriedigung erlangt habe, habe er sein Opfer an Händen und Füßen gefesselt. In der Nacht habe er in den Stollen zurückkehren und dann seine sexuellen Handlungen an dem Geschädigten fortsetzen wollen. Seine Absicht sei gewesen, den Jugendlichen anschließend lebend zu zerstückeln. Bartsch habe den Tatort verlassen und neben dem gefesselten, am Boden liegenden Jungen eine brennende Kerze zurückgelassen. Als er nachts in den Stollen zurückgekehrt sei, habe er ein Metzgermesser mit sich geführt, um seinen Plan zu vollenden. Dabei sei er ›ehrlich enttäuscht‹ gewesen, dass er den Jugendlichen nicht mehr vorgefunden habe. Daher sei ihm dieses ganze ›Unternehmen F.‹ wie ›eine halbe Sache‹ vorgekommen. Obwohl der Serientäter nunmehr damit rechnen musste, dass er durch die Flucht des Buben entdeckt würde, habe er sich an den beiden folgenden Tagen nach Mühlheim begeben. Dort habe er

---

[*] So die Aussage von Jürgen Bartsch

versucht, ein weiteres Opfer zu sich zu locken. Dieses Vorhaben sei ihm aber misslungen.«

Rosanne, die gespannt Schorschs Ausführungen folgte, fragte sichtlich geschockt: »Was ist mit dem Täter passiert, wie viele Jahre hat man dieses Monster, diese Bestie, weggesperrt?«

»Das Landgericht Wuppertal verurteilte Bartsch am 15. Dezember 1967 zu einer lebenslangen Zuchthausstrafe, die aber durch eine Revision beim Bundesgerichtshof wiederaufgehoben wurde. Anschließend wurde der Fall vor der Jugendkammer des Düsseldorfer Landgerichts neu aufgerollt. Jürgen Bartsch wurde zu einer Freiheitsstrafe von zehn Jahren mit anschließender Unterbringung in einer Heil- und Pflegeanstalt verurteilt. Das Kuriose dabei war jedoch, dass der Serientäter weiterhin Mordfantasien hegte. Um einen lebenslangen Aufenthalt in der Psychiatrie zu umgehen, beantragte Bartsch selbst seine Kastration. Nur so hatte er eine Chance auf vorzeitige Entlassung. Der Eingriff war Bartschs Verderben, denn man hatte seine Narkose zehnfach überdosiert. Vielleicht hatte ja der Narkosearzt selbst Kinder?« Schorsch schnaufte tief durch und fuhr fort: »Wie dem auch sei, der behandelnde Arzt kam mit einer Bewährungsstrafe davon. Der ›Triebmörder des Jahrhunderts‹ wurde anonym auf einem Essener Friedhof bestattet.«

»Ein wirklich spektakulärer und grausamer Fall, der an Tragik nicht zu überbieten ist«, sagte Rosanne. »Für mich sind das kranke Triebtäter, ich kann es mir nur sehr schwer vorstellen, dass ein Sexualstraftäter therapiert werden kann. Wenn ich zurückblicke oder mich mit aktuellen Fallzahlen in der Presse beschäftige, dann ziehen sich Berichte über solche Triebtäter wie ein roter Faden durch die Medien. Denk nur an deine beiden aktuellen Kriminalfälle mit den beiden geistlichen Triebtätern. Und erinnerst du dich an diesen SPD-Bundestagsabgeordneten, diese Edathy-Affäre, der hatte sich Kinderpornos runtergeladen, und bevor damals die Strafverfolgungsbehörden den Sack dichtmachen machen konnten, wurde der Politiker von anderen Politikerkollegen seiner Partei vor möglichen Strafverfolgungsmaßnahmen gewarnt. Sein Laptop mit beweiserheblichen Datensätzen war auf einmal verschwunden, vor der Hausdurchsuchung hatte man Speichermedien weggeschafft. Ja, Schorsch, du siehst, gerade in diesem sensiblen Bereich wird verhindert, dass bei Politgrößen solch perverse Verfehlungen vertuscht werden. Abscheulich und im höchsten Grade verwerflich.« Rosanne hatte sich in Rage geredet.

Schorsch konnte sie verstehen. »Meine Liebe, da kann ich dir nur zustimmen. Diesen sexuellen Trieb, diese fortwährenden Neigungen kann man nur mit Kastration unterbinden. Das zeigt uns die Geschichte, Eunuchen besaßen früher einen hohen Stellenwert in jedem Harem, denn die damaligen Herrscher konnten sich auf die entmannten Bewacher hundertprozentig verlassen. Genau auf diesen Zug wollte auch Jürgen Bartsch aufspringen, wie gesagt, es war seine einzige Hoffnung, jemals wieder auf freien Fuß zu kommen. Aber da hatte vermutlich der da oben seine Finger im Spiel.«

Sie schwangen sich wieder auf ihre Räder und erreichten zehn Minuten später die Schleuse 52, deren Brücke sie überquerten. Dahinter bogen sie nach rechts in den Waldweg, waren kurze Zeit später auf der Röthenbacher Straße und fuhren weiter auf den gut ausgebauten Radweg Richtung Pyrbaum. Von hier aus war es noch knapp eine Stunde, bis sie ihr Ziel erreichten.

Die Hausbrauerei Katzerer war etwas ganz Besonderes. Sie lag leicht versteckt in dem kleinen Ort Sondersfeld. Es war eine Familienbrauerei mit einem ausgezeichneten Bier, wie man es nicht jeden Tag fand. Der kleine Biergarten war von der Straße nicht einsehbar und wurde in den Sommermonaten gerade von Radlern als Geheimtipp geschätzt. Außer mit einem guten Gerstensaft verstanden es die Eigentümer, ihre Gäste mit einer kleinen, aber hervorragenden Brotzeitkarte zu verwöhnen. Viele Radler und Wanderer nutzten diesen idyllischen Ort, um bei einem oder zwei Seidla und einer guten Brotzeit den Sommertag zu genießen, sich mit Freunden auszutauschen und den Tag Revue passieren zu lassen. Denn wer einmal diese kleine und charmante Hausbrauerei besuchte, der hatte bereits sein Rückkehrticket in der Tasche.

Rosanne und Schorsch bestellte sich gemeinsam eine Schinkenplatte und jeweils einen Obatzten, wie man hier im Moosbüffelland den fränkischen Gerupften nannte. Dazu reichten die Wirtsleute ein gutes, frisch gebackenes Bauernbrot. Rosanne war begeistert, das erste Seidla zischte nur so weg, und bevor die Brotzeit am Tisch eintraf, hatte Schorsch schon die zweite Runde geordert.

Es war kurz vor halb drei, als Schorsch und Rosanne gut gestärkt ihren Rückweg nach Nürnberg antraten. Von Sondersfeld bis zum alten Ludwig-Donau-Main-Kanal nahe Neumarkt war es nicht weit. Von hier aus ging es leicht bergab, und nach knapp einer Stunde verließen sie rechts den alten Kanal für einen Zwischensnack in der Eislounge in Berg. Diese Eisdiele lag nur zirka vierhundert Meter vom alten Kanal entfernt und war aufgrund ihrer selbst gemachten und vielfältigen Eisvariationen weithin bekannt, ein Muss für Radler, die hier auf ihrer Tour vorbeikamen.

Rosanne strahlte in Vorfreude auf das Eis. »Du bist mir einer, heute werde ich ja nur verwöhnt, aber das Radeln macht auch viel Appetit, mein Lieber.« Rosanne strich Schorsch mit ihrer rechten Hand über seinen Nacken, küsste ihn auf die Wange und flüsterte ihm ins Ohr: »Da hat mein Schatz heute Abend aber eine ganz große Überraschung verdient.«

»Jetzt machst du mich aber neugierig, für Überraschungen bin ich ja immer zu haben. Was hättest du denn da so im Programm?«, flüsterte Schorsch zurück in ihr Ohr.

»Herr Kommissar, nicht so neugierig, es soll doch eine Überraschung werden, also mein Lieber, ganz entspannt, du wirst nicht enttäuscht werden, Mund auf«, flüsterte sie und steckte Schorsch einen Löffel mit Nutella-Eis in den Mund. Die Hitze war noch kein Grad abgekühlt, und das kühle Eis schmeckte dadurch doppelt gut.

Kurze Zeit später waren sie wieder am alten Kanal, bis nach Nürnberg waren es noch gute fünfunddreißig Kilometer, daher beschlossen sie, ihre Radtour bereits in Burgthann zu beenden. Hier lag die Schleuse 35 mit ihrem kleinen Biergarten in unmittelbarer Nähe des S-Bahnhofs. Von hier aus fuhr alle dreißig Minuten die S3 zum Nürnberger Hauptbahnhof. Viele *Nürnberger Kahlfresser*, so wie die Nürnberger von den Bewohnern des Nürnberger Lands genannt wurden, fuhren mit der S-Bahn raus in die Natur und suchten in den Sommermonaten die im Umland gelegenen günstigen Wirtshäuser auf. Denn hier auf dem Land waren die Preise für Speis und Trank noch recht günstig, man bekam noch etwas für sein Geld. Viele nutzten das Angebot der Deutschen Bahn zwischen dem Nürnberger Hauptbahnhof und Burgthann, die Fahrt dauerte gerade mal einundzwanzig Minuten.

Der kleine Biergarten an der Schleuse 35 hatte, im Gegensatz zu seinen Mitbewerbern, immer wechselnde Biersorten in seinem Programm, man bezog den Gerstensaft aus kleinen Privatbrauereien aus Oberfranken. Dort gab es nämlich deutschlandweit die meisten Kleinbrauereien, und jeder Braumeister hatte ein ganz besonderes Stöffla zum Genießen parat. Meist waren es die verschiedenen Kellerbiersorten oder das Dunkle mal mit, mal ohne Rauch, das man in Oberfranken braute.

Schorsch und Rosanne beschlossen, dass hier ihr heutiges Etappenziel lag, und ließen die schöne Radtour im Biergarten der Schleuse 35 ausklingen. Nach einem Abschluss-Seidla Kellerbier zu Bratwürsten mit Kartoffelsalat nahmen sie um 19.22 Uhr die S-Bahn und erreichten gegen 20.00 Uhr die Pilotystraße.

13. Kapitel

*Sonntag, 16. Juni 2019, 08.07 Uhr,
Pilotystraße, 90408 Nürnberg*

Rosanne konnte nicht schlafen und blickte auf ihren Schatz, der noch tief und fest schlief und mit seinem Schnarchen den halben Steckalaswald absägte. Mit einem genervten Lächeln hielt sie ihm die Nase zu. Schorsch wurde augenblicklich aus dem Schlaf gerissen und betrachtete sie schlaftrunken. Rosanne hatte ihren Kopf mit der rechten Hand auf dem Kissen abgestützt und flüsterte ihm zu: »Herr Bachmeyer, der Holzvorrat für den Winter ist gesichert, den halben Steckalaswald haben Sie heute Nacht zurechtgemacht. So, und jetzt wo du wach bist, rutsch rüber zu mir.«

Dazu brauchte Schorsch keine zweite Aufforderung. Rosanne, die in den Sommermonaten gänzlich auf Nachthemd oder Pyjama verzichtete, hatte bereits ihre Bettdecke zur Seite geschlagen und lag splitterfasernackt vor ihm.

»Ach ja, da ist der Kommissar wieder gefordert. Da liegt jemand, der unartig war, sehe ich das richtig?« Schorsch kniff seine Augen leicht zu, als er verschmitzt lächelte.

»Ich bin ein ganz unartiges Mädchen, Herr Kommissar, ganz unartig. Was macht man mit solchen Mädchen denn?« Rosanne lächelte ihn mit großen Kleinmädchenaugen an.

Schorsch fackelte nicht lange, griff zum Nachttischkästchen, holte seine Handschließen hervor, ergriff Rosannes Handgelenke, und schwuppdiwupp war das böse Mädchen am Kopfende des Bettes fixiert.

Rosanne räkelte sich hin und her, und Schorsch genoss ihren Anblick.

»Und was passiert jetzt mit dem unartigen Mädchen, Herr Kommissar?«

Schorsch legte sein rechtes Bein über Rosannes Körper und schwang sich auf sie, dann ergriff er ihre beiden Brüste, leckte ihre Brustwarzen nass und blies darauf. »Schau an, die stehen ja wie eine Eins.« Langsam glitt er mit seinem Kopf abwärts. Rosanne hielt still, schwieg und wartete erregt darauf, was ihr Kommissar jetzt wohl mit dem bösen Mädchen machen würde, als ausgerechnet in diesem Moment Schorschs Handy klingelte. Schorsch ergriff sein Mobiltelefon und erkannte die Telefonnummer des Kriminaldauerdienstes.

»Bachmeyer, wer stört?«

Es war Heidi Baumann, die antwortete: »Schorsch, eigentlich wollte ich dich nicht am Sonntag in der Früh stören, aber es gibt Hinweise, die doch sehr interessant für dich sein könnten.«

»Schieß los«, antwortete Schorsch, der vom Kommissar im Spiel sofort auf den beruflichen Ermittler umschaltete. Er blickte auf Rosanne, die sichtlich schmollend das Telefonat mitverfolgte. Das bedauerte er, konnte es aber nicht ändern.

Heidi berichtete Schorsch von Pfarrer Josef Volmer, der am Morgen im Klinikum Süd zu seinem Verschwinden vom Bereitschaftsdienst des KDD einvernommen worden sei. Volmer habe erhebliche Verletzungen erlitten, hinzu komme eine Unterkühlung. Der Pfarrer mache Angaben zu drei Personen, die ihn gefangen genommen, mit Ochsenziemern malträtiert und ihm die Verletzungen zugefügt hätten. Dabei gebe der Geistliche zu Protokoll, dass die Männer erst nach dem Weg gefragt und ihn dann unter Bedrohung mit einer Schusswaffe in eine Höhle entführt und dort mit abstrusen Vorwürfen konfrontiert hätten. Auf die Frage der Beamten, um welche Vorwürfe es sich gezielt gehandelt habe, habe der Geistliche angegeben, dass er in jungen Jahren Kinder misshandelt haben sollte. Der Kleriker bestreite solche Vorwürfe jedoch vehement, niemals habe er als Priester und Mann Gottes mit solch abscheulichen Vorwürfen gerechnet. Er könne sich daher nur vorstellen, dass damalige Schüler, als er in jungen Jahren als Diakon und dann als junger Priester tätig gewesen sei, seine Strenge in kirchlichen Erziehungsmethoden verurteilten und nunmehr nach vielen Jahren eine Racheaktion an ihm verübt hätten. Er selbst habe niemals Hand angelegt, jedoch schienen seine strengen Ansichten im Hinblick auf kirchliche und christliche Erziehung einigen ein Dorn im Auge zu sein. Dieser mögliche Unmut sei vermutlich auch der Auslöser der Gewalt, die gegen ihn ausgeübt worden war, so das Opfer in seiner ersten Befragung.

»Sehr gut, Heidi, dieser Volmer wird vermutlich erst einmal zur Beobachtung und zur weiteren Behandlung im Klinikum bleiben, der rennt uns also nicht davon. Was mich im ersten Gedanken ein wenig stutzig macht, ist die Tatsache, dass er im Gegensatz zu den anderen beiden, Benedikt Fromm und Martin Helmreich, wieder frei ist und Angaben zu den Tätern machen kann. Vielleicht haben die diesmal einen Fehler gemacht, und die Spur Volmer führt uns zu den Tätern. Und wenn dieser Pfarrer schon bei der ersten Einvernahme einräumt, dass er in jungen Jahren aufgrund seiner erzieherischen Maßnahmen so manchen Unmut auf sich gezogen habe, dann sollten wir uns den Fall mal näher ansehen, vielleicht gibt es ja einen Zusammenhang mit dem Verschwinden von Fromm und Helmreich. Heidi, es ist zumindest mal eine Situation, bei der das Opfer noch Angaben über den Täterkreis machen kann. Ich werde mich daher gleich morgen früh mit Pfarrer Volmer beschäftigen, auch mit seiner Vergangenheit. Danke für den Anruf und bis dahin ein ruhiges Wochenende, servus.« Schorsch unterbrach die Verbindung.

Rosanne, die das Telefonat mitverfolgt hatte, fragte mit Jungmädchenstimme: »Herr Kommissar, was passiert jetzt mit dem unanständigen Ding?«

Schorsch, der geistig noch im Gespräch mit Heidi Baumann war und sich über den Pfarrer Gedanken machte, grinste seine nackte, gefesselte Sklavin an und entgegnete: »Für das böse Mädchen habe ich mir etwas ganz Besonderes ausgedacht, du wirst später zur Rechenschaft gezogen werden, aber erst mal ist deine Strafe, dich in Geduld üben zu müssen.« Er küsste Rosanne, löste dabei ihre Handfessel vom Bettgestell und begab sich in die Küche, um das Frühstück vorzubereiten.

Um kurz nach neun nahmen beide am Frühstückstisch Platz. Schorsch sagte nachdenklich: »Etwas Wesentliches ist bei diesem Volmer anders gelaufen als bei den beiden Verschollenen. Vielleicht war es wirklich nur eine alte Abreibung und das Entkommen des Opfers dabei beabsichtigt? Bei diesem Fromm und Helmreich hatte man ein Tribunal veranstaltet und ihre Taten per Video aufgezeichnet. Bei Volmer hat man zwar auch die Bestrafung aufgenommen, aber es war ein ganz anderer Schauplatz, eine Höhle in der Fränkischen Alb. Das ganze Prozedere mit seiner Erniedrigung, die Schläge mit den Ochsenziemern, das war ganz anders. Meines Erachtens passt das nicht zu den beiden vorherigen Fällen.«

Rosanne entgegnete: »Du hast ja in den vergangenen Wochen schon ein bisschen was aus dem aktuellen Nähkästchen verlautbaren lassen, da könnte wirklich etwas dran sein, Schorsch, die Abläufe verliefen konträr zu denen bei den beiden anderen Opfern. Was ist, wenn das vielleicht wirklich eine verspätete Rache eines seiner Schüler oder Ministranten war, die er in jungen Jahren selbst malträtiert hatte, also eine späte Retourkutsche auf seine besonderen kirchlichen Erziehungsmethoden, wie er ja selbst behauptet hat. Entschuldige, wenn ich so in die

Ermittlungen einsteige, aber bei dem Thema Missbrauch in der Kirche bleibt keiner ungerührt.«

Schorsch grinste zustimmend und bemerkte: »Ja, Frau Kriminaloberrat, da könnte vielleicht was Wahres dran sein. Vielleicht sollten wir die letzten Jahre in seiner Kirchengemeinde zurückverfolgen. Wir können Leute befragen, die ihre Dienste in seine Kirchengemeinde eingebracht haben, also ehemalige Ministranten, Schülerinnen und Schüler, die bei ihm Vorbereitungskurse für die Heilige Kommunion absolviert haben. Aber vielleicht kommen wir über die Spur des Absenders der Videosequenz weiter. Ich sehe schon, meine Liebe, da kommt jede Menge Arbeit auf unsere Mordermittler zu.«

14. Kapitel

*Montag, 17. 06.2019, 08.07 Uhr, PP Mittelfranken,
K 11, Besprechungsraum 1.08*

Günther Gast und die Münchner Cybercrime-Spezialisten hatten ihren Dienst früh angetreten und ihren ausgelegten Köder im Forum des Darknet beobachtet. Seit Beginn der Aktion am vergangenen Mittwoch hatten sich einige User auf den gestreuten Hinweis der »Name der Rose« hin geäußert. Im Forum spalteten sich schon unterschiedliche Gruppen voneinander. Da gab es diejenigen, welche offen darüber fantasierten, die sexuellen Missbräuche des Bistums Bamberg an Kindern mit einer regelrechten Lynchjustiz ahnden zu wollen und davon sogar die verantwortlichen Kirchenoberen nicht auszunehmen. Die anderen wetterten gegen diese Rachegelüste und wollten die Kirche vor Verleumdungen schützen, äußerten immer offener Sympathien für die Kinderschänder und rechtfertigten deren Tun. Die Beiträge wurden jeden Tag heftiger. Es schien so, als ob sich beide Seiten immer mehr darin ereiferten, die andere Gruppe zu bekämpfen, und einige der Forumsteilnehmer gingen sogar so weit, dass sie ihre Meinungsgegner aufforderten, sich doch öffentlich zu outen und nicht weiter im Darknet zu verstecken. Selbst die Bibel bemühten einige, die den vermeintlichen Missbrauchsbefürwortern damit drohten, ihnen ihre Männlichkeit zu nehmen und sie dann mit einem Kainsmal zu kennzeichnen, »dass sie unstet und flüchtig sein sollen auf dieser Erde« (1. Moses 4, 11–12).

Der ausgelegte Köder wurde also angenommen, man hatte nicht nur Gegner und Befürworter aus ihren Verstecken gelockt. Die Existenz des Blogs sprach sich im Darknet herum, denn vom vergangenen Mittwoch bis zum heutigen Tag hatte der Hinweis »Im Namen der Rose« schon siebenundfünfzig Klicks erhalten.

Wie jeden Montag fand die allwöchentliche Lagebesprechung unter Leitung von Kommissariatsleiter Schönbohm statt. Hierzu hatten sich die K 11 und die Cybercrime-Spezialisten alle im großen Besprechungsraum eingefunden.

Schönbohm eröffnete die Sitzung. »Guten Morgen allerseits, ich hoffe, Sie hatten alle ein schönes Wochenende und sind mit Kraft und Tatendrang in die neue Woche gestartet. Unsere IT-Spezialisten konnten schon kleine Erfolge im Darknet verzeichnen, worüber Sie gleich der Kollege Günther Gast unterrichten wird. Zudem hatten wir am Wochenende einen Vorfall mit einem Pfarrer im Nürnberger Land, vielleicht ist das eine neue Spur, die uns zu den Tätern in den Fällen von Fromm und Helmreich führen könnte, darüber gleich mehr von Herrn Bachmeyer.«

Günther Gast berichtete über den ausgelegten Köder im Darknet und die dort tobenden Auseinandersetzungen. Anschließend erzählte Schorsch über die Aussagen von Pfarrer Volmer im Südklinikum, noch heute sollte der Geistliche erneut einvernommen werden. Abschließend baten Günther und Schorsch das Team um persönliche Einschätzungen beider Vorgänge.

Gunda meldete sich zu Wort: »Klingt ja alles sehr vielversprechend, der Köder und die daraus gewonnenen Reaktionen bestätigen, dass im verschlüsselten Darknet die verschiedenen Gruppen in Sachen ›sexueller Missbrauch in der katholischen Kirche‹ ihre gegensätzlichen Ansichten heftig, ja sogar mit Gewaltandrohungen niederschreiben. Auf welche der beiden Gruppierungen sollen wir uns konzentrieren? Auf die Befürworter des sexuellen Missbrauchs? Unter ihnen werden wir solche Typen wie Fromm, Helmreich und Konsorten finden.

Diese zu finden und ihrer habhaft zu werden, ihnen ihre möglichen Verbrechen nachzuweisen, ist für die Strafverfolgung sicherlich unabdingbar.

Nur ob wir, also die K 11er, die Richtigen für diese Ermittlungen sind, scheint mir zweifelhaft. Die Verantwortlichen solch abscheulicher Taten müssen von einer Soko verfolgt werden. Einer Sonderkommission, die länderübergreifend agiert und ihre Erkenntnisse gezielt unter Ausnutzung aller zur Verfügung stehenden IT-technischen Mittel gewinnt, also auf die Abteilung V des Landeskriminalamts zurückgreifen kann. Kräfte davon haben wir zwar jetzt auch schon im Boot. Helmreichs Datenstick mit den Kinderpornos haben sie schon zur Auswertung. Aber um die Taten eines solchen Netzwerks im Darknet aufzuklären, bedarf es eines großen Personalaufwands. Ich schlage daher vor, dass wir uns mit einem Teil der zugeordneten Kollegen auf die andere Klientel stürzen, auf die Gegner der ›Kinderschänder‹. Unter ihnen könnten wir die finden, die für das Verschwinden von Fromm und Helmreich verantwortlich sind. Diese Gruppe von Rachelüsternen ausfindig zu machen, finde ich aufgrund der Verschlüsselung des Tor-Browsers sehr schwierig. Wie wollen wir an die richtige IP-Adresse kommen? Immerhin, angebissen haben sie schon, wir müssen sie nun in die Öffentlichkeit locken, raus aus dem Darknet, denn dort drinnen werden wir sie nicht ermitteln können. Wir müssen daher unseren Köder transparenter machen, ihnen etwas anbieten, einen Honigtopf, der sie zum Naschen einlädt. Nur so können wir an sie herankommen. Meine Einschätzung: Da wir uns nur auf die ›Rächer-Klientel‹ konzentrieren sollten, sollten wir die Karten neu mischen.«

Schorsch blickte sie an. »Guter Vorschlag, Gunda. Wie meinst du das genau, wie kann ich mir diesen Honeypot bildlich vorstellen? Wenn wir auf dieser Plattform Namen oder Institutionen öffentlich machen, dann könnte das zu Zwischenfällen führen, denn beide Seiten würden auf den Zug aufspringen. Oder sehe ich das falsch?« Schorsch ließ seinen Blick reihum schweifen.

Günther warf ein: »So ein Honigtopf hat Sinn, wenn wir gezielt einzelne Personen aus diesem Forum ansprechen. Wir müssen diese mit einer PN, also persönlichen Nachricht, herauslocken aus der Deckung. Wir müssen jeden aus dieser Zielgruppe so weit bringen, dass nur er davon nascht. Nur so kommen wir gezielt an Einzelpersonen heran, die sich hinter einer geheimen Identität im Darknet versteckt halten.«

Schorsch fragte: »Das alles ergibt Sinn, nur, wie setzen wir das um?«

Horst bemerkte: »Wir sollten uns nicht nur auf den Köder konzentrieren. Dieser Volmer hat vielleicht mehr Dreck am Stecken, als wir bisher wissen. Wir sollten den näher unter die Lupe nehmen, versuchen, an die Leute heranzukommen, die ihn bearbeitet haben. Auch sollten wir uns darauf konzentrieren, herauszufinden, wer alles hinter dieser Bruderschaft steckt, ohne die Auswertungen aus dem Darknet zu vernachlässigen.«

Hubsi warf lachend ein: »Dreck am Stecken, ja, wer sagt uns, ob dieser Volmer nicht homosexuell ist und nur Männer bevorzugt und die drei von vorgestern ehemalige Betroffene sind, die sich Jahre später an ihrem Peiniger gerächt und ihm eine Abreibung verpasst haben. Nur mal so am Rande bemerkt.«

Basti, Blacky, Waltraud und Eva-Maria waren von Horsts Vorschlag überzeugt. Man musste die Täter vom Wochenende ausfindig machen. Hatte dieser Pfarrer Volmer vielleicht doch etwas zu verbergen? Kannte er womöglich seine Peiniger und wollte mit seinem Schweigen verhindern, dass seine Vergangenheit ans Tageslicht kam? Warum hatte ihn nicht das gleiche

Schicksal wie Fromm und Helmreich ereilt? Fragen, die ihnen bis jetzt keiner beantworten konnte.

Robert Klein von der Spurensicherung meldete sich zu Wort: »Leute, vielleicht kommen wir mit der Wasserflasche und der Hülle des Verbandspäckchens weiter, die wir am Tatort in der Karsthöhle gefunden haben. Meine Leute sind dabei, mögliche Fingerspuren und DNA zu sichern, vielleicht hat Hubsi gar nicht so unrecht und die Täter vom Samstag kannten Volmer und er kannte sie. Wenn es dieselbe Tätergruppierung wie bei Fromm und Helmreich war, dann hätten die alles versucht, dass Volmer verschwunden bleibt. Vielleicht haben wir hier wirklich nur Trittbrettfahrer, die in der Zeitung die Artikel von den beiden verschollenen Geistlichen gelesen haben und selbst ein Exempel an einer Person statuieren wollten, die vor Jahren in ihren Kreisen ihr Unwesen trieb.«

Und auch Kriminaltechniker Michael Wasserburger hatte noch einen Beitrag zur Sammlung der Einschätzungen und Ideen: »Leute, ich will euch noch keine Hoffnungen über den Absender der E-Mail machen, der uns die Videosequenz mit Volmer gestern Morgen zugeleitet hat. Wir sind dran, aber der Absender hat einen VPN-Wechsler vorgeschaltet und die E-Mail-Adresse erst vor zwei Tagen bei einem Provider generiert. Über den Anbieter sollten wir feststellen können, von welchem IP-Anschluss diese E-Mail generiert wurde. Auch wenn der Absender eine sogenannte Pseudo-E-Mail oder Wegwerf-E-Mail generiert hat, lassen sich diese anonymen Accounts nicht spurenfrei erstellen. Denn durch ihre genutzte IP kann fast immer herausgefunden werden, wer hinter der E-Mail steckt. Und wir sind diesen Burschen noch einen Schritt voraus. Inzwischen ist es ihnen nicht mehr möglich, den Dienst ›Tor-Mail‹ zu nutzen. Seitdem das FBI Zugriff auf diesen Dienst hat, wurde er geschlossen. Daher könnten wir mit unserer Anfrage an den Provider Erfolg haben, denjenigen, der die E-Mail-Adresse kinderliebe@web.de generiert hat, zu identifizieren. Aber lasst mich diesbezüglich ein bisschen weiter ausholen. Die bislang erfolgreichste Möglichkeit, anonym und sicher per E-Mail zu kommunizieren, war die PGP-Verschlüsselung auf dem eigenen Rechner. Wie diese Verschlüsselung durchgeführt wird, dazu findet man Anleitungen im Netz, Praxistipps, wie man diese unter Thunderbird oder Outlook generiert. Den dazu genutzten E-Mail-Account erstellt man ganz einfach unter falschem Namen bei einem Freemail-Anbieter wie Googlemail, WEB.de oder GMX.de. So kann man im sogenannten ›Tor-Netzwerk‹ surfen und seine wahre Identität dabei verschleiern. Aber genau das ist die Krux an der Geschichte, bei jedem Öffnen oder Senden einer Nachricht muss man über das ›Tor-Netzwerk‹ surfen. Daher ist es gar nicht so einfach, anonyme E-Mails zu schreiben. Denn geht derjenige nicht über dieses ›Darknet-Netzwerk‹, kann man seinen Standort über seine IP herausfinden. Das wäre in diesem Fall unsere Chance, den Absender zu eruieren. Ganz clevere Leute buchen daher kostenpflichtig den Posteo – oder den aikQ-Dienst. Bei der dortigen Anmeldung werden keinerlei Daten erhoben. Alle Nachrichten und Anhänge werden auf den Posteo oder aikQ-Servern verschlüsselt übertragen und gespeichert. Somit ist eine Herausgabe der Daten auch an uns nicht möglich, bei Ermittlungen von E-Mail-Accounts bei diesen Diensten sind wir zweiter Sieger. Und haltet euch fest, monatlich kosten diese verschleierten Postfächer gerade mal einen Euro. Diese Gebühr muss auch nicht überwiesen werden, man kann das Geld anonym per Brief zu einem bestimmten Postfach versenden. Um meinen kurzen Exkurs in die Welt der Verschlüsselung zu beenden, neben Posteo und aikQ gibt es noch einige kostenfreie Anbieter, die gezielt auf ihre gesicherte Plattform hinweisen und damit werben, die Privatsphäre ihrer Kunden zu schützen. Unter dem Slogan: Wenn Sie sich der wahllosen Beraubung von Daten und Persönlichkeit durch staatliche Seite und Konzerne zu entziehen versuchen, dann sind Sie bei ›Autistici‹ und ›RiseUp‹ genau richtig!«

Schönbohm, der den Ausführungen und Vorschlägen seiner Ermittler aufmerksam zugehört hatte, schaltete sich nun ein. »Leute, das sind sehr gute Ansätze, und ich sehe jede Menge Arbeit, die da auf uns zukommt. Frau Flinn, Sie haben ja alles mitgeschrieben. Ich möchte unserem Polizeipräsidenten Mengert heute Nachmittag das Protokoll unserer Lagebesprechung vorlegen und ihn über den derzeitigen Sachstand unterrichten, schaffen Sie das bis heute Mittag?« Schönbohms Frage ging an Eva-Maria.

»Sollte ich hinbekommen«, antwortete diese, dann löste der Kommissariatsleiter die Besprechung auf.

Zwei Stunden später, Montag, 17. 06.2019, 10.52 Uhr, Klinikum Süd, Breslauer Str. 201, 90471 Nürnberg, Zimmer 427

Pfarrer Volmer war gerade dabei, den *Nürnberger Express* zu lesen, als es an der Tür klopfte und Horst und Schorsch sein Einzelzimmer betraten.

Schorsch stellte sie vor. »Guten Morgen, Herr Volmer, Bachmeyer und Meier von der Kripo Nürnberg. Wir haben ein paar Fragen an Sie. Wir ermitteln in den Fällen des Verschwindens Ihrer beiden Kollegen Pfarrer Benedikt Fromm und Martin Helmreich. Da beide seit geraumer Zeit unauffindbar sind, schließen wir ein Kapitalverbrechen nicht aus. Wir sind daher heute hier, um einen möglichen Zusammenhang Ihrer kurzen Entführung mit dem Verschwinden Ihrer beiden Kollegen auszuschließen oder bestätigt zu bekommen.«

Volmer hatte seine Lesebrille tief unten auf seine Nase gesetzt, seine Augen sahen über die Brillengläser hinweg. Mit stählernem Blick musterte er die beiden Beamten und erwiderte: »Schön, dass Sie gekommen sind, nehmen Sie bitte Platz. Wie kann ich Ihnen behilflich sein?«

Schorsch und Horst befragten den Geistlichen nochmals über den genauen Ablauf seiner Entführung, und der Pfarrer bestätigte seine Aussage.

Schorsch hakte nach: »Könnte es vielleicht so gewesen sein, dass man mit Ihrer Entführung ein ganz anderes Ziel verfolgte?«

»Wie meinen Sie das genau, Herr Kommissar?«, fragte Volmer.

Horst übernahm: »Na ja, könnten der Überfall und die Entführung in die Höhle vielleicht auf einen Racheakt hindeuten? Die Verletzungen, die man Ihnen zugefügt hat, die Trinkflasche und das Verbandszeug zur Erstversorgung lassen doch die Vermutung zu, dass man Ihnen eine Abreibung erteilen wollte, Ihnen aber nicht nach dem Leben trachtete. Eine Bestrafung für etwas, das vor langer Zeit geschehen ist. Sie haben in der Höhle selbst eingeräumt, dass Sie sich an Schutzbefohlenen vergangen haben, weil Sie Ihr sexuelles Verlangen nicht hatten unterbinden können. Das ist in einem uns vorliegenden Video festgehalten. Es kann also durchaus so gewesen sein, dass hinter Ihrer Entführung eine alte Geschichte steckt, die nunmehr durch die damaligen Geschädigten gerächt wurde.« Horst holte tief Luft und fuhr mit Pathos in der Stimme fort: »Herr Volmer, wenn dem so ist, ist es Ehrfurcht, die Sie Ihren Peinigern schulden, eine Tugend, die Sie offensichtlich über Jahre hinweg verdrängt haben!«

Schorsch schaute seinen Kollegen an, so hatte er ihn noch nie predigen hören.

Horst sprach nun wieder in ruhigem Tonfall weiter. »Aber sagen Sie doch zunächst, war es eine Pistole oder ein Revolver, welche Farbe hatte das Ding, war es schwarz, war es silberfarben, was genau haben Sie gesehen?«

Stille kehrte ein. Volmer hatte nun einen eisigen Blick aufgesetzt und betrachtete seine Gegenüber schweigend.

Schließlich unterbrach Schorsch die Stille. »Darauf hätten wir gerne eine Antwort. Und Herr Volmer, auch wenn das Video durch Gewaltanwendung entstanden ist, warum haben Sie sich dermaßen selbst belastet? Und wer war damals dieser Ministrant, der Sie des sexuellen Übergriffs beschuldigt hat? Wann und wo hat der bei Ihnen ministriert? Das sind alles Fragen, auf die wir eine Antwort von Ihnen erwarten. Herr Volmer, wir sind auch wegen Ihrer beiden verschollenen Glaubensbrüder hier. Kannten Sie Fromm und Helmreich?«

Nun entschloss sich der Geistliche, doch zu antworten. »Zuerst zu dieser Bedrohung, ich habe eine Schusswaffe in seiner ärmellosen Weste bemerkt, denn der Hüne griff in seine Westentasche und hat mich dann mit diesem Gegenstand bedroht, ohne sie hervorzuholen. Deshalb kann ich die Waffe nicht näher beschreiben, er hat diese nicht aus seiner Weste genommen. Aber durch seine Körpersprache hat er bewirkt, dass ich fest davon überzeugt war, dass er verdeckt eine Schusswaffe auf mich richtete, da bin ich mir ganz sicher. Zu Ihrer zweiten Frage, ja, natürlich kannte ich Benedikt und Martin. Und es bedrückt jeden von uns, dass beide wie vom Erdboden verschwunden sind. Schrecklich!«

Schorsch fragte nach: »Haben sich Fromm und Helmreich womöglich auch an Kindern und Schutzbefohlenen vergangen, wissen Sie darüber etwas? Und was sagt Ihnen die Bruderschaft Conlegium Canisius?«

Volmer hatte immer noch seinen starren Blick auf die zwei

Beamten gerichtet, als er kurz darauf wieder anfing zu sprechen: »Ich werde mich nicht selbst belasten. Über meine Vergangenheit in der katholischen Kirche möchte ich keine Angaben machen. Nur so viel, Sie werden mit Sicherheit in meiner kirchlichen Vergangenheit schnüffeln. Dabei wird Ihnen nicht verschlossen bleiben, dass es einmal ein Gerücht über mich gab. Man erzählte hinter vorgehaltener Hand, dass ich eine gewisse Neigung zu jungen Ministranten hätte. Alles erstunken und erlogen, glauben Sie mir. Damals hat mich einer meiner Ministranten belastet, weil er immer der Beste sein wollte. Eine Eins in Religionslehre, etwas anderes durfte der Junge nicht nach Hause bringen. Der Knabe meinte, dass sein großer Wunsch sei, einmal Priester zu werden. Vielleicht habe ich ihn darin nach seiner Meinung nicht genug gefördert, jedenfalls behauptete er irgendwann, dass ich ihn beim Ankleiden seines Talars unsittlich berührt haben sollte. Eine glatte Lüge. Das Gerücht war da, ich musste ihn aus dem Ministranten-Dienst entfernen. Das ist lange her, meine Herren.«

»Haben Sie damals Gewalt angewendet?«, fragte Horst.

»Daran kann ich mich beim besten Willen nicht mehr erinnern, dass ich jemals Gewalt angewendet habe«, gab Volmer zur Antwort.

»Herr Volmer, wie hieß der Bub? Wie lange liegt das Geschehnis zurück?«, fragte Schorsch.

»Es müsste zehn bis zwölf Jahre her sein, seit Bernd Hagen dieses Lügengebäude erfunden hat. Schrecklich, dieser Junge. Die Hagens sind wenig später weggezogen. Wo er heute lebt und was er beruflich macht, entzieht sich meiner Kenntnis.«

»Gut, mal sehen, was Ihre Aussage ans Tageslicht bringt. Wir werden diesen Bernd Hagen näher unter die Lupe nehmen. Dann mal besten Dank bisher, und sollte Ihnen noch etwas dazu einfallen, hier mein Kärtchen.« Bei diesen Worten überreichte Schorsch Pfarrer Volmer seine Visitenkarte. Er und Horst verabschiedeten sich.

Schorsch konnte es kaum abwarten, seinen Kollegen zu fragen: »Was hältst du von dem? Ganz ehrlich, ich glaub dem nix, und das mit der Bedrohung durch eine Schusswaffe, was ist, wenn dieser angebliche Waffenträger nur seine Pratze in die Westentasche gesteckt hat und ihn dann mit dem Zeigefinger dirigierte? Wie dem auch sei, Horst, der Volmer weiß mehr, als er uns gesagt hat, da bin ich mir sicher.«
»Glaube ich auch, alleine schon seine Aussage, dass er sich nicht selbst belasten werde, stinkt zum Himmel. Mal sehen, was dieser Bernd Hagen noch alles über unseren Pfarrer erzählen kann. Ich kläre die Person heute Nachmittag mal ab«, entgegnete Horst.
Schorsch blickte auf seine Armbanduhr und dann zu Horst, der gerade den Dienstwagen aus der Tiefgarage des Südklinikums steuerte: »Horch amol, kurz nach zwölfa, hast du einen Vorschlag, wo wir für unser Mittagessen hingehen könnten?«
»Heute ist Montag, da sieht es schlecht aus, die meisten Lokale haben heute Ruhetag. Bleibt eigentlich nur noch unsere Anneliese«, entgegnete Horst.
»Also gut, dann auf in die Kantine.«

Beim Mittagstisch in der Kantine erzählten Horst und Schorsch von dem Gespräch mit Pfarrer Volmer. Gunda und Günther hatten aufmerksam zugehört.
Günther meinte danach: »Ich habe da ein interessantes Gutachten im Netz gefunden, das uns vielleicht weiterhelfen könnte. Es handelt sich um ein Gutachten, das im Auftrag der katholischen Kirche erstellt wurde. Diese beauftragte eine re-

nommierte Anwaltskanzlei aus München mit der Aufarbeitung von sexuellen Missbrauchsfällen.«

Gunda unterbrach ihn erstaunt: »Und so ein Gutachten findet man im Netz?«

»Ja, das ist kurios. Irgendjemand hatte Zugriff auf dieses Gutachten und hat es im Netz veröffentlicht. Frag mich jetzt bitte nicht, wie lange das schon im Netz kursiert, aber als ich mir heute Vormittag ein paar Auszüge davon einverleibt habe, habe ich aufgrund der Brisanz gleich einen Download durchgeführt. Ich habe diese PDF-Datei in unseren Fallordner eingestellt. Leute, ich sag euch, dieses Papier besitzt absolute Sprengkraft. Es geht darin unter anderem um erzwungene Sexpartys und Zwangsprostitution in einer katholischen Einrichtung. Aufgrund des massiven Missbrauchs haben sich dort viele Betroffene das Leben genommen. Eine unglaubliche Geschichte – und jetzt kommt es, bitte genau zuhören.« Günther schaute sie alle mit aufmerksamen Augen an. Gunda, Schorsch und Horst rückten näher zusammen, sie brannten auf Günthers Fortsetzung.

»In diesem Zusammenhang tritt ein Täter auf, den man in diesem Gutachten als den ›unbarmherzigen Lächler‹ bezeichnet hat. Einen damals jungen Theologiestudenten, der seine Opfer nicht nur massiv unter Druck setzte, sondern auch den Lederriemen und den Rohrstock zur Züchtigung benutzte. Dieser damalige Student ist heute Pfarrer, sein Name ist euch bekannt.«

Horst warf gespannt ein: »Fromm, Helmreich oder Volmer?«
»Letzterer, mein Guter«, gab Günther zu verstehen.

Schorsch hakte nach. »Und gibt es darin irgendwelche Hinweise auf diese Bruderschaft?«

Günther wusste es nicht. »Schorsch, ich habe es ja nur überflogen, diese PDF-Datei* umfasst knapp fünfhundert Seiten. Darin werden nicht die Namen derjenigen genannt, die an den Missbrauchsfällen beteiligt waren. Aber es werden die Kirchengemeinden genannt, in denen Missbrauchsfälle stattgefunden haben, und auch wann das war. Hat man also eine Kirchengemeinde in Mittel-, Ober- oder Unterfranken gefunden, nehmen wir mal als Beispiel Abenberg, dann werden in dem Gutachten zwar nicht Ross und Reiter genannt, aber im Internet findet man schnell denjenigen, der zum Tatzeitpunkt dort als Pfarrer eingesetzt war. Im Fall Abenberg wurde der Verdachtsfall bezüglich Isabell Hörmann beschrieben, der jedoch aufgrund mangelnder Beweise zu keiner weiteren Ahndung führte. Der wurde im Gutachten erwähnt, weil die Mutter Anzeige gegen Helmreich erstattet hatte. Aber wegen des Verschwindens des Mädchens gab es keine Aussage von ihr und keine Beweise. Gut für die Kirche. Ähnlich ging es mir dann bei diesem Volmer. Da gab es die Kirchengemeinde bei Hersbruck, bei der vor einigen Jahren ein Pfarrer, sein Name wird nicht im Gutachten erwähnt, einen Ministranten sexuell angegangen haben soll. Dessen Vater hat den Vorfall damals gemeldet, aber dieser Pfarrer, wir reden hier von Volmer, leugnete alles. Gibt man bei Google die Kirchengemeinde ein, die Zeit und fragt nach dem Pfarrer – Bingo! Volmer. So einfach ist das! Den weiteren Inhalt dieses an Zündstoff reichen Gutachtens müssen wir erst auswerten. Ich werde mich heute Nachmittag weiter damit beschäftigen. Aber was schon gesagt werden kann, dieser Josef Volmer hat mehr Dreck am Stecken, als er uns gegenüber ein-

---

* https://www.erzbistum-muenchen.de/im-blick/missbrauch-und-praevention/missbrauch/aufarbeitung/missbrauchsbericht-dezember-2010/65316
Sowie
https://westpfahl-spilker.de/wp-content/uploads/2020/11/Gutachten_Bistum_Aachen.pdf

räumt. Und noch was, wer sagt uns, dass nicht andere ebenso im Besitz dieser ›Westphal-Papiere‹ sind und durch die Schilderung der Taten auf die Identität der Täter und ihrer Missbrauchsopfer gelangen? Wenn man im Netz nach diesem Gutachten sucht, findet man viele Links, die direkt auf dieses Papier verweisen. Wie gesagt, diese PDF-Dateien beinhalten keinerlei Klarnamen. Aber Ort, Zeitpunkt und Art des sexuellen Missbrauchs werden benannt, das sollte in vielen Fällen reichen, um zu erraten, wer die Täter sind. Lediglich die Kirchenoberen, die von einzelnen Vorfällen Kenntnis erlangt hatten, werden beim Klarnamen genannt. Wenn wir so einfach an diese Expertise gelangt sind, warum nicht auch unsere Täter?«

»Günther, das ist ein ganz heißes Ding. Wer sagt uns, dass nicht ein Verantwortlicher der Kirche, der, wie auch immer, Zugang zu diesen brisanten Papieren hatte, diese im Netz hochgeladen hat?«, überlegte Gunda.

Schorsch übernahm: »Das ist schon richtig, Gunda, aber genauso könnte ein Angehöriger der Kanzlei, also jemand, der das Gutachten erstellt oder abgetippt und über den Inhalt total erschüttert war, dieses veröffentlicht haben. Wir müssen beide Möglichkeiten in Erwägung ziehen. Und ganz klar, wenn *wir* darauf gestoßen sind, warum nicht auch diejenigen, die an den kirchlichen Kinderschändern Rachetaten verüben oder verüben wollen?«

»Wir stehen da vor einer gewaltigen Herausforderung, und ich weiß, von wem wir keine Unterstützung erhalten werden.« Horst machte eine kurze Pause und schaute in die Runde. »Die Verantwortlichen in der katholischen Kirche werden versuchen, uns Steine in den Weg zu legen. Überlegt doch mal, was da alles dahintersteckt; alleine wenn die Medien über unsere Erkenntnisse berichten würden, würde das einen Rattenschwanz nach sich ziehen. Das würde nicht nur bedeuten, dass das moralische Ansehen der Kirche stark in Mitleidenschaft gezogen würde, sicher käme es auch zu vielen Kirchenaustritten. Daher meine Befürchtung, dass man kirchlicherseits auf oberster Ebene versuchen wird, unsere Ermittlungen zu vereiteln. Deren Einfluss geht bis in die Justiz und zum Kanzleramtsminister. Im schlimmsten Fall bedeutete das für uns EDEKA!«[*]

Schorsch war nicht ganz so pessimistisch. »So schlimm sehe ich das jetzt nicht, unsere Justiz, zumindest bei der Staatsanwaltschaft Nürnberg-Fürth, hat und zeigt Rückgrat. Ich denke kaum, dass unser Dr. Menzel sich von einer Weisung des Justizministeriums beeindrucken lassen würde, wenn wir die Fakten eines Missbrauchsfalls in der katholischen Kirche bis ins kleinste Detail nachweisen können. Menzel würde eine Anklageschrift einreichen. Da kann kommen, wer will.«

Es war kurz vor 13.30 Uhr, und die Essensausgabe hatte bereits geschlossen, als die vier Beamten Annelieses heiligen Gourmettempel verließen.

Schorsch und Horst hatte sich einen Verdauungskaffee gezogen, beide saßen nun mit dampfenden Tassen vor ihrem Rechner, hatten das besagte PDF geöffnet und durchstöberten das Gutachten.

Nach einer Weile meinte Schorsch zu seinem Gegenüber: »Leck mich am Ärmel, wenn ich die einzelnen Kapitel von deren Stellungnahme durchgehe, dann stellen sich mir die Nackenhaare auf. Allein die Zahl der Missbrauchsfälle der letzten zwanzig Jahre im Bistum Bamberg ist erschreckend. Ich frage mich, warum wurde erst jetzt so ein Gutachten in Auftrag gegeben? War der Druck seitens der Justiz zu groß?« Schorsch scrollte weiter und ergänzte:« Da die katholische Kirche in der

---

[*] EDEKA = Ende der Karriere

Vergangenheit jeden Missbrauchsfall dementiert hat und die Betroffenen damit sogar noch als Lügner diffamiert, hat sich öffentlicher Druck auch nie nachhaltig aufbauen können. Als bestes Beispiel erwähne ich nur diesen ehemaligen Ministranten, den man dann ausgeschlossen hat. Unglaublich, was da in der Kirche abgeht. Dieses Papier hat es in sich. Wenn das an die Presse kommt, dann rappelt es richtig im Karton und ich sehe viele Kirchenaustritte kommen.«

Sein Blick ging zu Horst, der ihm gegenüber vor seinem Rechner saß, wie er das Gutachten recherchierte und dabei ab und an entsetzt den Kopf schüttelte. Jetzt blickte er auf und sagte: »Man müsste dieses Westphal-Gutachten an den Reporter Müller vom *Nürnberger Express* weiterleiten. Was meinst du, was würde passieren, wenn Müller davon jedes Wochenende Auszüge veröffentlicht? Schorsch, die Mehrheit der Leser würde am Montag zum Standesamt laufen und aus der Kirche austreten. Widerlich, was die Kirche seit Jahrzehnten verheimlicht hat und scheinheilig jeden Sonntag bei der Heiligen Messe ihren Gläubigen vorenthält. Schorsch, das bestätigt mich in meinem Kirchenaustritt.«

»Das kann ich gut nachvollziehen, ich bin schon 1985 ausgetreten«, nickte sein Gegenüber und fuhr fort: »Unmittelbar nach dem Austritt bekam ich gleich ein Schreiben von der Kirche, warum ich diesen Schritt gewählt hätte und was die Kirche alles für ihre Gläubigen, aber auch für Nichtgläubige tue. Also in meinem Fall die evangelische Kirche. Auch die wollen ihre zahlenden Schäfchen an Bord halten. Welche Projekte die Kirche finanziert, welche kirchlichen Einrichtungen für jeden Einzelnen unabdingbar seien, all das haben sie mir ausführlich berichtet. Nach dem Motto: Wollen Sie wirklich, dass wir all das Gute nicht mehr finanzieren können? Ich habe mir damals die Zeit genommen und darauf geantwortet. Auf einen Umstand meines Kirchenaustritts habe ich dabei besonders hingewiesen. Es war der Austritt selbst, das Prozedere, um endlich keine Kirchensteuer mehr zu bezahlen. Stell dir vor, damals war die Regelung noch so, dass du bei dem Austritt nach deinem monatlichen Einkommen befragt wurdest. Ich fragte damals, was mein Einkommen mit dem Austritt zu tun habe. Die Antwort der Standesbeamtin kam schnell, die Austrittsgebühr wäre abhängig von meinem monatlichen Einkommen. Auf meine Gegenfrage, ob diejenigen, die mehr zahlen, dann früher in den Himmel kommen als solche, die weniger dafür bezahlen, konnte sie mir leider nicht antworten. Sie sagte lediglich, dass die Kirche eine Solidargemeinschaft sei und man durch diese Staffelung des Austrittsbetrages zum Gemeinwohl der Kirche beitrage. Hallo, ich wollte austreten, das ist doch Religionsfreiheit, und wurde gezwungen, zum Gemeinwohl der Kirche beizutragen bei diesem Schritt? Diese Aussage hat meine Handlung bekräftigt, und ich habe kommentarlos das Kirchenaustrittspapier unterschrieben. Weißt du überhaupt, wie lange es diesen Kirchensteuerbeitrag bei uns gibt?«

»Keine Ahnung, aber du wirst es mir gleich sagen, aber zuvor noch eine Frage: Bist du jetzt ein Atheist?«, fragte Horst.

»Atheismus bezeichnet ja die Ablehnung des Glaubens an Gott, davon bin ich weit entfernt. Ich bin gläubig, und christliche Werte bedeuten mir sehr viel. Schon als Jugendlicher habe ich mich in meiner Kirchengemeinde engagiert. Das fing an in der evangelischen Jugendstunde, damals haben wir uns wöchentlich im evangelischen Jugendheim getroffen. Eine alte Dame, wir nannten sie alle ›Frau Oberst‹, sie war damals für unseren Pfarrer Gustav Schmidt als Küsterin tätig, hat uns betreut. Es gab noch kein Handy, keine Spielekonsole. Für uns Kinder fand bei schlechtem Wetter ein Spielenachmittag statt, bei schönem Wetter waren wir draußen im angrenzenden Wald und spielten ›Versteckerlenz‹ oder dergleichen. Es war eine schöne Zeit, ich mochte den sonntäglichen Kindergottesdienst. Einmal hat mich unser Pfarrer im Anschluss an eine Messe angesprochen, ob ich nicht Interesse hätte, als Kreuzträger bei Beerdigungen den Verstorbenen die letzte Ehre zu erweisen. Ich musste nicht überlegen und habe sofort zugesagt, dabei zu sein, wenn das Leben des Verstorbenen gewürdigt und in Gottes Hand gegeben wird. Ein Augenblick der Demut vor dem Leben und des christlichen Glaubens, meines Glaubens. Horst, das Tragen des Kreuzes vor dem Sarg, das war für mich das Symbol eines tiefen, ja ehrwürdigen Glaubens vor Christus. Denn er ist derjenige, der dem Verstorbenen vorausgegangen und ihm in der Stunde des Todes nahe war und ihn aus dem Tod ins neue Leben ruft.«

»Also dou is was hänga bliem, etzertla sprichst ja fei fast wie a Pfarrer«, meinte Horst im tiefsten Fränkisch.

Schorsch schmunzelte und antwortete: »Obwohl ich aus der Kirche ausgetreten bin, glaube ich an Gott und an seinen Sohn Jesus Christus. Ja, ich zelebriere das stille Gebet für mich und gehe auch ab und an in die Kirche, obwohl ich keine Kirchensteuer mehr bezahle. Wenn der da vorne seine Predigt gut rüberbringt, dann zahle ich auch dafür, mit einem Obolus in den Klingelbeutel. Damit unterstütze ich die Kirche dann ganz gezielt. Aber erlaube mir einen Exkurs zur Kirchensteuer: Es war 1939, als das Kirchenbeitragsgesetz erlassen wurde. Man sagt, die Nazis hätten damals mit der Kirche einen Pakt geschlossen. Der Kirche flossen die Gelder zu, im Gegenzug hielt sich die Kirche aus der Vernichtungspolitik der Nationalsozialisten raus. Damals hat man seitens der Kirche nichts gegen den Holocaust unternommen, war auf beiden Augen blind. Schutzsuchende hat man ignoriert. Von Deportationen in Konzentrationslagern habe man damals nichts mitbekommen, hieß es.

Allmonatlich floss der Kirchenbeitrag in Form der Steuer. Ich sehe hier Parallelen zu heute, was den Umgang der Kirche mit Unrecht betrifft, Missbrauchsfälle werden entweder unter den Teppich gekehrt oder die Betroffenen diffamiert.«

Horst bestätigte ihn. »Nachdem ich das hier schon mal grob gesichtet habe, kann ich jede deiner Aussagen unterstreichen. Wenn sich die Kirche zukünftig nicht an der Aufarbeitung der Missbrauchsfälle beteiligt, sondern weiterhin ihre schützende Hand über ihre Peiniger legt, wird ihr Ruf stark in Mitleidenschaft gezogen werden. Die Leute werden dieser Glaubensgemeinschaft den Rücken kehren. Hinzu kommen die sozialen Medien, die den sexuellen Missbrauch gegen Kinder und Schutzbefohlene in der katholischen Kirche in Windeseile viral verbreiten werden. Gerade junge Menschen informieren sich heutzutage doch viel mehr dort als bei ARD und ZDF. Und zu unseren aktuellen Ermittlungen – wenn ich diese ganzen Verdachtsfälle überfliege, dann können sich die Verantwortlichen auf etwas einstellen. Wenn das alles ans Tageslicht kommt, dann brauchen manche dieser Pfaffen einen Personenschützer, denn jeder, der ein bisschen im Netz darüber recherchiert, bekommt den Namen der Täter raus. Schorsch, ganz ehrlich, ich gehe davon aus, dass die Entführer von Fromm und Helmreich genauso vorgehen und sich auf diese Weise ihre Opfer herausfischen. Die müssen im Besitz dieser PDF-Datei sein. Entweder haben sie die auch im Netz gefunden oder jemand hat ihnen diese Datei zugespielt, anders kann ich mir das nicht vorstellen.«

Schorsch führte den Gedanken weiter aus. »Dann sollten wir uns darauf einstellen, dass die beiden Morde der Anfang einer Serie sein könnten und es zu weiteren ähnlichen Verbrechen kommt. Und möglicherweise nicht nur bei uns in Franken, sondern überall dort, wo Missbrauchsfälle geschehen sind. Wir müssen daher unsere beiden Fälle über das Bundeskriminalamt länderübergreifend den Kollegen mitteilen, denn wer sagt uns, dass unsere Täter hier aus Franken kommen? Auch wenn es doch so sein könnte: Die Täter kommen aus Franken und arbeiten gezielt nur solche Missbrauchsfälle ab, die sich hier bei uns in den letzten Jahren ereignet haben. Horst, noch tappen wir im Dunkeln. Was wir bis jetzt sagen können, ist, dass Volmer vermutlich nicht von unseren Tätern ausgewählt wurde, der wäre sonst womöglich tot.«

Bevor Horst dazu etwas sagen konnte, ging die Türe auf und Gunda kam herein.

»Leute, ich habe gerade mal diesen Bernd Hagen ins Visier genommen, ihr wisst schon, den ehemaligen Ministranten von Josef Volmer. Der wohnt jetzt in Röthenbach bei St. Wolfgang, also gleich um die Ecke. Das hat mir die EMA-Abfrage verraten. Und vor einer halben Stunde habe ich von der Telekom die von uns angefragten Einloggdaten der Mobiltelefone aus Velden erhalten. Am Samstag, den 15.07.2019, haben sich dort an dem Funkmast TK03VE2 in der Zeit von 13.30 bis 19.00 Uhr insgesamt 308 verschiedene Mobiltelefone registriert. Und jetzt kommt es, auch das Mobiltelefon von Bernd Hagen war dabei.«

Schorsch war erfreut, immerhin einen Schritt ging es voran. »Bingo, Gunda, das ist doch was, mal sehen, was er uns darüber erzählen wird. Und er war ja nicht alleine, sondern hatte seine Kumpels dabei.«

»Stimmt, ich habe mit Eva-Maria die Listen auch im Hinblick darauf ausgewertet. Zum exakten Zeitpunkt, als sich Hagens Handy eingeloggt hat, haben sich noch zwei andere Mobiltelefone eingewählt, das von Horst-Erich Hofreiter sowie das von Jakob Morajewicz. Beide sind im Alter von Bernd Hagen. Hofreiter wohnt in Förrenbach und Morajewicz in Kirchensittenbach. Und jetzt kommt es, alle drei besuchten das Paul-Pfinzing-Gymnasium in Hersbruck. Leute, das ist kein Zufall mehr, das ist eine heiße Spur. Auf was warten wir noch?«

»Respekt euch beiden, super Arbeit, Gunda«, sagte Schorsch, und Horst legte nach: »Man merkt halt, dass du jahrelang deinen Dienst beim Bundeskriminalamt verrichtet hast und das gewisse Fingerspitzengefühl und das feine Näschen hast, das Spürhunde brauchen. Was wären wir ohne dich, Gunda?«

»Jetzt hört auf mit euren Lobeshymnen, das ist ganz normale Arbeit.«

Schorsch grinste Gunda an. »Du bist wirklich wie ein bayerischer Gebirgsschweißhund, einmal die Spur des Schweißes aufgenommen, gibt es kein Zurück, sondern nur dem Schweiß folgen bis zum Ziel, zur Beute.«

15. Kapitel

Montag, 17. 06.2019, 13.24 Uhr,
Emeritenanstalt, Luitpoldstr. 2, 85072 Eichstätt

Es war ein sonniger, warmer Tag, am Himmel ließen sich nur vereinzelt kleine Wölkchen sehen. Der Speisesaal der Diözese, wo auch die Ruheständler der angrenzenden Emeritenanstalt mitverpflegt wurden, war gut belegt. Auf dem Speiseplan stand ein Menü. Zunächst brachte man den Klerikern eine Rinderbouillon mit Kräuterflädle, als Hauptspeise wurde ihnen gefüllte Ochsenbrust mit Semmelknödeln und Blaukraut serviert und zum Nachtisch Vanille- und Schokopudding gereicht.

Auch Valentin Käberl hatte in den Reihen seiner Glaubensbrüder Platz genommen, nach einem stillen Gebet genoss er sein Mittagsmahl und begab sich anschließend auf seinen täglichen Spaziergang in den nahe gelegenen Hofgarten der Diözese. Zwischenzeitlich waren die Temperaturen auf achtundzwanzig Grad angestiegen, und Käberl suchte ein schattiges Plätzchen zwischen den vielfältigen Gewächsen für eine Rast. Der Hofgarten war parkähnlich angelegt, neben einem Heilkräutergarten gab es auch eine Ansammlung von Kübelpflanzen aus Zitronen, Pomeranzen, Oliven-, Pistazien-, Lorbeer- sowie Feigenbäumen. Im hinteren Teil des Hofes standen zwischen alten Sandquadern kleine Sitzgelegenheiten, welche teilweise von Steinobstbäumen überschattet wurden. Hier, zwischen den hohen Mauern des Hofgartens, befand sich ein kleiner Ausgang. Es war ein Holztor, das nur von innen zu öffnen war, also tatsächlich nur ein Ausgang war. Vor der Tür begann ein kleiner, schattiger Wanderweg zum Eichstätter Auwäldchen.

Käberl zog es nicht in den Wald, er suchte Stille und Schatten im Hof. Eine alte Eichenbank in direkter Nähe zum Ausgang, welche von einem großen Kastanienbaum überschattet wurde, lud ihn förmlich zu einem Nickerchen ein, so zumindest schien es ihm.

Die idyllische Ruhe und die Tatsache, dass das opulente Mahl in Magen und Darm verdaut werden musste, machten ihn müde. Kaum hatte er sich niedergelassen, fielen ihm schon die Augen zu. Er bemerkte die fast lautlose Tomzon D254K-Drohne nicht, die ihn schon seit Betreten des Hofgartens im Visier hatte.

Es war kurz nach 14.00 Uhr, als Pfarrer Käberl durch heftiges Klopfen an der nahe gelegenen Holztüre aus seinem Mittagsschlaf gerissen wurde. Verdutzt warf er einen Blick zur Türe. Das Klopfen hatte aufgehört, und der Kleriker schloss erneut die Augen. Doch nur Sekunden später hub das Klopfen wieder an, und er schreckte erneut auf. Käberl erhob sich, ging zur Holztüre und fragte durch die geschlossene Türe: »Wer ist da, wie kann ich Ihnen helfen?«

Eine Mädchenstimme flehte ihn an: »Bitte, kommen Sie schnell, ich brauche Ihre Hilfe!«

Ohne zu zögern, drückte der Kleriker die Klinke der Holztüre nach unten, öffnete und ging einen Schritt durch die Tür hindurch. Doch er sah kein Kind, sondern einen würfelartigen, schwarzen Gegenstand, aus dem in diesem Augenblick erneut die flehende Mädchenstimme erklang.

Käberl blickte verwirrt hoch, da standen – wie aus dem Nichts aufgetaucht – zwei Männer vor ihm. Er erschrak, aber es blieb ihm keine Zeit zu realisieren, was gerade passierte, denn ein dritter Mann presste ihm von hinten ein feuchtes Tuch auf sein Gesicht. Augenblicklich verlor Käberl das Bewusstsein.

Direkt neben der Tür am Weg zum Auwäldchen hatte Knut den grünfarbenen Vito abgestellt, an dessen Frontinnenscheibe ein Schild mit der Aufschrift *Forstbetrieb* haftete. Die hinteren Türen waren geöffnet, es dauerte nur wenige Sekunden, bis sie den Kleriker in den Innenraum des Fahrzeuges gehievt hatten, ihn dort fixierten, selbst einstiegen und den Forstweg des Auwäldchens entlangfuhren.

Es war kurz nach 16.00 Uhr, als Käberl wieder zu sich kam. Als er sich umblickte, sah er, dass er sich in einem kleinen Raum befand. In dessen Mitte stand ein alter, großer Holztisch, dessen Oberfläche von tiefen Rillen geprägt war und der viel über die Leute hätte erzählen können, die an ihm in den letzten Jahrhunderten Platz genommen hatten. Geschichten von geselligen Runden, von heftigen Streitgesprächen und davon, wie er zur Aufbahrung eines Leichnams gedient hatte, in einem auf ihm liegenden geschmückten Sarg bei einer häuslichen Aussegnungsfeier im engsten Familienkreis. Diesen Geschichten wurde nun eine weitere hinzugefügt. Eine, die schon zweimal an diesem Tisch stattgefunden hatte, die Geschichte eines in einem Rollstuhl fixierten Gefangenen vor seiner Hinrichtung.

Man hatte ihn seiner Kleidung beraubt und ihm ein weißes, langes Hemd übergezogen. Auf dem Tisch stand ein silbernes Standkreuz, das von drei Petroleumlampen erhellt wurde und das Antlitz des Gekreuzigten reflektierte. Ihm gegenüber standen drei antike Holzstühle, links von ihm, auf der Stirnseite des antiken Tisches, war ein weiterer Stuhl, dessen Rückenteil mit blauem Samtstoff bespannt war. Er sah auf die Insignien, die auf dem Stoff mit weißen Fäden eingewebt waren, die »Waage der Wahrheit«, und ein alter Schlüssel, der »Schlüssel der Verschwiegenheit«.

Es war still, er war allein. Da öffnete sich die Tür, und drei

Männer nahmen ihm gegenüber Platz. Käberl gab keinen Mucks von sich, angespannt wartete er, was passieren würde. Keiner seiner Gegenüber sagte etwas. Der Gefangene merkte, wie Angst in ihm aufstieg. Da öffnete sich die Türe, und ein weiterer Mann betrat den Raum. Er sagte mit lauter, bestimmter Stimme: »Gelobt sei Jesus Christus.«

Käberl antwortete, ohne zu überlegen: »In Ewigkeit Amen.« Er erschrak über seine eigenen Worte.

Der zuletzt Hereingekommene setzte sich auf den noch leeren Stuhl an der Stirnseite und legte ein Papier vor sich auf den Tisch. Sekunden verstrichen ohne Worte, und Käberl fing an zu schwitzen.

Der Mann am Kopfende richtete nun seinen Blick auf Käberl und fragte: »Sind Sie Valentin Käberl, der ehemalige Pfarrer aus Seligenporten?«

Zitternd sagte der Geistliche: »Ja, der bin ich.«

Der zuletzt an den Tisch Getretene sprach weiter: »Dann sind Sie auch mit dem ›Codex Iuris Canonici‹, also mit dem Kirchenrecht, vertraut. Das Heil der Seelen – der Schlussakkord dieses kirchlichen Gesetzbuches – sollte immer das oberste Gesetz in der Kirche sein. So sollten Sie es gelernt und gelehrt haben. Wurde dieses ›Heil der Seelen‹, die Gemeinschaft zu Gott, durch Ihr Verhalten nicht mit Füßen getreten, indem Sie, Valentin Käberl, mehrfach gegen c.1365 § 2 CIC verstoßen haben, weil Sie sich an Minderjährigen vergangen haben? Haben Sie damit nicht gegen die Heiligkeit des Sakraments der Buße verstoßen, gegen das sechste Gebot? Das verbietet es, unreine Handlungen zu begehen in einem missbräuchlichen Verhalten gegenüber seinen Schutzbefohlenen. Doch Sie haben zielgerichtet im ersten Kontakt mit Ihren Schäflein das heilige Sakrament der Buße benutzt, um Ihre Opfer auszusuchen. Sie als Beichtvater haben ein scheinbar unschuldiges Gespräch mit Ihrem

Gegenüber genutzt, um aus Ihrer Sicht geeignete Jünglinge dann psychisch und physisch so zu manipulieren, dass diese abhängig von Ihnen waren und es Ihnen dadurch gelang, sexuelle Handlungen von ihnen zu fordern. Hatte ein Jüngling ausgedient, schickten Sie ihn auf die sogenannte Himmelsleiter. Das ist ein schwerwiegendes Delikt, ein ›Graviora Delicta‹, wie man es in Ihrer Sprache bezeichnen würde. Sie sind als Kleriker zum Zölibat verpflichtet und angehalten, Enthaltsamkeit um des Himmelsreiches willen zu wahren und sich dadurch freier dem Dienst an Gott und den Menschen widmen zu können. Möchten Sie zu unseren Vorwürfen etwas sagen?«

Der Gefragte war trotz der anklagenden Worte und seiner Lage nun weniger ängstlich als erzürnt. »Alles, was Sie hier machen, ist illegal und höchst verwerflich. Sie halten mich hier ohne Grund gegen meinen Willen fest. Ihre abstrusen Vorwürfe sind lächerlich, wollen Sie sich hier zum Richter nach weltlichem Recht aufspielen? Ich werde eines Tages reinen Gewissens vor meinen Richter im Himmel treten.«

Magnus, Knut, Gregor und Thomas brachen das Verhör daraufhin ab und fixierten den Rollstuhl mit ihrem Gefangenen mit einem Spanngurt fest am Boden. Die Hände ließen sie ihm frei, in Reichweite lagen vor ihm auf dem Tisch eine Bibel, eine Lesebrille und eine Flasche Wasser. Die vier Rächer verließen den Bungalow und überließen Käberl sich selbst. Alleingelassen würde die Furcht schon noch in ihm hochsteigen, mit Blick auf die Bibel und wenn er realisieren würde, dass seine Begegnung mit dem himmlischen Richter kurz bevorstand.

Es war kurz vor 22.30 Uhr, als sie das Anwesen wieder betraten und in die Todeszelle zurückkehrten. Es war geschehen, was sie vorausgesehen hatten: Käberl saß verängstigt und eingesunken in seinem Rollstuhl, und trotz der von ihnen vorsorglich angelegten Windel stieg Gestank von ihm auf. Es war der Gestank der Todesangst. Mit großen Augen sah Käberl sie an, und in seinen Augen flackerte die Frage, was sie mit ihm vorhatten.

Die Männer standen vor ihm, groß, bedrohlich allein durch ihre Erscheinung. Magnus fragte: »Möchten Sie vielleicht doch noch irgendetwas über die Bruderschaft sagen oder möchten Sie das Geheimnis mit ins Grab nehmen?«

Der Kleriker wich dem Blick der Fragenden aus und schaute auf das Antlitz des Gekreuzigten, seine Hände lagen gefaltet auf der Bibel vor ihm.

Leise antwortete er: »Der Gründer von ›Opus Dei‹, Josemaria Escriv'a, widmete in seinem Hauptwerk *Der Weg* ein Kapitel der ›Tugend der Diskretion‹. Es ist daher alles gesagt.«

Keine Beichte, keine Reue sprach aus diesem zu Tode Verängstigten, sondern Festhalten an Kodizes, die ihm sein Tun vor sich selbst rechtfertigen mochten.

Magnus reagierte mit kühlen Worten. »Dann wollen wir gehen.«

Thomas und Knut lösten schweigend die Spanngurte vom Boden. Gregor beugte sich über den Tisch und drehte an den Rädchen der Petroleumlampen, bis der Raum verdunkelt war. Magnus stand an der geöffneten Türe und hatte seine Stirnlampe eingeschaltet. Thomas fasste die Griffe des Rollstuhls und schob den Geistlichen aus dem Bungalow über zwei Bohlen direkt in den Vito.

Magnus stellte sich vor ihn. »Wir verzichten auf einen Knebel, solange Sie die Stille der letzten Stunden beibehalten. Bei einem Laut zu viel ändern wir das.« Käberl nickte mit angstvoll geöffneten Augen. Der Rollstuhl mit Käberl wurde im Fahrzeug festgeschnallt, und Minuten später erreichten sie die Bundesstraße 2. Ihr Ziel war der Albach Silvator, der diese Woche für Lohnhäckselarbeiten im Schwarzenbrucker Ortssteil Gsteinach, also an der südlichen Grenze des Lorenzer Reichswaldes, stand.

Montag, 17. 07.2019, 19.47 Uhr,
PP Mittelfranken, Kriminaldauerdienst

Heidi Baumann hatte gerade ihre Nachtschicht angetreten, als das Telefon klingelte. Die männliche Person am anderen Ende der Leitung stellte sich als Generalvikar Michael Luber aus dem Bistum Eichstätt vor. Luber, der sehr aufgebracht wirkte, gab an, dass er sich Sorgen um einen emeritierten Pfarrer mache. Auf Heidis Nachfrage, um wen es sich genau handele und wie lange sein Verschwinden schon bekannt sei, antwortete Luber: »Valentin Käberl lebt bei uns in der Emeritenanstalt der Diözese Eichstätt. Zuletzt hat man ihn nach dem Mittagsmahl auf dem Weg zum Hofgarten gesehen. Seither ist Pfarrer Käberl wie vom Erdboden verschluckt, auch telefonisch ist er nicht erreichbar.« Luber gab zudem an, dass der Pfarrer vor ein paar Tagen von der Kriminalpolizei Nürnberg kontaktiert und zu einem Sachverhalt befragt worden sei. Die Beamten seien wegen des Verschwindens von Pfarrer Martin Helmreich vor Ort gewesen und hätten im Zuge ihrer Ermittlungen auch Valentin Käberl befragt. Um was genau es dabei gegangen sei, sei ihm aber nicht bekannt. Die Beamten seien zwei Männer mit Namen Meier und Bachmeyer und eine Frau namens Vitzthum gewesen.

Er, Luber, mache sich große Sorgen um den vermissten Bruder und wolle daher fragen, wie man ihm weiterhelfen könne.

Heidi beruhigte ihn zuerst und gab an, dass sie den Sachverhalt unverzüglich an die zuständigen Sachbearbeiter weitergeben werde.

*Montag, 17. Juni 2019, 19.52 Uhr,
Jagdrevier Mönchswald, Kuppe Obererlbach nahe B466*

Es war ein schwüler Sommerabend, der Wetterbericht kündigte für den späten Abend in Mittelfranken ein heftiges Gewitter an. Bevor das niederprasselte, wollten Schorsch und Rosanne noch in ihr Revier. Sie hatten sich als geprüfte Jäger nach einer Jagdbeteiligung umgesehen und vor Kurzem einen Begehungsschein beim Staatsforst bekommen. Damit konnten sie einen eigenen Pirschbezirk bejagen. Die Jagdzeit auf den Bock hatte bereits im Mai begonnen, aber bisher war das Jagdglück nicht mit den beiden. Es hatte zwar einige Situationen gegeben, wo sie den ein oder anderen Bock gut hatten ansprechen können, aber kurz bevor sie das Stück im Visier gehabt hätten, war es jedes Mal abgesprungen.

Gründe waren entweder Mountainbiker, die in der Abenddämmerung ihr sportliches Können unter Beweis stellten, oder Jogger, die zur späten Stunde mit Stirnlampe durch das Revier eilten und das Wild vergrämten. Für Schorsch und Rosanne war es zum Mäusemelken; egal wer von ihnen Anblick auf Rehwild hatte, dieses verschwand im Unterholz, sobald sich Menschen mit oder ohne Fahrrad näherten.

Heute waren sie auf einen starken Bock aus. Seit drei Wochen war ihnen dieser alte Herr bekannt, der sich von den saftigen Wiesen, auf denen viele Tiere ästen, in den eher ruhigen Einstand zurückgezogen hatte. Denn der heranstehende Juli ist für die Böcke wie die Feistzeit für die Hirsche. Es wird sich geschont und die Energie für die Brunft gespart. Eine Wildkamera brachte den Beweis, dass dem so war. Jetzt vor der Blattzeit hofften sie, dass er den sicheren Einstand verlassen und zum Äsen auf die Waldlichtung heraustreten würde.

Die Sonne war gerade dabei, am westlichen Waldrand unterzugehen, als Schorsch und Rosanne zwei unterschiedliche Jagdeinrichtungen nahe der Waldlichtung bezogen. Nach einer Weile des Verharrens bemerkte Rosanne durch Blick in ihre Wärmebildkamera ein Stück, das sich in einem sicheren Unterstand befand und nicht sicher von ihr angesprochen werden konnte. Ihr Adrenalinspiegel schoss in die Höhe. Ihr Herz raste vor Aufregung darüber, ob ihr Vorhaben diesmal gelingen würde und sie oder Schorsch zum Abschuss kommen würden. Der war gut und gerne achtzig Meter von ihr entfernt und scannte die Waldlichtung mithilfe seiner Wärmebildkamera.

Doch anstatt dass sich das Stück in ihre Richtung bewegte, war es plötzlich verschwunden. Rosanne war irritiert. Waren sie zu laut gewesen, als sie ihre Jagdeinrichtung bezogen hatten, oder hatte sich der Wind gedreht und das Rehwild witterte sie schon von Weitem?

Rosanne checkte ihre Wetter-App, und die sagte ihr, dass der Wind sich nicht gedreht hatte und damit genau richtig stand. Sie saßen gegen den Wind. Und plötzlich vernahm sie doch ein Geräusch, ein leichtes Knacken, eher ein Rascheln. Gespannt horchte sie auf, schaute in Richtung der Laute. Wieder erklang ein leises Rascheln, und wie aus Geisterhand stand er plötzlich da. Sein Haupt war breit und kantig und wirkte kürzer als bei jungen Böcken. Seine grau verwaschene Gesichtsmaske, seine dicht beieinandersitzenden Rosen und die Tatsache, dass sich seine Gehörnmasse oberhalb der Rosen massiv aufgebaut hatte, sagte ihr, dass es sich um einen reifen, alten Bock handelte.

Rosanne schätzte sein Alter auf vier bis fünf Jahre, da er noch nicht zurückgesetzt hatte. Sie war angespannt und erschrak kurz, als an ihrer Smartwatch eine WhatsApp-Nachricht aufging: *Zögere nicht, der gehört dir*, hatte ihr Schorsch geschrieben, der das Stück von seinem Standort auf gut neunzig Meter im Visier haben müsste. Rosanne legte an, das Stück war zirka achtzig Meter von ihr entfernt. Sie schaltete den ultrafeinen Leuchtpunkt ihres Zeiss Victory HT 3–12x56 ein, entsicherte mit dem Daumen den Spannschieber ihrer Helix und drückte mit dem Ausatmen langsam den Abzug. Der Schuss brach, der Bock lag im Feuer. Rosanne repetierte und sicherte ihre Büchse, dann griff sie zum Fernglas und überzeugte sich, dass der Bock sich nicht mehr regte. Blattschuss. Sie entlud ihre Büchse und baumte ab. Schorsch hatte bereits abgebaumt, schulterte seine Waffe und schritt Richtung Wild. Rosanne stand die Anspannung noch im Gesicht, als sie Sekunden später vor dem Bock kniete, ihm den letzten Bissen, die »ewige Äsung«, quer in den Äser steckte und auf seinem linken Schulterblatt den »Inbesitznahmebruch« ablegte. Mit dem Vollzug dieses Rituals wich ihre Anspannung. Vor ihr lag, man konnte ihn eigentlich nicht anders nennen, der »König des Mönchswalds«. Seine überlauscherhohen, mit gehöriger Masse ausgeprägten Sechserstangen zeigten eine korallenartige Perlung bis zur Krone. Ungläubig betastete die Schützin die Enden, die starken Rosen und Perlen. Was für ein Bild!

»Waidmannsheil, meine Liebe!« Schorsch, der neben ihr kniete und gerade den Einschuss mit einem »Tannen-Dreispross« abstrich, erhob sich und überreichte ihr mit einem kräftigen Händedruck und einem erneuten »Waidmannsheil« den Erlegerbruch.

»Waidmannsdank«, antwortete Rosanne, nahm ihren Hut ab und steckte sich den Zweig an ihre rechte Hutseite. Beide knieten sich nochmals nieder und erwiesen dem erlegten Stück ihre Ehrerbietung.

Eine Stunde später hing der König des Mönchswaldes aufgebrochen zum Auskühlen in der Wildkammer, seine Leber stand für den morgigen Abend auf ihrem Speiseplan. Schorsch wollte sie seiner Rosanne mit »Stopfer«, wie man im Fränkischen Kartoffelbrei nannte, mit gebratenen Zwiebeln und frischem Endiviensalat zubereiten. Ein Jagdabend neigte sich dem Ende zu, aber das jagdliche Brauchtum war noch nicht abgeschlossen. Was noch fehlte, war das traditionelle »Tottrinken« des Bockes.

Der Wind wurde heftiger, Böen drückten das schwüle Wetter mit seiner fast stehenden Luft weg. Kräftiges Wetterleuchten tauchte den entfernten Horizont für wenige Augenblicke in gleißendes Licht. Gewitter zog auf, gut, dass sie inzwischen in Schorschs Wohnzimmer saßen.

Schorsch deaktivierte an seinem Mobiltelefon die »Nichtstören«-Funktion und sah, dass er vier Anrufe verpasst hatte. Er erkannte Gundas Telefonnummer und rief zurück.

Gunda erzählte ihm von Käberls Verschwinden. Hinweise, wo man nach ihm suchen könne, lägen jedoch nicht vor. Ein Gespräch mit Generalvikar Michael Luber habe nichts ergeben, und deshalb hätten die Kollegen diesen auf den nächsten Tag vertröstet. Im Dunkeln sei der Einsatz von Suchmannschaften unter Zuhilfenahme eines Suchhubschraubers aussichtslos.

Schorsch bedankte sich für die Informationen und wandte

sich nach dem Telefonat Rosanne zu, damit sie gemeinsam noch einmal ihren Jagderfolg Revue passieren lassen konnten.

Montag, 17. Juni 2019, 23.47 Uhr,
Lorenzer Reichswald, nahe Gsteinach

Die starken Gewitter mit heftigen Regenschauern hatten sich schnell über ganz Mittelfranken ausgeweitet. Die Natur schrie förmlich nach dem Regen, der seit Wochen ausgeblieben war. Es war kurz vor Mitternacht, als Knut mit dem grünen Vito von der Gemeindeverbindungsstraße Feucht-Schwarzenbruck nach rechts in die Bauschuttdeponie abbog, den Berg hochfuhr und dann in einer Senke anhielt. In etwa fünfzig Metern Entfernung konnte man durch das Blitzlichtgewitter den Albach Silvator stehen sehen. Alle vier hatten sich Regenmäntel angezogen. Zusätzlich spannten Magnus und Knut zwei große Regenschirme über Gregor auf, als der den an den Händen gefesselten Geistlichen aus dem Vito holte.

Der warme Regen prasselte auf Käberl ein, als sie ihn zum Häcksler zerrten. Erst versuchte der Geistliche, sich gegen sie zu stemmen, aber dann schien er die Vergeblichkeit jeden Widerstands einzusehen und ging mit ihnen. Es war ein gespenstischer Anblick, die vier Männer und ihr Gefangener im niederprasselnden Regen und manchmal im Schein der Blitze, denen nur Sekunden später ein Donner folgte. Donner und Regen verschluckten jeden anderen Laut.

Thomas stieg auf den Albach und warf die Dieselmotoren an, selbst ihr Geräusch ging im Regen unter. Den Scheinwerferknopf betätigte er nicht, die Blitze am Himmel sowie Magnus, und Knuts Taschenlampenlicht reichten aus, um die Szenerie auszuleuchten.

Sie blieben stehen, und Magnus sprach: »Wir sind am Ziel angekommen, Sie haben die Wahl, wie Sie auf dem Beförderungsband liegen möchten, entweder mit den Füßen oder dem Kopf voran. Es ist Ihre letzte Entscheidung. Ein kleiner Tipp, wenn Sie der umstrittenen Gemeinschaft von Opus Dei angehörig sind und sich gerne selbst geißeln, so viel es geht, um Ihren Glauben an Gott zu bekräftigen, dann nehmen Sie die Variante mit den Füßen voran. Diese Prozedur dauert zirka fünfzehn Sekunden länger. Mit dem Haupt voran bekommen Sie, außer dem Geräusch der Klingen, kaum etwas mit, denn sobald Sie das erste Schneidwerkzeug erfasst, ist Ihr irdisches Dasein vorüber. Möchten Sie doch noch etwas sagen? Ihr Gewissen durch Beichte entlasten? Jetzt haben Sie ein letztes Mal die Möglichkeit dazu.«

Käberl blickte nach oben, direkt in einen aufzuckenden Blitz. Dann war der Himmel erneut rabenschwarz. Er sagte: »Ja, ich habe Angst. Angst davor, vor meinen Allmächtigen zu treten. Ich habe in den letzten Stunden viel gebetet. Rückblickend muss ich eingestehen, ich habe auf dieser Welt auch Unrecht getan. Ja, ich bereue mein Tun, das viele meiner Schäflein auf die Himmelsleiter getrieben hat. Ja, ich habe große Schuld auf mich geladen.«

16. Kapitel

Dienstag, 18. Juni 2019, 08.02 Uhr, PP Mittelfranken, K 11

»Guten Morgen, Horst, gibt es schon Neuigkeiten von unserem Pfarrer aus Eichstätt? Ich brauch noch etwas Anlaufzeit und ziehe mir gleich mal einen starken Kaffee«, begrüßte Schorsch seinen Zimmerkollegen. Er hatte noch einen kleinen Brummschädel, denn das Tottrinken des Königs des Mönchswaldes hatte sich bis kurz vor ein Uhr hingezogen. Nachdem sie es sich beide frisch geduscht im Bademantel in Schorschs Wohnzimmer gemütlich gemacht hatten, öffnete Schorsch noch eine Flasche Primitivo und holte die »Geile Nuss« aus seiner Bar. Diese Haselnuss-Spirituose aus der Steiermark war etwas ganz Besonderes, mit ihrem Aroma von gerösteten Haselnüssen, kombiniert mit einem Hauch Karamell, und war des geschossenen Bocks würdig. Die milden dreiunddreißig Prozent machten den Likör auch bei jungen Skifahrerinnen beliebt, nicht nur in Österreich. Rosanne trank ihn pur, auf Eis oder an kalten Tagen mit heißer Schokolade. Und Schorsch bewies, dass die Spirituose auch männliche Fans hatte.

Horst antwortete: »Servus. Du weißt schon von Käberl? Ich habe es heute Morgen erfahren, dass er abgängig ist, bin gespannt, ob der wieder auftaucht. Zu gerne möchte ich wissen, wie viele seiner Schützlinge dieser Valentin Käberl psychisch und physisch unter Druck gesetzt hat, um seine sexuellen Fantasien an ihnen auszuleben. Der war skrupellos; wurden diese gefährlich für ihn, weil sie vielleicht reden wollten, dann schickte er sie auf die Himmelsleiter. Schorsch, das ist unfassbar. Der Mann ist und bleibt eine ›Bestie in Chorkleidung‹ für mich. Ganz ehrlich, meine persönliche Meinung, ein entsetzliches Scheusal vor dem Herrn, das zur Rechenschaft gezogen gehört. Wenn es unsere Gerichtsbarkeit nicht schafft, dann vielleicht eine andere!«

Schorsch hatte sich mit seinem Kaffee an seinen Schreibtisch gesetzt. »Etzertla zieht aber jemand ganz schön vom Leder. Freilich, diese Statements in dem Video von Helmreich sind mit Sicherheit nicht frei erfunden. Der hat womöglich damit versucht, sein Leben zu retten, und deshalb Tabula rasa gemacht. Käberls Vergangenheit, das Buch mit sieben Siegeln, wurde denen durch Helmreich offenbart. Und vielleicht hat das, wie es in der Offenbarung 5.1 geschrieben steht, eine, seine Apokalypse ausgelöst. Du hast recht: dass hier ein Motiv der Rache vorliegen könnte, man den Kleriker entführt hat und ein weiteres Exempel statuieren wird, ist nicht von der Hand zu weisen.«

Die Tür ging auf, und Gunda trat herein. »Guten Morgen, meine Lieben, bevor ihr fragt: Bezüglich unseres Herrn Käberl gibt es nichts Neues, keinerlei Hinweise, der ist wie vom Erdboden verschluckt. Mich hat gerade Generalvikar Luber angerufen, auch er hat keine Neuigkeiten. Leute, jede Wette, der hat gestern Nachmittag überraschend einen Hausbesuch erhalten, von denjenigen, die auch für Fromms und Helmreichs Verschwinden verantwortlich sind.«

Horst und Schorsch nickten, und Schorsch meinte: »Also, dann sollten wir heute mal nichts auf die lange Bank schieben und nach der kurzen Frühbesprechung den Herren Hagen, Morajewicz und Hofreiter einen Besuch abstatten. Denn bei Käberl haben wir bis dato keinerlei Anhaltspunkte, wo wir ansetzen könnten. Ach ja, und die Dienstreise nach Innsbruck, die sollten wir schnell antreten. Denn der Hinweis auf die Schwarz-Mander-Kirche als Ort für Treffen der Bruderschaft Conlegium Canisius ist bis jetzt der einzige Ansatz in dieser Richtung.«

»Bin ja auf Schönbohm gespannt, wie vielen Leuten er die Dienstreise genehmigt«, bemerkte Horst.

Gunda grinste und ergänzte: »Also, Horst, eine Frau ist bei der Befragung dieser Kleriker von entscheidender Bedeutung. Weil, weißt schon, gerade Frauen gegenüber öffnet sich diese Klientel ungemein.«

Schorsch lachte laut auf und fügte hinzu: »Wohl wahr, so mancher von denen öffnet sich, ohne jetzt blasphemisch zu sein, im wahrsten Sinne des Wortes, schwuppdiwupp macht einer von denen sein liturgisches Gewand auf. Nach dem Motto: Harmlose Exhibitionisten werden als böse Sittenstrolche verteufelt.«

Kurz nach 09.00 Uhr, Besprechungsraum der K 11er

Alle K 11er hatten sich im Besprechungsraum eingefunden. Schorsch berichtete über das aktuelle Lagebild zum Verschwinden von Käberl, und danach trugen Günther und eine Kollegin von Cybercrime die Erkenntnisse vor, die sie durch Auslegen ihres Köders im Darknet gewonnen hatten. Dieses Forum hatte es in sich, zwischenzeitlich hatte das BLKA sogar eine Soko »Lolicon« ins Leben gerufen, da sich immer mehr Chatteilnehmer mit pädophilen Neigungen offenbarten. In den Chatverläufen äußerten sich sowohl Gegner als auch Befürworter des sexuellen Missbrauchs. Die Soko Lolicon filterte die Befürworter heraus und legte neue Köder für sie aus. Unter den Gegnern gebärdeten sich manche als verbale Rächer. Keiner aber äußerte sich so, dass daraus eine Verbindung zu den verschwundenen Geistlichen gezogen werden konnte. Die Mehrheit der Leute verurteilte die Missbrauchsfälle aufs Schärfste und wünschte den kirchlichen Kinderschändern von der Pest bis zur Kastration alles erdenklich Schlechte. Einige Kritiker standen jedoch zu ihrem Glauben und zu ihrer Kirche. Zudem gab es Stimmen, die Auszüge der »Westphal-Papiere« im Chat einstellten. Das geschah mit teilweise heftigen Kommentaren, die eine Hetzjagd auf die Betroffenen befeuern könnten. Die K 11er sahen darin eine reale Gefahr. Sie mussten handeln und die Identitäten der aggressivsten Hetzer herausfinden, bevor es zu Straftaten kam. Darum würden sich Waltraud, Hubsi, Blacky und Eva-Maria kümmern. Dies konnte im Darknet nur zum Erfolg führen, wenn sich die User einen Lapsus erlaubten und persönliche Nachrichten nicht mit dem Tor-Browser verschickten, sondern versehentlich ihren herkömmlichen Browser dafür benutzten. Nur so war es möglich, die wahre IP-Adresse zu ermitteln. Jeder der vier Beamten hatte sich daher eine persönliche Identität verschafft, also eine Legende, mit der er im Darknet agierte, um gezielt auf Chatteilnehmer zuzugehen und deren Vertrauen zu gewinnen.

Schorsch, Gunda und Horst hatten über eine Abfrage bei den Krankenkassen die Arbeitgeber von Hofreiter, Hagen und Morajewicz herausgefunden und wollten die drei Verdächtigen nicht einzeln vorladen, sondern an ihrem jeweiligen Arbeitsplatz zu den Vorkommnissen des vergangenen Wochenendes befragen. Es bestand zwar die Gefahr, dass sich alle drei Beteiligten hinsichtlich Volmer absprechen könnten, aber das Video und die Funkzellenauswertung würden mögliche Verdunkelungshandlungen ins Leere laufen lassen, die Beweislast war erdrückend. Zuerst wollten sie Bernd Hagen aufsuchen, der in einem Discounter in Röthenbach bei St. Wolfgang beschäftigt war. Die Besprechung war zu Ende, und jeder wusste, was er zu tun hatte. Selbst Waltraud hatte ein Mindestmaß an Engagement gezeigt, indem sie anbot, bei den Ermittlungen im Darknet eine der Legenden zu führen, einen Pädophilenhasser.

Es war kurz nach 10.00 Uhr, als Schorsch, Gunda und Horst die Kurvenstraße erreichten. Über die Geschäftsleitung wurde ihnen für die Befragung zu einem Sachverhalt ein Büro zur Verfügung gestellt. Kaum fünf Minuten später trat ein großer Mann ein, ein Hüne, zu dem alle drei hinaufblicken mussten.

Schorsch wies sich aus und fragte, ob sie es mit Bernd Hagen zu tun hätten. Als der Mann das bejahte, übernahm Gunda das Gespräch. »Herr Hagen, wie war Ihr letztes Wochenende, die gemeinsame Wanderung mit Ihren Kumpels Horst-Erich und Jakob in der Fränkischen Alb? Um Ihnen ein bisschen auf die Sprünge zu helfen: Wen haben Sie auf dem Weg von Velden nach Rupprechtstegen am Nachmittag des 15. Juli getroffen?«

Die Augen des Gefragten weiteten sich vor Überraschung. »Was Sie nicht alles wissen, werden wir jetzt schon überwacht?«

»Sie haben unsere Frage nicht beantwortet«, Schorsch ließ sich nicht beirren.

Gunda ergänzte: »Also raus damit, wen haben Sie getroffen, und welche Rolle spielten Hofreiter und Morajewicz dabei?«

»Jetzt bin ich geliefert«, entfuhr es Bernd Hagen. Er schluckte und fuhr dann fort: »Sie wissen ja eh schon alles. Wenn Sie schon so konkret fragen, ja, wir haben eine alte Rechnung mit jemandem beglichen. Mit einem Schwein, das uns in unserer Kindheit Dinge angetan hat, die bis heute von der Kirche vehement geleugnet werden. Um es auf den Punkt zu bringen, wir haben diesem Volmer eine kleine Abreibung verpasst. Einen Denkzettel, der sich gewaschen hat und den er so schnell nicht vergessen wird. Denn nur so versteht dieser Kinderschänder vielleicht, was er uns und anderen angetan hat.« Seine Stimme war lauter geworden. Er machte eine Pause und fragte dann ruhig: »Und was passiert jetzt mit uns, werden wir eingesperrt wegen dieser kleinen Knetkur?«

Schorsch fragte zurück: »War dieser Volmer der einzige Pfarrer, dem ihr eine Abreibung verpasst habt, oder gibt es da noch andere, denen ihr wegen ihrer Taten gegen Kinder Ähnliches angetan habt?«

Hagens Antwort kam sofort. »Nein, Herr Bachmeyer, es war nur dieser Volmer, der uns damals im Paul-Pfinzing-Gymnasium in unserer Zeit als Ministranten Dinge angetan hat, die ich hier nicht näher erörtern möchte. Nur so viel, keiner hat uns Kindern geglaubt. Nur mein Vater hat das damals gemeldet, die Konsequenz daraus hatte ich zu tragen. Ich wurde aus dem Ministranten-Dienst ausgeschlossen. Seither hasste ich diesen Volmer, und irgendwann schwor ich mir, dass ich eines Tages Rache an ihm nehmen würde. Als wir dann in den letzten Wochen darüber in den Zeitungen lasen, dass zwei Pfarrer spurlos verschwunden seien und auch in den sozialen Medien darüber berichtet wurde, dass der Verdacht bestehe, dass genau diese beiden Pfarrer sich in der Vergangenheit an Schutzbefohlenen und Kindern vergangen hätten, entstand unser Plan für Volmers Strafe. Wir haben ihn beschattet, bis wir seine Gewohnheiten kannten. So war es eine Leichtigkeit, an ihn heranzukommen. Dazu haben wir ein wenig Maskerade gespielt. Jakob ist als Maskenbildner im Schauspielhaus tätig, er hat sich diesen Gag ausgedacht und jedem von uns einen Vollbart angeklebt. Was soll ich noch leugnen, ich war derjenige, der die Sache angeleiert hat.«

Horst schaltete sich ein: »Ich kann Ihren Groll und Ihre Hassgedanken auf diesen Pfarrer gut nachvollziehen. Dennoch nennt man das Selbstjustiz, was Sie und Ihre Kollegen da gemacht haben. Da kommt jetzt einiges auf euch zu. Die Bestrafung mit dem Ochsenziemer ist Körperverletzung. Die Entführung mit einer Schusswaffe in der Karsthöhle ist Freiheitsberaubung, selbst die Sachbeschädigung an seinem Mobiltelefon wird das Gericht beschäftigen.«

Bernd Hagen sprach wieder lauter: »Halt, stopp, wieso Schusswaffe, da war niemals eine Schusswaffe im Spiel. Alleine meine Größe, Statur und eine Hand in meiner Westentasche reichten aus, um Volmer Angst einzujagen, dazu bedurfte es keiner Waffe.«

Gunda sagte: »Was euch angetan wurde, ist traumatisierend, euer Schmerz verständlich. Aber Gewalt ist keine Lösung. Was euch vor der Staatsanwaltschaft und dem Gericht nur noch helfen könnte, um das Strafmaß gering zu halten, ist ein lückenloses Geständnis.«

Schorsch setzte hinzu: »Genau. Wenn ihr wirklich für euer Strafverfahren vor Gericht punkten wollt, trotz dieser nicht unerheblichen Straftaten, dann müsst ihr alle drei ein vollständiges Geständnis ablegen. Was euch zugutekommen könnte, ist die Aussage von Volmer auf Video. Hier jedoch muss man noch bedenken, dass dieses unter Zwang und unter Gewaltanwendung entstanden ist. Gleichwohl hat aber dieser Pfarrer wesentliche Details seines Missbrauchs darin wiedergegeben, sodass das Gericht darüber ebenso seine strafrechtliche Entscheidung hierbei miteinbeziehen wird. Seine Aussagen werden daher vermutlich nicht allzu strafmildernd in diesem Fall Berücksichtigung finden, aber einige brisante Details werden trotzdem Fragen bei den Richtern aufwerfen, die sich dann vielleicht bei der zu erwartenden Strafzumessung positiv für euch auswirken könnten. Wie gesagt ›könnten‹, ich bin kein Richter. Aber es ist sicher von Vorteil, jetzt Tabula rasa zu machen und von allen Beteiligten, also auch von Ihren Mitstreitern, ein lückenloses Geständnis zu den erhobenen Tatvorwürfen zu bekommen.«

Hagen hatte aufmerksam zugehört und nickte nachdenklich. »Das war im Nachhinein scheiße von uns, aber der Hass hat sich über all die Jahre förmlich aufgestaut, und das mit einem frustrierenden Gefühl von Ohnmacht. Wir litten an den Folgen, ich habe schon mehrere Psychotherapien hinter mir, und der Herr Pfarrer blieb unbehelligt. Wir haben unseren Druck abgelassen und dabei vielleicht den Bogen überspannt, als wir ihn mit dem Ochsenziemer malträtiert haben. Das tut im Nachhinein nicht nur mir, sondern uns allen leid, und ja, wir werden uns vor Gericht verantworten müssen. Wir haben uns deshalb schon vorher die Karten gelegt; sollte das mit Volmer auffliegen, werden wir das Geschehene auch vor Gericht einräumen und dabei zudem die Hintergründe unseres Handelns erläutern. Wichtig war uns allen das Geständnis von Volmer, auch wenn es mit einer kleinen Abreibung verbunden war. Aber eine Bedrohung mit einer Waffe hat nie stattgefunden, wenn Volmer das sagt, lügt er.«

Sie verabschiedeten sich von Bernd Hagen und machten sich auf den Weg nach Kirchensittenbach, wo der Maskenbildner Rede und Antwort stehen sollte.

Schorsch blickte auf seine Uhr und befand: »Leute, es ist gleich dreiviertel Zwölf, Zeit, um Mittag zu machen. Hat jemand einen Vorschlag, wo wir was essen könnten?«

»Dienstag, Dienstag«, sinnierte Horst und antwortete: »Voor´n mer zum Bayerischen Johann[*] nach Oed, dess liechd affn Weech.«

Gunda stimmte zu. »Gute Idee, Horst, dort kann man nichts falsch machen, eine hervorragende Küche mit großen Portionen, eigener Metzgerei, das einzige Manko, es ist nicht mehr Franken, denn Oed gehört schon zum Moosbüffelland.«

»Hervorragend, Horst, gute Idee«, meinte auch Schorsch. »Dann fahren wir nach der Mittagspause zuerst nach Förrenbach und nehmen uns diesen Horst-Erich vor, bevor wir unse-

---

[*] https://www.bayerischer-johann.de/

ren Maskenbildner befragen. Bei dem Wetter könnten wir sogar draußen sitzen. Gib Gas, mir knurrt schon der Magen. Und denkt an die geräucherten Bauernseufzer und die Hausmacherstadtwurst, ich liebe sie und lasse mir gleich drei ›Bärla‹ und einen ›Zipf'l‹ einpacken, denn Rosanne ist ganz verrückt nach dieser Landmetzgerei.«

Es war kurz vor halb eins, als sie Oed erreichten. Ihres war das einzige Auto auf dem Parkplatz, der Biergarten war leer, und keine Menschenseele war zu sehen. Das konnte nur eines bedeuten, und Schorsch brachte es auf den Punkt: »Die haben heute zu, Ruhetag. Und was jetzt, gibt's eine Alternative?«

Horst überlegte kurz, blickte auf seine Uhr und hatte eine Idee: »Zum Alten Fritz* nach Haunritz, das ist von hier nur ein Katzensprung. Die warme Küche ist ausgezeichnet, und bei seinen Bauernseufzern und seiner Stadtwurst findest du eigentlich keinen Unterschied zu Oed. Also, auf was warten wir?«

Horst wartete gar nicht auf eine Antwort, wendete am Parkplatz und gab Vollgas, sodass sie Minuten später den Metzgerei-Gasthof in Haunritz erreichten. Schorsch nahm ein Rehschäuferle, Gunda ein Wiener Schnitzel, und Horst gönnte sich ein knuspriges Schäuferle. Die Welt war wieder in Ordnung, als alle drei kurz vor dreizehn Uhr mit einem alkoholfreien Weizen anstießen und sich um dreiviertel zwei auf den Weg nach Förrenbach machten.

Der Happurger Stausee war an diesem heißen Sommertag stark frequentiert. Das Landschaftsschutzgebiet im Herzen der Frankenalb war durch die vielfältigen Wassersportmöglichkeiten, die es bot, ein beliebtes Ausflugsziel für Urlauber und

---

* www.alter-fritz-haunritz.de

Badegäste. Ein Badestrand mit Kinderspielplatz bot in den Sommermonaten Gelegenheit für Bade- und Spielspaß, der Happurger Stausee war zudem ein Paradies für Surfer, Segler und Stehpaddler.

Nach zwanzig Minuten erreichten sie das Anwesen von Hofreiter, Am Hohlen Fels 77. Horst parkte den Wagen, und sie gingen zu dem Bungalow. Ein Mann saß auf einem leeren Bierkasten, strich den Jägerzaun und beobachtete sie. Er unterbrach seine Tätigkeit und stand auf: »Sie kommen aus Nürnberg, ist das richtig? Sie wollen zu mir? Bernd hat mich angerufen und hat mir alles erzählt. Kommen Sie rein.«

Hofreiter streifte sich die Latexhandschuhe von den Fingern und stützte seine Hände in den Hüften ab. Erwartungsvoll sah er die drei Beamten an.

Gunda bestätigte seine Vermutung und zeigte ihm ihren Dienstausweis. »Wir sind von der Polizei aus Nürnberg. Dann wissen Sie ja, warum wir hier sind, wegen des Ausflugs mit Ihren Freunden letzten Samstag in die Karsthöhle.«

Hofreiter antwortete: »Bernd hat mir schon berichtet, dass er Ihnen alles erzählt hat. Warum sollte ich leugnen, wir haben uns schon darauf eingestellt, dass unsere Knetkur auffliegen könnte. Dieser Volmer hat uns damals als Kinder benutzt, dreckig benutzt, um seine sexuellen Fantasien umzusetzen. Ja, wir haben diesem Schwein am Samstag eine Abreibung verpasst – nachdem er all die Jahre nie von der Justiz dafür zur Rechenschaft gezogen wurde. Deshalb bereue ich unsere Tat nicht und werde die Konsequenzen tragen. Sollte es zu einer öffentlichen Verhandlung kommen, werden wir drei die damaligen Geschehnisse der Öffentlichkeit nicht vorenthalten. Wir werden auspacken! Es hat also auch was Gutes. Vor einer Bestrafung haben wir keine Angst, vielleicht wollten wir sogar, dass unser Tun ans Tageslicht kommt und sich die Gerichte mit diesem

Fall beschäftigen. Wenn wir dort aussagen, ist das doch viel glaubwürdiger, als der Polizei nur ein anonymes Video zuzuspielen. Wir sind übereingekommen, dass wir in Sachen Volmer reinen Tisch machen werden. Unser Handeln vom vergangenen Samstag wird nicht nur die Justiz beschäftigen, wir werden die damaligen Taten durch unsere Aussagen vor Gericht ans Tageslicht bringen. Das wird einen Sturm der Entrüstung lostreten, der nicht so schnell abebben wird.«

»Was ihr euch da vorgenommen habt, ist harter Tobak für die katholische Kirche. Da bin ich gespannt, wie diese darauf reagieren wird«, sagte Schorsch.

Hofreiter wurde sichtlich entspannter, da die Beamten ihm Verständnis signalisierten. »Wir haben uns schon vor unserem Vorhaben damit beschäftigt, wie weit wir gehen können. Mein Bruder ist ein renommierter Strafverteidiger, seine Kanzlei wird die Verteidigung für uns übernehmen.«

Mehr bekamen sie aus dem Mann nicht heraus. Es war kurz nach 15.30 Uhr, als Hofreiter seine Beschuldigtenvernehmung unterzeichnete. Angaben zur Sache machte der Beschuldigte nur teilweise und gab lediglich das zu Protokoll, was er in seiner Befragung eingeräumt hatte. Hofreiter bezog sich im Weiteren zwar auf sein Zeugnisverweigerungsrecht, jedoch mit dem Hinweis, dass sein Anwalt sich der Sache annehmen werde und die Strafverfolger später eine detaillierte Einlassung erhalten würden. Abschließend sagte er: »Wir freuen uns auf die öffentliche Verhandlung, die durch ihre Brisanz nicht nur die regionalen Medien beflügeln wird. Die zur Sprache kommenden Missbrauchsfälle werden überregional Beachtung finden.«

Gegen 16.00 Uhr erreichten die drei Beamten den Wohnsitz von Jakob Morajewicz in Kirchensittenbach. Morajewicz lebte noch bei seinen Eltern, die einen kleinen Bauernhof mit einem Hofladen bewirtschafteten, den er neben seiner Tätigkeit als Maskenbildner führte. Zweimal die Woche verkauften die Morajewiczs zudem selbst gebackenes Brot, das sie in einem alten Steinbackofen rösteten. Horst parkte den Dienstwagen auf dem Parkplatz vor dem Hofladen, den sie kurze Zeit später betraten. Dort verabschiedete ein Verkäufer eine Kundin. Bevor sie ihn ansprechen konnten, sagte er schon: »Sie müssen die Frau Vitzthum sein, liege ich richtig?«

»Richtig, Herr Morajewicz. Wir hätten ein paar Fragen an Sie«, antwortete Gunda.

Nachdem Jakob Morajewicz die Angaben von Hagen und auch das grundsätzliche Geständnis von Hofreiter bestätigt hatte, wollte er als Beschuldigter wie Letzterer nur punktuelle Angaben zur Sache machen und wies Hofreiter darauf hin, dass man durchaus kooperativ sei und dass seine Anwälte sich dem Ermittlungsverfahren widmen würden. In der Hauptverhandlung werde durch die drei Beschuldigten eine Proklamation verkündet werden, die ihr Handeln rechtfertigen würde. Mit dem Satz: »Wir reden dann, wenn alle uns zuhören«, beendete der Beschuldigte die Unterredung mit den Kommissaren.

Schorsch, Gunda und Horst machten sich auf den Heimweg und waren mitten in der Rush Hour. Horst sinnierte: »Die drei haben sich einen strategischen Plan zurechtgelegt und sind vermutlich gut von ihren Anwälten beraten. Ich habe aus den Gesprächen herausgehört, dass die schon sehnlichst auf die anstehende Hauptverhandlung warten, ihr auch?«

Gunda, die es sich auf dem Rücksitz bequem gemacht hatte und genervt den Stopp-and-go-Verkehr betrachtete, stimmte ihm zu. »Die könnten in der Tat eine Bombe platzen lassen, die gehen strategisch vor, haben sich schon vorher abgesprochen, was passieren könnte, und sich daher nur in Stichpunkten in ihren Einlassungen geäußert, das war durchwegs clever. Ihre Straftaten, von der Entführung und Bedrohung bis hin zur Sachbeschädigung, könnten sich so als Nebenkriegsschauplatz entpuppen!

»Sehe ich genauso, Gunda«, bemerkte Schorsch, und Horst nickte zustimmend.

Schorsch fuhr fort: »Gunda, die Kirche wird sich meines Erachtens warm anziehen müssen, sollten die drei mit ihren Anwälten in ihrer Hauptverhandlung die sexuellen Missbrauchsfälle von Volmer in epischer Breite der Öffentlichkeit offenbaren, für die geht der Schuss dann nach hinten los. Der Betroffene selbst wird in der Hauptverhandlung zum Angeklagten werden, seine Kirche ebenso. Glaubt mir, die drei Burschen ziehen das mithilfe ihrer Anwälte ganz raffiniert auf. Ich bin daher gespannt, ob man diese Gerichtsverhandlung als nicht öffentlich deklarieren wird. Meines Erachtens können sie das nicht, weil sie bis dato keinerlei Anhaltspunkte haben, dass die drei eine Bombe platzen lassen werden. Das wird eine ganz brisante Geschichte. Ganz ehrlich, ich wäre froh, wenn die drei das mit ihren Anwälten so aufziehen würden und der halbe Gerichtssaal voll mit Pressefritzen wäre. Leute, über dieses Ereignis würden die Medien dann wochenlang berichten, und das wäre gut so.«

Gunda lachte und fügte an: »Stellt euch unseren investigativen Journalisten Müller vom *Nürnberger Express* vor. Den müssen wir in jedem Fall die Hauptverhandlung schmackhaft machen, der flippt aus, womöglich würde das der größte Fall in seiner Karriere werden.«

Horst bemerkte: »Den Müller, Nürnbergs selbst ernannten ›einzigartigen‹ Polizeijournalisten, der Mann, der alles voraussieht und den besten Draht zur Kriminalpolizei hat, den machen wir schon im Vorfeld heiß. Leute, dazu trage ich schon mal mein Bestes mit bei. Ich stecke dem schon mal einen Namen, den Namen des geheimnisumwobenen ›unbarmherzigen Lächlers‹, dessen zurückliegende Taten großes Leid im Nürnberger Land verursacht haben.«

»Sehr gut, Horst, eine brillante Idee«, kommentierte Gunda.

»Dann sind wir uns ja einig.« Unter der Maxime: »Unus pro omnibus, omnes pro uno«, schloss Schorsch die Unterhaltung.

17. Kapitel

Freitag, 19. Juli 2019, 08.30 Uhr, PP Mittelfranken, K 11

Kurz vor dem Wochenende hatte Schorsch nicht nur seinen Kommissariatsleiter Schönbohm davon überzeugt, Gunda und Horst mit auf die Dienstreise nach Innsbruck zu nehmen, auch Polizeipräsident Mengert stimmte zu, dass eine Frau bei der Befragung dabei sein sollte und Gunda Vitzthum mit ihrer langjährigen Erfahrung so manchen Kirchenoberen mit Charme und Überzeugungskraft aus seinem stillen Kämmerlein locken könnte. Die österreichischen Behörden hatten bereits alles vor Ort organisiert und für die drei Ermittler Zimmer im Hotel Weisses Rössl, Kiebachgasse 8, gebucht. Das Hotel lag zentral, sodass man auch nach Dienstschluss die Möglichkeit hatte, die Stadt zu Fuß zu erkunden. Der Weg zu den Kollegen der Polizeiinspektion Innere Stadt war auch nur ein paar Minuten lang. Mit dem Dienstwagen konnte man die 340 Kilometer nach Innsbruck bequem in viereinhalb Stunden zurücklegen. Sie würden rechtzeitig zum Mittagessen ihr Hotel und seinen Gourmettempel erreichen. Denn hier sei echte Tiroler Esskultur angesagt, so die Innsbrucker Kollegen, die für 13.00 Uhr einen Tisch reserviert hatten und das gemeinsame Mittagsmahl mit einer ersten Dienstbesprechung verbinden wollten.

Es war kurz vor neun, die Dienstbesprechung zum Wochenende sollte gleich losgehen. Horst und Schorsch zogen sich einen Kaffee und gingen in den Besprechungsraum. Dr. Menzel hatte sich angekündigt und wollte nach dem Meeting noch Details zur Dienstreise mit ihnen durchgehen.

Der Oberstaatsanwalt hatte zudem Neuigkeiten für alle dabei, mit denen er die Besprechung gleich eröffnete. Die Anwälte von Hagen, Hofreiter und Morajewicz hatten schon Akteneinsicht beantragt, und gegen alle drei seiner Peiniger hatte Volmer bereits am Montag Strafanzeige wegen Körperverletzung und Entführung gestellt. Von dem Vorwurf der Bedrohung mit einer Schusswaffe hatte er aber abgesehen, und diese Behauptung tauchte deshalb in der Anzeige nicht auf. Bemerkenswert war jedoch, dass Volmer als Nebenkläger seine Anzeigen am vergangenen Nachmittag überraschend wieder zurückgezogen hatte. Was war passiert?

Die Verteidiger der drei Beschuldigten legten neben dem Antrag auf Akteneinsicht auch schriftliche Aussageprotokolle von Hofreiter, Hagen und Morajewicz vor. In diesen Schriftstücken wurde der viele Jahre zurückliegende Missbrauch durch Volmer nicht nur bestätigt, die drei Beschuldigten gaben hierzu außerdem zu Protokoll, dass man bei der zu erwartenden Hauptverhandlung umfangreiche Angaben zu den Taten machen werde. Die bisher der Öffentlichkeit nicht bekannten Verbrechen des Pfarrers Volmer werde man so ans Tageslicht bringen. Volmers Anwalt, der bereits am Mittwoch eine Abschrift der Nebenklage der Staatsanwaltschaft vorgelegt hatte und im Rahmen seiner Akteneinsicht über das Vorhaben der drei Beschuldigten Kenntnis erlangte, zog im Auftrag seines Mandanten gemäß § 77d StGB die Strafanzeige gegen die drei Beschuldigten zurück und verfasste zudem einen schriftlichen Widerruf zu seinen protokollierten Angaben. Volmer behauptete nun, dass er zum Tatzeitpunkt geistig verwirrt gewesen sei. Er habe dann nach Einnahme von Tabletten und Alkohol im ersten Moment den Ablauf der Ereignisse an jenem Sonntagnachmittag verfälscht wiedergegeben. Im Nachhinein sei ihm klar geworden, dass es sich doch nur um einen Kleinejungenstreich gehandelt hätte. Darum wolle er keine strafrechtlichen Ermittlungen oder gar eine Verurteilung der drei jungen

Leute bewirken. Die im Krankenhaus festgestellten Verletzungen habe er sich selbst durch einen bösen Sturz zugezogen. Er bereue seine in der Anzeige gemachten Angaben und ziehe sie zurück. Er selbst habe sich in der Karsthöhle verlaufen, seine Fesselung sei ein kleines Spielchen, eine kleine Dummheit gewesen. Er habe das durchaus mitgemacht. Die drei Männer trügen bei alldem keinerlei Verantwortung. Die Strafverfolgungsbehörden hätten zwar nach dem Legalitätsprinzip den ursprünglich dargelegten Sachverhalt zu erforschen, aber aufgrund der jetzigen Angaben würde die Untersuchung dieses eher lächerlichen Bubenstreichs ganz sicher keine strafrechtlichen Konsequenzen aufdecken können. Das Video bezeichnete der Geistliche als Dummheit, die er in seinem vernebelten Zustand freiwillig mitgemacht habe, sodass auch das kein Grund für Ermittlungen mehr sei.

Grundsätzlich könne zwar ein einmal eingeleitetes Strafverfahren nicht durch Rücknahme einer Strafanzeige beendet werden, gleichwohl führe sein Rückruf aber zu keiner weiteren Erforschungspflicht, da zureichende und tatsächliche Anhaltspunkte einer Straftat fehlen würden, so die Ausführungen des vorliegenden Schriftsatzes von Volmers Anwalt.

Schorsch, Gunda und Horst waren sprachlos. Waren ihre Befürchtungen eingetreten? Hatte Volmer ein Ass aus dem Ärmel gezogen, nachdem er befürchten musste, dass die drei Beschuldigten in einer Hauptverhandlung seine strafbaren Handlungen an Kindern und Schutzbefohlenen ans Tageslicht bringen würden? Also hatte er umgeschwenkt, denn würde es nicht zu einer Anklage kommen, würden die drei keine Bühne für ihre Offenbarungen erhalten. Durch diesen cleveren Schachzug würden seine Reputation und das Ansehen der Kirche nicht gefährdet werden. Eine Anzeige gegen seine über Jahrzehnte zurückliegenden Verfehlungen war wegen Verjährung nicht möglich. Strafrechtliche Konsequenzen hatte er also in keinem Fall zu fürchten, aber durch den Rückruf der Anzeige sollte auch der Mantel des Schweigens bewahrt bleiben. Er und die katholische Kirche kämen ein weiteres Mal davon.

Horst kommentierte: »Wisst ihr noch, wie ich zu ihm sagte, dass er Verantwortung trage gegenüber denen, die er missbraucht hat? Leute, zu hundert Prozent bestätigt mir der Schriftsatz seines Verteidigers, dass dieser Kleriker kein Gewissen und kein Ehrgefühl besitzt.«

Gunda und Schorsch stimmten Horst nickend zu, mehr konnte man zu dieser Dreistigkeit leider nicht sagen.

Montag, 22. Juli 2019, 12.17 Uhr, Hotel Weisses Rössl, Innsbruck

Horst hatte mächtig Gas gegeben, sodass sie schon kurz nach Mittag Innsbruck erreichten. Bis zum gemeinsamen Mittagessen mit den österreichischen Kollegen hatten die Nürnberger noch Zeit, um ihre Zimmer zu beziehen. In der Hotellobby saßen zwei Personen, die Gunda sofort als zwei österreichische Kollegen identifizierte. Der Mann trug an seinem Jackett einen IPA-Pin, und seine Kollegin hatte eine Schreibmappe vor sich liegen, deren Vorderansicht ebenso das IPA-Emblem zierte. Statt in ihre Zimmer gingen die drei Ermittler also erst einmal zu den beiden in der Sitzecke.

Die österreichische Kollegin sprach sie an: »Willkommen, ich bin die Kirchenegger Lina, und das ist mein Kollege, der Jachenbichler Josef. Ihr müsst die Kollegen aus Franken sein.«

Sie war wie ihr Kollege aufgestanden, und alle begrüßten sich mit Handschlag, während sich auch die Nürnberger vorstellten.

Jachenbichler schlug vor: »Lasst euch Zeit, checkt erst einmal ein, unser Tisch ist für 13.00 Uhr reserviert. Wir sind auch noch nicht vollständig, sondern warten noch auf einen Kollegen. Bis gleich.«

Es war kurz vor 13.00 Uhr, als Gunda, Horst und Schorsch wieder in der Lobby auftauchten. Auch Chefinspektor Franz Wissinger war nun eingetroffen. Schorsch und er hatten in den vergangenen Wochen mehrfach miteinander telefoniert. Wissinger sagte Schorsch, dass er einen Informanten mit Kontakt in die Schwarz-Mander-Kirche habe, der ihnen möglicherweise Hinweise über die geheimnisvolle Bruderschaft liefern könne.

Aber nun war erst einmal das Mittagessen angesagt. Die drei Franken wählten das Wiener Schnitzel mit Kartoffel-Vogerl-Salat und als Nachtisch musste natürlich eine Mehlspeise her. Alle drei wählten den Kaiserschmarrn mit hausgemachtem Zwetschgenröster, Schlagobers und einen Verlängerten. Frisch gestärkt konnte nun um kurz vor 14.00 Uhr die Dienstbesprechung in einem abgeschotteten Nebenzimmer beginnen.

Schorsch, Gunda und Horst hatten sich bereits während der Autofahrt besprochen, dass jeder einen speziellen Part bei der Unterrichtung der österreichischen Kollegen übernehmen würde. Die verschollenen Geistlichen hatten einen direkten Bezug zu Innsbruck, da sie hier ihr Theologiestudium absolviert hatten. Gunda hatte zudem die ihnen zugespielten Videosequenzen auf ihrem Laptop mit dabei. So konnte man den Kollegen nicht nur die geheimnisvollen Räumlichkeiten zeigen, sondern auch die Abläufe des Tribunals, wie Schorsch die dargelegten Filmausschnitte bezeichnete. Man wollte das den »Ösis« keineswegs vorenthalten. Vielleicht gab es vergleichbare Verbrechen, die sich in der Vergangenheit in Österreich zugetragen hatten. Vielleicht waren die Videoinhalte aber auch der Schlüssel zur Bruderschaft. Lagen möglicherweise Wissingers Informanten Erkenntnisse dieser sagenumwobenen Bruderschaft vor? Liefen hier in Innsbruck unter Umständen die Fäden zusammen, hatte hier das Netzwerk seinen Ursprung? Fragen über Fragen, deren Beantwortung, so hofften die drei Franken, sie auf dieser Reise näherkommen würden.

Chefinspektor Wissinger und seine beiden Kollegen hörten gespannt Gundas Ausführungen zu, die die einzelnen Videosequenzen mit Fromm und Helmreich kommentierte, als Schorschs Handy klingelte.

Er erkannte die Telefonnummer von Schönbohm. »Leute, ich muss mal kurz ran, unser Kommissariatsleiter verlangt nach mir, das muss wohl was Wichtiges sein, sonst meldet der sich eigentlich nicht.« Schorsch stand auf, nahm das Gespräch an und entfernte sich aus der Gesprächsrunde in eine ruhige Ecke.

Nach gut fünf Minuten kehrte er zur Besprechung zurück und berichtete von seinem Telefonat. »Neuigkeiten aus Nürnberg, Neuigkeiten über Valentin Käberl.«

Gespannt sahen alle zu Schorsch, der wieder seinen Platz neben Gunda eingenommen hatte und fortfuhr. »Auf diesen Valentin Käberl hätten wir doch besser aufpassen sollen. Den hatten unsere Täter auf dem Schirm, es ist uns nun auch von ihm ein Video wie die von Helmreich und Fromm zugeschickt worden, heute Morgen kam es an. Der Pfarrer saß an demselben Tisch in demselben Raum wie vorab seine beiden Kollegen. Käberl machte im Gegensatz zu Fromm und Helmreich keine weiteren Angaben, als man ihn mit Vorwürfen des sexuellen Missbrauchs konfrontierte. Aber«, Schorsch machte eine kleine Pause, um die Neugierde seiner Kollegen noch zu steigern, und räusperte sich kurz, bevor er weitersprach: »Wir haben einen Hinweis auf die Täter. Käberl wurde in seiner Befragung mit kirchlichem Recht, also mit kirchlichen Gesetzen konfrontiert. Gesetzesstellen aus dem Codex Iuris Canonici. Den kennt man eigentlich nur, wenn man selbst ein Kirchenoberer ist oder zumindest Theologie studiert hat. Zumindest muss daher einer der Tatverdächtigen vom Fach und mit Kirchenrecht vertraut sein. Sie wollten ihren Gefangenen mit seinen eigenen Geboten zum Reden bringen.«

Horst war nicht so leicht zu überzeugen. »Oder man will uns auf eine falsche Spur führen und hat dafür die Gesetzestexte aus dem Netz herausgefiltert, um genau den Anschein zu erwecken, dass Täter und Opfer der Glaube verbindet. Hat der Pfarrer das ›Ihr Kinderlein kommet‹ allzu wörtlich genommen, dann tun dies seine Entführer und Richter mit Salomons Spruch: ›Wie einer mir tut, so will ich ihm auch tun und einem jeglichen sein Tun vergelten‹.«

Lina Kirchenegger sagte lachend: »Da schau her, der Kollege ist ja richtig bibelfest.«

Gunda nickte. »Ja, unser Horst hatte in Religion schon immer einen Einser. Wäre er nicht damals zur Polizei gegangen, dann hätte er jetzt vermutlich eine eigene Kirchengemeinde. Aber um nicht den Faden zu verlieren, so ganz abwegig ist das nicht. Es kann sowohl ein kirchlicher Bezug vorliegen, der in der Tat ein Opfer-Täter-Verhältnis haben könnte, bei dem sich der oder die Täter als ›Wohltäter‹ verstehen, die abtrünnige Kollegen aus dem Verkehr ziehen und für immer verschwinden lassen. Andererseits kann es ebenso sein, dass sich die Täter die gezeigten Fundstellen aus dem Internet beschafft haben, um uns auf diese Spur zu führen. Beides ist möglich.«

Schorsch hatte noch eine Nachricht für sie. »Vielleicht wissen wir gleich mehr. Wasserburger schickt uns die verschlüsselte Videodatei auf unser dienstliches Laptop, dann können wir vielleicht besser beurteilen, welche Theorie stimmt.«

Die Ösis nickten Schorsch zu, und Lina fügte an: »Die Technik ist schon genial heutzutage. Und klar, vielleicht bestärkt das Video eure bisherigen Überlegungen.«

Chefinspektor Wissinger kam zurück zum Grund ihres Besuchs. »Wir sind gespannt, was unser Informant über diese Bruderschaft weiß. Er zeigt uns einen Raum in diesem ehemaligen Franziskanerkloster, wo jetzt das Tiroler Volkskunstmuseum seine Pforten öffnet. Dort befinden sich alte, unterirdische Gewölbe, die teilweise als Archiv dienen, teilweise aber auch als abgeschottete Versammlungsstätten von der Kirche genutzt werden. Die Kirche hat sich das Recht verbriefen lassen, dort jederzeit Versammlungen abhalten zu können. Und was die wenigsten wissen, ist, dass diese weit verzweigten Gewölbe bereits im fünfzehnten Jahrhundert geschaffen wurden. Damals förderte man im heutigen Stadtteil Dreiheiligen Silbererz in Knappenlöchern, die der Kirche gehörten. Innsbruck wurde mit Reichtum überhäuft. Die Gewölbe dienten der Kirche nicht nur als Lagerstätten für ihre Schätze. Viele dieser Keller baute man so in den Stein, dass sie nur über Zugänge zu erreichen waren, die in Kirchen lagen. Mit der Erfindung des synthetischen Sprengstoffes um 1850 wurde im Auftrag der Kirche das weit verzweigte Tunnel- und Gewölbesystem durch Sprengungen verkleinert. Die einzelnen Gewölbe waren danach vom gewöhnlichen Fußvolk nicht mehr zu erreichen. Allein die Kirche hatte das Zugangsrecht. Was dort unten in dieser Zeit geschah, welche Beschlüsse dort gefasst und vollstreckt wurden, bleibt ein Geheimnis bis zum heutigen Tage. Daher handelt es sich bei dieser verschworenen Interessengemeinschaft um ein für uns undurchsichtiges Bündnis von Gleichgesinnten, das ihre Interessen unter dem Mantel der Kirche wahrt. Auch wenn diese Interessen sexuellen Missbrauch beinhalten. Dieser Deckmantel existiert seit Jahrhunderten und zeigt uns auf, dass die Kirche nach wie vor hinter der Presse als fünfte Macht im Staate einzustufen ist.«

Gunda hatte inzwischen das Laptop hochgefahren. »Soderla, ich wäre bereit, euch das aktuelle Video vorzuspielen.« Sie drückte auf eine Taste, und die Filmsequenz begann. Die Beamten verfolgten Käberls Tribunal schweigend.

Nach Ende des Films war Gunda überzeugt: »Und auch er wird, wie seine Vorgänger, verschollen bleiben.«

Chefinspektor Wissinger fragte: »Wer sagt uns, dass dieser Film und die beiden anderen echt sind? Mit Künstlicher Intelligenz kann man heutzutage sogenannte ›Deep-Fakes‹ produzieren.«

Schorsch schaute zu Wissinger und fragte: »Herr Kollege, lassen Sie mich jetzt nicht dumm sterben, was bitte sind ›Deep-Fakes‹[*]?«

Die Antwort kam prompt. »Das sind virtuell projizierte Sprach- und Videosequenzen, die den Anschein erwecken, dass das Gesehene wirklich so stattgefunden hat. Ich hole mal weiter aus. Die Künstliche Intelligenz kopiert zum Beispiel das Gesicht einer bestimmten Person. In eurem Fall die Gesichter von , Helmreich, Fromm oder von Valentin Käberl. Dieses KI-System besteht aus einem sogenannten Encoder, der das Originalbild liest und dem Decoder übermittelt, der das Bild dann neu erzeugt. Der Encoder produziert dabei eine spätere Form des Abbilds, zum Beispiel ob meine Augen geschlossen oder offen sind. Dieses KI-System startet dann in einer Art Wechselspiel, d. h. die sogenannte Vorvision wandelt der Decoder in ein digitales Bild um, das zudem alle ihm nachfolgend zugestellten Bilder kontinuierlich abgleicht. Durch dieses ›Deep Learning‹ entsteht ein Lernprozess, der die zugespielten

---

[*] Quelle: Professor Harald Lesch

Bildkopien immer realistischer erscheinen lässt. Bei einem sogenannten Deep-Fake geht es im Grunde darum, einen realistischen Abdruck einer Person zu schaffen. Man kann mithilfe der Deep-Fake-Bilder weitere Personen encodieren und dann wieder decodieren. Hat man zwei unterschiedliche Personen decodiert, kann mit deren unterschiedlichem Aussehen die Stimme des anderen manipuliert werden. Oder verständlicher erklärt, die neu decodierte Person A spricht unverwechselbar mit der Stimme der decodierten Person B. Und genau so werden Fake News verbreitet, die vom Betrachter als echt wahrgenommen werden.«

Der Chefinspektor machte eine kurze Pause, zupfte sich nachdenklich an seinem Kinn und sprach dann weiter. »Und jetzt kommt's, diese Encodierer und Decodierer können von jedermann verwendet werden. Man findet sie in verschiedenen Ausführungen im Netz. Somit stellt sich die Frage, ob die Verschollenen in den Videos ihre Aussagen genauso auch vor Ort gemacht haben oder ob man ihnen bestimmte Worte dafür in den Mund gelegt hat. Es ist wahrlich keine Meisterleistung, die Stimmen der einzelnen Personen zu imitieren. Leute, und noch eins, auch der Raum, den wir in den Videos sehen, wer bestätigt uns, dass dieser Raum nicht virtuell erzeugt wurde? Mit diesem KI-System ist auch das möglich. Irgendwann wird diese digitale Technik für jedermann nutzbar und massentauglich sein, und dann ist das Risiko des Denunzierens sowie der medialen Zerstörung einer Person oder auch einer Glaubensgemeinschaft ein Leichtes. Denken wir mal zwei Monate zurück, als es zum Bruch der Regierungskoalition zwischen der FPÖ und der ÖVP kam. Was wäre, wenn unser ehemaliger Vizekanzler HC Strache in dieser Ibiza-Affäre einem Deep Fake aufgesessen ist und diese heimlich gedrehten Aufnahmen ein Deep-Fake-Video waren? Wenn die Gespräche mit der ominösen Nichte eines russischen Oligarchen, in deren Korruption, Umgehung der Gesetze zur Parteienfinanzierung sowie Pläne zur verdeckten Übernahme der Kontrolle über parteiunabhängige Medien zur Sprache kamen, nur gefakt waren? Unsere russischen Freunde sind im Bereich Künstlicher Intelligenz neben den Chinesen führend in der Welt. Und zurückblickend hat die KI schon so manchem Präsidenten in die 1600 Pennsylvania Avenue NW verholfen.

Aber nun zurück zu eurem Fall, vielleicht will man uns mit diesen Videosequenzen ebenso täuschen und die Kirche und einzelne Personen diskreditieren, obwohl das Ganze gar nicht so passiert ist. Die heutige Technik erlaubt es jedermann, jemandem Worte in den Mund zu legen, die er in Wahrheit nie gesagt hat. Auch diese Möglichkeit sollten wir bedenken. Um meinen Exkurs über die Künstliche Intelligenz langsam abzuschließen: Wir sollten zukünftig im Hinblick auf die Meinung und Wahrheitsfindung mit unserem kriminalistischen Fachwissen kritisch umgehen. Wir sind mit der künstlichen Intelligenz an einem Punkt angekommen, der uns Strafverfolger Grenzen aufzeigt, Grenzen, die uns bei der Aufklärung von Straftaten künftig als unüberwindbar erscheinen werden. Es werden zukünftig unsere Cybercrime-Spezialisten sein, die solche Deep-Fake-Geschichten erkennen und diese Erkenntnisse in das jeweilige Ermittlungsverfahren mit einfließen lassen müssen. Ich bin beileibe kein Verschwörungstheoretiker, aber für uns bedeutet das, dass eine neue Zeitordnung angebrochen ist, die uns fordert, Fake News zu erkennen. KI wird unser Leben neu gestalten, das ist unstrittig. Nutzen daraus ziehen nicht nur die Wissenschaftler. Die Politik, die Militärs sowie die Geheimdienste werden KI zur Durchsetzung ihrer Interessen nutzen.« Wissinger grinste in die Runde und bemerkte abschließend süffisant: »Leute, die Künstliche Intelligenz macht nicht einmal vor Promis halt. So findet man Angelina Jolie und Emma Watson in eindeutigen Hardcore-Pornos, die auf die KI zurückzuführen sind. Gebt mal ›Deep-Fake-Porno‹* bei Google ein, ihr werdet erstaunt sein, wie viele und was für Treffer da aufploppen.«

Horst fragte interessiert nach. »Wie heißt diese Pornoseite noch mal?«

Gunda und Lina konnten ihr Lachen nicht unterdrücken, und beiden entfuhr fast gleichzeitig der Hinweis: »Horst, zum Mitschreiben, Angelina Jolie kannst du auf den Deep-Fake-Pornoseiten im Netz bewundern.«

»Ja, jetzt mal wieder zurück zu ernsteren Themen«, warf Schorsch ein und fuhr fort: »Die Möglichkeit, dass in diesen Videos KI mitgespielt hat, darüber haben wir nicht nachgedacht, weil unsere Cybercrime-Spezialisten in diesen Fällen mit im Boot sind. Die haben uns die Echtheit nach sorgfältiger Prüfung bestätigt. Wir haben uns bisher im Wesentlichen auf das Darknet konzentriert und dort Köder ausgelegt. Etwas Greifbares hat sich aber bis jetzt noch nicht ergeben. Gleichwohl haben einige Pädophile angebissen, die von unseren Cyberspezialisten nach und nach mit richterlichen Beschlüssen beglückt werden. Das dauert zwar noch ein wenig, aber die bekommen alle Hausbesuche. In unseren drei Fällen der verschwundenen Pfarrer sehe ich das ein bisschen differenzierter. Das mit diesen Deep-Fake-Videos klang spannend und wird uns mit Sicherheit in naher Zukunft herausfordern. Gerade was die Echtheit solcher Videosequenzen betrifft, sind Lug und Trug keine Grenzen mehr gesetzt.«

Der Chefinspektor erwiderte: »Gewiss, wenn unsere Spezialisten das überprüfen und die Echtheit bestätigen, dann kann

---

* https://mrdeepfakes.com/celebrities/angelina-jolie

man mit einer sehr großen Wahrscheinlichkeit davon ausgehen, dass dem so ist. Ich wollte euch mit meinem Vortrag aber aufzeigen, was heutzutage alles möglich ist.«

Schorsch fragte die österreichischen Kollegen: »Habt ihr schon einmal gleich gelagerte Fälle verschwundener Pfarrer hier in Österreich oder sogar hier in Innsbruck gehabt?«

Lina Kirchenegger nickte, öffnete die rote Umlaufmappe und sagte: »Das ist mein Part. Videos über Tribunale gegen gefangene Pfarrer haben wir noch keine bekommen, aber uns liegen sehr wohl Informationen über diese Bruderschaft vor. Auch bei uns hat sich in den letzten Jahren Widerstand aufgebaut gegen einzelne Vorfälle von Kindesmissbrauch in der katholischen Kirche. Und auch bei uns sind in der Öffentlichkeit lediglich die Opfer bekannt, von den Tätern fehlt jede Spur. Tatsache ist, dass in Österreich die Polizeibehörden über die einzelnen ›Abgänge von Geistlichen‹ per E-Mail informiert wurden. Das Verschwinden ist trotz anderer Hinweise für die Behörden aber sicher Parallele genug zu euren Fällen, um genauer betrachtet zu werden.« Sie entnahm der Umlaufmappe eine Registerkarte und fuhr mit Blick auf diese fort: »Der erste Fall. Es ist die Akte über den ehemaligen Generalvikar Magister Dr. Ronald Steib, der sein Amt bis 2014 innehatte. Hinweisen zufolge soll sich Steib in seiner Zeit als junger Priester an mehreren Chorknaben vergangen haben. In dieser Zeit, wir reden vom Ende der Siebziger- bis Anfang der Neunzigerjahre, leitete er das Stift Wilten im Tiroler Land. Mehrere Schüler offenbarten sich erst Jahre später einem Abt des Stifts. Insgesamt stieg die Zahl der mutmaßlichen Opfer von Steib in Vorarlberg auf sechzehn. Den Stein ins Rollen brachte ein dreizehnjähriger Junge, der seinen Freund und Mitschüler verlor. Er sagte aus, dass Steib permanent physische und psychische Gewalt an seinen Opfern ausgeübt habe. Neben Prügeln war eine seiner gefürchteten Strafen stundenlanges Stehen in der Ecke oder Knien vor einem Pult, mit einem Schild um den Hals *Ich bin ein Schwätzer*. Viele Chorknaben hegten Suizidgedanken. Hinzu kam, dass in den Unterkünften der Schüler lagerähnliche Zustände herrschten, die es den Missbrauchsopfern sehr schwer machten, diese Taten anzuzeigen. Es war für sie schwer, sich jemandem anzuvertrauen, bei dem sie davon ausgehen konnten, dass er verschwiegen war, ihnen glaubte und sie darin unterstützte, die Taten bei den Kirchenoberen zur Anzeige zu bringen. Einige erhängten sich mit einem Kälberstrick, andern wählten den Freitod, indem sie sich in einem schwer zugänglichen Gebiet der Sillschlucht in die Tiefe stürzten. Diese Opfer wurden zuletzt am Viller Wegkreuz oberhalb der Sillschlucht gesehen, wo sie vermutlich ihr letztes Gebet sprachen und dann unterhalb der Aussichtsplattform Drachenfelsen hinabstürzend ihr Leben ließen. Die Missbrauchsfälle wurden durch die Ombudsstelle, die offizielle Erstanlaufstelle für alle Fragen und Vorkommnisse im Zusammenhang mit sexuellem Missbrauch und Gewalt im kirchlichen Raum, der Diözese Innsbruck bekannt gemacht, und weitere Missbrauchsopfer meldeten sich.

Steib kam in Erklärungsnot, die Luft wurde dünn, sehr dünn. Seither ist Steib spurlos verschwunden.«

Schorsch atmete hörbar aus. »Parallelen sind durchaus vorhanden. Unser Käberl übte ebenso psychischen wie physischen Druck auf seine Opfer aus, auch von diesen wählten einige den Freitod, indem sie die Himmelsleiter erklommen.«

Josef Jachenbichler sah seine beiden Kollegen an. »Stimmt, in dem Video von Helmreich, das die Kollegen aus Franken uns vorab haben zukommen lassen, da spricht er von der Himmelsleiter. Leute, da war doch auch was bei uns.«

»Stimmt«, bestätigte Franz, »die sogenannte Himmelsleiter gibt es auch bei uns.«

»Das ist ja interessant, da hat sich die Dienstreise ja schon gelohnt«, frohlockte Gunda.

Franz Wissinger ergänzte: »In dem aufgezeichneten Video wird zwar von diesem Helmreich darauf hingewiesen, aber jetzt werden Zusammenhänge zu dieser Bruderschaft möglich. Hatte man probate Mittel gewählt, um geschändeten Kindern, die sich vielleicht irgendwann anderen anvertrauen könnten, so unter Druck zu setzen, dass sie ihre suizidalen Gedanken auch umsetzten und den Freitod, die besagte Himmelsleiter, wählten?«

Horst fügte an: »Alleine schon der Name Himmelsleiter, welch makabre Wortschöpfung! Himmelsleiter klingt so, als könnte man den direkten Weg zu seinem Schöpfer wählen, als könnte man mit einem Schritt dem Elend des Missbrauchs entkommen und wäre dann direkt im Paradies. Aber genau das haben die Täter ihren verzweifelten Opfern suggeriert. Diese Bruderschaft und ihre Anhänger haben die sieben Todsünden bewusst und willentlich völlig ignoriert.«

Schorsch wurde neugierig. »Sieben Todsünden, ich bitte um Aufklärung, Bruder Horst.« *

»Da muss ich aber ein wenig ausholen«, bemerkte dieser und begann: »Die römisch-katholische Kirche differenziert in Sachen Sünde sehr genau. Zum einen gibt es die ›lässliche Sünde‹, die sich in ihrer Schwere von der Todsünde unterscheidet. Festgemacht wird das in der katholischen Lehre daran, dass die lässliche Sünde die Liebe im Herzen des Menschen nicht zerstört, die Liebe zu Gott und den Menschen. Je nach Schwere der lässlichen Sünden, die man im Leben vollbracht hat, wird die Zeit im sogenannten Fegefeuer bemessen. Hier wird die Seele nach dem Ableben gereinigt, sündenfrei kann

---

* Quelle Wikipedia

ihr danach Absolution erteilt werden. Die Todsünde dagegen gilt als bewusste Abkehr von der Liebe Gottes. Sie bewirkt den Verlust der Gnade vor Gott, dem Allmächtigen. Erneute Hinwendung zu Gott ist nur durch vollkommene Reue möglich. Dies wiederum bedarf einer Beichte mit Lossprechung durch einen Priester.«

Lina Kirchenegger fragte: »Können sich Kleriker also selbst lossprechen, indem sie einem Glaubensbruder beichten? Und dann erneut sündigen, in unseren Fällen Kinder missbrauchen, um sich dann in der nächsten Beichte die nächste Absolution zu holen?«

Horst nickte. »Ganz genau. Womit wir wieder bei den ›Scheinheiligen‹ wären, die sich gegenseitig von allen Sünden freisprechen.«

Gunda drängte: »Aber wir reden von sieben Todsünden, welche sind das?«

Horst schmunzelte. »Im Einzelnen:
1. Hochmut, moderner gesagt: Stolz und Eitelkeit,
2. Geiz, Habgier oder auch Habsucht,
3. Wollust, der Trieb zur Unkeuschheit, Genusssucht, mit dem Hang zu Ausschweifungen,
4. Zorn, Wut, Jähzorn sowie Rachsucht,
5. Völlerei, der Hang zur Maßlosigkeit und zur Selbstsucht,
6. Neid, die Eifersucht und die Missgunst,
7. Und als letzte der sieben Todsünden wird die
8. Faulheit, die Feigheit und Ignoranz

aufgeführt. Diese Charaktereigenschaften werden schon seit dem Mittelalter als Hauptlaster bezeichnet und verschiedenen Dämonen zugeordnet: Luzifer dem Hochmut, sein Kollege Mammon dem Geiz, Leviathan dem Neid. Fehlen noch Satan, der für sich den Zorn beansprucht, Asmodeus regelt die Wollust, unser bekannter Beelzebub regelt die Völlerei, und schlussendlich bleibt noch Belphegor, das Charakterzeichen für Faulheit. Die sieben Todsünden sind seit Jahrhunderten in der bildenden Kunst, in Malerei und Grafik ein bedeutendes Bildmotiv. Weltweit finden wir Bilderzyklen dazu in vielen Kirchen oder Gotteshäusern. Jetzt fragt ihr euch natürlich, woher unser Horst das alles weiß, ich sag es euch. Gunda lag genau richtig, ich hätte heute auch eine Kirchengemeinde leiten können.« Er machte eine kurze Pause und sah in gespannte Gesichter. »Bevor ich zur Polizei ging, hatte ich einen anderen Weg eingeschlagen, ich wollte Theologie studieren. Ich hatte mich schon eingeschrieben und erste Vorlesungen besucht, aber dann lernte ich Petra kennen und entschied mich um. Das habe ich bis heute nicht bereut und bin dennoch in so manchen Lebenslagen froh, auf das damals Gelernte zurückgreifen zu können. Jetzt durftet ihr alle einen Blick in meine Vergangenheit tun.«

»Donnerwetter, Horst, jetzt sind wir schon so lange Zimmerkollegen, noch nie hast du darüber ein Wort verloren«, kommentierte Schorsch.

»Aber das bleibt bitte unter uns, in Nürnberg soll keiner der Kollegen etwas darüber erfahren. Versprochen?« Horst blickte fragend in die Runde.

»Bleibt unter uns oder besser gesagt hier im Raum«, beruhigte ihn sein Zimmerkollege, und Gunda bemerkte mit einem Lächeln: »Großes Ehrenwort, Kardinal Meier, das bleibt unter uns.«

Wissinger warf ein: »Das bleibt unter uns, versprochen! Aber um noch mal auf unseren Informanten zurückzukommen, dem die als Versammlungsorte genutzten Gewölbe ja bekannt sind. Ihm wurden nach Steibs Verschwinden vertrauliche Informationen von einem Kirchenoberen zugespielt. Dieser habe hinsichtlich Steib erklärt, dass er als wesentlichen Drahtzieher in den Kindesmissbrauchsfällen der Chorknaben anzusehen sei. Der Generalvikar soll in der Bruderschaft Conlegium Canisius die Fäden gesponnen haben. Und das nicht nur im Tiroler Land, auch bei den Vorfällen im Stift Wilten soll er wesentlich für die Missbrauchsfälle verantwortlich gewesen sein. Steib war außerordentlich gut vernetzt. Er hatte gute Kontakte zu den diözesanen Ombudsstellen. Diese sollten eigentlich allen mutmaßlichen Opfern und deren Angehörigen mit Rat und Tat zur Seite stehen und dazu anhalten, ihre Verdachtsmomente hinsichtlich Missbrauchs- oder Gewaltexzessen zu melden. Generalvikar Steib hat eine Seilschaft dorthin rigoros ausgenutzt. Anzeigen solcher Verbrechen wurden ihm schon im Vorfeld bekannt. Die Ombudsstellen bestehen aus unabhängigen Fachleuten aus den Bereichen der Psychologie, Psychotherapie, Sozialarbeit, teilweise auch aus Juristen. Kein Mitglied der Ombudsstelle sollen in einem kirchlichen Dienstverhältnis stehen, das wusste der Generalvikar. Das sollte Unabhängigkeit schaffen, aber der gewitzte Steib wusste es für sich zu nutzen. Er hat seine Seilschaften arbeiten lassen, und so findet man im Amtsblatt der Österreichischen Bischofskonferenz, Nr. 70 vom 1. November 2016, das die Verfahrensordnung bei Beschuldigungen wegen sexuellen Missbrauchs und Gewalt regelt, den Paragrafen Nummer 9. Der betont die Berichtspflicht der Leitungen der Ombudsstellen. Jeder Leiter ist verpflichtet, dem Diözesanbischof, dem Generalvikar sowie den zuständigen Personalverantwortlichen regelmäßig über seine Tätigkeit zu berichten. Somit war Steib über jeden Verdachtsfall genau informiert. Damit war natürlich auch die Bruderschaft vollumfänglich informiert und konnte allen Verdachtsmomenten schon im Anfangsstadium entgegentreten. Zeugen wurden beeinflusst, Opfer wurden verspottet, verhöhnt und bedroht. Die Kirche hielt sich bedeckt und schaute weg. Ein bedeutender Schachzug, der es den Verbrechern erlaubte, unerkannt zu bleiben. Statt Hilfe zu bieten, wurde die Ombudsstelle der Beginn eines zweiten Martyriums für die Opfer, die es wagten, sich an sie zu wenden. Erst als Steib als verschollen galt, brachte ein anonymer Hinweis diese Machenschaften ans Tageslicht. Jetzt könntet ihr euch fragen, waren diejenigen, die Steib womöglich haben verschwinden lassen, vielleicht Rächer seiner Taten oder waren es Anhänger seiner Bruderschaft, die ihm im Nachhinein den Dolchstoß verpassten? Leider sind wir an dieser Stelle bis heute nicht weitergekommen, auch nicht mit den Aussagen unseres Informanten. Wir tappen nach wie vor im Dunkeln.«

Josef Jachenbichler, der eine aufgeschlagene Umlaufmappe vor sich liegen hatte, bemerkte: »Aber die Kirche reagiert auf die Missbrauchsfälle ihrer Kleriker, zumindest hat Papst Franziskus am 7. Mai dieses Jahres ein Apostolisches Schreiben in Form eines ›Motu proprio‹* erlassen, also eine direkte Verfügung von ihm, die am 9. Mai verkündet wurde. In dieser Präambel bekräftigt der Heilige Vater, dass die Verbrechen des sexuellen Missbrauchs nicht nur Jesus Christus beleidigen, sondern auch physischen, psychischen und spirituellen Schaden bei den Opfern hinterlassen. Damit würden sie auch der Gemeinschaft der Gläubigen schaden. In seiner Verfügung fordert er eine rigorose Aufklärung solcher Verfehlungen. Diesem Papst ist sehr wohl bewusst, dass man in der Vergangenheit versucht hat, solche Missbrauchsfälle zu vertuschen und öffentlich in Abrede zu stellen. Daher muss man es dem Heiligen Vater hoch anrechnen, dass er sogar eine Informationspflicht gegenüber den staatlichen Organen der Strafverfolgung explizit in Artikel 19 seiner Verfügung mit einbindet und damit eine vollumfassende Aufklärung solcher Taten fordert.«

---

* http://www.vatican.va/resources/index_ge.htm

Schorsch konnte sich dem anschließen. »Ja, ich glaube auch, dass Franziskus viele Veränderungen in der katholischen Kirche herbeiführen wird. Er ist meines Erachtens eine inspirierende, frische und weltoffene Persönlichkeit, ganz anders als seine Vorgänger. Ich bin zwar schon lange aus der Kirche ausgetreten, und meine Kirche war auch die evangelische, aber dieser Papst wird eine Reform in der katholischen Kirche herbeiführen, da bin ich mir ganz sicher.«

Die Gesprächsrunde nickte Schorsch zustimmend zu, und Gunda ergänzte: »Ja, dieser Franziskus zeigt Standhaftigkeit, ich mag ihn auch.«

Horst zog beide Augenbrauen hoch und sagte: »Dann müssen wir nur noch seine schwarzen Schäflein ausfindig machen, die gegen seine Verfügung Vos Estis Lux Mundi verstoßen.«

»Gegen was für ein Lux Mundi?«, fragt Schorsch.

»Übersetzt: ›Ihr seid das Licht der Welt‹, so der Titel seiner Verfügung.«

Schorsch lachte. »Da kommt mal wieder der heilige Bruder Horst mit dem großen Latinum raus, Donnerwetter, was du nicht alles weißt, Respekt.«

18. Kapitel

Dienstag, 23. Juli 2019, Restaurant Weisses Rössl, 6020 Innsbruck

Nach einer langen Dienstbesprechung, welche die Kriminaler gegen 17.00 Uhr beendeten, folgte um 19.00 Uhr ein zwangloses, geselliges Zusammensein im Restaurant Weisses Rössl. Der Vorteil lag auf der Hand, keiner der Beamten mussten an diesem Abend noch ein Fahrzeug führen, alle konnten demnach Alkoholisches genießen. Zudem suchte man eine bessere Speisekarte als hier in der ganzen Stadt vergebens, davon waren zumindest die österreichischen Kollegen überzeugt. So genossen sie den Abend und tauschten so manchen Kriminalfall und seine Aufarbeitung aus. Lina Kirchenegger erzählte noch von drei ähnlich gelagerten »Steib-Fällen«, deren Aufklärung ebenso stagnierte, da bis heute kein Hinweis zu einer greifbaren Spur geführt hatte. Ein Fall wurde damals sogar von Peter Nidetzky, dem Leiter des Wiener Aufnahmestudios der Fahndungssendung *Aktenzeichen XY* der Öffentlichkeit vorgetragen. Leider ohne Erfolg, denn die damalige Ausstrahlung wurde von einer Jury so überarbeitet, dass wesentliche Kritikpunkte seitens der Kirchenoberen mit einflossen und eine vollumfassende Darstellung des sexuellen Missbrauchs unterbunden wurde. Die Hinweise auf einen möglichen Missbrauch von Chorknaben im Stift Wilten führten die Ermittler nicht weiter. Und es dauerte viele Jahre, bis man in der Presse über den Zusammenhang dieser Fälle mit dem Verschwinden von Generalvikar Steib berichtete. Eine überregionale Berichterstattung über den Fall »Steib« erfolgte nicht, lediglich einige Tiroler Regionalblätter griffen den Verdachtsfall auf. Schließlich landeten die offenen Fälle verschwundener Geistlicher in der Kategorie »Cold Case«.

Es war kurz vor halb zehn am nächsten Morgen, als die Franken nach einem kurzen Frühstück die österreichische Dienststelle erreichten. Wissinger und seine Leute hatten, wie am Vortag angekündigt, in einem Besprechungsraum ein kleines zweites Frühstück vorbereitet und die Besprechungsecke mit Kaffeegeschirr eingedeckt. Wissingers Frau hatte einen Mohnkuchen gebacken, den die Franken unbedingt probieren mussten.

Da keine neuen Erkenntnisse vorlagen und der gestrige Abend so manchen Teilnehmer ins Bett hatte taumeln lassen, hatten die österreichischen Kollegen kurzerhand beschlossen, eine Sightseeingtour für die fränkischen Ermittler zu organisieren.

Zuerst stand die Altstadt mit ihrem goldenen Dach auf der Liste. Das Wahrzeichen Innsbrucks wurde von 2738 vergoldeten Kupferfliesen eingedeckt, die unteren Balkone zierte das Stadtwappen. Nachdem sie nach dem Mittagessen die Kaiserliche Hofburg besichtigt hatten, blieb nicht mehr viel Zeit für Erzherzogs Ferdinands II. Kunst- und Wunderkammer im Schloss Ambras, doch dessen imposante Sammlung wollten sich die Nürnberger nicht entgehen lassen, zumal für den nächsten Tag die Heimreise ins Frankenland anstand. Gunda, Horst und Schorsch waren beeindruckt von den mehr als zweihundert Bildnissen bekannter Künstler wie Lucas Cranach dem Jüngeren, Tizian, Anthonis Mor, van Dyck und Diego Velázquez, deren wertvollste Arbeiten hier einen Platz gefunden hatten. Und es gab auch was zum Gruseln, denn die Kuriositätensammlung zeigt seit fast vier Jahrhunderten ein aufsehenerregendes Porträt – der Mann mit der Lanze im Kopf, von Gregor Baci. Nach wissenschaftlichen Erkenntnissen der Neurochirurgie Innsbruck sollte der ungarische Edelmann tatsächlich diese schwere Kopfverletzung gut ein Jahr überlebt haben.

Die Lanze war durch die Augenhöhle in den Kopf von Baci eingedrungen und hatte sich den Weg des geringsten Widerstandes gesucht. Toxische Substanzen der beschichteten Waffe wirkten zuerst gegen eine bakterielle Infektion und zögerten diese dadurch hinaus. Doch schlussendlich gewann die Infektion die Oberhand, und Baci erlag seiner Kopfverletzung.

Es war kurz nach 17.00 Uhr, als sie ihr Hotel wieder erreichten und Wissinger noch ein besonderes Highlight präsentierte. Ihr Informant habe am Abend die Möglichkeit, ihnen den Zugang zu den besagten Gewölben der Bruderschaft zu verschaffen. Über das Tiroler Volkskunstmuseum, das um 17.00 Uhr seine Pforten geschlossen hatte, könnte man einen Blick in die geheimnisumwobenen Versammlungsstätten in dem ehemaligen Kloster werfen. Der Chefinspektor bemerkte, dass seine Quelle schon seit Jahren dort beschäftigt sei und daher den Zutritt zum ehemaligen Franziskanerkloster außerhalb der Öffnungszeiten möglich machen könne.

Er bemerkte: »Also, Leute, ich bin selbst gespannt auf diese unterirdischen Versammlungsstätten, denn bisher kenne ich zwar unsere Schwarz-Mander-Kirche, aber halt nur die öffentlich zugänglichen Örtlichkeiten. Ich bin daher ebenso erfreut wie ihr, dass uns Moritz, den Zugang ermöglicht. Und wir beziehungsweise ihr dürft sogar Fragen stellen, meinte Moritz.«

»Das ist ja wirklich phänomenal. Wie hast du denn das hinbekommen?«, fragte Schorsch.

»Damals nach Steibs Verschwinden habe ich mich mit Moritz über diesen möglichen Zusammenschluss Gleichgesinnter unterhalten. Er berichtete, er habe selbst zwei oder drei Treffen mitbekommen. Meist fanden diese am späten Abend, nach der Heiligen Messe, statt und dauerten manchmal bis weit nach Mitternacht. Die Gespräche fanden hinter verschlossenen Türen statt. Aber fragt ihn gleich selbst.«

Um kurz nach halb sechs erreichten sie das Volkskunstmuseum, und eine männliche Person, Mitte fünfzig, mit kurzen, grauen Haaren, von vierschrötiger Gestalt, ging auf Franz zu, begrüßte ihn mit Handschlag und sprach zur Gruppe: »Der Franz hat mich um einen Gefallen gebeten, ich bin der Moritz und werde euch zu Räumlichkeiten führen, die eigentlich nur der katholischen Kirche vorbehalten sind. Diese verborgenen und teilweise noch sehr weit verzweigten Gewölbe dienen heutzutage weitgehend als Archiv. Das ehemalig weit verzweigte Tunnelsystem hat man Ende des 18. Jahrhunderts im Auftrag der Kirche verkleinert. Durch Sprengungen wollte man sicherstellen, dass bestimmte Gewölbe und Tunnel nur durch einen Zugang vom ehemaligen Franziskanerkloster aus erreichbar waren. Noch heute wird darüber gemunkelt, dass in dem alten eingestürzten Tunnelsystem manche Geheimnisse der katholischen Kirche liegen sollen, deshalb sind die Knappenlöcher Ausgangspunkt für Expeditionen von Höhlenforschern oder solchen, die es werden wollen. Und teilweise mit großem Erfolg. 2011 wurde bei so einer Höhlenexpedition ein jahrhundertealter Schatz entdeckt. Es waren alte Dukaten, also österreichische Goldmünzen von 1850, die ein Sondengänger hier entdeckt hat. Aber nicht nur Goldmünzen kamen zum Vorschein, auch kirchliche Relikte wurden gefunden, die heute in unserem Tiroler Volkskunstmuseum ausgestellt sind. Also alles hochspannend, aber hereinspaziert«, schloss Moritz, zog einen Schlüsselbund aus seiner Jackentasche und öffnete die Eingangstüre des Museums.

»Normalerweise braucht man hier einen ganzen Tag, um die Tiroler Geschichte mit ihren vielfältigen Sammlungen zu erkunden. Aber Sie sind ja an dem interessiert, was im Tiefen, im Verborgenen, liegt.« Moritz öffnete eine alte Holztüre und betätigte einen Lichtschalter.

Vor ihnen lag eine alte Steintreppe, die in die Tiefe führte.

»Wir kommen nun zum Abgang zu den verschiedenen Archiven. Hier werden seit Jahrhunderten wichtige Dokumente, aber auch heimatkundliche Urkunden gelagert. Neben den einzelnen Gewölben befinden sich unterhalb der Hofkirche noch einzelne Katakomben. Diese sind aber nur über die Kirche zu erreichen. Ich denke, für Sie sind neben den Archiven drei Versammlungsräume interessant, welche zu bestimmten Anlässen von unseren Klerikern benutzt werden.«

Moritz ging voraus und brachte sie zu einer großen, schwarzen Holztüre, griff in seine Jackentasche und holte einen alten Eisenschlüssel hervor, den er in das Schloss der Türe steckte und zweimal nach links drehte. Er drückte auf die Türklinke, öffnete die Türe und ertastete mit seiner linken Hand einen Lichtschalter. Wandleuchten, die ein warmes Licht ausstrahlten, erhellten nun den zirka fünfzig Quadratmeter großen Raum, dessen Wände mit roten Backsteinen hochgezogen waren. Der dunkelbraune Holzdielenboden hob sich optisch stark von dem alten Mauerwerk ab. In der Mitte des Raumes stand ein etwa sieben Meter langer und zwei Meter breiter rustikaler Eichentisch, auf dem in der Mitte ein großes, silberfarbenes Standkreuz mit dem Gekreuzigten stand. Längsseits des Tisches standen auf jeder Seite neun aus Eiche gefertigte antike Hochlehnstühle. Auf dem Tisch waren silberne Kerzenleuchter verteilt. Wenn diese brannten, würden sie einer um den Tisch versammelten Gesprächsrunde das Gefühl von Geborgenheit, Wärme, Trost und Hoffnung, aber auch Andächtigkeit vermitteln. Beide Tischenden waren mit zwei königlichen Hochlehnstühlen bestückt. Deren Rückenteil war mit blauem Samtstoff bespannt, in dessen Mitte mit weißen Fäden eine Waage und unterhalb der Waage mit roten Fäden ein alter Schlüssel eingewebt war.

Links und rechts im Raum waren zwei Belüftungsschächte auf die rote Backsteinwand gemauert, die für eine ausgewogene Luftzirkulation sorgten. Auf der Stirnseite befand sich eine alte Feuerstelle, die dem Raum in der kalten Jahreszeit wohlige Wärme spenden sollte. Rechts von dieser stand eine große, geöffnete Holztruhe, die mit Holzvorräten bestückt war. Zwei weitere Holztüren waren links und rechts des Gewölbes in das Mauerwerk eingelassen.

Moritz, der in einem der zwei Königsstühle Platz genommen hatte, deutete mit einer Handbewegung an, dass alle sich setzen sollten, und ergriff dann das Wort: »Das ist einer dieser Versammlungsräume, die schlicht und einfach eingerichtet sind und seit Jahrhunderten genutzt werden. Hier unten ist man abgeschottet, ist unter seinesgleichen, und man sagt, was hier beschlossen wurde, hat Bestandskraft.«

Schorsch bemerkte: »Ein wirklich beindruckender Ort. Hier wurde vermutlich in all den Jahrhunderten das ein oder andere Mal Kirchengeschichte geschrieben.« Dann blickte er auf den unbesetzten Königslehnstuhl und fragte: »Ein interessanter Rückenbezug, dieser blaue Samtstoff hebt sich auffällig von dem braun verzierten Eichenholz ab. Was bedeutet das Symbol, hat das einen Bezug zu Freimaurern?«

Moritz antwortete: »Sehr gut erkannt, das Symbol zeigt die ›Waage der Wahrheit‹ und den ›Schlüssel der Verschwiegenheit‹, die Symbole für die Treue unter den Brüdern. Und es demonstriert auch ihre Macht, denn alles, was hier beschlossen wurde, sollte Bestandskraft bis in die Ewigkeit erhalten. An diesem Ort wurde gerichtet, und das nicht nur im Guten. Hier wurde gerichtet über junge Menschen unter dem Mantel der Verschwiegenheit.«

Die Ermittler waren ganz still, die Magie des Raumes hatte sie alle erreicht. Alle warteten, bis Moritz weitersprach.

Dessen Blick war bei seinen nächsten Worten nachdenklich auf das silberne Standkreuz gerichtet. »Wenn die Mauern dieser kirchlichen Archive reden könnten, dann würden sie nicht nur von Barmherzigkeit sprechen, sondern sie würden wehklagen und die Grundfeste des geistlichen Lebens erschüttern. Mehr kann und will ich an dieser Stelle, an diesem Ort, nicht berichten. Es ist ein Ort der Willkür, und das seit Jahrhunderten. Hier haben machtvolle Geistliche ohne Rücksicht auf andere nur ihre Interessen verfolgt, auch wenn das Kinder das Leben gekostet hat.«

Schorsch hatte eine Frage: »Wer hat Zugang zu den kirchlichen Archiven, sind diese auch für Kirchenhistoriker zugänglich?«

Moritz antwortete: »Nein, nur ein erlauchter Kreis hat Zutritt. Keines der Schriftstücke oder der anderen dort gelagerten Gegenstände darf die Gewölbe verlassen. Lediglich die Archive des Tiroler Volkskunstmuseums sind für bestimmte Historiker geöffnet. Diese Archive sind jedoch räumlich von den kirchlichen Archiven getrennt. In den kirchlichen Archiven befinden sich auch Schriftstücke, die vom Vatikan hierher ausgelagert wurden. Die sind absolut verschlossen zu halten.«

Franz Wissinger strich mit seinem Finger über die Tischoberfläche, blickte zu Moritz und fragte: »Hast du diesen Versammlungsraum vorher sauber machen lassen? Es sieht alles so sauber aus, kein Staub ist zu sehen, der Boden ist gewienert.«

Schorsch, der zwischen Gunda und Horst Platz genommen hatte, nutzte die Frage von Franz und beugte sich kurz zu seinen beiden Kollegen aus Franken und flüsterte ihnen ins Ohr: »Prägt euch mal das Rückenmuster dieses Königsstuhls ein, das kennen wir doch.«

Moritz' Antwort kam schnell: »Diese Versammlungsräume werden ab und an genutzt, und die Kirche legt großes Augenmerk auf die Reinlichkeit. Ein vertrauensvoller Mesner-Dienst kümmert sich darum, in der Schwarz-Mander-Kirche und in Teilen des Franziskanerklosters. Das sind unsere fleißigen Helfer, die auch hier unten für die Instandhaltung und Sauberkeit zuständig sind.«

Gunda fragte: »Dann ist Ihnen die Bruderschaft Conlegium Canisius bekannt?«

»Jein«, antwortete Moritz und richtete seinen Blick auf Franz Wissinger, der ihm wortlos zunickte.

»Also gut, nach Generalvikar Steibs Verschwinden war hier jede Menge los. Nicht nur die Polizei hat hier nach Hinweisen gesucht, auch Glaubensbrüder zeigten reges Interesse und waren hinter Erkenntnissen über die nebulöse Vergangenheit von Steib her. Einer davon, nennen wir ihn Pater Jakobus, kam auf mich zu. Er hatte sich nachts mit Steibs Schlüssel heimlich Zugang zu den Archiven verschafft. Er war derjenige, der für Steibs Wohnung zuständig war, so kam er nach dessen Verschwinden an Steibs Schlüsselbund.«

Franz unterbrach ihn. »Wir wussten nichts davon, dass der Generalvikar Zugang zu den Archiven und zu den Räumlichkeiten hier unten hatte. Woher auch, der Öffentlichkeit wurden diese Gewölbe verschwiegen, da sie nur für die Kirche bestimmt waren. Für uns war es in erster Linie wichtig, Steib zu finden. Eine Durchsuchung seiner Wohnung brachte keinerlei Anhaltspunkte, dass Steib Jungen sexuell missbraucht haben könnte. Auch Pater Jakobus hatte keinerlei Informationen für uns, die uns weitergebracht hätten. Wir tappten lange Zeit im Dunkeln. Erst später hat sich Pater Jakobus in einem Gespräch Moritz anvertraut und ihm von seinen nächtlichen Exkursionen in die Archive berichtet.«

Moritz fuhr nach diesen Erläuterungen fort. »Jakobus, der über Jahre hinweg für Steib gearbeitet hatte, war entsetzt. Er konnte sich nicht vorstellen, dass sein Generalvikar in einen sexuellen Missbrauch verwickelt war. Ich bat ihn um einen Einblick in das, was er dort unten vorgefunden hatte. Jakobus hatte Angst. Das, was er dort gesehen hatte, prägte seitdem sein Leben. Es war aber nicht nur der sexuelle Missbrauch, der Jakobus so sehr erschütterte. Er stammelte unentwegt von einem Unheil, das noch in diesem Jahr auf uns zukommen werde, es würde in absehbarer Zeit etwas Schreckliches passieren, es würde die Welt erschüttern. Was genau Jakobus entdeckt und gelesen hatte, das konnte ich ihm nicht entlocken. Er sprach undeutlich und stockte häufig, es war offensichtlich, dass er bestürzt war und Angst hatte. Jakobus war von heute auf morgen ein anderer Mensch geworden. Er verschloss sich und brach den Kontakt zu mir ab.«

Schorsch fragte: »Hat er sich auch noch anderen Leuten anvertraut und über seine Entdeckungen in den Archiven geplaudert?«

»Ich weiß es nicht, ich erkannte Pater Jakobus nicht mehr. Ob er sich noch mit anderen darüber unterhalten hat, keine Ahnung. Es dauerte nicht lange, bis sich sein psychischer Zustand merklich verschlechterte. Was folgte, war ein Aufenthalt in einer psychosomatischen Klinik in Deutschland.«

»Warum gerade Deutschland?«, fragte Horst nach.

»Die Kirche ist eine große Familie, und wer sagte uns, dass man ihn bei einem Klinikaufenthalt in Österreich nicht erkennen würde und seine Reputation dadurch Schaden erleiden könnte? Was blieb, war daher die Schön Klinik Roseneck, in Prien am Chiemsee, die zudem nur einen Katzensprung von Innsbruck entfernt ist. Jakobus sollte dort sechs Wochen behandelt werden. Doch sein Schicksal war tragisch. Vier Tage nach seiner Einweisung fand ihn in den frühen Morgenstunden ein Bootsführer der Chiemsee-Schifffahrt nahe der Herreninsel tot im See treibend. Steibs Nachfolger reagierte damals schnell und hat noch während Jakobus' Krankenstand einen besonders gesicherten Zugang zu den Gewölben einrichten lassen. Ob er darüber Kenntnis hatte, was Pater Jakobus dort entdeckt hatte, ist mir völlig unbekannt.«

Moritz machte eine Pause, aber als er die aufmerksamen Gesichter seiner Zuhörer sah, fuhr er fort: »Wer genau hinter dieser Bruderschaft Conlegium Canisius steckt, kann ich nicht sagen. Gerüchten zufolge soll diese Bruderschaft schon seit Jahrhunderten existieren. Und Steib soll nicht der Einzige gewesen sein, der für den sexuellen Missbrauch von Kindern und Schutzbefohlenen verantwortlich ist, so der interne Kirchenfunk, der durch die heiligen Hallen der Hofkirche zu vernehmen ist. Es ist eine vertraute Zusammenkunft einiger weniger.«

Moritz sah auf seine Uhr und sagte: »Wir haben viel geredet, die Zeit rennt, und ich muss bald fort. Aber noch kurz, die beiden anderen Versammlungsräume sind nahezu identisch zu diesem hier, daher können wir uns deren Besichtigung ersparen. Haben Sie sonst noch Fragen, die ich beantworten kann?«

Gunda hatte eine: »Ich frage mich schon die ganze Zeit, welche Aufgabe spielt eigentlich der Moritz? Sie haben überall Zugang hier unten, aber Sie sind kein Kleriker.«

Die Antwort kam prompt: »Da ich schon Jahrzehnte hier in Innsbruck für die Kirche tätig bin, wurden mir gewisse Privilegien eingeräumt. Zudem bin ich Mitglied der Ombudsstelle der Diözese Innsbruck.«

Moritz blickte zu Franz Wissinger, der nun das Wort übernahm: »Ja, jetzt ist es raus, er hat es euch selbst gesagt, Moritz hat einen tiefen Einblick in Geschehnisse des sexuellen Missbrauchs in unserer Diözese. Und wenn wir schon dabei sind, seine Arbeit bei der Ombudsstelle prägte ihn nicht nur, Moritz' Engagement für eine lückenlose Aufklärung geht weit über das hinaus. Viele Opferverbände sehen in ihm den Aufklärer und Mitstreiter bei der maßgeblichen Aufarbeitung des sexuellen Missbrauchs in der Kirche. Er bekommt von vielen Opfern ihre Geschichte erzählt, kennt die Fälle. Das kann Menschen sehr belasten. Hier noch ein Beispiel, was Moritz täglich zu hören bekommt, nur ein Fall von vielen. In einer Benediktinerabtei in Salzburg verging sich zwischen 1997 und 2016 ein Erzabt an fünf Jungen unter vierzehn Jahren. Zum Schutz der Persönlichkeit des Angeklagten und der minderjährigen Opferzeugen hatte man die Öffentlichkeit vom Prozess ausgeschlossen. In seinem Urteil führte der damalige Vorsitzende Richter aus, dass der psychologische Sachverständige einen Therapieerfolg nicht grundlegend ausschließe. Die diagnostizierte pädophile Homosexualität und weitere problematische Persönlichkeitszüge des Angeklagten, wie eine mangelnde Empathie für seine Opfer, ließen nur die Schlussfolgerung zu, dass die Kinder nach wie vor vor dem Angeklagten geschützt werden müssten. Erschwerend kam hinzu, dass der Angeklagte immer nach demselben Muster vorging. Er nistete sich bei strenggläubigen, teils frömmelnden Familien ein und ergaunerte sich deren Vertrauen. Viele der Eltern waren mit der Erziehung ihrer Kinder überfordert, mal lag es an dem schwachen Vater oder an der alleinerziehenden Mutter. Der Angeklagte habe dadurch das Vertrauen zu seinen Opfern und zu deren Eltern unheilvoll missbraucht. Die Kammer des Landesgerichts Salzburg verurteilte den Erzabt zu einer Gefängnisstrafe von acht Jahren und neun Monaten. Moritz war bei allen Prozesstagen zugegen, das Schicksal der Kinder hat ihn sehr geprägt.«

Moritz ergänzte: »Wenn das Schwein wieder rauskommt, macht er weiter, das Gutachten des Sachverständigen war eindeutig und unmissverständlich.«

Gunda, Schorsch und Horst blickten sich an und nickten

zustimmend, dann sagte Schorsch: »Das ist mit Sicherheit keine leichte Aufgabe, die als Ombudsmann. Ihre Ausführungen bestätigen, dass der sexuelle Missbrauch von Kindern und Schutzbefohlenen viel verbreiteter ist als bisher bekannt und Verstöße der Öffentlichkeit nicht länger vorenthalten werden dürfen. Daher kann man froh sein, wenn man einen Informanten an gewissen Stellen hat. Solche Informationsquellen tragen zu einer sachbezogenen Aufklärung derartiger Missbrauchsfälle maßgeblich bei. Daher nochmals besten Dank für die konstruktive Zusammenarbeit bei unserem Rechts- und Amtshilfeersuchen.« Schorsch nickte in die Runde und ergänzte: »Das erste Getränk des heutigen Abends geht auf meine Rechnung.«

»Dann auf ins Rössl, ich habe schon einen ganz trockenen Hals«, lachte Franz in die Runde.

Es war kurz vor halb zwölf, als ein geselliger Abend zu Ende ging. Im Laufe des Abends spendierte der Chefinspektor noch zwei große Schinken-Käse-Platten. Nach dem vierten Viertel Heurigen und vier Runden »Unterthurner Waldler«, einen Waldhimbeer-Schnaps aus Südtirol, hatten nicht nur die Österreicher einen lallenden Zungenschlag. Auch bei den Franken spielte die Artikulation ihrer Muttersprache nicht mehr mit, als sich Gunda, Horst und Schorsch von ihren österreichischen Polizeikollegen verabschiedet.

19. Kapitel

*Mittwoch, 24. Juli 2019, 11.47 Uhr, BAB 8,
kurz vor Rosenheim – Verkehrsdurchsage von Antenne Bayern*

Schorsch grummelte: »Der heftige Platzregen regt mich auf, und jetzt haben wir auch noch einen Stau vor uns. Unfall und Vollsperrung, leck mich am Ärmel.«

Er blickte auf seine Armbanduhr und fuhr fort: »Wir haben gleich Mittag, das Frühstück war zwar ausreichend, aber ich kenne da eine hervorragende Wirtschaft in Bad Feilnbach, wo wir unsere Nachbesprechung der Dienstreise abhalten und damit gleichzeitig dem Stau entkommen könnten.«

»A bisser´la was könnte ich auch vertragen, und zwar bevor wir im Stau stehen«, antwortete Horst, und Gunda stimmte zu: »Gute Idee, du musst mir nur sagen, wo ich abfahren muss, dann essen wir was und lassen die Infos der Ösis Revue passieren.«

Schorsch freute sich über die Zustimmung. »Dann ist der Kistlerwirt genau das Richtige für uns. Das Wirtshaus hat eine gut sortierte Speisekarte, strahlt die typische bayerische Gemütlichkeit aus, und das Preis-Leistungs-Verhältnis passt auch. Ich werde wieder einmal das Kräuter-Grillfleisch mit herrlich knusprigen Pommes, Salat und ein bleifreies Weizen nehmen.«

Gunda lachte. »Deine Empfehlungen sind bis jetzt immer der Burner gewesen, deshalb probiere ich auch diese gerne aus.«

Es war kurz vor halb eins, als Gunda den Dienstwagen auf dem Parkplatz des Wirtshauses parkte und sie das Lokal betraten.

»Also ganz ehrlich, diese Führung gestern Abend und die

Informationen von Moritz lassen mir keine Ruhe«, bemerkte Gunda und sah Horst und Schorsch fragend an.

Letzterer antwortete: »Das geht mir genauso, Gunda, dieser Moritz Landauer, ich konnte gestern Abend nach dem dritten Viertel noch seinen Nachnamen von Franz herauskitzeln, ist nicht einfach eine gute Quelle. Wer sagt uns, dass er nicht mehr über diese Bruderschaft weiß? Denn wisst ihr, gerade seine Position bei der Ombudsstelle, da sitzt er genau auf einer Schlüsselposition, an der die Fäden des sexuellen Missbrauchs zusammenlaufen. Ich habe den Franz gestern später am Abend danach gefragt, aber der ist nicht wirklich aus sich rausgekommen. Wir sollten diesen Landauer näher unter die Lupe nehmen.«

Horst warf ein: »Da gebe ich euch recht, ganz koscher scheint auch mir der Moritz nicht zu sein. Der weiß etwas, und vielleicht hat er ja von Franz eine Stallorder erhalten, den Mund nicht zu weit aufzumachen. Gunda, klopfe den mal ab und lasse deine Beziehungen zum Bundeskriminalamt und den Nachrichtendiensten spielen. Der Moritz könnte vielleicht noch interessant für uns sein. Ist euch nicht auch aufgefallen, dass der immer Blickkontakt zu Franz gehalten hat, glaubt mir, dem wurde auferlegt, was er uns erzählen darf und was nicht. Da fresse ich einen Besen, wenn es nicht so sein sollte.«

»Gute Idee, Horst, da scheint was dran zu sein, dann sind wir uns ja einig mit unserer Strategie. Gunda, zapfe deine Quellen an, vielleicht ist das ja ein Erfolg versprechender Weg«, warf Schorsch ein.

Gunda sagte: »Ich werde mich gleich morgen früh diesem Moritz Landauer widmen. Es gibt Parallelen zu unseren Verschollenen. Wo befindet sich dieser Generalvikar, der ist genauso unauffindbar wie Helmreich, Fromm und Käberl. Und wer sagt uns, dass Steib der Einzige war, der verschwunden ist? Vielleicht gibt es noch andere Kleriker, die in der Alpenrepublik verschwunden sind.«

»Stimmt, Gunda, diese Frage hätten wir Franz stellen müssen«, antwortete Schorsch.

Horst warf ein: »Wir wissen ja nicht, ob die Ösis über das Verschwinden von Pfarrern Listen führen. Wir sollten versuchen, darüber Informationen zu bekommen. Den Punkt sollten wir Gundas Quellen abklären lassen oder meint ihr, dass wir zuerst bei Franz nachfragen sollten?«

Schorsch winkte ab. »Nur keine schlafenden Hunde wecken. Zuerst sollten wir diesen Landauer überprüfen. Und die Ösis führen genauso wie wir ein Vermisstenregister. Da kann man mit Sicherheit den Beruf filtern. Daher lasst uns schrittweise die Sache angehen. Mein Gefühl sagt mir, dass uns dieser Moritz weiterhelfen könnte.«

Es war kurz vor 14.00 Uhr, als die Kellnerin vom Kistlerwirt die Zeche der Franken kassierte und sich die Beamten auf den Heimweg machten. Das Navigationssystem veranschlagte für die 232 Kilometer knappe zweieinhalb Stunden.

Donnerstag, 25. Juli 2019, 09.05 Uhr,
PP Mittelfranken, K 11, Besprechungsraum 1.08

Die K 11er hatten sich vollzählig eingefunden, als Schönbohm Dr. Menzel begrüßte, der ebenso wie alle anderen auf das Ergebnis der Dienstreise gespannt war. Schorsch, Gunda und Horst hatten sich auf der Rückfahrt noch ein Redekonzept zurechtgelegt, um ihren Kollegen in Stichpunkten ihre Erkenntnisse vorzutragen. In Nürnberg selbst hatte sich während ihrer Abwesenheit nicht viel getan. Die Cybercrime-Spezialisten aus der Soko »Lolicon« waren fleißig dabei, die IP-Adressen der

Pädophilen herauszufinden, die auf den ausgelegten Honigtopf im Darknet angebissen hatten. Zwischenzeitlich war man so weit, mehrere Server identifiziert zu haben, über die ein reger Handel mit Kinderpornografie betrieben wurde. Mithilfe eines neuen »Staatstrojaners Plus«, der Quellen-Telekommunikationsüberwachung[*] wolle man die Chatnachrichten der Kinderschänder überwachen und so auf die Hintermänner stoßen.

Über die drei verschollenen Kleriker tappten die K 11er weiterhin im Dunkeln, der ausgelegte Honeypot brachte für diese Fälle keine neuen Erkenntnisse. Hatten die Täter ihren Plan erfüllt und waren verstummt? Oder wollten sie Gras über die Sache wachsen lassen?

Was blieb, war die Person Moritz Landauer. Gunda hatte bereits um 07.00 Uhr ihren Dienst angetreten und die ersten Anfragen an das BKA und an die Schlapphüte in die Pipeline gegeben.

Schorsch hatte am Abend zuvor noch ein Geistesblitz ereilt. Sein Freund Ben Löb, der seit vielen Jahren für den israelischen Geheimdienst arbeitet, hatte ihm schon oft bei schwierigen Ermittlungen geholfen. Daher hoffte Schorsch auf Bens Hilfe und kontaktierte diesen über den sichereren Threema-Messenger. Gundas Quellen waren zwar gut und zuverlässig, aber in den vergangenen Jahren war der Datenschutz in den Behörden stark reformiert worden. Bei jeder Abfrage von personenbezogenen Daten wurde akribisch gespeichert, wer wann welche Daten abgerufen hatte. Damit war der Sachbearbeiter auch im Nachhinein erkennbar, was den sogenannten kleinen Dienstweg fast zum Erliegen gebracht hatte. Denn jede nicht offiziell

---

[*] Quellen-TKÜ = https://de.wikipedia.org/wiki/Telekommunikations%C3%BCberwachung#Quellen-Telekommunikations%C3%BCberwachung
Sowie
https://rsw.beck.de/rsw/upload/NVwZ/NVwZ-Extra_2020_24.pdf

beantragte und genehmigte Abfrage konnte dienstrechtliche Konsequenzen haben. Im schlimmsten Fall hieß dies, man erhielt den bekannten Stempel EDEKA aufgedrückt.

Bei Ben war das anders, denn er kam vom Mossad, und der Datenschutz der Israelis legte Ermittlern nicht solche Steine in den Weg. Wenn es in irgendeiner Datenbank etwas über Moritz Landauer gab, dann würde Ben das herausfinden. Zudem hatte Ben noch ein weiteres Ass im Ärmel, der hatte den direkten Draht zum »Berner Club«, einem Zusammenschluss von Inlandsgeheimdiensten der EU-Mitgliedsstaaten sowie Norwegens und der Schweiz, die in einem weltweiten Netzwerk Informationen mit den Geheimdiensten der «*Five Eyes« sowie Israels austauschen. Der »Berner Club« hatte im Gegensatz zum Informationsaustausch der nationalen Geheimdienststellen ein Computernetzwerk namens »Poseidon« aufgebaut, das den nationalen Kontaktstellen dieser Geheimdienstgruppe ermöglichte, neben dem Versand von Nachrichten auch Telefonate und Videokonferenzen abzuhalten und auf die Datenbänke »Neptun« und »Phoenix« zuzugreifen. Schorsch war fest davon überzeugt, dass sein Freund Ben den Namen des Informanten erfolgreich in diese Pipeline eingeben würde.

Horst hatte zur Besprechung noch einmal die beiden Videosequenzen der Kleriker über einen Beamer auf die Wand projiziert. Als alle die Videos betrachtet hatten, fragte er in die Runde: »Leute, was ist euch bei den Filmchen aufgefallen? Vermutlich nichts, außer dass zwei unterschiedliche Personen gefilmt wurden, jedoch im selben Raum. Wo das Video aufgenommen wurde, wissen wir bisher noch nicht, aber«, Horst machte eine Pause, blickte in die Runde und spulte das Video

---

* https://www.tagesspiegel.de/politik/geheimbund-five-eyes-der-exklusive-club-der-geheimdienste/8450796.html

zu der Stelle, wo der Hochlehnstuhl ins Bild kam. Mit diesem im Bild stoppte er das Video. »Hier seht ihr das Rückenteil des Stuhles mit blauem Samtstoff, in dessen Mitte mit weißen Fäden die ›Waage der Wahrheit‹ und unterhalb der Waage mit roten Fäden ein historischer Schlüssel, der ›Schlüssel der Verschwiegenheit‹ eingewebt ist. Genau so einen Stuhl haben wir in den Gewölben der Schwarz-Mander-Kirche in einem Versammlungsraum gesehen. Dort hingeführt hat uns der Informant von Franz Wissinger, ein gewisser Moritz Landauer. Dieser arbeitet seit Jahren für die Kirche in Innsbruck und ist zudem als Ombudsmann für die Diözese tätig. Damit hat er Einblicke in alle Verdachtsfälle des sexuellen Missbrauchs in der Diözese. Wir vermuten, dass Verbindungen zwischen den von uns gesuchten Tätern und diesem Versammlungsraum in den Gewölben der Hofkirche bestehen.«

Schorsch ergänzte: »Nach Aussagen dieses Landauers gibt es in den Gewölben drei solcher Versammlungsräume, einen davon haben wir besucht und dort den Stuhl gesehen, den wir schon aus den Videos kannten. Wie die beiden anderen Versammlungsräume ausgestattet sind, wissen wir nicht. Landauer meinte nur, dass sie alle ähnlich aussähen und wir uns wegen der fortgeschrittenen Zeit eine Besichtigung sparen könnten. Im Nachhinein denke ich, dass wir vielleicht auf eine Besichtigung der beiden Räume hätten drängen sollen. Aber in der Situation haben wir auch auf Franz Wissinger Rücksicht genommen, denn es war sein Informant, und wir wollten diesen nicht verärgern, denn er soll ja auch in Zukunft eine Quelle sein. Was wir gesehen haben, müssen wir nun tiefer ergründen und das Puzzle mit dem Stuhl, diesem Moritz Landauer, der besagten Ombudsstelle sowie dem Verschwinden des Generalvikars Steib zusammenfügen.«

Dr. Menzel, der aufmerksam die Berichte über die Dienstreise mitverfolgt hatte, meldete sich zu Wort. »Meine Damen, meine Herren, das sehe ich genauso. Ich gehe nicht davon aus, dass unsere Verschollenen nach Innsbruck entführt wurden und die Videos dort aufgezeichnet wurden. Aber der Stuhl in dem Video stammt vermutlich von dort. Daher finde ich auch, dass wir die Person Landauer abklopfen müssen. Über ihn könnten wir vielleicht eine Verbindung zu den Räumlichkeiten der Tribunale herstellen. Daher sollten wir alles daransetzen, um diesen Informanten zu durchleuchten. Hat er vielleicht persönliche Verbindungen ins Frankenland, also Angehörige, Freunde oder ehemalige Arbeitskollegen?«

Schönbohm nickte zustimmend. »Genauso machen wir das, wir müssen alles in Bewegung setzen.«

Gunda warf ein: »Wir sind schon dabei, ich habe heute Morgen über den kleinen Dienstweg schon mal meine alten Quellen beim BKA und bei den Diensten aktiviert. Mal abwarten, was die herausbekommen.«

Es war kurz nach zehn, Schorsch und Horst hatten sich noch einen Kaffee gezogen und studierten ihre Umläufe, als Schorschs Telefon klingelte. Schorsch erkannte die Telefonnummer des israelischen Konsulats in München und nahm den Anruf an.

Der Anrufer meldete sich mit der Gewissheit, dass Schorsch wusste, wer dran war. »Servus, mein Guter, ich habe deine gestrige Nachricht erhalten. Mehr haben wir nicht über die Person?«

»Servus, Ben, bis auf seinen Namen, wo er beschäftigt ist und sein ungefähres Alter habe ich nichts. Ich wollte nicht explizit bei den Kollegen in Innsbruck nachfragen, du verstehst?«

»Ja freili, wie sagt man bei uns? ›Let sleeping dogs lie‹. Aber das sollten wir hinbekommen, ich mache mich gleich drüber und melde mich. Sonst geht es euch gut? Was macht das Jagdglück?«

Schorsch erzählte seinem Freund die Geschichte vom König des Mönchswaldes.

»Tja, dein Schatz hat wohl das Jagdglück für sich gepachtet. Die schießt noch den ganzen Wald leer«, lachte Ben und fuhr fort: »Aber sagt mal, was macht ihr am Wochenende? Wir besuchen meinen Onkel in Fürth. Das Wetter wird gut, und wir könnten abends was gemeinsam unternehmen. Habt ihr Lust?«

»Gute Idee, Ben. Was macht Suzanne, ist sie immer noch in der Londoner Dienststelle? Wie oft seht ihr euch im Monat?«

»Ja, wir pendeln nach wie vor. Die Fernbeziehung hat Vor- und Nachteile. Wir versuchen, mindestens zweimal im Monat ein langes Wochenende für uns zu haben. Suzanne ist heute Morgen in München gelandet und kann am Wochenende mitkommen.«

»Rosanne wird sich freuen, und wir haben endlich Zeit, mal wieder in Ruhe zu quatschen. Dann wollen wir den Samstag oder den Sonntag ins Auge fassen.«

»Wir fahren schon am Freitag nach Fürth und übernachten dort, der Samstag wäre demnach ideal. Suzannes Flieger geht am Sonntag um 19.00 Uhr.«

Das nahm Schorsch gerne auf. »Sehr gut, dann werden wir uns heute Abend mal mit der Samstagsplanung beschäftigen. Und ich bin gespannt, ob du etwas über diesen Moritz herausbekommst. In diesem Sinne, wir freuen uns, man sieht sich.«

Horst, der das Telefonat mitbekommen hatte, machte einen Vorschlag. »Wir haben uns doch den neuen ›Weber Summit‹ zugelegt, kommt doch alle vier bei uns vorbei. Wir grillen T-Bone- und Flanksteaks, und wir sind unter uns. Dann müssen wir nicht jedes Wort überlegen, wenn wir uns dienstlich bereden.«

»Gute Idee, Horst, Ben und Suzanne werden sich freuen, und ein gutes Steak vom Grill wissen wir alle zu schätzen. Ich bringe ein Zehn-Liter-Fässchen mit. Soll ich Rosanne fragen, ob sie noch etwas vorbereiten will?«

»Nein. Alles, was ihr braucht, sind großer Hunger und gute Laune. Das Wetter soll hervorragend werden, da sind die zehn Liter gerade richtig.«

Freitag, 26. Juli 2019, 18.07 Uhr,
nahe Hornschuchpromenade in 90762 Fürth

Ein heißer Sommernachmittag neigte sich dem Ende zu, als Magnus seine Gäste begrüßte. Ein großes Sonnensegel auf der Dachterrasse spendete Schatten und half, die heiße Luft einigermaßen zu ertragen. Der Wetterbericht versprach, dass es noch heißer werden würde, am Sonntag sogar über dreißig Grad. Die Stadt war ein Brutkessel. Nicht nur ältere Menschen flüchteten in ihre Keller, um diese Hitze einigermaßen ertragen zu können. Früh morgens war Lüften der Wohnung angesagt, gefolgt vom Verdunkeln, um die Saharaluft so gut wie möglich aus der Wohnung fernzuhalten.

»Schön, dass ihr euch die Zeit genommen und den Weg hierher gefunden habt. Erst einmal bringe ich euch auf den aktuellen Stand. Die Nürnberger Mordkommission tappt nach wie vor im Dunkeln, und auch die Dienstreise nach Innsbruck brachte keine relevanten neuen Erkenntnisse. Wir können uns also weiterhin entspannt auf unsere Vorhaben konzentrieren. Aber lasst uns erst einmal anstoßen. Zum Wohlsein.« Magnus hob sein Glas, sie stießen an und tranken einen Schluck.

Dann nickte Magnus Thomas zu, der das Wort übernahm. »Seit unserer letzten Zusammenkunft ist einiges passiert. Eine

Gruppe von jungen Leuten, die in der Vergangenheit vom sogenannten unbarmherzigen Lächler missbraucht wurde, hat sich an ihm gerächt und Volmer letzte Woche eine kleine Abreibung verpasst. Dieser ist aber wieder wohlauf. Natürlich wurde ermittelt, nachdem Volmer Strafanzeige gegen seine drei Entführer gestellt hatte. Bei einer Befragung durch die Ermittler wurde er mit seiner Vergangenheit konfrontiert. Den Vorwurf des sexuellen Missbrauchs wies unsere ›Bestie in Chorkleidung‹ vehement zurück. Aber es kommt noch besser, er zog sogar die Anzeige gegen seine Peiniger zurück. Damit wollte er verhindern, dass bei einer öffentlichen Gerichtsverhandlung diese nicht nur die Tat gegen ihn einräumen, sondern von seinen Taten gegen sie berichten würden. Das hatte die Sprengkraft, seiner Reputation als Pfarrer auf ewig zu schaden. Der Rückzug der Anzeige ist ein durchdachter Schachzug, der seine dunkle Vergangenheit weiterhin im Verborgenen lässt.«

Gregor sprach: »Wenn wir uns Volmer holen, dann müssen wir vorsichtiger sein. Es darf uns kein Fehler passieren, denn die Polizei hat ein Auge auf ihn.«

Magnus ergänzte: »Das Kuriose an der Sache Volmer ist, dass dieser bei seiner Abreibung sogar geständig war, das zeigt eine Videoaufzeichnung der jungen Leute, die ihn mit Ochsenziemern bearbeitet haben. Sie haben ihre Strafsession gefilmt und anschließend das Video ins Darknet gestellt. Die Kommentare dort sind eindeutig, die Rächer finden durchweg Zustimmung. Manche der Kommentatoren gehen sogar so weit, dass sie sich anbieten, den Pfarrer eigenhändig umzubringen.«

Magnus machte eine Pause, hob sein Glas erneut, nahm einen Schluck und fuhr fort: »Es kann nicht besser laufen für uns, denn falls er endgültig verschwindet, werden die Strafverfolgungsbehörden damit zu tun haben, zu ermitteln, wer diese selbst ernannten Rächer im Darknet sind. Somit verwischt sich die Spur zu uns. Denn, Männer, wer sagt uns, dass dieser Chat im Darknet nicht bewusst von der Polizei gesteuert wurde? Man legt einen Köder aus und beobachtet, wer alles daran Appetit zeigt. Das zeigt mir, wie wichtig es ist, dass wir weiter Vorsicht walten lassen und auf ausgelegte Köder nicht hereinfallen dürfen. Das bestätigt meinen Leitsatz: ›Es steht jeden Morgen ein Depp auf, und genau den musst du erwischen.‹«

*Samstag, 27. Juli 2019, 16.27 Uhr,
Schwarzenbruck im Nürnberger Land*

Der Wetterbericht hatte mal wieder recht, es gab Sonne pur, wolkenlosen Himmel und Tageshöchsttemperaturen von einunddreißig Grad, die immerhin nun, am Nachmittag, langsam abflachten. Schorsch und Rosanne waren bereits kurz nach 16.00 Uhr bei Petra und Horst eingetroffen, und Schorsch ließ es sich nicht nehmen, das Zehner-Fässchen von Roppelt-Bräu aus Stiebarlimbach anzustechen. Das erste Seidla gehörte dem heutigen Grillmeister, dessen Vorbereitungen zum Grillabend wie immer exzellent waren. Die Steaks hatte Horst schon zwei Tage zuvor in einer besonderen Marinade eingelegt. Rosanne und Schorsch hatten noch eine Überraschung mitgebracht. Sie hatten aus den Hinterkeulen des Königs des Mönchswaldes marinierte Steaks mitgebracht, die Schorsch drei Tage lang nach einem speziellen *Rezept seiner Großmutter eingelegt hatte.

Und auch die letzten Gäste hatten nunmehr Horst Grill-Event erreicht. Ben und Suzanne waren angekommen und parkten ihr Wohnmobil in der Hofeinfahrt.

Mit einem fränkischen Shalom, also einem »Servus mitein-

---

* Großmutters Rezept findet man im Anhang

ander und danke für die Einladung begrüßten sie jeden mit einem kräftigen Handschlag. Für die Gastgeber hatte Ben ein kleines Mitbringsel dabei, es war eine Flasche Arak As-Samar, eine israelische Spirituosenspezialität aus seiner Heimat. Es handelte sich um einen Anisschnaps, der traditionell nicht nur als Kurzer zum Bier gereicht wurde, sondern auch immer mehr an Beliebtheit in Clubs oder Bars als Bestandteil neuer Cocktailkreationen fand.

»Soderla, den sollten wir heute noch probieren«, überreichte er Horst das Gastgeschenk.

Der Gastgeber bedankte sich und fragte: »Was darf ich euch denn anbieten? Fahren muss ja heute keiner mehr, vom guten Seidla bis hin zu verschiedenen Weinen ist alles da.«

Petra, die Gastgeberin an Horsts Seite, hatte bereits ein Tablett mit gefüllten Sektflöten in der Hand. »Jetzt sind wir vollzählig, dann stoßen wir erst einmal mit einem Glas Sekt auf den hoffentlich schönen Grillabend an. Zum Wohlsein.«

Um kurz vor halb sieben waren alle satt und zufrieden. Horst hatte seine Grillkünste unter Beweis gestellt – der neue Grill war wahrlich ein Meistergerät. Die Mädels hatten sich zusammengesetzt und waren zu Frauengesprächen übergegangen, als Schorsch, Horst und Ben sich noch ein Seidla zapften und an einem Stehtisch unter einem schattigen Birnbaum einfanden. Hier waren sie unter sich.

Sie prosteten sich zu, dann sagte Ben: »Ich habe unsere Datensysteme mit dem Namen Moritz Landauer gefüttert und …«, er machte eine Kunstpause, in der Horst und Schorsch ihn gespannt anschauten, »über diesen Landauer habe ich etwas gefunden.« Ben machte erneut eine Pause und nahm noch einen Schluck aus seinem Glas.

»Etzertla, machs fei ned zu spannend«, Schorsch drängelte im besten Fränkisch.

»Dieser Landauer hat Kontakte hierher, nach Franken. Er hat einen Bruder, mit dem er gemeinsam in einem katholischen Waisenhaus aufgewachsen ist, nachdem sie Anfang der Siebzigerjahre beide Elternteile durch einen tragischen Verkehrsunfall verloren hatten. Die hochbetagten Großeltern waren mit der Erziehung der beiden Kinder überfordert. Die Kirche nahm sich der beiden Vollwaisen an und bemühte sich um deren Adoption. Aus Moritz Griesbaum wurde Moritz Landauer, der bei der Familie Landauer in Salzburg aufwuchs. Sein Bruder, Magnus Griesbaum, wurde in die Familie Hurler aus Abtsdorf am Attersee gegeben. Beide Brüder sahen sich fortan nur noch ein paarmal im Jahr. Das innige Verhältnis der beiden riss jedoch nicht ab, beide hielten an ihrem brüderlichen Bund fest. Nahezu wöchentlich schrieben sie sich und tauschten sich aus. Beide hatten es gut getroffen mit ihren Adoptiveltern, denn diese setzten auf sie, und beide wurden von ihren Familien gefördert. Moritz und Magnus besuchten weiterführende Schulen, beide machten ihre Matura. Moritz blieb danach der Kirche treu, sein Bruder Magnus dagegen studierte Rechtswissenschaften mit dem Zweig Staatskirchenrecht in Wien. Und jetzt kommt es, die beiden Buben haben allem Anschein nach in ihrer Kindheit ein Martyrium hinter sich, das sie prägte. Sie beide sollen vor ihrer Adoption misshandelt worden sein.«

Diese Erkenntnisse von Ben waren eine Spur, das war Schorsch sofort klar. »Sexuell misshandelt?«, fragte er wie aus der Pistole geschossen.

Ben sprach weiter. »So genau war das nicht herauszufinden. Wir haben das Waisenhaus, in dem die beiden aufgewachsen sind, durchleuchtet und haben in der Tat Hinweise darüber gefunden, dass in diesem Kinderheim nicht nur mit strenger Hand regiert wurde, sondern es auch zu sexuellem Missbrauch kam. Es war tatsächlich Magnus, der sich seinen Adoptiveltern anvertraute und damit den Stein ins Rollen brachte. Sein Ziehvater Max Hurler, ein renommierter Anwalt, machte das Geschehene öffentlich. Heute noch findet man im Netz, was er damals an Vorwürfen gegen die Betreiber des Waisenhauses vorbrachte. Was aus den Anschuldigungen gegenüber einzelnen Personen geworden ist, darüber findet man allerdings nichts. Denn damals waren die Medien und der Journalismus noch nicht so vernetzt wie heute, und das war ein Grund, warum die anwaltschaftlichen Vorwürfe ins Leere liefen. Die Kirchenoberen schafften es ein weiteres Mal, den Spieß umzudrehen und Dr. Max Hurler zu diskreditieren, da er angeblich Geistliche ohne Beweis verleumde. Sie schafften es sogar, Printmedien auf ihre Seite zu ziehen, die behaupteten, Hurler mit seinen Anschuldigungen sei ein Winkeladvokat. Die katholische Kirche schaffte es, dass weitere Befragungen von möglicherweise Betroffenen sowie von Hurler genannten Drahtziehern durch die Justiz untersagt wurden.«

Horst war erschüttert. »Leck mich am Ärmel, das würde es heute so nicht mehr geben. Solche Anschuldigungen würden heutzutage durchs Netz gehen und schneller, als die Kirche es verhindern kann, vielen Menschen bekannt werden. So etwas könnte man nicht mehr unter den Tisch kehren.«

Ben war noch nicht fertig. »Es geht noch weiter. Ich habe auch in der Vermisstendatenbank der Ösis eine Abfrage durchgeführt. Was meint ihr denn, wie viele katholische Priester seit 2006 in Österreich spurlos verschwunden und bis heute nicht mehr aufgetaucht sind? Also, ich meine jetzt nicht, wie viele in den Vatikan abberufen, sondern als Vermisstenfall deklariert wurden. Also, was meint ihr? Horst, deine Schätzung?«

»Keine Ahnung, vier oder fünf«, entgegnete dieser.

»Und du, Schorsch, sag mir deine Einschätzung.«

Dieser überlegte: »Mir geht es genauso wie Horst. Ich weiß es nicht und sage mal drei.«

Ben lachte kurz auf. »Das wäre schön. Seit 2006 haben wir elf verschollene Kleriker in der Alpenrepublik, und die Strafverfolger haben keinen einzigen Hinweis auf ihren Verbleib finden können. Der eine kam nicht mehr von einer Klettertour zurück, der andere verschwand nach einer Aussegnungsfeier. Ein anderer wurde nach einem Kinobesuch nicht mehr gesehen, wieder ein anderer wurde nach der Pilzsuche vermisst. Alle elf sind wie vom Erdboden verschluckt. Das sieht aber mächtig ähnlich aus wie bei euren Fällen hier in Franken. Oder sehe ich das falsch?« Ben sah erwartungsvoll in die Runde.

Schorsch konnte sich einen Mafiawitz nicht verkneifen. »Die italienische Variante wäre eine Option für spurloses Verschwinden.«

Damit hatte er den Humor von Horst und Ben getroffen, schallendes Lachen flutete den Garten. Ben ergänzte: »Zwei Betonfüße sind mit Sicherheit eine gute Option, jemanden für immer verschwinden zu lassen. Dass ein Fischernetz einen als Beifang hochbringt, ist recht unwahrscheinlich. Lediglich Teile des Skeletts, Hüfte, Becken, Oberschenkel oder ein Schädelknochen kommen vielleicht vereinzelt ans Tageslicht. Doch ernsthaft betrachtet ist die kalabrische Beseitigungsmethode der 'Ndrangheta bei unseren fränkischen Seen wenig sinnvoll. So wenig tief, wie die sind, wäre die Gefahr, dass die Verschwundenen das doch nicht auf ewig wären, sehr groß.«

Schorsch kam zur Gegenwart zurück. »Wollen wir heute Abend die Möglichkeiten durchgehen, jemanden hier in Franken unbemerkt und für immer verschwinden zu lassen?«

»Ein abendfüllendes Thema.« Horst musste wieder lachen.

»Jetzt aber Spaß beiseite, wo lebt Magnus Hurler heute?«, fragte Schorsch.

»Ich mache es heute Abend besonders spannend«, Ben genoss offensichtlich die Pause mit Blick in die gespannten Gesichter der Freunde, die seinen Ausführungen folgten. »Magnus Hurler, Dr. Magnus Hurler, hat sich als Jurist im Staatskirchenrecht einen Namen gemacht, weitere seiner Schwerpunkte sind Strafrecht und Verwaltungsrecht. So ist er der perfekte Anwalt für Mandanten, die ein kirchliches Anliegen haben, zum Beispiel nach einer Scheidung wieder kirchlich heiraten und ihre erste kirchliche Trauung daher annullieren möchten. Und er kennt sich aus mit den strafrechtlichen Untiefen der kirchlichen Missbrauchsfälle. Nun aber zu deiner Frage, Schorsch. Magnus Hurler lebt in Fürth. Neben der Anwaltskanzlei des Adoptivvaters am Attersee führte seine Mutter noch ein Familienhotel, das sie vor zehn Jahren an einen Neffen veräußerte. Die Hurlers brachen ihre Zelte in Abtsdorf ab und zogen mit ihrem Ziehsohn nach Fürth. Magnus hat beide in der Seniorenresidenz am Erlenfeld in Erlangen untergebracht, wo er sie regelmäßig besucht.«

»Sehr interessant, jetzt brauchen wir nur noch einen kausalen Bezug zu unseren verschollenen Klerikern«, bemerkte Schorsch, der gerade die Luft aus den drei leeren Bierkrügen herausließ und dann frisch gezapfte Seidla auf dem Stehtisch abstellte.

»Erschd amol a bräsdla«, bemerkte dieser, und die drei Steinkrüge trafen sich in der Mitte.

Horst nahm einen tiefen Schluck, bevor er sprach. »Mir geht die Videosequenz mit dem Hochlehnstuhl nicht aus dem Kopf. Wie kommt der an diesen Ort? Nach dem was du, Ben, uns gerade erzählt hast, fresse ich einen Besen, wenn Moritz Landauer seine Finger nicht im Spiel hat.«

»Wir bräuchten allerdings mehr Substanz, um gegen ihn vorzugehen«, bemerkte Schorsch.

Ben nickte und sagte: »Was ich euch noch sagen kann, ist, die

Vorratsdatenspeicherung der beiden belegt einiges. Beide Brüder kommunizieren regelmäßig, da sind wir uns sicher. Eine anlassbezogene Telekommunikationsüberwachung würde uns Klarheit verschaffen.«

»Der Mossad hat da die besten Karten, euer Geheimdienst hört vermutlich mit Künstlicher Intelligenz die halbe Welt ab«, bemerkte Schorsch mit einem Grinsen in Bens Richtung und fuhr fort: »Bis jetzt haben wir keinen greifbaren Hinweis auf irgendeinen Zusammenhang zwischen den beiden Brüdern und dem Verschwinden von Pfarrern, sei es in Deutschland oder in Österreich. Wir brauchen Hinweise, die uns weiterbringen. Dennoch, nach meiner Einschätzung muss an den Vorwürfen etwas dran sein. Magnus hat sich seinem Adoptivvater gegenüber offenbart, warum hätte er das tun sollen? Er war adoptiert worden hätte es keine Übergriffe im Waisenhaus gegeben, warum hätte er das erfinden sollen? Ich stimme Horst zu, der Hochlehnstuhl mit dem gleichen Webmuster wie bei dem in unserem Video – das nährt die Verdachtsmomente. Dass Informant Moritz als Ombudsmann tätig ist und vermutlich auch zu den Kirchenarchiven Zugang hat, verstärkt mein Misstrauen. Wie gesagt, was fehlt, sind hieb- und stichfeste Beweise. Und wenn Magnus unser Mann sein sollte, wer unterstützt ihn? In diesem Stadium unseres Verdachts bekommen wir weder einen Beschluss für eine Überwachung noch eine Feststellung seiner mobilen Handydaten für die Tattage, an denen unsere Opfer verschwunden sind. Wir wissen nicht, wo die Videos aufgenommen wurden, geschweige denn, wo die verschwundenen Geistlichen sind – oder ihre Leichen, falls die Männer umgebracht wurden. Leute, wir haben nichts, absolut nichts in der Hand. Ich habe keine Ahnung, wie wir weiterkommen sollen, das wird vermutlich bald ein Cold Case werden.« Schorsch sah frustriert aus.

Horst half ihm gegen dieses Gefühl mit erneuter Füllung seines Seidlas. Dabei sagte er: »Dieser Pfarrer Volmer hat seine Anzeige zurückgezogen, die Strafverfolgung wird daher in diesem Falle nicht weiter ermitteln. Es ist damit zu rechnen, dass die Staatsanwaltschaft das Verfahren gegen seine Peiniger einstellt. Aber wer sagt uns, ob unsere Täter nicht auch noch diesen Volmer schnappen?«

Schorsch übernahm sofort. »Das kann durchaus sein, aber wir können den Pfarrer aufgrund einer vagen Vermutung nicht rund um die Uhr überwachen. Das hat die katholische Kirche mit ihren Leugnungen auch erreicht: Da es keine offiziellen Untersuchungen gibt, kann es keine vergangenen Taten gegeben haben. Wenn es aber keine Taten gab, kann es auch keine Opfer geben, die Rachegedanken hegen. Kein Geistlicher ist in Gefahr.«

»Irgendwann machen die einen Fehler, der Stein kommt ins Rollen, und die erste verwertbare Spur ist da«, sagte Ben nachdenklich.

Es war kurz vor dreiviertel zwei Uhr am frühen Morgen, als Horst die letzten zwei Holzscheite in die Glut des Außenkamins legte und die Herrenrunde mit einem dreimaligen »Pflopp« des Bügelverschlusses der letzten Bierflaschen öffnete. Horst hatte seine eiserne Reserve eingesetzt.

Die Bierflaschen waren den ganzen Abend gut gekühlt in einer Plastikwanne geschwommen. Die stand, mit Eiswürfeln bis in die Mitte gefüllt, in seiner Garage. Auch wenn die laue Sommernacht dem Eis sehr zugesetzt hatte, waren die darin verbliebenen Flaschen noch gut gekühlt. Sie waren gefragt, seit Schorschs Zehner-Fässchen in guter Laune gemeinschaftlich geleert worden war.

Der kurzweilige Grillabend ging zu Ende, die Frauenrunde hatte sich bereits vor Mitternacht verabschiedet. Rosanne hatte den Mädels zum Ende ihrer Runde ein Urlaubsvideo von ihrer letzten Kreuzfahrt präsentiert. Das hatte den beiden anderen Frauen gefallen. Nun aber, nachdem die Frauen sich zurückgezogen hatten, tranken auch die Männer bald die letzte Runde. Dann kehrte Stille ein, denn auch die Männer gingen zu Bett.

20. Kapitel

Samstag, 27. Juli 2019, 08.03 Uhr, Redaktion Nürnberger Express

Rolf Müller vom *Nürnberger Express*, der sich selbst seit Jahren als Polizeireporter mit direktem Draht zur Mordkommission bezeichnete, hatte über die verschollenen Geistlichen im Frankenland berichtet. Dabei erwähnte der Polizeireporter auch den Fall des gepeinigten Geistlichen Josef Volmer, der Mitte Juni von drei männlichen Beschuldigten in einer Karsthöhle nahe Velden gefoltert worden war. Nach anonymen Hinweisen sollte sich der Verdacht erhärten, dass der entführte Geistliche in seiner Vergangenheit ein besonderes Auge auf junge Knaben gehabt hatte, die dieser dann misshandelt habe, so schrieb es Müller. Ein ihm vorliegendes Video bezeichnete er als sehr aussagekräftig und glaubhaft. Auf Nachfragen beim zuständigen Bistum Bamberg bezüglich des vorliegenden Films wurde dem *Express* lediglich mitgeteilt, dass es sich dabei um einen Dummejungenstreich gehandelt habe. Der darin erwähnte Pfarrer habe sich unglücklicherweise zu einigen ungeschickten Äußerungen hinreißen lassen. Der Geistliche sei über Jahrzehnte als Priester tätig und habe sich in dieser Zeit niemals schädigend gegenüber seinen Schutzbefohlenen benommen. Die Zuspielung dieses Videos an Pressevertreter sei ungeheuerlich und diskreditiere nicht nur den Betroffenen selbst, diese Filmaufnahmen schädigten zudem das Ansehen der katholischen Kirche vor den gläubigen Mitmenschen. Auf eine Berichterstattung in den Medien solle daher ausdrücklich verzichtet werden, so der Generalvikar der Diözese Bamberg. Den »Rasenden Rolf« wie Müller im Kollegenkreis genannt wurde, scherten diese Forderungen einen feuchten Kehricht, denn die

Auflagenstärke des *Nürnberger Expresses* stand für ihn im Vordergrund.

Der Redakteur habe nicht nur die Inhalte der veröffentlichten Polizeiberichte zu den drei verschollenen Pfarrern vorliegen, denen, so Müller, in der Vergangenheit ebenso ein Missbrauch vorgeworfen worden sei. Zwischenzeitlich habe das Polizeipräsidium Mittelfranken sogar eine Soko »Verschollen« eingerichtet, die das mysteriöse Verschwinden der drei Kleriker aufklären solle. Müller konstruierte dabei einen Zusammenhang zu Josef Volmer. Ein katholischer Supergau, der nicht nur die Kirchenoberen aufhorchen ließ. Müllers Schlagzeile:

Die dicken Mauern des Katholizismus – Was hat man unseren Kindern dort angetan?

brachte nicht nur Unmut bei den Gläubigen hervor. Viele Leser sahen sich in ihrem Abwenden von der katholischen Kirche durch ihre Kirchenaustritte bestätigt, und schon kurz nach Herausgabe der Wochenendausgabe waren die ersten Kommentare im *Nürnberger Express* online. Rolf Müller sah sich darin bestätigt, nicht nur die Auflagenstärke an diesem Wochenende in die Höhe getrieben zu haben, sein Artikel sollte zudem auch eine tiefe Spaltung bei gläubigen Katholiken herbeiführen. Müllers Artikel war im wahrsten Sinne des Wortes das Zünglein an der Waage, dieser Artikel in einem regionalen Blatt aus Nordbayern fand überregionale Beachtung. Die Onlineaufrufe gingen durch die sozialen Netzwerke. Die Telefone der Redaktion standen an diesem Samstag nicht still. Anfragen von überregionalen Medien brachten Müller großen Erfolg, sie kauften seinen Artikel und setzten diesen unverzüglich in ihre Onlineausgabe.

Der mediale Erfolg des Polizeireporters gab ihm das Gefühl, endlich die ihm gebührende Anerkennung zu erhalten. Sein aufklärender Artikel fand nicht nur deutliche Zustimmung, teilweise erntete er auch herbe Kritik in verschiedenen Foren und Plattformen. Meist waren es »Wahrheits-Leugner«, die mit der Behauptung, die katholische Kirche habe sich noch nie an Kindern oder Schutzbefohlenen vergriffen, ihre Weltanschauungen vertraten. Sie bezeichneten Müller als Schmierfink, der den katholischen Glauben mit Füßen trete und die Leistung der vermissten Pfarrer herabwürdige. Zudem würde Müller die Peiniger von Pfarrer Josef Volmer lobpreisen, indem er die Taten dieser Gruppierung der Öffentlichkeit zugänglich gemacht habe. Ein mediales Verhalten mit blasphemischen Grundzügen, das seitens der katholischen Kirche nicht geduldet werden könne und rechtliche Konsequenzen gegenüber dem Verfasser des Artikels nach sich ziehen müsse.

Josef Volmer war nicht mehr in der Lage, die Wochenendausgabe des *Nürnberger Express* zu lesen. Die Brisanz des Artikels hatte auch so von nun auf gleich sein Leben verändert, die Onlineveröffentlichung reichte. Denn nun hatte ein Polizeireporter das ans Tageslicht gebracht, was man seitens der Kirche unbedingt hatte verbergen wollen. Nun wusste der geneigte Leser, was sich in den letzten Jahren im Nürnberger Land zugetragen und worüber die Kirchenoberen geschwiegen hatten. Ein Verhalten, das die Mehrheit der Leser nicht akzeptierte. Nach dem Erscheinen von Müllers Artikel war klar, dass man ihn, den bisher hoch angesehen Pfarrer, jagen würde. Wenn nicht seitens der Justiz, dann in den sozialen Medien. Und vermutlich bis an seinen Wohnort.

Denn noch bevor die Druckmaschinen des *Nürnberger Express* die Schlagzeile der Wochenendausgabe ausspuckten, wurde die Öffentlichkeit informiert. Es war der 26.07. gegen 16.00 Uhr, als der besonders erfolgsorientierte Rasende Rolf seinen Artikel online stellte. Was folgte, war ein Shitstorm, der nicht nur das Leben von Josef Volmer schlagartig veränderte. Unzählige Drohanrufe und Schmiereien an seinem Haus führten bei dem Geistlichen zu suizidalen Gedanken, die er um 20.11 Uhr auf den Bahngleisen der S 1 zwischen Pommelsbrunn und der Endstadion Hartmannshof in die Tat umsetzte. Die Lokomotive der Baureihe 111, die an diesem Streckenabschnitt eingesetzt war, erfasste Volmer frontal und beendete das irdische Dasein des »Unbarmherzigen Lächlers« nach neunundfünfzig Jahren.

Hatte ihn der Rasende Rolf in den Tod getrieben?

Einsatzkräfte der Bundespolizei, deren Aufgabe es war, die Leichenteile von Opfern von den Gleisanlagen zu beseitigen, konnten bei der körperlichen Durchsuchung des Opfers einen Abschiedsbrief sicherstellen. Der Geschädigte hinterließ ein persönlich aufgesetztes Schreiben, das er in seiner Jackeninnentasche aufbewahrt hatte. Der Kleriker schrieb, dass der Artikel mit der Schlagzeile *Die dicken Mauern des Katholizismus – Was hat man unseren Kindern dort angetan?* ihn für immer von seiner Kirchengemeinde und seinen Glaubensbrüdern ausschließen werde. Er selbst habe in all den Jahren nicht nur Gutes getan. Eine innere Stimme hätte ihn in früherer Zeit auf den falschen Weg geführt, einen Weg, der bei manchen Menschen qualvolle Spuren hinterlassen habe. Nun, wo dies der Öffentlichkeit offenbart wurde, bereue er sein damaliges Handeln und wähle den Freitod als letztes Mittel, um vor seinen Schöpfer zu treten. Der Allmächtige und die Betroffenen mochten ihm vergeben.

*Samstag, 27. Juli 2019, 10.47 Uhr,
nahe Hornschuchpromenade in 90762 Fürth*

Magnus traute seinen Augen nicht, als er den *Nürnberger Express* aufschlug und unter der Rubrik »Nürnberg und Umgebung« in dicken Lettern die Überschrift
Die dicken Mauern des Katholizismus – Was hat man unseren Kindern dort angetan? las.

Gespannt verschlang er den Artikel von Rolf Müller, dem Chef- und Polizeiredakteur des *Nürnberger Express*, wie er sich selbst betitelte. Nach der Lektüre überlegte er kurz und griff zum Telefon. Am anderen Ende der Leitung nahm Thomas mit den Worten: »Hallo mein Freund, lass mich raten, du rufst wegen des Artikels über unsere Freunde an?«, ab.

Magnus lachte und entgegnete: »Hast du also auch schon gelesen. Dieser Zeitungsfritze hat sich ganz gut darüber ausgelassen, das ist richtiger Sprengstoff für die katholische Kirche. Sehr gut geschrieben. Und glaube mir, Thomas, das wird zu weiteren Kirchenaustritten führen. Die katholische Kirche wird dadurch gezwungen werden, sich neu zu orientieren, und kommt an einer lückenlosen Aufklärung nicht vorbei. Vielleicht bewegt der Artikel ja etwas, und das Landeskomitee der Katholiken in Bayern ruft die bayerischen Diözesen in einer Stellungnahme dazu auf, unabhängige Ombudsstellen nach österreichischem Vorbild einzurichten. Das wäre ein probates Mittel, um eine bessere Prävention und lückenlose Aufarbeitung des sexuellen Missbrauchs in Deutschland anzugehen. Ich werde gleich mal meinen Bruder anrufen, vielleicht liegen ja schon konkrete Anfragen über die Einrichtung solch einer Ombudsstelle vor.«

Thomas erwiderte: »Da stimme ich dir zu, das ist wirklich ein explosiver Artikel, der nicht nur ein Umdenken von diesen

Kirchenoberen fordert, sondern zudem viele Gläubige mobilisieren wird, Aufklärung zu fordern oder ohne Umschweife die Reißleine zu ziehen und aus der Kirche auszutreten. Ach ja, ich habe soeben mit Knut telefoniert, dieser Artikel geht viral. Viele überregionale Agenturen und Zeitungen wie die *FAZ, die Süddeutsche* oder die *Rheinische Post* berichten schon darüber, dieser Chefredakteur verdient sich gerade eine goldene Nase.«

Magnus dachte weiter. »Dann lassen wir erst einmal alles sacken und holen uns diesen ›unbarmherzigen Lächler‹ später. Die Lunte brennt, und Josef Volmer hat dieser lodernden Zündschnur nichts mehr entgegenzusetzen, sein Ansehen ist bis in alle Ewigkeit ruiniert.«

21. Kapitel

*Montag, 29. Juli 2019, 09.07 Uhr, Polizeipräsidium
Mittelfranken, K 11, Besprechungsraum 1.08*

Wie jeden Montag hatte Kriminaldirektor Raimar Schönbohm seine K 11er zur großen Lagebesprechung einberufen, wo man neben den alltäglichen Dienstgeschäften auch auf die aktuellen Kapitalverbrechen und Cold-Case-Fälle zu sprechen kam.

Heute hatte Schönbohm zudem einen Vertreter der Bundespolizeiinspektion Nürnberg eingeladen, der neben Polizeipräsident Mengert Platz genommen hatte.

Schönbohm begann: »Liebe Kolleginnen und Kollegen, wir haben ein ereignisreiches Wochenende hinter uns. Wie ihr aus den Medien entnehmen konntet, hat unser Rasender Rolf einen Artikel über sexuelle Übergriffe in der katholischen Kirche veröffentlicht, der durch die Decke ging. Polizeipräsident Dr. Mengert wurde am Samstagvormittag sogar vom Generalvikar der Diözese Bamberg kontaktiert, der sich nicht nur über diesen Müller beschwert hat. Er meinte doch wirklich, dass wir hier eine undichte Stelle hätten und diesen Müller mit vertraulichen Informationen füttern würden.«

Dr. Mengert unterbrach: »Ja, aber bevor Sie weitermachen, erzähle ich die Geschichte lieber gleich aus erster Hand.« Mengert kratzte sich kurz nachdenklich am Hinterkopf und fuhr fort: »Ich habe mich natürlich gleich hinter meine Leute gestellt und diese abwegige Behauptung von Baldur Sedlmayr entkräftet. In meiner Behörde gäbe es keineswegs eine undichte Stelle. Fakt ist, dass diesem Rolf Müller Informationen von Dritten außerhalb der Polizei zugespielt werden. So schreibt er ja, er habe eine Videosequenz von einer seiner Quellen erhalten, die ihn dazu veranlasst habe, einen Artikel darüber zu verfassen. Er verweist auch auf bereits erschienene Zeitungsausschnitte über die drei verschwundenen Geistlichen. Ich konnte in diesem Telefonat Sedlmayrs Verdachtsmomente uns gegenüber ausräumen, schlussendlich hat er sich sogar für seine Behauptungen entschuldigt. Nun fahren Sie bitte fort.« Mengerts Blick galt Schönbohm.

Schönbohm nickte zustimmend: »Die Details dieses Artikels sind allen bekannt, doch heute gibt es noch eine Ergänzung, die ich unseren Kollegen Korn von der Bundespolizei bitte, euch mitzuteilen. Herr Korn, Sie haben das Wort.«

Der stand auf und schaute in die Runde. »Der Artikel hatte es wirklich in sich, der darin genannte Pfarrer Josef Volmer hat sich am Freitagabend vor die S 1 geworfen, nur Stunden nach der Veröffentlichung im Internet. Er erlag noch am Unfallort seinen schweren Verletzungen. Es gibt einen Abschiedsbrief, in dem er die Ausweglosigkeit beschreibt und den Missbrauch an Jugendlichen und Schutzbefohlenen einräumt. Diese Infos bitte ich natürlich vertraulich zu behandeln. Es wäre Wasser auf die Mühlen derjenigen, die den Missbrauch in der katholischen Kirche seit Jahren anprangern.«

Eva-Maria warf ein: »Dann wissen nur wir Strafverfolger etwas von diesem Abschiedsbrief?«

»Nein, wir haben natürlich das Bistum Bamberg davon in Kenntnis gesetzt. Aber von dort aus wird nichts an die Öffentlichkeit dringen, das konnten wir dem Gespräch mit Sedlmayr entnehmen. Die schießen sich ja nicht selbst ins Knie«, betonte der Kollege von der Bundespolizei.

Nun meldete sich Robert Schenk zu Wort und öffnete eine rote Umlaufmappe. »Tja, Leute, und ich habe vielleicht auch etwas. Etwas, das unsere Ermittlungen ins Rollen bringen könnte. Vielleicht eine Spur, die wir mithilfe unseres Kollegen Michael nutzen könnten.« Robbis Blick galt nun Michael Wasserburger, der ihm zunickte und entgegnete: »Also, Robbi, machs fei ned zu spannend.«

Dieser fuhr fort: »Wir, also Ute Michel und ich, hatten am Wochenende Bereitschaftsdienst und wurden gestern Abend von den Kollegen der Polizeiinspektion Heilsbronn unterrichtet, dass in Untereschenbach ein Wochenendhaus aufgebrochen wurde. Spaziergänger hatten dort im Erlengrund einen alten Lieferwagen mit litauischem Kennzeichen bemerkt, in den Gegenstände und Möbel eingeladen wurden. Der Bürgerhinweis ging gegen 17.30 Uhr ein, kurz vor 18.00 Uhr wurde das besagte Fahrzeug an der Agip-Tankstelle in Windsbach angetroffen und einer Fahrzeug- und Personenkontrolle unterzogen. Einen Eigentumsnachweis über die mitgeführten Möbel und Einrichtungsgegenstände konnten die drei Litauer aus Vilnius nicht vorlegen. Auf die Frage, wo sie diese Sachen erworben hätten, antworteten alle drei, dass man diese Gegenstände auf verschiedenen Flohmärkten an diesem Wochenende erworben habe. Auf Nachfrage der Beamten, wo denn am Wochenende ein Flohmarkt stattgefunden habe, konnten sie allerdings keine Angaben machen. In der Zwischenzeit hatte eine Polizeistreife die Tatörtlichkeit am Erlengrund erreicht. Die massive Gewaltanwendung an der mehrfach gesicherten Zugangstüre des Holzhauses war unübersehbar. Zwei zur zusätzlichen Türsicherung aufgebrachte Beschläge waren auf einer Seite mit einem Trennschneider durchtrennt. Auf der gegenüberliegenden Seite, dort, wo die Türbeschläge eigentlich mit einem Vorhängeschlosse gesichert wurden, lagen diese durchtrennt am Boden. Die Einbrecher hatten ganze Arbeit geleistet und die frei gelegte Zugangstüre mit brachialer Gewalt durch einen Geißfuß geöffnet.

Eine anschließende Gegenüberstellung mit dem Hinweisgeber in den Räumlichkeiten der Polizeiinspektion Heilsbronn brachte die Gewissheit, dass es sich bei den Männern um die Einbrecher im Erlengrund handelte. Alle drei Tatverdächtigen wurden in Polizeigewahrsam genommen, das Tatfahrzeug und die darin befindlichen Gegenstände sichergestellt. Und jetzt kommt's«, Robbis Blick galt nun Ute Michel, die neben Michael Wasserburger Platz genommen hatte: »Ute, du warst die Erste, die das Möbel entdeckt und identifiziert hat, erzähl du weiter.«

Ute schmunzelte, streckte ihren rechten Zeigefinger in die Höhe und fragte: »Was sagen uns gleich wieder die ›Waage der Wahrheit‹ und der ›Schlüssel der Verschwiegenheit‹?« Ute machte eine kurze Pause und sah Gunda, Horst und Schorsch an.

»Des glaube ich jetzt obber ned«, entfuhr es Schorsch, und er fragte: »Redest du von unserem antiken Hochlehnstuhl?«

Ute nickte. »Genau von dem. Dieser Stuhl muss eine so starke Anziehungskraft haben, dass er im Lieferwagen unserer drei Litauer einen neuen Platz gefunden hat.«

Gunda überlegte: »Dann muss der entweder aus dem Wochenendhaus im Erlengrund stammen oder die Litauer haben ihn woanders mitgehen lassen.«

Robbi warf ein: »Letzteres können wir, glaube ich, ausschließen.« Er klappte seine Umlaufmappe auf und übergab Gunda daraus drei Fotos.

Horst und Schorsch beugten sich von hinten über Gundas Schulter. Die drei sahen erst auf die Fotos und dann sich wechselseitig an, ohne jedoch ein Wort zu verlieren.

Schönbohms und Dr. Mengerts Blick waren gespannt auf die drei gerichtet.

Schorsch löste die Spannung auf: »Leute, wir haben den Ort der Tribunale gefunden, es ist der Bungalow im Erlengrund.

Jetzt müssen wir nur noch wissen, wem die Hütte gehört, dann führt uns die Spur zu unseren Tätern und den Verschollenen. Habt ihr schon die ersten Spuren von diesem Tatort auswerten können?«

Schorschs Frage wurde von Michael Wasserburger beantwortet. »Das Spurenmaterial muss natürlich noch ausgewertet werden, Robbi und Ute haben jede Menge davon gefunden und mir dieses bereits vor unserer Dienstbesprechung zugeleitet. Ich habe die Auswertung priorisiert. Meine Kriminaltechnik ist gerade dabei, das daktyloskopische Spurenmaterial und das DNA-Material aufzubereiten und auszuwerten. Der große Holztisch, der Rollstuhl, das silberne Standkreuz, die Petroleumlampen und natürlich den Hochlehnstuhl haben wir bereits bei uns in der Lagerhalle sichergestellt. Nachdem mich Robert und Ute gestern Abend informiert hatten, habe ich über den Kriminaldauerdienst die Abholung veranlasst. Die Kollegen der Bereitschaftspolizei in der Kornburger Straße haben uns bei dem Transport unterstützt. Unsere drei Litauer werden heute Nachmittag dem Haftrichter vorgeführt, die erkennungsdienstliche Behandlung wurde gestern Abend noch im Polizeigewahrsam veranlasst, somit können wir das so gesicherte Spurenmaterial besser eingrenzen.«

»Wissen wir schon, wem das Ferienhaus gehört?«, fragte Dr. Mengert.

»Nein, so weit sind wir noch nicht, die Beweissicherung hatte Priorität, und das zuständige Katasteramt läuft uns ja nicht weg. Diese Abklärungen werden im Laufe des Tages erfolgen«, entgegnete Wasserburger.

Schorsch fügte an: »Danke, Michael, schon klar, gestern hätten wir sowieso nichts abklären können, und das Katasteramt nehmen wir gleich in Angriff. Derjenige, dem die Hütte gehört oder der den Schlüssel besitzt, sollte uns zu den Tätern führen.«

Um kurz nach halb zwölf trafen Schorsch und Horst beim Amt für Digitalisierung, Breitband und Vermessung in der Dollmannstraße in Ansbach ein. Nach Tagen der Stagnation in ihren Ermittlungen hofften sie, im Amtszimmer der kommunalen Auskunftsbehörde weiterzukommen, vielleicht würde ihnen gar der Name des Täters präsentiert.

Nachdem sich Schorsch und Horst mit ihrer Dienstmarke legitimiert hatten, kam Schorsch direkt zur Sache. »Wenn uns eine hier helfen kann, dann sind Sie das, Frau Reitschuster.« Der Name hatte an der Tür gestanden, und Schorschs Blick galt nun einer adretten, blonden Mittvierzigerin mit Bubikopf-Frisur, die ihren Bürostuhl nach hinten fuhr, sich erhob und auf Schorsch und Horst zuging.

»Darf ich Ihre Marke bitte noch mal sehen?«, fragte die Dame, die nun direkt vor den beiden Beamten stand und Schorsch und Horst mit einem süßen Lächeln musterte.

»Freili, wir haben aber auch unsere Dienstausweise dabei«, lächelte ihr Horst zu und wollte schon in seine Jackentasche greifen, als die Beamtin sagte: »Nein, die Dienstmarke passt schon.«

Als Schorsch und Horst noch mal die Dienstmarke aus ihrer Hosentasche zogen, streckte sie Schorsch ihre rechte Hand entgegen: »Angenehm, die Herren, wie kann ich Ihnen denn helfen?«

Barbara Reitschuster hatte nicht nur ein charmantes Lächeln, das bei ihrer Kurzhaarfrisur, den aufgespritzten Lippen und dem kirschroten Lippenstift besonders zur Geltung kam. Ihr stylisches Sommeroutfit bestach die beiden Auskunftsuchenden und ließ ihre Männerherzen höherschlagen. Die waffenscheinpflichtigen Animal Print Heels, die ihre langen Beine noch länger erscheinen ließen, ihre tief ausgeschnittene Bluse, auch in Animal Print Look, ihre beachtliche Oberweite, deren

Körbchengröße Schorsch auf Doppel D schätzte, der dazu passende schwarze Lederrock und das schwarze Choker-Halsband mit einem kleinen silbernen Ringlein machten aus Barbara Reitschuster eine nimmersatte Raubkatze, die es vermutlich auf Männer abgesehen hatte. In der Fantasie beider Ermittler konnte man das Choker-Halsband der hübschen Barbara auch als nützliches Spielzeug für gewisse Stunden betrachten. Schorsch musste seine Gedanken zügeln und betrachtete Reitschusters Amtszimmer, das in schlichtem Weiß gestrichen war. Ein kleines rosa Wandtattoo, das mit verschiedenen Fotos dekoriert war, fiel ihm auf, und er fragte: »Sind Sie das mit Guido Maria Kretschmer? Haben Sie schon mal bei diesem Wettbewerb mitgemacht? Welches Motto wurde Ihnen da vorgegeben?«

Barbara Reitschuster lächelte etwas verlegen und fragte: »Herr Bachmayer, woher kennen Sie denn die Sendung *Shopping Queen*? Das ist doch eigentlich eine Frauensendung. Aber ich vermute, als Ermittler kennen Sie einfach alles. Ja, ich habe dieses Jahr im Frühjahr in Nürnberg daran teilgenommen, und das Motto ist mir heute noch auf den Leib zugeschnitten.«

»Dann war das Motto: ›Animalisch im Trend! Finde das perfekte Frühlingsoutfit in Animal Print‹«, riet Schorsch.

»Dann müssen Sie die Sendung gesehen haben. Frau hat ja sonst kein Hobby.« Reitschuster lachte herzhaft und ergänzte: »Dabei sollte man immer einen aussagekräftigen, netten Spruch auf den Lippen haben. ›Ich brauche was gegen Kopfschmerzen‹, zum Beispiel …«

Schorsch und Horst konnten sich nun auch nicht mehr halten und lachten freien Stückes.

Barbara Reitschuster kam zurück auf den Anlass ihres Besuches. »Spaß beiseite. Um meine Frage zu wiederholen, wie kann ich Ihnen helfen?«

Schorsch sagte: »Wir suchen einen Grundbucheintrag in der

Gemarkung Untereschenbach bei Windsbach. Das Anwesen müsste ein Ferienhaus im Erlengrund sein und hat die Hausnummer 7.«

Die Beamtin tippte die Adresse in ihre Computertastatur und antwortete kurze Zeit später: »Sean Bullwick, 17.12.1949, E Arlington Ave, Fort Worth, Texas. Wenn Sie was von dem Besitzer erfahren wollen, da könnte man eine schöne Dienstreise draus machen.«

Horst fragte: »Ein Amerikaner, hat der vielleicht noch einen Zweitwohnsitz hier bei uns?«

»Das ist der Zweitwohnsitz, der Erstwohnsitz ist ja in Texas«, bemerkte die Beamtin scharfzüngig.

»Gibt es irgendeine deutsche Adresse, eine Telefonnummer oder eine hinterlegte Anschrift, wenn mal was passieren sollte, also Hausbrand, Überschwemmung, Sturmschäden oder so?«, hakte Schorsch nach.

»Die Grundsteuer, die Brandversicherung sowie die Zahlungen zur Unterhaltung des Grundstückes und des darauf befindlichen Gebäudes werden, so wie ich das hier sehe, aus den Staaten überwiesen. Aber es gibt in der Tat eine Telefonnummer mit hiesiger Vorwahl, die er für Notfälle hinterlegt hat. Ein gewisser Knut Bodemann ist der Ansprechpartner. Ich lasse Ihnen einen Ausdruck raus. Ich sehe schon, das wird dann wohl nix werden mit der Dienstreise nach Texas«, schmunzelte Reitschuster und übergab Schorsch mit den Worten: »Na, dann viel Erfolg bei Ihren Ermittlungen«, den Katasterausdruck.

Schorsch blickte darauf. »0911-77xxxxx, die Telefonnummer ist aus Fürth, das ist schon mal ein Ansatz, das bringt uns hoffentlich weiter. Besten Dank, bis zum nächsten Mal.« Schorsch reichte Barbara Reitschuster seine Rechte. Horst machte es ihm nach und verabschiedete sich mit einem freundlichen »Servus«.

Kurze Zeit später ...

»Also, Horst, dann auf zum Erlengrund, ich bin mal auf das Domizil gespannt.«

Horst bemerkte: »Die aufgebrochene Türe soll laut Roberts Aussage nach der Tatortsicherung notdürftig von den Heilsbronner Kollegen instandgesetzt und mit einem Dienstsiegel gesichert worden sein. Ruf dort mal an, eine Streife soll vorbeikommen, um es zu lösen. Die Spuren sind gesichert, und ich bin genauso neugierig wie du, wie es dort aussieht. Anschließend können die Kollegen die Zugangstüre ja wieder versiegeln.«

Es war kurz vor halb zwei, als die beiden die Zufahrt zum Erlengrund erreichten. Zwei Kolleginnen der Polizeiinspektion Heilsbronn waren bereits vor Ort, neben deren Streifenwagen Horst den Dienstwagen abstellte.

Vor ihnen lag ein Bungalow, der vermutlich in den Sechziger- oder Anfang der Siebzigerjahre gebaut worden war. Die äußeren Mauern waren teilweise mit Holz vertäfelt, das von Sonne und Witterung stark ausgebleicht war und kleine Risse aufwies. Alle Fenster waren mit schweren Fensterläden aus Metall ausgestattet und von innen verriegelt, um potenziellen Einbrechern oder unerwünschten Besuchern keinen Blick ins Innere des Hauses zu ermöglichen. Auch den unberechtigten Zugang ins Haus erschwerten die massiven Läden.

»Grüß Gott, Bachmeyer und Meier vom K 11, wir haben uns angekündigt und wollten mal einen Blick in das Ferienhaus werfen«, stellte Schorsch Horst und sich den Kolleginnen vor.

»Servus, gerne«, antwortete eine der Beamtinnen, brach mit ihren langen Fingernägeln das Siegel und öffnete die Türe.

Horst und Schorsch traten ein und trauten ihren Augen nicht. Vor ihnen lag ein Raum von zirka zwanzig Quadratmetern, der genauso aussah wie der in den ihnen zugespielten

Videosequenzen. Das Inventar befand sich zwar bei ihrer KTU, aber Schorsch erkannte den alten Kanonenofen und die mit purpurfarbenem Stoff bespannte Zimmerwand. Das Eichenvertiko fehlte, aber die Waschkommode, die Keramikschüssel und die Wasserkaraffe befanden sich noch an dem Platz wie in den zugespielten Filmausschnitten. Es war der Raum, in dem man die drei Pfarrer vor das Tribunal gezerrt hatte, daran hatten Horst und Schorsch keine Zweifel mehr.

»Horst, wir müssen die Nachbarn befragen. Irgendjemand muss doch etwas bemerkt oder beobachtet haben. Es gibt nur einen kleinen Flurbereinigungsweg hierher. Und sieh da, dort unten steht eine mobile Kanzel, vielleicht hat ja ein Jäger beim Ansitz etwas gesehen. Ihre Opfer haben sie kaum zu Fuß hierhergebracht, also müssen wir herausfinden, welche Fahrzeuge diesen Weg frequentieren. Dort vorne befindet sich ein Bauernhof, vielleicht hat dort jemand etwas gesehen. Und was den möglichen Jagdzeugen anbelangt«, Schorschs Blick war auf die beiden Kolleginnen gerichtet, »ist euch bekannt, wer hier der Jagdpächter ist?«

Die Polizeiobermeisterin antwortete: »Der Jagdpächter von hier kommt aus Windsbach, ein bekannter Unternehmer namens Klaus Murr, die Adresse frage ich gleich für euch ab.«

Nachdem sie die Adresse des Jägers Murr erhalten hatten, verabschiedeten sie sich und machten sich auf den Weg zum nahe gelegenen Bauernhof.

Schorsch und Horst hatten den richtigen Riecher gehabt, dem fränkischen Erwerbsbauern war ein grünfarbener Mercedes Vito in Erinnerung, der häufiger in den Abendstunden den Weg zum Wochenendhaus gefahren war. Bingo, dachte Schorsch, eine Personenbeschreibung konnte Bauer Mehlworm zwar nicht abgeben, aber der grünfarbene Vito war ein Hinweis, der sie womöglich weiterbringen würde.

Die Abklärung des Fürther Ansprechpartners von Sean Bullwick, Knut Bodemann, stand noch aus. Vielleicht gehörte ihm sogar der grüne Vito.

Bereits zwanzig Minuten später bestätigte der Unternehmer Klaus Murr, der Jagdpächter im Erlengrund, Mehlworms Angaben. Auch er hatte bei abendlichen Ansitzen einen grünen Mercedes Vito bemerkt, der das Anwesen mit der Hausnummer 7 ansteuerte und auf ein Fürther Kennzeichen zugelassen war.

So waren sie dem Fahrzeug noch einen Schritt näher gekommen. Was fehlte, war die Abklärung des Ansprechpartners, der in Notfällen für das Ferienhaus zuständig war. Was verband ihn mit dem Eigentümer Sean Bullwick aus Texas? Und auf wen war der grüne Vito zugelassen?

Gegen sechzehn Uhr erreichten Horst und Schorsch das Anwesen von Knut Bodemann in Fürth-Ritzmannshof.

Die Adresse hatte Gunda ermittelt. Ihre Überprüfung der Telefonnummer aus dem Katasteramt im Syborg-System und eine Abfrage des Namens Knut Bodemann im Einwohnermeldeamtsregister, kurz EMA, hatten ihr die Adresse und mehr verraten. Der fünfundfünfzigjährige Fürther war IT-Experte und unterhielt eine kleine Firma, die es sich zum Ziel gemacht hatte, spezielle Cloud-basierte Computersoftware zu entwickeln, welche sich im Bereich Rechnungswesen, Personalverwaltung und Unternehmensplanung großer Beliebtheit erfreute. Horst und Schorsch parkten ihren Dienstwagen auf dem Gelände und begaben sich zur Pforte des Firmeneingangs. Ein großes blaues, Plastikschild mit der Aufschrift *Bo-IT-Solutions* wies auf das Unternehmen hin. Das rote Backsteingebäude, das vermutlich in den Vierzigerjahren des letzten Jahrhunderts gebaut worden war, war mit dem angrenzenden Wohngebäude über einen lichtdurchfluteten Glasüberweg verbunden.

»Grüß Gott, Bachmeyer und Meier, wir wollten gerne einen Knut Bodemann sprechen.« Schorsch und Horst zeigten der Dame an der Rezeption ihre Dienstausweise.

»Oh, Polizei, um was geht es denn?«, fragte diese.

»Das würden wir gerne Herrn Bodemann selbst sagen«, antwortete Horst, während die Angestellte zum Telefonhörer griff und wählte.

Kurze Zeit später betrat ein stattlicher Mann Mitte fünfzig mit graumeliertem Haar, dicker Hornbrille, Jeans und einem Trachtenjanker die Lobby und ging schnurstracks auf Horst und Schorsch zu.

»Und die Polizei ist auch schon da, das ging ja schnell, Bodemann, Knut Bodemann mein Name. Sie sind wegen des Einbruchs im Ferienbungalow hier?«

»Grüß Gott, Herr Bodemann, Meier und Bachmeyer von der Mordkommission, genau deswegen sind wir hier. Wir haben da ein paar Fragen an Sie«, stellte Schorsch beide vor.

»Mordkommission? Ist bei dem Einbruch jemand ermordet worden?«, fragte Bodemann erstaunt und bat Schorsch und Horst, ihm zu folgen.

»Soderla, hier sind wir unter uns«, Bodemann öffnete eine Glastüre und geleitete die Beamten in ein großes Besprechungszimmer, das im Stil der Zwanzigerjahre eingerichtet war. Einem großen, dunkelbraunen Eichenvertiko, dessen drei Oberseiten mit rosa Marmor belegt und mit handgeschnitzten Ornamenten verziert waren, gegenüber stand ein großer, alter, dreigeteilter Eichenschrank, hinter dessen Tür mit Glasscheibe verschiedene Sammlerstücke und Bilder zu sehen waren. In der Mitte des Raumes stand der passende Eichentisch, der mit zehn antiken Stühlen umstellt war. Auf dem Tisch standen verschiedene Getränkeflaschen und ein Tablett mit umgedrehten Trinkgläsern. »Nehmen Sie bitte

Platz, und wenn Sie eine kleine Erfrischung benötigen, bedienen Sie sich gerne.«

Nachdem alle Platz genommen hatten, begann Schorsch: »Wir sind in der Tat wegen des aufgebrochenen Bungalows hier. Die Täter sitzen hinter Schloss und Riegel, der Ermittlungsrichter hat Haftbefehl erlassen.«

Bodemann nickte. »Sehr schön, sehr schön. Ich wurde heute Morgen schon darüber informiert und habe gleich einen Fenster- und Türenbauer in Windsbach kontaktiert, der uns die aufgebrochene Türe erneuern wird. Unglaublich, was wir seit 2015 für ein Geschwertel importiert haben«, wetterte Bodemann und ergänzte: »Früher war alles besser, heute muss man sein Eigentum mit speziellen Schutzvorrichtungen versehen. Jetzt kommt eine Türe rein, die einen Einbruch besonders erschwert, zudem habe ich noch veranlasst, dass ein Scheinwerfer das Anwesen beleuchtet, wenn jemand sich nachts dem Eingang nähern sollte. Unglaublich. Aber schießen Sie los, wie kann ich Ihnen helfen?«

»Das Haus gehört ja einem gewissen Sean Bullwick, welche Verbindung haben Sie zu ihm, und wer nutzt das Ferienhaus?«

»Sean ist mein Schwager, der in Texas lebt und uns ab und an besuchen kommt. Sie wissen schon, wenn Frauen Heimweh haben, dann gibt es keinen Halt mehr, dann fliegt man über den Teich und freut sich auf fränkische Spezialitäten und auf die fränkische Gemütlichkeit. Zu meiner Schwester Patricia habe ich ein sehr inniges und vertrautes Verhältnis, darum bin ich derjenige, der auf ihren Bungalow aufpasst. Es ist ein Ort der Stille, etwas zum Ausspannen am Wochenende. Patricia und Sean haben hier noch eine kleine Wohnung, die sie überwiegend nutzen, wenn sie sich in Deutschland aufhalten. Da draußen im Erlengrund finden im Sommer ab und an Grillpartys oder Treffen mit Freunden statt. Sean hatte das Grundstück und das Gebäude in der Zeit gekauft, in der er noch Kampfpilot in Katterbach war. Er flog einen Boeing AH-64 Apache, mit der er auch im Irakkrieg eingesetzt war. Sein Rufname war Crazyhorse*, sie kennen bestimmt das Video von Wikileaks von 2007 aus Bagdad.«

»Wer kennt dieses schreckliche Video nicht, wo Zivilisten und Kinder ermordet wurden. Schrecklich. Rühmt er sich damit?«, fragte Schorsch.

Bodemann zuckte mit den Schultern. »Hinterher ist man immer klüger. Die Bedrohungssituation war damals allgegenwärtig, so Sean. Und wenn dieser blöde Verräter Julian Assange die geheimen Videoaufzeichnungen nicht öffentlich gemacht hätte, dann wüsste heute die Menschheit nichts davon. Hoffentlich wird der noch nach Amerika ausgeliefert.« Bodemann hielt mit seinen politischen Ansichten nicht hinter dem Berg.

Für politische Diskussionen war Schorsch aber nicht hier. »Kommen wir auf den Punkt, ist auf Sie ein grüner Mercedes Vito zugelassen?«

Bodemanns Antwort kam schnell: »Nein, auf mich ist kein grüner Vito zugelassen.«

»Wann war Ihr Schwager zuletzt in seinem Ferienhaus?«, fragte Horst.

Der Gefragte musste nicht überlegen. »Das letzte Mal waren die zwei vor sechs Wochen hier, Patricia und Sean haben die Pfingstfeiertage hier verbracht, Shoppen, Sightseeing und gute Freunde besuchen, Sie wissen schon. Dass er den Bungalow an andere vermietet, glaube ich nicht, davon hätte mir mein Schwager erzählt. Aber apropos Eingangstüre, wer kommt eigentlich für den Schaden auf, wohin dürfen wir die Rechnung der neuen Türe denn schicken?«

---

* https://www.youtube.com/watch?v=KiPjNPwFgEg

»Die drei Tatverdächtigen sitzen in Untersuchungshaft, irgendwann wird ein Richter über die Tat entscheiden, und mögliche zivilrechtliche Ansprüche sollte Herr Bullwick über einen Anwalt einfordern«, sagte Schorsch, bevor er und Horst sich verabschiedeten.

Als sie Minuten später auf dem Weg ins Präsidium waren, bemerkte Schorsch: »Irgendwas verheimlicht der doch oder glaubst du diesem Bodemann? Ich nicht.«

Horsts Tonfall war nachdenklich. »Schwierig, Schorsch, schwierig. Ganz traue ich dem auch nicht über den Weg, zumal er sich mit seinem Schwager brüstet, der im Irakkrieg unschuldige Menschen getötet hat. Der weiß, wie Töten funktioniert, und hat vermutliche keine Skrupel. Tja und in der Zeit um Pfingsten war sein Schwager hier. Hat der was mit dem Verschwinden unserer Pfarrer zu tun? Steckt der mit dahinter? Wir müssen den Halter dieses grünen Vitos ausfindig machen, vielleicht kommen wir dann weiter.«

22. Kapitel

Mittwoch, 31. Juli 2019, 10.07 Uhr,
Polizeipräsidium Mittelfranken, K 11

Gunda wedelte mit einer gelben Umlaufmappe. »Meine Herren, wir suchen doch einen grünen Mercedes Vito mit Fürther Kennzeichen. Ich meine diesen gefunden zu haben. Mit Fürther Kennzeichen gibt es siebenunddreißig grüne Vitos. Einer davon ist in Fürth-Ritzmannshof zugelassen – und fragt mich mal nach dem Halter und der Adresse.« Gunda grinste über beide Bäckchen.

»Aber nicht auf Knut Bodemann«, warf Horst ein.

»Stimmt, nicht auf diesen Unternehmer Bodemann, aber«, Gunda machte eine kurze Pause, um beide Beamte so richtig auf die Folter zu spannen, als Schorsch einen Versuch wagte: »Auf seinen Schwager, oder?«

»Richtig, Schorsch, der Wagen ist auf einen Sean Bullwick zugelassen, der bei seinem Schwager einen Zweitwohnsitz angemeldet hat. Keine Ahnung, warum dieser Zweitwohnsitz nicht im Katasterauszug hinterlegt wurde, vermutlich braucht man das nicht.«

Horst fragte: »Warum hat uns das dieser Bodemann nicht gleich gesagt, wir haben ihn doch auf diesen grünen Vito angesprochen?«

Schorsch erinnerte sich: »Ich habe ihn darauf angesprochen, ob auf ihn ein grüner Vito zugelassen ist, das hat er verneint. Somit hat er nicht gelogen, aber natürlich zeugt das nicht gerade von Offenheit. Der weiß was und rückt nicht damit heraus, der verheimlicht uns etwas. Wisst ihr was, den laden wir vor.«

»Gute Idee, aber wie willst du die Vorladung begründen?«, fragte Gunda.

Das war für Schorsch kein Problem. »Wir haben abschließend noch ein paar Fragen zum Einbruch in das Ferienhaus seines Schwagers und wollten ihm gerne die sichergestellten Gegenstände der inhaftierten Litauer präsentieren, um einen Eigentumsnachweis festzustellen und Beweismaterial für das Klageverfahren zu erheben. Und in diesem Zusammenhang müssen wir an seine DNA kommen. Michel Wasserburger hat jede Menge Spurenträger an den sichergestellten Gegenständen ausgewertet. Ein daktyloskopischer Abgleich könnte uns weiterbringen.«

Horst pflichtete ihm bei. »Sehr gute Idee. Wenn der keine Leichen im Keller hat, fresse ich einen Besen. Nicht zu erwähnen, dass auf seinen Schwager ein grüner Vito zugelassen ist, als du ihn nach dem Auto gefragt hast, das stinkt gewaltig.«

Gunda nickte zustimmend und sagte: »Sobald der hier ist, kommen wir an sein Genmaterial. Sollte dann Michaels Spurensammlung vom Tatort im Erlengrund oder aber auf den sichergestellten Gegenständen eine Treffermeldung ausspucken, dann kommt er in Erklärungsnot.«

Schorsch bemerkte: »Eher nicht, denn er passt ja auf das Haus auf, da werden sicher seine Fingerabdrücke dort zu finden sein.«

Gunda musste ihm zustimmen, und Schorsch fuhr fort: »Fehlt nur noch dieser Sean Bullwick, der über Pfingsten in Ritzmannshof war. Gunda, kläre doch bitte mal ab, wie oft dieser Amerikaner dieses Jahr schon nach Deutschland eingereist ist. Oder besser gesagt, nach Europa. Wer sagt uns, dass er einen Direktflug genommen hat? Eine Anfrage bei der International Air Traffic Association in Frankfurt, der IATA, könnte uns darüber Gewissheit geben.«

»Ich mache mich gleich drüber. Über die Meldedaten seines Zweitwohnsitzes in Ritzmannshof kommen wir an sein Geburtsdatum. Den Wohnort in den Staaten haben wir, das sollte für die IATA-Abfrage ausreichen«, meinte Gunda.

»Und ich rufe gleich mal diesen Bodemann an, ob er heute noch Zeit hat, bei uns vorbeizukommen. Erst dann möchte ich ihn mit dem grünen Vito seines Schwagers konfrontieren«, bemerkte Schorsch, wählte die Rufnummer der *Bo-IT-Solutions* und ließ sich mit Knut Bodemann verbinden.

»Bachmeyer, K 11, guten Morgen, Herr Bodemann. Wir müssten Sie nochmals um Ihre Hilfe bemühen. Wie Sie wissen, sind die drei Litauer im staatlichen Gewahrsam, bei den vorgefundenen und sichergestellten Gegenständen in deren Fahrzeug muss für die Gerichtsverhandlung ein Eigentumsnachweis erstellt werden. Da Ihr Schwager in den USA weilt, möchten wir Ihnen die Gegenstände zeigen. Könnte Sie uns diesen Gefallen tun und vielleicht schon heute Nachmittag kurz bei uns vorbeikommen?«, fragte Schorsch.

Aber Bodemann war nicht so leicht beizukommen. »Guten Morgen, Herr Bachmeyer, Sie haben doch mit Sicherheit Fotos von den sichergestellten Gegenständen und vom Tatort gemacht. Können Sie die mir nicht einfach per Mail zuschicken? Gerne würde ich diese Bilder meinem Schwager Sean nach Texas weiterleiten. Das wäre meines Erachtens die einfachste Lösung, denn der weiß vermutlich am besten Bescheid, was da draußen im Erlengrund alles so eingelagert war.«

Schorschs Plan schien nicht aufzugehen. Entweder roch der Fürther Unternehmer den Braten und wollte jeden Verdacht von sich nehmen oder er war einfach zu faul zu kommen und sah den Aufwand als verlorene Zeit an. Seinem Argument, dass sein Schwager ja der Eigentümer der vorgefundenen Gegenstände sei und er anhand der Fotos dieses Diebesgut für die

Strafverfolgung identifizieren könne, konnte Schorsch scheinbar nichts entgegensetzen. Daher hielt sich Schorsch mit der Nachfrage nach dem Halter des grünen Mercedes Vito zurück. Bodemann sollte im Unklaren gelassen werden. Jetzt nur keine schlafenden Hunde wecken, dachte Schorsch und antwortete: »Schade, Herr Bodemann, wir dachten, wir bekommen das mit Ihrer Mithilfe zeitnah geregelt. Was ich jetzt aus datenschutzrechtlichen Gesichtspunkten noch abklären muss, ist, ob wir das Bildmaterial einfach so rausgeben dürfen. Die Tatortbilder sind Gegenstand der Ermittlungsakte, und Ermittlungsergebnisse aus dieser Akte dürfen nur an die Strafverfolgungsbehörden oder die Verteidigung herausgegeben werden. Sie wissen ja, so mancher Polizeikollege ist schon wegen des Datenschutzes über seine eigenen Füße gestolpert. Sollten sich nämlich unter dem Bildmaterial andere sichergestellten Gegenstände befinden, die nicht vom Erlengrund stammen, könnte das für die Verteidigung der drei Tatverdächtigen ein hochwillkommener Grund sein, das Ermittlungsverfahren wegen Verfahrensfehlern einstellen zu lassen. Wollen wir das, will das Ihr Schwager? Wollen wir, dass diese Einbrecher ungeschoren ihren Nachhauseweg nach Litauen antreten und kommende Woche anderen Orts ihre kriminellen Machenschaften weiter fortsetzen? Wollen Sie das wirklich?«

Schorsch, Hinweise auf den Datenschutz und die daraus resultierenden Verfahrensfehler stimmten Bodemann sofort um. »Das ist allerdings ein Argument, Herr Bachmeyer. Als Unternehmer in der IT-Branche und den daraus erfolgenden Gefahren hinsichtlich des Datenschutzes könnte mein Vorschlag in der Tat eine willkommene Gelegenheit für die Verteidiger sein, einen Verfahrensfehler daraus zu machen. Daher komme ich gerne vorbei, wann passt es Ihnen denn?«

Schorsch grinste seine Kollegen triumphierend an. »Perfekt,

Herr Bodemann, das scheint wirklich die beste und effektivste Lösung zu sein, um das Diebesgut zu identifizieren. Sollten Sie keinen der Gegenstände identifizieren können, dann müsste Ihr Schwager als Nebenkläger auftreten und über einen Anwalt Akteneinsicht beantragen. Das wiederum würde die Verfahrenseröffnung unnötig in die Länge ziehen. Wir setzen daher auf Sie, und sollten Sie nur ein paar sichergestellte Utensilien identifizieren, reicht das für die Eröffnung eines Klageverfahrens aus. Ihr Schwager kann dann immer noch als Nebenkläger die Akteneinsicht beantragen. Wie sieht es heute Nachmittag um 14.30 Uhr aus?«

»Guter Vorschlag, wo und wann kann ich mich da melden?«

»Melden Sie sich einfach an der Pforte. Wir holen Sie dann ab«, bedankte sich Schorsch und verabschiedete sich.

Mittwoch, 31. Juli 2019, 11.13 Uhr, Bo-IT-Solutions

Knut griff zum Telefon und wählte Magnus' Telefonnummer.

»Na, wie kommt die Polizei voran, gibt es was Neues?«, fragte dieser.

Knut erzählte von dem Telefonat und von der bevorstehenden Ladung im Polizeipräsidium und bat Magnus um Rat.

Dieser antwortete: »Was könnten die alles wissen? Vermutlich nicht viel, aber sie könnten auf den grünen Vito gestoßen sein. Der könnte ein Problem für uns werden. Ich denke an mögliche DNA-Spuren von unseren Opfern. Also, der Mercedes muss weg. Ich meine damit nicht, ihn zu verkaufen, denn jeder Eigentumswechsel ist nachvollziehbar. Ich schicke Thomas vorbei, der Wagen muss schnellstmöglich als gestohlen gemeldet werden. Das wird ein klassischer Fall für die Kasko-Versicherung.«

»Und was ist mit dem Tisch und dem Rolli, wenn die dort

Fingerabdrücke oder Genmaterial von den verschollenen Pfarrern finden?«

»Lass mich kurz überlegen, mein Freund.« Es war einige Sekunden still, dann sprach Magnus weiter: »Was wäre, wenn der Bungalow deines Schwagers schon vor längerer Zeit einmal aufgebrochen wurde? Und vielleicht hat man ja erst jetzt beim Ausräumen der Bude durch die Litauer bemerkt, dass dort ein Einbruch stattgefunden hat. Es könnte also sein, dass andere dieses verlassene Ferienhaus dafür genutzt haben, Pfarrer zu beseitigen. Wenn man deine Fingerabdrücke feststellt, ist das ohne jedwede Probleme, da du dich ja mit deinem Schwager schon oft dort aufgehalten hast.«

»Und Spuren auf dem Rollstuhl, was ist damit?«, fragte Knut.

Magnus überlegte erneut, bevor er weitersprach. »Den hast du irgendwann dort eingelagert, man weiß ja nie, ob man so etwas einmal brauchen könnte. Männer sind Jäger und Sammler. Klingt zwar nicht so überzeugend, aber man soll dir mal das Gegenteil beweisen. Also bleib cool heute Nachmittag, Thomas holt den Mercedes gleich ab und lässt ihn verschwinden.«

Um kurz vor halb drei begrüßten Schorsch und Horst den Zeugen an der Pforte und führten ihn zur Asservatenstelle.

Schorsch zeigte ihm die sichergestellten Beweisstücke. »Soderla, hier haben wir das Diebesgut aufbewahrt. Schauen Sie mal, erkennen Sie da Gegenstände wieder, die Sie schon mal im Bungalow Ihres Schwagers gesehen haben? Unsere Kriminaltechnik hat jede Menge Spuren ausgewertet. Wenn Sie zuletzt mit Ihrem Schwager oder Ihrer Schwester am Tatort waren, würde es uns ungemein helfen, Vergleichsabdrücke von Ihnen zu bekommen. So können wir die rechtmäßigen Besitzer bestimmen und würden nicht die unbekannten daktyloskopischen Spuren in die AFIS-Datenbank einpflegen müssen. Also keine Angst, das ist keine erkennungsdienstliche Behandlung wie bei Tatverdächtigen, nur von der Menge des vorgefundenen Spurenmaterials wäre es für uns eine große Hilfe, wenn Sie mal kurz ›Klavier spielen‹.«

»Klavier spielen, was meinen Sie damit?«, fragte der Zeuge.

»Das sagte man bei uns früher bei der Abnahme von Fingerabdrücken. Die zehn Finger markieren und dann einzeln auf das weiße Blatt abrollen. Heute gibt es das nicht mehr, die Finger und die Handflächen werden auch nicht mehr schmutzig. Ein Scanner übernimmt diese Vergleichsspurenabnahme«, bemerkte Schorsch beiläufig.

Bodemann schritt durch die Asservatenhalle und betrachtete die sichergestellten Gegenstände aus dem Fahrzeug der Litauer, dann wies er auf den Hochlehnstuhl und den alten Eichentisch hin. Das auf dem Eichentisch abgestellte Standkreuz mit dem Gekreuzigten erwähnte er nicht. Er ging daran vorbei und schenkte dem sakralen Gegenstand keinerlei Beachtung.

Horst bemerkte: »Also, das ist ja schon mal was, diese Gegenstände können Sie eindeutig identifizieren, wie sieht es mit diesem Standkreuz aus?«

Bodemann schüttelte den Kopf. »Da muss ich passen, mein Schwager ist zwar regelmäßiger Kirchgänger, aber das meine ich noch nicht gesehen zu haben. Aber vielleicht hat er es ja einmal auf einem Flohmarkt erworben. Also, dazu kann ich beim besten Willen nichts sagen.«

»Dann kommen wir zu der Tatörtlichkeit, wie wir sie vorgefunden haben. Können Sie hier Gegenstände zuordnen?«, fragte Robert Schenk.

Bodemann antwortete: »Ach ja, der alte Rollstuhl, den haben sie dagelassen, so was geht vermutlich nicht so gut weg. Das rollende Wunder habe ich vor einiger Zeit günstig erworben, man weiß ja nie, was auf einen zukommt. Ich habe das Stück gesehen und mir einen Gag ausgedacht, ich wollte unbedingt mal zum Fasching diesen Ernst Stavro Blofeld spielen. Sie wissen schon, den in tödlicher Mission, den Klassiker von 1981, mit Roger Moore als James Bond. Ich bin ein absoluter Bond-Fan.«

»Interessant, sehr interessant«, bemerkte Horst und fuhr fort: »Das Blöde ist nur, dass wir auf dem Rolli auch noch DNA-Spuren von vermissten Personen gefunden haben, die seitdem unauffindbar sind.«

Was folgte, war eine dreiste Bemerkung von Bodemann: »Waren diese Personen vielleicht auch Rollstuhlfahrer? Man weiß ja nie, wo der mal eingesetzt war. Sehen Sie, in jeder Notaufnahme steht so ein Rollstuhl herum.«

Schorsch hub an: »Eins zu null für Sie, Herr Bodemann. Wir haben Sie doch bei unserem Besuch in Ritzmannshof auf einen grünen Vito angesprochen. Ob Sie so einen kennen oder schon mal gefahren sind. Richtig?«

»In der Tat, Sie haben mich gefragt, ob auf mich ein grüner Vito zugelassen ist. Das habe ich verneint, weil auf mich kein grüner Vito zugelassen ist. Mein Schwager hat so einen, aber danach haben Sie mich nicht gefragt«, konterte Bodemann selbstherrlich.

»Und wo steht dieses Auto Ihres Schwagers?«, hakte Horst nach.

»Wissen Sie, Herr Meier, mein Schwager war zuletzt an Pfingsten da. Sean hat sich den Wagen gekauft, um Sachen zu befördern oder Ausflüge damit zu machen, wenn er sich in Deutschland aufhält. Wir haben auf unserem Nachbargelände einige Lager- und Gerätehallen, dort wird ihn mein Schwager abgestellt haben. Das macht er immer so, wenn er wieder zurück in die USA reist, dann ist das Auto weg von der Straße und sicher verwahrt. Aber was ist da so Interessantes dran, an diesem grünen Vito?«, fragte Bodemann.

»Wir würden uns den gerne ansehen, um auszuschließen, dass dieses Fahrzeug etwas mit dem Verschwinden von Personen zu tun hat, die sich in diesem Ferienhaus aufgehalten haben, Herr Bodemann.« Schorschs Stimme wurde lauter und bestimmter, mit ernster Miene blickte er Bodemann ins Gesicht und sagte: »Wir haben nämlich nicht nur DNA-Spuren auf dem besagten Rollstuhl gefunden, auch an diesem alten Tisch findet man Anhaftungen der drei verschollenen Priester, über deren Verschwinden seit Wochen in der Presse berichtet wird. Also, was haben Sie oder Ihr Schwager damit zu tun? Raus damit!«

Auch Bodemann sprach nun laut. »Sie vergreifen sich gewaltig im Ton, Herr Bachmeyer. Ich komme hierher und helfe Ihnen bei dem Einbruchsdiebstahl, und Sie werfen mir vor, an dem Verschwinden dreier geistlicher Kinderschänder beteiligt zu sein. Unerhört. Wenn Sie noch etwas von mir benötigen, dann kontaktieren Sie meinen Anwalt. Das war es dann für heute, hier haben Sie seine Visitenkarte.«

Bodemann rauschte hinaus aus dem Büro. Schorsch und die anderen sahen sich einen Moment lang gegenseitig an, sie alle waren sprachlos wegen der heftigen Erwiderung des Mannes. Nach einer Weile griff Schorsch in seine Brusttasche und holte die Visitenkarte hervor, die er von Bodemann erhalten hatte. Mit versteinertem Blick sah er auf den Namen und las diesen leise vor:

»Dr. Magnus Hurler
Fachanwalt für Strafrecht/Verwaltungsrecht
Königswarterstraße 91
90762 Fürth
Phone:+49911-79xxxxx
www.hurler-rechtsanwalt.eu«

»Unser Schorsch ist zum Scherzen aufgelegt«, sagte Gunda trocken und näherte sich ihren Kollegen, ohne ein weiteres Wort zu verlieren. Neugierig blickte sie auf die Visitenkarte und schwieg.

Horst sah sein Gegenüber verblüfft an, sein Blick war abwechselnd auf Schorschs rechte Hand und Gundas angespannten Gesichtsausdruck gerichtet. Der starre Gesichtsausdruck beider Beamten verwandelte sich innerhalb einer Sekunde in ein breites Grinsen.

»Soll ich euch was sagen, kann das sein, dass dieser Bodemann von der Verbindung Moritz Landauer aus Innsbruck und Magnus Hurler aus Fürth nichts weiß? Dass ihm nicht bekannt ist, dass das zwei Brüder sind?«, warf Schorsch in den Raum.

Gunda entgegnete: »Na ja, wenn beide in der Kindheit mit sexuellem Missbrauch konfrontiert wurden, dann wird man das kaum gegenüber Dritten im Detail erzählen. Wozu auch, das geht keinen etwas an. Aber dass Knut Bodemann genau diesen Magnus Hurler als Anwalt hat – Leute, das sind nicht nur absolute Neuigkeiten, die unseren Fall voranbringen, wir könnten uns damit sogar auf der Zielgeraden befinden.«

»Und ich fresse noch mal einen Besen, wenn da kein kausaler Zusammenhang mit unseren verschwundenen Geistlichen vorliegt, so viele Verbindungen können kein Zufall sein!«, schloss sich Horst aufgebracht an.

Schorsch war wie seine Kollegen elektrisiert. »Daher sollten wir mit Dr. Menzel Nägel mit Köpfen machen. Dass Bodemann und Hurler sich kennen, das ist wohl unstrittig. Das Ferienhaus im Erlengrund, die uns zugeleiteten Videosequenzen der drei Kleriker und die Tatsache, dass es sich bei dem Bungalow um die Tatörtlichkeit handelt, das riecht nach einer sehr heißen Spur. Dazu kommen der vorgefundene Rollstuhl und der grüne Vito. Und dass dieser Bodemann schon immer mal am Fasching diesen Blofeld aus James Bond spielen wollte. Laid, dou lach iiech ja wieh a hads Weggla«, entfuhr es Schorsch im besten Fränkisch, und er ergänzte, »der Dregsagg, der lügt wie gedruckt. Ich organisiere gleich einen Besprechungstermin mit Dr. Menzel.« Er griff zum Telefonhörer.

Kurz nach 16:00 Uhr betraten Gunda, Horst und Schorsch das Besprechungszimmer von Oberstaatsanwalt Dr. Menzel.

Schorsch hatte Dr. Menzel telefonisch nur kurz vorinformiert, dass man heute noch unbedingt einen Besprechungstermin benötige, denn der Fall mit den drei verschollenen Geistlichen könne vor der Aufklärung stehen. Zumindest seien die nunmehr gewonnenen Erkenntnisse an einem möglichen Auflösungsszenario angelangt, an dem man intensiv weiterarbeiten solle.

»Sie machen es aber spannend, Herr Bachmeyer.« Dr. Menzel begrüßte seine Ermittler mit Handschlag und geleitete sie zur Besprechungsecke, wo er fortfuhr: »Ich wollte heute schon um halb fünf Feierabend machen, aber aus Ihrem Telefonat habe ich rausgehört, dass etwas Gravierendes vorgefallen ist. Das wollte ich mir natürlich nicht entgehen lassen, daher schießen Sie los.«

Schorsch, Gunda und Horst erzählten dem Oberstaatsanwalt von den Geschehnissen der letzten Tage. Sie begannen mit der

Geschichte vom grünen Mercedes Vito, fuhren fort mit der Übereinstimmung der vorgefundenen DNA-Spuren bei den sichergestellten Gegenständen, die aus dem Ferienhaus im Erlengrund entwendet worden waren und zweifelsfrei den drei verschollenen Priestern zuzuordnen waren. Sie berichteten, dass die Tatörtlichkeit aus den zugespielten Videosequenzen, diese Aufzeichnungen der durchgeführten Tribunale, eindeutig in dem Anwesen am Erlengrund aufgenommen worden waren. Schließlich erklärten sie, dass man möglicherweise bald mit einer Neuauflage von »Ernst Stavro Blofeld« zu rechnen habe und dieser im Falle von Rechtsstreitigkeiten von einem gewissen Dr. Magnus Hurler aus Fürth vertreten werde. Alles im allem habe man eine Indizienkette, die auf die zu beweisende Haupttatsache führe. Also auf die vorliegenden Tribunal-Videos mit den verschollenen Priestern.

Dr. Menzel lehnte sich in seinen Bürosessel zurück und dachte nach. Dann sprach er Schorsch an: »Herr Bachmeyer, ich werde mit dem Ermittlungsrichter sprechen. Diesen grünen Vito hat uns Bodemann vorenthalten. Wenn es da keinen Zusammenhang mit dem Verschwinden unserer drei Pfarrer gibt, fress ich einen Besen. Wir werden daher diesen Mercedes und die Wohnung seines Schwagers in Ritzmannshof auf Spuren untersuchen. Schon allein mit der Tatsache, dass auf dem Rollstuhl und auf dem sichergestellten Eichentisch Spurenmaterial von unseren Vermissten vorgefunden wurde, begründe ich den Durchsuchungsbeschluss. Hinzu kommt auch die Aussage des Zeugen und Unternehmers Klaus Murr, der den Vito am besagten Tatort Erlengrund zweifelsfrei gesehen hat. Haben Sie sonst noch einen Vorschlag, wie wir an diese Leute herankommen?« Der Oberstaatsanwalt blickte fragend in die Runde.

Gunda meldete sich zu Wort. »Ja, wir könnten den Beschluss zudem damit begründen, dass Sean Bullwick und seine Frau über Pfingsten hier in Deutschland waren, so das Ergebnis unserer IATA-Abklärung. Und wie sieht es mit den Verbindungsdaten von Bodemann mit seinem Anwalt Hurler und dessen Bruder Moritz in Innsbruck aus?«

Schorsch warf ein: »Wenn wir schon die Verbindungsdaten von diesen drei Personen abklären, dann sollten wir keine halben Sachen machen. Wenn Bodemann und Hurler sich kennen, dann sollten wir bei den Verbindungsnachweisen auch abklären, ob die beiden weitere identische Kontakte pflegen. Erinnert euch, auf dem Video von Helmreich wurden seine Blickrichtungen von unseren Spezialisten untersucht. Die kamen zu dem Schluss, dass er drei Personen gegenübersaß. Sollten die zwei also ständigen Kontakt zu anderen haben, klären wir diese Mobilfunkverbindungen ab. So könnte sich im besten Fall ein Bewegungsbild ergeben, in dem sich mehrere Personen bewegen – allesamt mögliche Tatverdächtige. Dann hätten wir einen neuen Ansatz, eine neue Spur, die vielleicht eine Mittäterschaft von weiteren Personen begründet. Das ist zwar jede Menge Arbeit, aber das gibt uns auch die Gewissheit, dass wir auf der richtigen Spur sind, die uns zu den verschollenen Priestern führt.«

Der Oberstaatsanwalt nickte zustimmend und ergänzte: »So machen wir das, wir durchsuchen morgen die Wohnung und den grünen Vito von diesem Sean Bullwick in Ritzmannshof, zudem werten wir die Verbindungsdaten von Hurler und Bodemann aus. Das sollte uns weiterbringen«, beendete Dr. Menzel die Besprechung.

23. Kapitel

*Donnerstag, 01. August 2019, 09.52 Uhr,
Bo-IT-Solutions, Fürth-Ritzmannshof*

Die K 11er erreichten die Zufahrt zu Bo-IT-Solutions und stellten ihre Dienstfahrzeuge ab. Schorsch, Gunda und Horst begaben sich zum Firmeneingang. Basti, Blacky, Waltraud und Eva-Maria hatten die Außenabsicherung des Firmen- und Privatgeländes übernommen und warteten auf weitere Kommandos.

Bodemann hatte die Ankunft der Beamten von seinem Büro aus bemerkt und empfing die Ermittler bereits im Eingangsbereich.

»So schnell sieht man sich wieder, wie kann ich Ihnen weiterhelfen?«, fragte der IT-Experte.

Schorsch kam gleich zur Sache: »Herr Bodemann, Sie sind ja befugt, in Abwesenheit Ihres Schwagers für diesen Handlungen vorzunehmen. Wir haben einen richterlichen Durchsuchungsbeschluss für den auf ihn zugelassenen grünen Vito, FÜ-xB 6x6 sowie die von ihm unterhaltene Wohnung.« Schorsch überreichte Bodemann den Beschluss.

»Kommen Sie kurz in den Besprechungsraum, dann klären wir die Situation«, entgegnete der Unternehmer freundlich und bestimmt.

Dort angekommen, bemerkte Gunda: »Ihr Schwager war ja über Pfingsten hier, und zu diesem Zeitpunkt wurde sein grüner Vito mehrmals im Erlengrund gesehen. Und genau hier liegt die Krux begraben. Wir haben Videomaterial vorliegen, das eindeutig die Tatörtlichkeit am Erlengrund zeigt, wo sich drei Pfarrer aufgehalten haben, die seither spurlos verschwunden sind. Inwieweit Ihr Schwager etwas damit zu tun hat, wissen wir noch nicht. Um auszuschließen, dass sich die drei Priester in diesem Vito aufgehalten haben, möchten wir das Fahrzeug auf mögliche Spuren untersuchen, ebenso die Wohnung Ihres Schwagers und seiner Frau.«

Bodemann entgegnete ruhig: »Ich weiß gar nicht, wo der Wagen abgestellt wurde. Die Fahrzeugschlüssel müssten in der Wohnung hinterlegt sein. Folgen Sie mir, ich sperre Ihnen die Wohnung auf.«

Schorsch, Gunda und Horst betraten die Wohnung und sahen sich um. Die Dreizimmerwohnung war stilvoll eingerichtet und machte einen aufgeräumten und ordentlichen Eindruck. Es schien so, dass die Wohnung nur von den Bullwicks genutzt wurde. Hinweise auf die Nutzung durch weitere Personen fanden die Ermittler auf den ersten Blick nicht.

»Hier ist er ja«, bemerkte Bodemann und zeigte auf das Schlüsselbrett, das noch mit zwei weiteren Sicherheitsschlüsseln bestückt war. »Soderla, jetzt müssen wir den grünen Blitz nur noch finden. Meistens stellt Sean den in einer der Lagerhallen ab.«

Es war kurz nach halb elf, als die Beamten die Wohnung durchsucht hatten und die angrenzenden Lagerhallen inspizierten. Der Vito war nicht auffindbar.

»Ich rufe meine Schwester an, irgendwo muss der Mercedes ja abgeblieben sein«, sagte Bodemann und griff zu seinem Mobiltelefon.

Die Nachfrage nach dem nicht auffindbaren Vito blieb erfolglos. Die Bullwicks gaben an, den Vito in einer Lagerhalle der Bo-IT-Solutions abgestellt zu haben, und sie erinnerten sich, die Fahrzeugschlüssel wie immer am Schlüsselbrett in ihrer Wohnung deponiert zu haben.

»Sonderbar, wie kann so ein Vito spurlos verschwinden? Hat da jemand einen Zweitschlüssel?«, fragte Gunda.

»Keine Ahnung, aber Sie haben ja die Wohnung durchsucht. Haben Sie einen Zweitschlüssel von diesem Mercedes gefunden? Da sollte man gleich eine Diebstahlsanzeige aufgeben«, bemerkte Knut Bodemann.

Einen Zweitschlüssel fanden die Ermittler nicht. Auch eine erneute Nachfrage bei den Bullwicks verlief ohne Erfolg, ein möglicherweise existierender Zweitschlüssel war unauffindbar.

Kurz vor elf hatten Schorsch und sein Team die Durchsuchung beendet. Die Wohnung der Bullwicks war clean, der Vito spurlos verschwunden.

Als Horst Knut Bodemann das Durchsuchungsprotokoll übergab, sagte dieser: »Ich werde mich heute Nachmittag gleich auf den Weg machen und den Diebstahl zur Anzeige bringen. Vor zwei Wochen habe ich drei unbekannte Personen auf meinem Firmengelände angetroffen und verjagt. Ob die etwas damit zu tun haben? Nun ja, heutzutage ist nichts mehr sicher, was nicht niet- und nagelfest angekettet ist. Und wem haben wir das alles zu verdanken? Ich sage nur, Honeckers Rache, diese ›Kanzlerin der Herzen‹ treibt Deutschland in den Ruin. Eine Rundumversorgung für jedermann, der zu uns kommt. Und die alten Leute, die schon länger hier leben, gehen Flaschen sammeln«, beendete Bodemann seinen tiefbraunen Monolog.

Schorsch, Horst und Gunda zeigten keinerlei Reaktion und machten sich auf den Heimweg.

Dienstag, 06. August 2019, 10.07 Uhr,
PP Mittelfranken, K 11, Besprechungsraum 1.08

Die K 11er hatten fünf anstrengende Tage hinter sich. Bisher lagen noch keine Vorratsdaten der Kommunikation zwischen Knut Bodemann und Dr. Magnus Hurler vor. Erst am späten Nachmittag trafen die angeforderten Auszüge der gespeicherten Verkehrs- und Standortdaten beim Polizeipräsidium Mittelfranken ein. Günther Gast, der sich als Profiler spezialisiert hatte, hämmerte die verschiedenen Telekommunikationsquellen, welche den jeweiligen Adressaten von Nachrichten zuzuweisen waren, in das Ermittlungs- und Analyseunterstützende EDV-System ein. Dieses Computerprogramm wurde bei ermittlungsintensiven Verfahren wie der Terrorismusbekämpfung, in der organisierten Kriminalität, aber auch bei spurenintensiven Kapitalverbrechen mit Einzeltätern wie Mord und Vergewaltigung eingesetzt. Dieses moderne und wirkungsvolle »Arbeitsgerät« beschleunigte und vereinfachte maßgeblich die Fallanalyse in komplexen Ermittlungsverfahren.

Günther staunte nicht schlecht, als er in den Personenprofilen von Dr. Magnus Hurler und Knut Bodemann eine Verzweigung weiterer dreier identischer Kontaktdaten feststellte. Ein daraus resultierendes Bewegungsbild brachte Klarheit, die Eingabe war von Erfolg gekrönt, den Günther mit einem Beamer in der nächsten Lagebesprechung auf der Leinwand präsentierte.

»Liebe Kollegen, sehr geehrter Herr Dr. Menzel, diese fünf Telekommunikationsteilnehmer, wir reden hier von Dr. Magnus Hurler, Knut Bodemann, einem gewissen Herfried Pommerenke, Thomas Bezold und Gregor Deiß, loggten sich zeitgleich mit ihren Mobilfunkdaten in das Telekommunikationsnetz der Deutschen Telekom ein. So erfolgte am 10.02.2019, gegen

16.15 Uhr, die Registrierung dieser Mobilfunkdaten am Telekomfunkmasten TK97H17, der unmittelbar am Faberwald installiert ist. Diese Mobiltelefone mit ihrer unverwechselbaren IMEI-Kennung loggten sich dann wiederholt am 17.05.2019, gegen 14.00 Uhr, in den Funkmasten TK77FEU07 ein. Am folgenden Tag, dem 18.05.2019, erfolgte wieder ein identischer Login beim Masten TK94W02 in der Nähe von Untereschenbach. Fünf Tage später, am 23.05.2019, erfolgte erneut eine zeitgleiche Registratur dieser Handys in Fürth, Nähe Hornschuchpromenade, und zwar in den Funkmasten TK77FEU07. Das ist der Funkmast, wo Dr. Hurlers Mobiltelefon ständig eingeloggt ist, sobald er sich in seiner Wohnung oder Kanzlei aufhält. Hier hatte Dr. Hurler anhand dieses Bewegungsbildes exakt zu diesem Zeitpunkt Besuch von seinen Freunden.«

Günther machte eine kurze Pause, in der er dem K 11er-Team Zeit gab, seine Fallanalyse zu verifizieren.

Dann fuhr er mit seinem Pointer auf der Präsentation fort: »Und jetzt wird es spannend: Am 17.06.2019 um 13.00 Uhr loggten sich diese fünf Mobiltelefone nahe der Emeritenanstalt in Eichstätt ein. Was für ein Zufall, oder? Es war der Tag, an dem Pfarrer Käberl verschwunden ist. Diese fünf Personen registrierten sich immer wieder zeitgleich mit ihren Telefonen in die Mobilfunkmasten der Telekom. Auch am gleichen Abend um 16.00 Uhr, beim TK94W02, in der Nähe von Untereschenbach. Und wenn man das Bewegungsbild an diesem Tag zu Ende führt, hatten sich alle fünf Teilnehmer am 17.06.2019, gegen 23.45 Uhr, im südlichen Reichswald bei Schwarzenbruck, Ortsteil Gsteinach registriert. So haben wir ein aussagekräftiges Bewegungsbild vorliegen, das uns aufzeigt, dass genau dieser Personenkreis zusammen agiert und nicht nur beim Verschwinden unseres Käberls vor Ort war. Auch können wir beweisen, dass beim Verschwinden der Kleriker Fromm und

Helmreich ihre Einloggdaten über den Mobilfunkmasten TK94 W02 in der Nähe von Untereschenbach registriert wurden. Damit kann gesagt werden, dass diese operative Fallanalyse der personenbezogenen Daten uns unstrittig ein Täterprofil aufzeigt. Und mit ziemlich hoher Wahrscheinlichkeit sind diese Personen für das Verschwinden unserer Priester verantwortlich.« Günther sah Schönbohm und Dr. Menzel an.

»Perfekt, Herr Gast, besser kann man eine Fallanalyse nicht rüberbringen«, bemerkte Schönbohm.

Der Oberstaatsanwalt sagte: »Uns fehlen zwar die Körper der Opfer, aber das gemeinschaftliche und räumliche Zusammenwirken dieser fünf Tatverdächtigen ist offensichtlich. Das klingt meines Erachtens schon nach einer kriminellen Vereinigung. Was wissen wir über die drei anderen Personen?«

Schorsch hub an: »Die Vergangenheit von Dr. Magnus Hurler und seinem Bruder Moritz Landauer sowie die Vita von Knut Bodemann sind uns ja mittlerweile bekannt. Wir sind gerade dabei, die drei anderen Tatverdächtigen zu durchleuchten. Nur so viel in aller Kürze: Herfried Pommerenke stammt aus Ansbach, ein Pädagoge, nicht vorbelastet. Ebenso dieser Thomas Bezold, ein Landwirt aus Abenberg, der seinen Schwerpunkt auf Holzvermarktung gesetzt hat, keinerlei Vorstrafen. Und noch Gregor Deiß, Letzter in der Runde. Deiß hat Theologie studiert und war Pressesprecher im Bistum Bamberg. Irgendetwas muss mit ihm 2012 passiert sein, da hat er fristlos gekündigt. Deiß ist heute in der Telefonseelsorge bei der Diakonie Bayern tätig und wohnt im Nürnberger Land.«

Schorsch machte eine Pause und blickte zu Michael Wasserburger, der mit seinem Team die Ausführungen von Günther und Schorsch gespannt verfolgte. Nun fragte ihn Schorsch: »Michael, ich möchte noch einmal auf deine kriminaltechnischen Untersuchungen zurückkommen. Ihr hab ja DNA-

Material vorliegen. Wenn wir jetzt Günthers Fallanalyse mit dem Spurenmaterial verknüpfen und beweisen können, dass am Tatort oder an den sichergestellten Gegenständen am Erlengrund auch DNA-Material von Hurler, Deiß, Pommerenke oder Bezold vorhanden ist, haben wir eine Beweiskette vorliegen, die eigentlich jeder gerichtlichen Entscheidung standhalten müsste.«

Gunda grinste und warf ein: »Die Geschichte unseres Blofeld könnte sich wiederholen, vermutlich sind alle Tatverdächtigen so auf James Bond fixiert, dass jeder mal diesen kriminellen Rollifahrer am Fasching spielen wollte.«

Dr. Menzel und Schönbohm konnten ihr Lachen nicht mehr unterdrücken, Gundas Einlage kam gut an. Alleine die bildliche Vorstellung, alle fünf Tatverdächtigen in einem Rollstuhl in ihrer Hauptverhandlung sitzen zu sehen, belustigte die Teilnehmer der Lagebesprechung.

Wasserburger ergänzte: »Freili, Schorsch, wenn wir unsere DNA-Befundung in Günthers Analyse mit einbringen und diese Vorgaben durch das Genmaterial bestätigt werden, ist der Fall rund, und ein aussagekräftigeres Beweismittel gibt es nicht.«

Ute Michel blickte zu Robert Schenk und warf ein: »Und wir werden uns gleich um das Vergleichsmaterial kümmern. Dann geben wir Michael das notwendige Futter, damit er seine genetischen Gutachten erstellen kann.«

Schönbohm, der gebürtige Oberpfälzer, der auch bei hohen Außentemperaturen nicht auf seine weißen Baumwollsocken und offenen Birkenstocklatschen verzichten konnte, entfuhr: »Perfekt, ich wusste schon immer, dass mein Kommissariat aus außergewöhnlichen Teamplayern besteht, eine Crew, die gemeinsam an einem Strang zieht und zusammenhält, wenn es mal eng wird. Und um eines gleich vorwegzunehmen: Da jeder in diesem Fall jede Menge Überstunden aufgebaut hat, möchte ich Sie Ende August alle zu unserem Edelitaliener nach Wendelstein einladen. Ich feiere ja dieses Jahr im kleinen Familienkreis meinen sechzigsten Geburtstag und möchte Sie daher zu einem kleinen Umtrunk in der Waldschänke Cucina Italiana einladen. Zum runden Geburtstag sollte man sich nicht lumpen lassen.«

Hubsi warf mit nasaler Stimme ein: »Hoh hoh, Sekt für meine Freunde. Einen Piccolo und zwanzig Gläser bitte.« Das Lachen war ihm nun gewiss, denn jeder aus dem Kommissariat wusste, dass Schönbohm ein Geizhals war und jeden Euro zweimal rumdrehte, bevor er eine Ausgabe genehmigte. Aber Schönbohm hatte auch seine guten Seiten, er stand hinter seinen Leuten, egal was passierte. Neben seiner übertriebenen Sparsamkeit hatte er seit Jahren einen Spleen für ein Haushaltsgerät, das er auch im Frankenland an den Mann oder die Frau bringen musste. So gab es bei jeder Weihnachtsfeier sein spezielles »Wichtelgeschenk«, einen original »Yolk Fish Eiertrenner«. Dieses praktische Küchenutensil, ein kleiner Gummifisch mit einem großen Mund, der auf Druck des Fischkörpers das Eigelb sauber vom Eiweiß aufsaugte, war in seiner Heimat in jeder Küche vorzufinden, glaubte man seinen Ausführungen hierzu. Böse Stimmen munkelten, er sei am Umsatz dieses Küchenhelfers beteiligt, da er nahezu bei allen Anlässen, sei es bei Betriebsfesten, Jubiläen oder Geburtstagen, die Kollegen von seinem Yolk Fish zu faszinieren versuchte.

Es war kurz nach elf, als Schönbohm die Lagebesprechung beendete und die K 11-Crew wieder zum normalen Tagesgeschäft überging. Robert und sein Team schmiedeten bereits Pläne, wie sie zeitnah und ohne großes Aufsehen an die noch ausstehenden DNA-Vergleichsproben der Tatverdächtigen kommen würden. Am einfachsten holte man sich das Vergleichsmaterial von einem Autotürgriff oder einer weggeworfenen Zigarettenkippe aus dem Hausmüll des jeweiligen Tatverdächtigen. Ute Michel, die clevere Oberkommissarin aus Roberts Spusi-Team, sicherte von jedem Verdächtigen jeweils zwei Proben DNA-Vergleichsmaterial. So war man sicher, dass man bei zwei Treffermeldungen im Vergleich mit dem ursprünglich sichergestellten Genmaterial am Rollstuhl oder am Mobiliar des Ferienhauses eine wasserdichte Spur besiegeln konnte.

Kurz nach dem Mittagessen rief Dr. Menzel bei Schorsch an.

»Mahlzeit, Herr Bachmeyer, ich habe das Ergebnis unserer heutigen Lagebesprechung soeben mit unserem leitenden Oberstaatsanwalt durchgekaut. Wir werden uns diese fünf Leute näher ansehen und eine Maßnahme nach § 100a StPO beim Ermittlungsrichter erwirken. Das Bewegungsbild, das wir durch die Vorratsdatenspeicherung gewinnen konnten, lässt auf ein Zusammenwirken aller fünf Tatverdächtigen schließen. Wir müssen sogar von einer kriminellen Vereinigung ausgehen, deren Zweck es ist, gemeinsam, zielgerichtet und mit einem übergeordneten gemeinsamen Interesse schwere Straftaten zu begehen. Das uns zugespielte Videomaterial mit den verschollenen Priestern zeigt eindeutig die Tatörtlichkeit im Erlengrund. Dass wir dort DNA-Spuren der vermissten Geistlichen und eines Tatverdächtigen gefunden haben, reicht meines Erachtens aus, den Ermittlungsrichter von der Notwendigkeit der Telekommunikationsüberwachung unserer Tatverdächtigen zu überzeugen. Ich werde daher mit aller Dringlichkeit die Maßnahme beantragen. Ach ja, Herr Bachmeyer, wie lange brauchen wir, bis wir alle notwendigen Telekommunikationsanschlüsse festgestellt haben?«

»Dr. Menzel, als Sie heute Vormittag die Thematik des § 129 StGB angesprochen haben – Bildung einer kriminellen

Vereinigung – war uns allen klar, dass eine Telekommunikationsüberwachung derzeit die einzige strafprozessuale Maßnahme sein wird, um die Tatverdächtigen mit dem Verschwinden der drei Geistlichen zu konfrontieren und schlussendlich zu überführen. Alles, was wir bisher an Beweismitteln vorliegen haben, spricht dafür. Es wird auch den Ermittlungsrichter überzeugen. Die zu überwachenden Anschlüsse liegen uns mit den übermittelten Vorratsdaten schon vor. Und da wir die gesamten DSL-Leitungen mit überwachen, entgeht uns nichts, kein Telefonat, keine E-Mail, kein Chatverlauf. Ich schicke Ihnen die Daten gleich zu.« Schorschs Freude darüber, dass es endlich voranging in den Ermittlungen, war seiner Stimme anzuhören.

»Gut, Herr Bachmeyer«, lobte ihn Dr. Menzel. »Damit alles reibungslos umgesetzt wird, sollten wir vielleicht schon mal die Bundesnetzagentur über die geplante Maßnahme informieren. Sobald ich die Beschlüsse habe, melde ich mich bei Ihnen.«

24. Kapitel

*Mittwoch, 07. August 2019, 08.09 Uhr,
PP Mittelfranken, TKÜ-Raum 1.13*

Noch am Vorabend hatte Dr. Menzel die TKÜ-Beschlüsse erwirkt. Schorsch und Gunda hatten eine Spätschicht eingelegt und die Beschlüsse der Bundesnetzagentur übermittelt, die am 06.08. um 23.47 Uhr die Überwachung geschaltet hatte. Die K 11er hatten daher schon Teams zusammengestellt, welche die ersten Telefonate auswerteten. Nun saß Schorsch an seinem Schreibtisch und las die ersten TKÜ-Protokolle.

Überwachter Anschluss: Dr. Magnus Hurler, Gespräch abgehend, 07.08.2019, 07.17 Uhr, Anschlussteilnehmer: Magnus Hurler (Hu) und Knut Bodemann (Bo).

Gesprächsinhalt: Begrüßung. Hu fragt Bo, ob er den Wagen schon als gestohlen gemeldet habe. Bo bejaht und antwortet, Ugur mache keine halben Sachen, die Anbauteile, die keiner Seriennummer unterlägen, verkaufe er, und die Karosserie gehe noch vor Samstag in die Presse, so laute Thomas' Rückmeldung. Irgendwann lande der Stahl in einem chinesischen Schmelzofen und finde in irgendeinem Bauteil oder Werkzeug wieder Verwendung. Oder um Paule Panzer zu zitieren, »die Schinezen«, die Schinezen kauften derzeit allen Stahl in der Welt auf. Er wisse ja, deren neue Seidenstraße sei am Ausbau und nicht mehr aufzuhalten. Gelächter von beiden Teilnehmern. Dann sagt Hu, ihre blaue Liste werde durch die Neuauflage der »Westphal-Papiere« ergänzt werden. Da komme noch jede Menge Arbeit auf sie zu. Na gut, er wolle sich nur vergewissern, ob das mit dem Wagen in trockenen Tüchern sei. Er melde sich wieder. Das Telefonat wird beendet.

Überwachter Anschluss: Knut Bodemann, Gespräch abgehend, 07.08.2019, 07.57 Uhr, + 1682-785694xxx, Anschlussteilnehmer: Knut Bodemann (Bo) und unbekannte männliche Person (vermutlich Bullwick Bu).

Gesprächsinhalt: kurze Begrüßung

(Bu) Da hast du jetzt aber Glück, wir schauen gerade noch die Fox-News und wollten dann ins Bett gehen, was gibt es? (Bo) Sean, du musst dich nach einem neuen Wagen umsehen. Irgendjemand hat deinen Mercedes geklaut. Die Polizei war schon da, der Wagen ist wie vom Erdboden verschluckt. Aber mach dir mal keine Gedanken, die Teilkasko wird dafür aufkommen. Könnte sein, dass du morgen früh einen Anruf von der Polizei oder von der Versicherung erhältst, also nur dass du vorbereitet bist, ich regle das für dich.

(Bu) Wie kann denn der Wagen verschwinden, wir haben den doch in der Lagerhalle bei dir abgestellt?

(Bo) keine Ahnung, die Schiebetüre zur Halle ist fast immer geöffnet. Du glaubst ja nicht, was sich seit 2015 bei uns alles rumtreibt, ganz zu schweigen von den bulgarischen Altmetallhändlern, die nehmen alles mit, was nicht niet- und nagelfest ist. C'est la vie, wir finden schon wieder einen passenden Wagen für euch, also gute Nacht und einen lieben Gruß an meine Schwester.

(Bu) warte mal, Patricia will dich kurz sprechen.

Unbekannt weiblich – vermutlich Patricia Bu

Kurze Begrüßung, dann wiederholt Bo den Sachverhalt, anschließend private Konversation über die Familie, Wetter etc.

– Verabschiedung –

»Leck mich am Ärmel, Bingo.« Schorsch sah Horst an, der ihm gegenübersitzend gerade einen Berg von Umläufen abarbeitete und gespannt fragte: »Sag bloß, es gibt schon relevante Gespräche?«

»Horst, du glaubst es nicht, die haben den grünen Vito einem Autoverwerter übergeben, der den Wagen ausschlachten und dann in die Schrottpresse geben soll. Wie viele Autoverwertungen gibt es bei uns in Nürnberg und Umgebung?«

»Gute Frage, keine Ahnung, aber Google wird uns dabei helfen. Wollen wir die alle abfahren?« Horst hatte die Umlaufmappe sofort zur Seite geschoben und klapperte bereits auf seiner Tastatur.

»Nein, wir brauchen einen Autoverwerter, der Ugur heißt oder einen Ugur beschäftigt hat«, bemerkte Schorsch.

»Schorsch, es gibt jede Menge Autoverwertungen. Alleine in Nürnberg und Fürth oder im Nürnberger Land spuckt Google dreiundzwanzig Firmen aus.«

»Wir wissen den Namen Ugur, und wir suchen nach einem Mercedes Vito in der Farbe Grün, der vermutlich von Thomas Bezold an diesen Ugur übergeben wurde. Also klappern wir alle Verwertungsfirmen ab und fragen nach einem Ugur. Sollte der sich melden, fragen wir nach einer Verwertung. Wir haben einen alten, abgemeldeten VW-Bus, den wir verschrotten möchten. Welche Kosten würden da auf uns zukommen, und wäre eine Abholung durch seine Verwertung möglich? So in der Richtung. Was meinst du dazu?«

»Gute Idee, aber dann lassen wir das doch eine Frau machen. Eva-Maria wäre prädestiniert. Sie hat eine freundliche Stimme, sie spielt sicher glaubhaft eine unbeholfene Frau, die sich einen Rat einholen möchte und dabei die Preise vergleicht. Und aus dem alten VW-Bus machen wir einen noch fahrbereiten VW California T 6.1, der etwas Rost angesetzt hat und für den die Wiederaufbereitung sehr kostenintensiv sein soll. Mal sehen, ob dieser Ugur darauf reinfällt.«

»Sehr gute Idee, wenn Eva-Maria diesen Ugur findet, dann gebe ich ihr heute Mittag in der Kantine ein Eis aus«, grinste Schorsch.

Es war kurz vor halb zehn, als Eva-Maria Schorsch, Büro betrat. »Soderla, Schorsch, dann wähle ich heute als Nachtisch mal einen Magnum-Eisbecher Salted Caramel aus.« Die Oberkommissarin übergab Schorsch eine rote Umlaufmappe und beobachtete ihren Kollegen, wie er die Mappe eilig öffnete.

»Donnerwetter, das Salted Caramel sei dir gewiss. Ugur Coskun, geb. 01.01.1968 in Kilis, Südostanatolien. Coskun gehört die Autoverwertung U.Cos-Autorecycling, Am Beerenschlag 117 in Fischbach«, lobte sie Schorsch.

Eva-Maria ergänzte: »Schau dir den Anhang an, ich habe mal unsere Datenbank mit seinen Personendaten gefüttert. Coskun ist kein unbeschriebenes Blatt. Mittlerweile ist er achtmal vorbelastet. Seine Vergehen reichen von Hehlerei über den Ankauf gestohlener Fahrzeuge bis hin zur Urkundenfälschung. Und jetzt kommt's, sogar unser Staatsschutz ist an diesem Ugur Coskun interessiert. Coskun gilt als türkisch-nationaltreu und ist seit Jahren Mitglied der Grauen Wölfe, einer rechtsextremistischen Organisation, außerdem ist er Mitglied der ebenfalls rechtsextremen Partei der Großen Einheit (BBP). Bisher kam er immer wieder mit einer Bewährungsstrafe davon. Laut Gewerbeauszug läuft die Firma auf den Namen seiner Frau, Ayshe Coskun, geb. 01.01.1989, ebenso in Kilis. Sie hat keine Eintragungen.«

Horst, der das Gespräch aufmerksam verfolgte, fragte: »Wie wollen wir vorgehen? Eigentlich müssten wir den Sack jetzt zumachen. Den Wagen sicherstellen und Spuren sichern, wenn es denn noch welche gibt. Wir sollten das volle Programm anlaufen lassen. Also diesen IT-Experten Bodemann, unseren Juristen Hurler, diesen Pädagogen Pommerenke, den Landwirt Thomas Bezold und diesen Seelsorger Deiß in Polizeigewahrsam nehmen und dem Ermittlungsrichter vorführen. Meint ihr, die bisherigen Telefonate reichen Dr. Menzel für eine Durchsuchung der Wohnungen der Tatverdächtigen?«

Schorschs Blick ging zwischen Horst und Eva-Maria hin und her, dann sagte er: »Eva-Maria, das mit dem Eis müssen wir verschieben. Ich rufe Dr. Menzel an, sollten wir nämlich in diesem Vito noch Spuren unserer Verschollenen finden, dann haben wir ein Beweismittel mehr in unserer Beweiskette. Denn ist der Vito mal in der Presse gelandet, kommt unser Bodemann alias Blofeld mit seiner Rolli-Geschichte vielleicht durch. Das gilt es zu verhindern. Wir müssen jetzt eine Lagebesprechung durchführen und zeitnah eine ›Besondere Ablauforganisation‹ einrichten. Bis morgen können wir nicht warten.«

Schorsch griff zum Telefon und unterrichtete zuerst seinen Kommissariatsleiter über das aktuelle Lagebild. Schönbohm stimmte Schorschs Vorschlag über das weitere Vorgehen zu. Eine außergewöhnliche Lage war eingetreten. Die K 11er mussten handeln.

Um kurz vor elf fanden sich alle K 11er zu der Besprechung ein. Dr. Menzel hatte neben Dr. Mengert Platz genommen.

Denn auch der Polizeipräsident wollte sich aus erster Hand über die aktuelle Lage der Soko »Verschollen« informieren.

Schorsch berichtete von einem weiteren Gesprächsprotokoll: »Wir haben vor einer halben Stunde ein Telefonat zwischen diesem Land- und Forstwirt Bezold aus Abenberg und Dr. Hurler abgehört. Hurler fragte Bezold nach dem aktuellen Standort eines gewissen Albachs. Daraufhin fragte Bezold ihn, ob man denn schon so weit sei. Hurler entgegnete, dass nun auch die Zeit für Bertram Hunkemöller gekommen sei. Das genaue Prozedere werde man am Freitag um 18.00 Uhr gemeinsam bei ihm besprechen.«

Schorsch blickte in viele aufmerksame Augenpaare. »Leute, wir haben ein neues Lagebild, ich frage mich, ob dieser Vito nun wirklich so wichtig für uns ist. Wenn dieser Coskun die Teile des Vitos bei sich verwertet, finden wir vielleicht nächste Woche auch noch Spuren am Sitz, an der Sitzbank oder an den Türgriffen oder -holmen. Viel interessanter scheint mir jetzt dieser Bertram Hunkemöller zu sein. Das ist ein Pfarrer aus Gunzenhausen, der in den letzten Jahren in die Schlagzeilen geraten ist. Diese Schlagzeilen bezogen sich aber nicht auf seine Einweihungs- und Segnungsfeier der neuen Gunzenhausener Kirchenglocke, nicht auf sein Engagement für die kirchliche Tafel oder andere Hilfsorganisationen, wie die Seenotrettung von Flüchtlingen im Mittelmeer. Nein, es war eine negative Schlagzeile, die Hunkemöllers Tätigkeit als Priester merklich trübte. Ein Artikel im *Gunzenhausener und Weißenburger Kurier* warf dem Kleriker eine ›übertriebene und gefährliche Kinderliebe‹ vor. Der Artikel veranlasste das Bistum Eichstätt, den Priester über Nacht von seiner Kirchengemeinde im Landkreis Gunzenhausen abzuziehen, angeblich war er schwer erkrankt und dadurch nicht mehr arbeitsfähig. Bertram Hunkemöller wurde fortan mit verwaltungsrechtlichen Aufgaben in seiner

Diözese betraut und so aus der medialen Schusslinie genommen.« Schorsch machte eine kurze Pause und bemerkte dann trocken: »Vermutlich konnte sich auch Bertram Hunkemöller seine sexuellen Neigungen nicht von selber rausschwitzen.«

Dr. Menzel sagte: »Sehr interessant, dieses Telefonat. Hunkemöller könnte in der Tat der Nächste sein, den unsere Täter ausgewählt haben. Diese Lageänderung müssen wir in unserem weiteren Vorgehen berücksichtigen. Für mich ist eine zentrale Frage nach dem, was in diesem Gespräch erörtert wurde: Welchen Zusammenhang gibt es zwischen Hunkemöller und den anderen Verdächtigen und diesem Albach? Hurler fragt Bezold nach dessen Standort. Ich gehe also davon aus, dass es sich bei dem Albach um eine Sache handelt.«

Schorsch nickte. »Da liegen Sie vermutlich richtig. Wir haben den Namen ›Albach‹ gegoogelt, neben mehreren Orten in Deutschland spuckt Google auch eine Sache, oder besser gesagt eine Firma, zu ›Albach‹ aus. Das ist die Albach-Maschinenbau AG mit Sitz in Menning. Die Albach AG und der Schweizer Hackerhersteller Wüst bündelten ihre Kompetenzen im Bereich Fahrzeugbau, Vertrieb und Service und sind Fullliner in Sachen Häcksler.«

»Häcksler?«, fragte Schönbohm, der bei den Ausführungen große Augen bekommen hatte.

Schorsch antwortete: »Der von den anderen Tatverdächtigen angerufene Thomas Bezold hat sich schwerpunktmäßig auf die Forstwirtschaft spezialisiert. Als wir dann im Netz sahen, dass ein Albach in seinem Beruf eine wichtige Rolle spielt, sind wir hellhörig geworden. Beim Albach Silvator 2000 mit 612 PS handelt es sich um einen Baumhäcksler, der selbst mit den dicksten Baumstämmen fertig wird. Was einmal in seine rotierenden Messer gelangt, wird als Hackschnitzel ausgespuckt. Es ist bisher nur eine Vermutung, aber es wäre eine

Tötungsmethode, die von den Opfern nur Futter für Raben und Raubwild lässt.«

Es war mucksmäuschenstill im Raum, alle Anwesenden hatten ihren Blick auf Schorsch gerichtet. Es war so, als ob jeder der Zuhörer sich innerlich bei Schorschs letzten Worten sein eigenes Bild ausmalte. Wurde mit einem Albach Silvator das Leben der drei verschollenen Priester beendet? Waren sie deswegen unauffindbar? Vieles sprach dafür.

Dr. Menzel unterbrach die Stille nach ein paar Sekunden. »Meine Damen, meine Herren, das Gespräch zwischen diesen beiden bestätigt meine Verdachtsmomente, dass es sich hier um eine kriminelle Vereinigung handelt. Deren Mitglieder haben sich darauf eingeschworen, mörderische Exempel an Geistlichen zu statuieren, bei denen der Verdacht des sexuellen Missbrauchs besteht. Wir sollten daher die Falle erst zuschnappen lassen, wenn wir die Täter auf frischer Tat antreffen. Die Gruppierung wird ihr Vorgehen gegen diesen Bertram Hunkemöller noch weiter präzisieren, da bin ich mir ganz sicher. Wir sind live dabei und können daher umgehend reagieren«, bemerkte Dr. Menzel.

Schorsch hub an: »Gut, Hunkemöller wird unser Lockvogel werden. Aus dem Telefonat geht hervor, dass am Freitagabend bei Dr. Hurler über das Schicksal von Hunkemöller entschieden werden soll. Bis dahin haben wir noch etwas Zeit, gleichwohl müssen wir diesen Pfarrer jetzt schon im Blick behalten. Was wäre, wenn seine Entführung früher erfolgt? Dafür müssen wir gewappnet sein. Rudi Mandlik und seine Observationseinheit sind nun gefordert. Bis uns weitere Informationen über die Vorgehensweise der mutmaßlichen Täter vorliegen, müssen wir die Kerle rund um die Uhr auf dem Schirm haben. Pfarrer Hunkemöller sollten wir mit der Situation vertraut machen. Wir haben bis zur geplanten Ausführung der Tat genug Zeit, um seine Sicherheit zu gewährleisten, zudem ermöglicht diese Zeit uns, ein Vertrauensverhältnis zu ihm aufzubauen und ihn auf seine Rolle als Lockvogel vorzubereiten. Was wir nicht außer Acht lassen sollten, ist eine Wohnraumüberwachung bei Dr. Hurler, nur so werden wir am Freitag wissen, mit welcher Strategie diese Tätergruppierung vorgeht.«

Schönbohm war zufrieden. »Sehr guter Ansatz, Herr Bachmeyer.«

Dr. Menzel ergänzte: »Es wird noch ein paar Tage dauern, bis Dr. Hurler auf den zugespielten Trojaner im Darknet hereinfällt und wir eine Online-Durchsuchung gemäß § 100b Strafprozessordnung durchführen und seine Daten auslesen können. Aber da durch den Inhalt des aufgezeichneten Telefonats Gefahr in Verzug besteht, ordne ich hiermit eine akustische Wohnraumüberwachung nach § 100c StPO an. Und keine Angst, meine Anordnung bekomme ich binnen drei Werktagen vom Gericht bestätigt, da brauchen wir uns keine Gedanken zu machen. Daher würde ich auf die Online-Durchsuchung noch verzichten. Wenn wir den ›Lauschangriff‹ am Freitag erfolgreich durchführen, das Verbrechen an Hunkemöller verhindern und die Bande dingfest machen, kommen wir bei der Hausdurchsuchung sowieso an deren Speichermedien, egal ob PC, Laptop oder Server. Unserer Kriminaltechnik wird nichts verloren gehen.«

Auch für Rudi Mandlik, den Leiter des Mobilen Einsatzkommandos, der eigentlich dafür abgestellt war, die Autoverwertung U.Cos-Autorecycling mit aufzusuchen und mögliche Beweismittel sicherzustellen, hatte sich die Lage geändert. Ugur Coskun trat erst einmal in den Hintergrund. Die Zeit drängte, Rudi und sein Team mussten entweder unbemerkt in den Wohnraum von Dr. Magnus Hurler eindringen und Wanzen anbringen oder über sein Mobiltelefon Überwachungssoftware aktivieren. Unbemerkt in seine Wohnung und Kanzleiräume in der Königswarterstraße 91 zu gelangen, erwies sich als schwierig, da in dem historischen Wohngebäude eine Schließanlage installiert war. Man konnte zwar über den Hersteller der Schließanlage an einen »Zentralen Notschlüssel« gelangen. Aber das dafür notwendige Ausstellen einer »Verpflichtungserklärung zur Geheimhaltung« für den Schließanlagenhersteller war in der Kürze der Zeit kaum zu schaffen. Ein anderes Risiko barg Hurlers Jagdhund, der sein heimisches Revier gegen unangemeldete Polizeikräfte verteidigen würde. Was blieb, war Hurlers Mobiltelefon, denn der Fachanwalt war gegenüber dem smarten Amazon Echo Lautsprecher mit Alexa-Sprachassistentin sehr skeptisch. In einigen Ausgaben juristischer Fachzeitschriften wurde in den letzten Monaten vermehrt auf die Abhörfunktion zur akustischen Wohnraumüberwachung durch diese Echo-Lautsprecher hingewiesen, Hurler kam daher keine Alexa ins Haus. Dem Telefonat hatten sie entnehmen können, dass er keinen Verdacht hatte, dass die Strafverfolgungsbehörden ihn auf dem Schirm haben könnten. In seiner Einschätzung war der Einbruch im Erlengrund Geschichte, Bodemann hatte alles erledigt und die Spuren verwischt. Die Litauer waren die Übeltäter, der Mercedes Vito blieb verschwunden.

25. Kapitel

*Donnerstag, 08. August 2019, 07.07 Uhr,
PP Mittelfranken, TKÜ-Raum 1.13*

Der »große Lauschangriff« war geschaltet. Günthers Team von der EASy hatte noch am Vorabend Dr. Hurler mit einer E-Mail überzeugen können, selbst den Trojaner auf seinem Mobiltelefon zu installieren. Dazu nutzte Günthers Team die Vergangenheit von Hurler geschickt aus. Gemeinsam mit den Kollegen von Cybercrime kopierten sie die Webseite des Tourismusverbands Attersee-Attergau, wo sie auf ein anstehendes Golfturnier im Golfclub am Attersee hinwiesen. In der Anlage platzierten die Cybercrime-Experten das dazugehörige Tagesprogramm, das mit dem Anklicken den Trojaner auf Hurlers Mobiltelefon freisetzte. Das Golfturnier mit dem aufgeführten Spielplan fand in der Tat am zweiten Septemberwochenende 2019 in Abtsdorf statt. Das in unmittelbarer Nähe liegende Hotel Alpenblick hatte hierzu sogar einen Link für eine mögliche Zimmerreservierung beim Tourismusverband Attersee-Attergau geschaltet. Eine vertrauensvolle E-Mail mit echten Hintergrundinformationen aus seiner ehemaligen Heimat, die nicht nur das Schicksal von Dr. Hurler, sondern auch das seiner Gäste und Mittäter besiegeln würde.

Aber über die beiden Telefonate hinaus, die zur Wohnraumüberwachung geführt hatten, brachte die Auswertung der überwachten Telefonanschlüsse der Tatverdächtigen bisher keine weiteren Erkenntnisse. Die Bande war vorsichtig in ihrer gemeinsamen Kommunikation. Ganz anders hingegen die anderen Nutzer der Anschlüsse, über die die Internetbewegungen, E-Mails und Telefonate aller in den Haushalten lebenden

Personen verfolgt wurde. Viele aufgezeichnete Gespräche erfassten den Kernbereich privater Lebensgestaltung und durften somit nicht verwertet werden. Und wie bei fast jeder TKÜ hatten alle Inhaber beziehungsweise Nutzer der überwachten Telekommunikationsanschlüsse entweder eine Leiche im Keller liegen oder ein schweres Schicksal zu ertragen. So auch in der Familie Thomas Bezold. Seine Frau Annegret hatte seit dem Sommer 2017 eine Affäre mit ihrem Physiotherapeuten Roger Raggenbas, der sich nicht nur über die Dauerrezepte seiner Gespielin freute. Die heimliche Liebesbeziehung war geprägt von immer wiederkehrenden Rollenspielen im Bereich von Dominanz und Unterwerfung, bei denen Telefonsex eine nicht unerhebliche Rolle spielte. Bezold war ein klassischer Workaholic und ahnte nichts von den Sehnsüchten seiner Ehefrau, die diese deshalb mit einem Dritten auslebte.

Bezolds Junior, der dreizehnjährige Julian, hatte sich schon in jungen Jahren zum Porno-Nerd gemausert. Es verging kein Tag, wo der Junge nicht auf Pornowebseiten surfte und seine beliebtesten Filmchen unter einem privaten Lesezeichen auf seinem Laptop abspeicherte. Ganz anders war es hingegen bei den Pommerenkes. Edelgard Pommerenke, Mutter von drei Kindern, hatte nicht mehr lange zu leben. Jeden Tag suchte sie im Internet einen Notnagel, der ihr die rettende Heilung bringen könnte. In vielen Foren war sie auf der Suche nach einem Wirkstoff, der ihr Leben retten könnte, egal ob dieser Wirkstoff von Schulmedizinern oder Heilpraktikern angepriesen wurde. An anderen Tagen wiederum suchte sie nach aktiver Sterbehilfe. Edelgards Bauchspeicheldrüsenkarzinom war weit fortgeschritten, die immer wiederkehrenden starken Schmerzen und die Tatsache, dass jeder in ihrer Familie ihr Ende kommen sah und ihr deshalb jeden Wunsch erfüllen wollte, brachte die gesamte Familie an ihre psychischen und physischen Grenzen.

Oft war die Telekommunikationsüberwachung für die durchführenden Beamten belastend, manchmal aber auch skurril bis lustig. Inhalte aus der privaten Lebensgestaltung waren unverzüglich zu löschen oder von der Staatsanwaltschaft dem anordnenden Gericht zur Entscheidung über deren Verwertbarkeit und Löschung der Daten vorzulegen.

Gunda, Horst und Schorsch waren gerade dabei, die aufgelaufenen Telefonate sowie das Surfverhalten ihrer überwachten Anschlüsse abzuarbeiten, denn bis zum eigentlichen Zugriff wollten die Ermittler tagesaktuell informiert sein. Kein Gespräch, keine abgesetzte oder empfangene E-Mail durfte ihnen entgehen. Basti, Eva-Maria, Waltraud und Blacky waren mit der Aufgabe der vertieften Personenabklärung betraut. Jeder der Tatverdächtigen sollte noch einmal besonders durchleuchtet werden. Das fing bei den auf ihn zugelassenen Mobilfunktelefonen an, bis hin zu einem möglichen Zweitwohnsitz, den zugelassenen Fahrzeugen, Bestands- und Kreditkartenkonten bei verschiedenen Geldinstituten sowie eine Auswertung der IATA-Datenbank. Schorsch und sein Team wollten nicht nur Bewegungsbilder der Beschuldigten erstellen, durch Einsichtnahme in alle Konten hatten sie zudem die Möglichkeit, jeden Geldtransfer der letzten sechs Monate nachzuvollziehen. Der hierzu benötigte Bankbeschluss war für Dr. Menzel reine Formsache. Wenn der Oberstaatsanwalt etwas für seine Strafverfolger umsetzen wollte, dann bekam er es auch hin. Dr. Menzel leistete in allen seinen Ermittlungsverfahren ganze Arbeit. Seine Darstellungen des jeweiligen Sachverhalts waren ausgefeilt formuliert, was jeden Ermittlungsrichter überzeugte, und so bekam Dr. Menzel seine Beschlussanträge stets genehmigt.

Freitag, 09. August 2019, 18.52 Uhr,
Königswarterstraße 91, 90762 Fürth

Es war ein schwüler, heißer Augusttag, die Temperaturen waren auf zweiunddreißig Grad angestiegen. Und es folgte, was kommen musste: Am Nachmittag zogen vom Westen starke Hitzegewitter auf, die mit einem Starkregen die aufgeheizten Straßen in ein regelrechtes Dampfbad verwandelten. Aber auf Magnus' Team war Verlass, alle waren gegen 18.00 Uhr pünktlich erschienen. Magnus Hurler hatte von einer nahe gelegenen Metzgerei ein paar belegte Wurst- und Käseplatten bestellt, die er seinen Gästen mit einem gut gekühlten fränkischen Silvaner kredenzte. Satt und zufrieden nahmen sie alle Platz am großen Besprechungstisch.

Magnus nahm die vor ihm liegende blaue Liste in die Hand und sagte: »Ich gehe davon aus, dass wie immer alle Mobiltelefone ausgeschaltet sind. Aber ich habe zudem auch mit einen kleinen Tool vorgesorgt, dass wir ungestört bleiben.«

Magnus' Blick ging von Gast zu Gast, und jeder nickte ihm zu. Dann betätigte er den Schalter eines rechteckigen Elektronikteils, das einem Router glich, und erklärte: »Nun sind wir save.« Gespannt warteten alle auf Magnus, weitere Ausführungen. Dieser ließ sie nicht länger warten: »Heute wird uns Bertram Hunkemöller beschäftigen. Er ist einer, der zur Bruderschaft gehört und in der Vergangenheit viel Unheil angerichtet hat. Die Kirchenoberen haben reagiert und Hunkemöller von seiner Kirchengemeinde nahe Gunzenhausen abgezogen. Und was ist ihm passiert?«

»Wie immer nichts«, warf Knut Bodemann ein.

»Richtig«, entgegnete Magnus und fragte mit lauterer Stimme: »Wollen wir das? Wollen wir, dass solche Leute ungeschoren davonkommen? Er vielleicht sogar noch ein Treppchen im Erzbistum Eichstätt hinauffällt? Wollen wir, dass all das Leid, all das, was er Kindern angetan hat, in Vergessenheit gerät? Nein, das können und dürfen wir nicht ungesühnt geschehen lassen. Hunkemöllers Stunde hat geschlagen, er soll den Weg gehen, den vor ihm Fromm, Helmreich und Käberl gegangen sind. Er soll für immer verschollen sein, wenn wir und das Häckselwerk des Albach Silvator mit ihm fertig sind.« Darauf stießen sie an.

Gunda, Horst und Schorsch, die an diesem Freitag erst gegen Mittag ihren Dienst angetreten hatten, waren live der überwachten Telekommunikation zugeschaltet. Der Trojaner sendete perfekt, und seine Software konnten die Beamten aus dem TKÜ-Raum eigenständig steuern. Die Technik der alten Mobiltelefone war in den vergangenen Jahren durch die Geheimdienste revolutioniert worden. Egal, ob es ein Mobiltelefon mit dem angebissenen Obst war oder mit dem Android-System, die Tatsache, dass heutzutage alle Handys mit einem fest eingebauten Akku ausgestattet waren, ermöglichte es den Geheimdiensten und Strafverfolgungsbehörden, mit einem aufgespielten Trojaner immer online zu sein. Für den jeweiligen Betrachter funktionierte die Ausschaltfunktion einwandfrei. Der Bildschirm war schwarz und ohne Funktion. Dieses Bild aber war trügerisch, denn die Wirklichkeit sah anders aus.

Jedes Mobiltelefon hatte eine individuelle IMEI, deren Software durch den aufgespielten Trojaner gechipt wurde. So konnten die Strafverfolger nicht nur die Lautstärke der Lautsprecher erhöhen, auch mögliche Hintergrundgeräusche konnte man herausfiltern und das gesprochene Wort in hoher Qualität aufzeichnen. Plötzlich jedoch war alles anders, der Funkmast TK07FUE11, in dem sich die einzelnen Mobiltelefone eingeloggt hatten, erzeugte ein Störfeld. Seitens der Telekom lag bei diesen Funkmasten keine Störungsmeldung vor. Was konnte die Ursache dafür sein, dass die überwachten Gespräche nicht oder nur zerhackt übermittelt wurden? Ihr Techniker Günther Gast hatte eine Vermutung, dass in Hurlers Wohnung ein Handy-Blocker eingesetzt wurde, der auch in Gefängnissen Verwendung findet und die einzelnen Telekommunikationsverbindungen nach außen hin abschirmt. Der Verbindungsaufbau war nicht mehr möglich oder nur mit einem abgehackten Gesprächsbild mit Störgeräuschen. Die K 11er waren zweiter Sieger. Hurler und seine Bande waren vorsichtig geworden.

Es war kurz vor 21.30 Uhr, als das Störsignal schwächer wurde. Viel Verwertbares für einen Haftbefehl, der jedem Haftprüfungstermin standhalten würde, hatten die Ermittler nicht. Schorsch griff zum Telefon und wählte Dr. Menzels Mobilfunknummer. »Guten Abend, Herr Bachmeyer. Ich nehme an, es ist alles gut gelaufen und wir können die Burschen ein paar Jährchen wegsperren«, begrüßte ihn der Oberstaatsanwalt.

Schorsch hatte sein Telefon mit Zustimmung von Dr. Menzel auf Mithören gestellt, so konnten auch Gunda und Horst Dr. Menzels Ausführungen folgen.

Schorsch begann: »Es sieht leider etwas mau aus, die Burschen haben vermutlich einen Störsender bei ihrer Zusammenkunft installiert, der das gesprochene Wort für uns teilweise stark verzerrt wiedergegeben hat. Wir haben nur Fragmente von der Gesprächsüberwachung, deren Inhalt uns für unsere Beweisführung und das Erwirken eines Haftbefehls beim Ermittlungsrichter eher schwach aussehen lässt. Für einen Erfolg müssen wir die Täter auf frischer Tat antreffen. Die einzelnen Gesprächsfragmente geben das her. Unsere Künstliche Intelligenz, wir nutzen ja seit Neuestem eine Weiterentwicklung von

Predictive Policing*, konnten aus den verschiedenen Gesprächsinhalten zusammenhängende Sätze herausfiltern, die uns bei den weiteren Ermittlungen helfen werden. Das immerhin wissen wir: Wir haben mit ziemlicher Sicherheit die Entführer von Fromm, Helmreich und Käberl abgehört, und wir wissen nunmehr auch mit erheblicher Gewissheit, was aus unseren Verschollenen geworden ist, Futter für Rabenvögel oder für Raubwild. Es ist genau so, wie wir vermutet haben, alle Opfer wurden durch die rotierenden Messer von Thomas Bezolds Albach in kleinste Schnipsel zermalmt. Der Land- und Forstwirt hat nebenbei noch ein Gewerbe als Lohnhäcksler angemeldet. Mal sehen, ob unsere Spurensicherung an den Messern noch Spuren von Luminol findet. So sauber kann man den gar nicht kärchern, um alle Luminolspuren zu beseitigen. Fakt ist, dass unser Bertram Hunkemöller auf einer von den Tätern geführten blauen Liste steht und nun abgearbeitet werden soll. Die Kerle haben dafür einen schlauen Plan ausgearbeitet.« Schorsch machte eine kurze Pause und sagte dann: »Frau Vitzthum übernimmt nun.«

»Diese kriminelle Vereinigung hat ihr nächstes Opfer ausspioniert. Hunkemöller hat mit einigen Diakonen des Bistums das Projekt ›Abenteuerbetreuung für Jugendliche in den Sommerferien‹ ins Leben gerufen. Unser Pfarrer kümmert sich um diejenigen, die aufgrund der finanziellen Verhältnisse im Elternhaus nicht verreisen können. Meist handelt es sich dabei um Haushalte Alleinerziehender, die froh sind, ihre Kinder in den Sommerferien unter den Fittichen der katholischen Kirche vermeintlich gut aufgehoben zu wissen. Die Diözese unterstützte dieses vor nunmehr drei Jahren ins Leben gerufene Projekt von Hunkemöller, mit dem man den ärmeren katholischen Gläu-

---

* Einsatzsoftware für Künstliche Intelligenz (KI) der Strafverfolgungsbehörden

bigen in der Ferienzeit eine große Last von den Schultern nehme und ihren Kindern eine Freude mache. Hunkemöller organisiert alljährlich ein mehrtägiges Zeltlager sowie Bootwanderungen im Naturpark Altmühltal unter dem Motto ›Ganz nah an der Natur – ganz nah am Glauben‹, so unserer Recherchen aus dem Netz. An diesem Wochenende ist eine Bootsfahrt auf der Altmühl geplant. Und wie unsere weiteren Ermittlungen ergeben haben, nächtigt Hunkemöller natürlich nicht mit im Zeltlager, sein Diakon ist mit der nächtlichen Betreuung vor Ort beauftragt. Der Kleriker kehrt nach dem Abendessen in seine Dienstwohnung nach Eichstätt zurück, wie jedes Jahr, so die hinterlegten Kommentare zu den vergangenen Zeltlagern.«

Horst übernahm auf einen Wink von Gunda: »Und genau dort wollen sie vermutlich ihre Zielperson entführen. Es wird auch keine Befragung in Bullwicks Bungalow im Erlengrund geben, so die Auswertung der Gesprächsinhalte durch unsere Künstliche Intelligenz, diese Location ist ihnen wohl zu heiß geworden. Der Priester soll sofort dem Albach Silvator zugeführt werden. Kurzer Prozess sei angesagt, so die Worte von Dr. Hurler. Hurler ist der Kopf, der Macher, der Entscheidungsträger der Bande.«

Menzel sagte: »Schade, dass diese Burschen so vorsichtig geworden sind. Hurler als Strafverteidiger kennt sich aus mit den Möglichkeiten der Telekommunikationsüberwachung, aber vielleicht bricht ihnen diesmal ihre Künstliche Intelligenz das Genick. Zumindest führen uns die herausgefilterten Wortpassagen mit unseren Ermittlungen weiter. Wie wollen oder sollen wir nun verfahren?«

Schorsch sagte: »Wenn wir schon heute den Sack zumachen und alle fünf in Polizeigewahrsam nehmen, dann haben wir lediglich die Gesprächssequenzen der Künstlichen Intelligenz. Ich möchte den Fall wasserdicht haben, vielleicht finden sich auch noch Spuren von Blut oder menschlichen Anhaftungen auf dem Albach. Aber wir sollten diese kriminelle Vereinigung auf frischer Tat überraschen. Hunkemöller unterliegt einem besonderen Schutz, das MEK bewacht ihn rund um die Uhr. Wir sind daher gut vorbereitet auf deren Aktion, denn sie wollen ihren Priester lebendig, genauso wie die drei anderen Opfer. Wir müssen nicht abwarten, bis dieser Bertram Hunkemöller vor dem Albach Silvator steht. Sobald sich die Bande in Eichstätt positioniert hat und auf Hunkemöller zugeht, erfolgt der Zugriff. Anschließend werden wir alle Anwesen und Nebengelasse der Beschuldigten durchsuchen und diese beim Ermittlungsrichter vorführen. Bis dahin wissen wir auch, ob unsere Tatortgruppe Luminolspuren am Albach sichern konnte. Ich gehe aber davon aus.«

Dr. Menzel stimmte zu, und Schorsch fuhr fort: »Gut, dann machen wir uns gleich an die Einsatzplanung und erstellen eine ›Besondere Ablauforganisation‹. Aufgrund der vielen Einsatzabschnitte und Unterabschnitte werde ich Kriminaldirektor Schönbohm als Polizeiführer umgehend über das neue Lagebild in Kenntnis setzen. Der kann sich heute Abend schon mal in die PDV 100[*] einlesen.« Schorsch schmunzelte und ergänzte: »Dr. Menzel, da kommt jede Menge Arbeit auf uns zu.«

---

[*] Polizeidienstvorschrift (PDV) 100 »Führung und Einsatz der Polizei«

26. Kapitel

Samstag, 10. August 2019, 20.47 Uhr,
An der Kreuzleite 17.2, 85072 Eichstätt

Pfarrer Hunkemöller bewohnte eine schlichte Dienstwohnung in der hinteren Häuserzeile der Kreuzleite. Es war kurz vor 21.00 Uhr, als der Geistliche die Zufahrt zu seinem Haus erreichte und seinen Wagen auf dem für ihn reservierten Parkplatz abstellte. Rudi Mandlik hatte sich mit seinem Mercedes Sprinter in direkter Nähe des Parkplatzes positioniert. Die bereits am frühen Morgen installierten Überwachungskameras zeichneten jede Bewegung im Eingangs- und Zugangsbereich zu Pfarrer Hunkemöllers Wohnung auf. Das MEK hatte zudem die unmittelbar angrenzenden Nebenstraßen unter Kontrolle, sei es per Videoüberwachung oder durch Rudis Einsatz- und Observationskräfte.

Seit eineinhalb Stunden hatten sie einen graphitfarbenen Toyota Hilux sowie einen schwarzen Mercedes GLE 350 im Visier. Nach vorliegender Personenbeschreibung saß am Steuer des Toyotas Thomas Bezold, auf den auch ein solches Fahrzeug zugelassen war. Die auf den Toyota montierten Kennzeichen gehörten jedoch einem Halter namens Willibald Kirschner, wie die Beamten in ihrem System erkennen konnten. Kirschner, auf den ebenfalls ein graphitfarbener Hilux zugelassen war, wohnte in Barthelmesaurach und hatte seine Kennzeichen bereits am Montag als gestohlen gemeldet. Hinter dem Lenkrad des schwarzen Mercedes GLE, der neben dem Toyota stand, saß unverkennbar Dr. Magnus Hurler. Auch der Mercedes war mit Dublettenkennzeichen versehen. In diesem Fall mit dem Originalkennzeichen eines Vorführwagens der Marke Mercedes Benz GLE 350, der am Mittwoch von einem renommierten Wendelsteiner Mercedeshändler als gestohlen gemeldet worden war. Rudis Observationskräfte hatten auch Knut Bodemann und Gregor Deiß im Visier, die sich in unmittelbarer Nähe der Parkplätze zur Kreuzleite aufhielten und warteten. Sie standen in einer dunklen Ecke, sodass sie bei Vorbeikommenden keinen Verdacht erregten. Pommerenke saß auf einem Mäuerchen in ihrer Sichtweite und tat so, als würde er eine Zeitung lesen.

Schorsch, Horst und Gunda verfolgten die Lage im Sprinter ihres Kollegen Rudi, dessen Einsatzkräfte alle fünf Tatverdächtige im Blickwinkel hatten. Polizeiführer Schönbohm steuerte mit Hubsi und Waltraud die einzelnen Einsatzabschnitte vom Lagezentrum des PP Mittelfranken aus. An den jeweiligen Wohn- und Geschäftsadressen der Beschuldigten hatte man schon Kräfte der Kriminaltechnik sowie der Spurensicherung zusammengezogen. Alle warteten auf das »Go« des Polizeiführers.

Hunkemöller, den man am späten Nachmittag zu seiner eigenen Sicherheit verkabelt hatte, war bereit, die Anweisung von Rudis Leuten zu befolgen. Als Schorsch, Horst und Gunda ihn erstmalig besucht hatten und über den drohenden Überfall berichteten, war er zunächst damit beschäftigt gewesen, alle Anschuldigungen sexueller Übergriffe durch ihn als üble Verleumdungen hinzustellen. Dann aber war ihm der Ernst seiner Lage klar geworden und dass es in seinem ureigensten Interesse war, dass die Täter gefasst wurden. Jetzt folgte er den Anweisungen der Kriminaltechniker vor Ort brav wie ein Lamm.

Der Pfarrer öffnete die Fahrertüre seines weißen Golfs, stieg aus und begab sich zu dem nahe gelegenen Zugangsweg zur Kreuzleite, als er in der Dämmerung zwei männliche Personen auf sich zukommen sah. Obwohl er gewusst hatte, dass das passieren würde, zuckte er erschrocken zusammen. Das Auftauchen der beiden Tatverdächtigen war das Zeichen für Rudis Zugriffsteams. Zwei Einsatzkräfte, die sich in einem Ghillie-Anzug an der angrenzenden Buschgruppe positioniert hatten, sowie ein blauer Sprinter, der langsam von der Parkplatzeinfahrt zu den noch freien Parkplätzen rollte, sollten das Schicksal von Bodemann, Deiß und Herfried Pommerenke, der den beiden Komplizen folgte, besiegeln. Auf der nicht einsehbaren Seite des blauen Mercedes lief im Schritttempo die Zugriffstruppe des MEKs. Eine Knall- und Blendgranate zündete, und genau in diesem Moment starteten die MEKler den Zugriff. Die drei Tatverdächtigen hatten noch nicht realisiert, was sie so geblendet hatte, da waren sie schon am Boden abgelegt und gefesselt worden. Die Kollegen in den Ghillie-Anzügen sicherten das umliegende Terrain. Dr. Magnus Hurler und Thomas Bezold wurden parallel zum Einsatz mit der Granate durch weitere Einsatzkräfte aus ihren Fahrzeugen geholt, auf dem Boden abgelegt und ebenfalls mit Kabelbindern fixiert.

Kurz nach 21.00 Uhr war alles vorbei. Die Festgenommenen wurden sofort voneinander isoliert. Kurze Zeit später eröffneten Schorsch, Gunda und Horst jedem Einzelnen seinen Festnahmegrund und belehrten ihn über seine Rechte. Die Beschuldigten waren sichtlich geschockt, mit solch einer Festnahmeaktion hatte keiner von ihnen gerechnet. Alle fünf Tatverdächtigen bestanden sofort auf Hinzuziehung eines Rechtsbeistandes, was Schorsch ablehnte, indem er die Beschuldigten darauf hinwies, dass dies erst im Polizeigewahrsam möglich sein werde. Dort bestehe zudem die Möglichkeit, dass sie einem nahen Verwandten ihre vorläufige Festnahme mitteilen konnten.

Schönbohm war zufrieden, die Polizeiaktion war ohne Zwischenfälle verlaufen. Pfarrer Hunkemöller erholte sich langsam vom Schrecken, den der Zugriff auch ihm in die Glieder hatte fahren lassen. Er war nun still und schien nachdenklich. Ob der Grund war, dass er sinnierte, dass er genau jetzt auch auf dem Weg zum Häcksler hätte sein können, oder ob er an seine Verbrechen dachte, das war ihm nicht anzusehen.

Schönbohm, der alles über die Überwachungskameras und Bodykameras der Einsatzkräfte mitbekommen hatte, gab den Startschuss für die Durchsuchungsaktionen der Wohn- und Geschäftsadressen sowie der Räumlichkeiten und Nebengelasse der Tatverdächtigen.

Dr. Menzel, der von Schönbohm über das Einsatzgeschehen auf dem Laufenden gehalten wurde, war hocherfreut, denn das zusätzliche Beweismaterial sollte den Fall wasserdicht machen. So würde die Verurteilung der Täter durch das Landgericht Nürnberg-Fürth auch in der nächsthöheren Instanz ihre Bestandskraft halten.

Was noch fehlte, waren die Motive der Täter. Was hatte sie zu diesem gemeinschaftlichen Handeln bewegt, welche Rachegelüste schwelten in ihnen, und welche Rolle spielte der Bruder von Hurler, Moritz Landauer? All diese Fragen mussten noch beantwortet werden.

Für Horst, Gunda und Schorsch war der Einsatz noch nicht zu Ende. Noch in der Nacht sollte jeder der Beschuldigten zum Tatvorwurf der Tötungsdelikte zum Nachteil der Geistlichen Benedikt Fromm, Valentin Käberl sowie Martin Helmreich vernommen werden. Die K 11er hofften dabei auf den Überraschungseffekt, denn gerade in den ersten Stunden nach einer Festnahme hatte schon so mancher Beschuldigte Angaben zur Sache gemacht und den Grundsatz »Reden ist Silber – Schweigen ist Gold« über Bord geworfen. Ein Schachzug, den sich jeder Ermittler, egal in welchem Deliktsbereich er Straftaten verfolgte, zu eigen machte.

Aber die Beschuldigten waren clever. Nachdem ihnen ein

Telefonat zum Strafverteidigernotdienst gewährt wurde, machten alle fünf von ihrem Aussageverweigerungsrecht Gebrauch und beendeten den Tag nach ihrer erkennungsdienstlichen Behandlung durch den Kriminaldauerdienst im Polizeigewahrsam.

Sonntag, 11. August 2019, 07.14 Uhr, PP Mittelfranken, K 11

Schorschs Team hatte eine kurze Nacht hinter sich, als er früh am Morgen das Kommissariat erreichte und sich erst einmal einen Kaffee am Automaten besorgte. Die letzten Einsatzabschnitte hatten auch seinen Dienst erst gegen 02.00 Uhr zu Ende gehen lassen. Schönbohm, Hubsi und Waltraud hatten sich für eine Nacht im Polizeipräsidium entschieden und wurden nunmehr von Horst, Gunda und Schorsch auf ihren Feldbetten durch das Brühgeräusch des Jura-Vollautomaten aus ihrem Schlaf gerissen. Waltraud hatte sich engagiert ins Team eingefügt und nicht einmal die Nagelfeile ausgepackt, wie Hubsi nach dem Aufstehen anerkennend bemerkte. Die so Gelobte lachte und boxte Hubsi freundschaftlich gegen den Arm. Schorsch wunderte sich, sollte die faule Waltraud sich in eine ganz normale Kollegin wandeln?

Michael Wasserburgers KTU und Robert Schenks Tatortgruppe hatten eine Nachtschicht eingelegt. Michaels Truppe hatte sich sofort mit der Auswertung der sichergestellten Mobiltelefone und Laptops befasst. Robbi und sein Team hatten noch am Abend den Albach Silvator 2000 in der Nähe von Roth aufgespürt. Die Chemilumineszenz-Reaktion, die sie am Schneidwerkzeug und am Auswurfgebläse des Albach überprüften, ergab einen Treffer. Die bei der Prüfung ausgelöste Oxidation von Luminol durch Wasserstoffperoxid in

Gegenwart von Eisen machte eindeutig Blutanhaftungen sichtbar.

Ute Michel sicherte das Spurenmaterial. Würde dieses den Beweis erbringen, dass die drei verschollenen Priester mit dem Albach Silvator zerstückelt und vielleicht sogar bei lebendigem Leib umgebracht worden waren? Alleine die Vorstellung löste bei der Oberkommissarin ein Schaudern aus. Wie bestialisch Menschen miteinander umgehen konnten! Fakt war, dass die Blutanhaftungen so schnell wie möglich von der Rechtsmedizin untersucht werden mussten.

Schorsch und Horst, die noch mit ihrem ersten Kaffee in der Hand die KTU aufsuchten und die Asservate begutachteten, staunten nicht schlecht, als Michael eine Umlaufmappe öffnete und ihnen mehrere Screenshots seiner forensischen Auswertung präsentierte.

»Jetzt passt mal auf. Woher kennen wir ein solches Bildmaterial? Aus den zugespielten Videosequenzen von den Tribunalen mit den gefangenen Priestern. Diese Videos hat Dr. Hurler mit seinem Mobiltelefon gedreht, und nachdem er uns ein Video zugespielt hat, hat er es auf seinem Smartphone gelöscht. Aber wir haben ja X-Ways Forensics[*]. Mit diesem forensischen Ermittlungstool haben wir die Löschung seiner Handydaten wieder rückgängig gemacht. Schorsch, diese Software ist goldwert, aus dieser Nummer kommen Dr. Hurler und seine Mittäter nicht mehr raus. Aus die Maus, der Fall ist rund wie ein Ball.« Der Wissenschaftler zeigte ein frohes Lächeln und ergänzte: »Und auch die forensischen Auswertungen der sichergestellten Mobiltelefone von den anderen Beschuldigten sprechen für sich. Wir konnten auf allen fünf Handys einen Chatverlauf

---

[*] Software für forensische Untersuchung von EDV, Sicherung elektronischer Beweismittel, basierend auf WinHex

sichern, in dem sie die Aufgaben verteilen, und somit ist fast jeder Schritt bei jeder Tat einem von ihnen zuzuordnen. Hurler war derjenige, der das Sagen hatte, der die Abläufe der Taten bestimmte und koordinierte. Bezold hatte das Werkzeug, Bodemann war für den Raum der Tribunale und den Transport der Geschädigten verantwortlich. Deiß und Pommerenke, der ehemalige Theologe und der Pädagoge, waren vermutlich diejenigen, die den Opfern durch gezielte Befragungsmethoden ihre Geheimnisse zu entlocken versucht hatten. Konkret: Wer steckte hinter dem Conlegium Canisius? Ob ihnen dies gelungen ist, wissen wir nicht, denn darüber findet sich nichts in unseren Beweisen. Aber es könnte so gewesen sein.«

Schorsch und Horst nickten zustimmend, und Schorsch meinte: »Michael, was würden wir ohne Kriminaltechnik machen? Nichts, wir würden uns im Kreise drehen, denn bei der heutigen Fülle von Gegenbeweisanträgen vieler Verteidiger wären wir ohne euch viel häufiger zweiter Sieger. Eine ausgezeichnete Kriminaltechnik und Spurensicherung sind in den meisten Fällen das Zünglein an der Waage und leisten hervorragende Ermittlungsarbeit. Utes erfolgreiche Spurenanalyse und deine forensische Beweissicherung werden maßgeblich dazu beitragen, diese Kapitalverbrechen zu enträtseln.«

Horst, Gunda und Schorsch hatten sich bereits um 13.15 Uhr bei Dr. Menzel eingefunden, um die für 14.00 Uhr angeordnete Vorführung vor dem Haft- und Ermittlungsrichter zu besprechen. Nachdem ihnen die Ergebnisse der Kriminaltechnik und der Tatortgruppe vorlagen, musste die Vorführungsnote für den Haftrichter erstellt werden. Hier musste in kurzen Worten der hinreichende Tatverdacht erläutert werden, um sicherzustellen, dass für alle Festgenommenen die Untersuchungshaft durch den Ermittlungsrichter angeordnet wurde. Nur so konnte verhindert werden, dass die Tatverdächtigen versuchten, von außen Einfluss auf das Ermittlungsverfahren zu nehmen.

Dr. Menzel war zuversichtlich. Zu Recht, wie sie nach dem Termin wussten. Die zuständige Ermittlungsrichterin beim Amtsgericht konnte den hanebüchenen Ausführungen der fünf Verteidiger in keinem Punkt folgen. Die Beweislast war erdrückend, der hinreichende Tatverdacht wurde mit dem Erlass eines Haftbefehls bestätigt, was eine Verteilung der fünf Täter auf verschiedene Haftanstalten in Bayern nach sich zog.

Der Einsatz hatte nicht nur Spuren bei den Nürnberger Ermittlern hinterlassen, auch so manche Ehefrau oder Lebenspartnerin musste in dieser Phase zurückstecken und auf partnerschaftliche Zuwendung verzichten. Schorsch wusste, dass seine Rosanne immer zu ihm hielt, aber nach Abschluss einer so zeitintensiven Ermittlung war sie am Zug. An diesem Abend wollte er seinen Charme spielen lassen, seine liebesbedürftige Partnerin zu einem Essen ausführen und einen Abend ganz nach ihren Wünschen gestalten. Er schmunzelte in sich hinein, denn diese Pflicht würde ihm von vorne bis hinten ein großes Vergnügen sein.

Montag, 12. August 2019, 07.57 Uhr, PP Mittelfranken, K 11

Die neue Woche startete für Schorsch erst gegen acht Uhr, aus dem gemeinsamen Sonntagabend war ein früher Montagmorgen geworden. Schorsch und Rosanne hatten die laue Sommernacht genossen, nach einem köstlichen Abendmahl kamen in ihrem Liebesspiel auch wieder Schorschs Handschließen zum Einsatz. Rosanne entpuppte sich erneut als ein böses Mädchen, das leider von ihm gefesselt werden musste. Ihr sexy Outfit – Rosanne überraschte ihren Freund mit einem schwarzen, knappen Lederriemenoberteil – passte perfekt zur Rolle der verruchten Verführerin, die sie mit dunkler Stimme und großzügig eingesetztem Dirty Talk leidenschaftlich verkörperte. Rosanne sah, was Schorsch anheizte. Sie lockte ihn und stieß ihn wieder von sich, wofür er sie strafen musste, und so drehten sie sich in vielen Runden in sexueller Ekstase. Erst kurz vor halb drei fielen sie erschöpft in die Laken.

Horst hatte bereits um sieben Uhr seinen Dienst angetreten und studierte gerade den *Nürnberger Express*, als Schorsch mit einem »Grüß Gott« das Büro betrat.

Horst antwortete: »Guten Morgen, Schorsch, alles im grünen Bereich. Die Kriminaltechnik hat sich bereits gestern Nachmittag die sichergestellten Datenträger und Laptops vorgenommen. So wie es aussieht, ist der Fall felsenfest. Die Tatverdächtigen kennen sich seit knapp drei Jahren, sie haben sich in einer Selbsthilfegruppe kennengelernt, die Pfarrer Deiß gemeinsam mit dem Pädagogen Pommerenke ins Leben gerufen hat.«

»Anonyme Alkoholiker?«, warf Schorsch ein.

Horst schmunzelte und antwortete: »Nee, von denen war noch keiner im ›Trockendock‹. Die haben sich bei einem Informations- und Erfahrungsaustausch kennengelernt und sich über Monate hinweg gegenseitig emotional unterstützt und motiviert.«

»Also rück raus damit!«, forderte ihn Schorsch auf.

»Sexueller Missbrauch an Schutzbefohlenen und Kindern durch Kirchenvertreter«, antwortete Horst kurz und bündig.

»Das ist jetzt nicht dein Ernst! Hurler, Bezold und Bodemann waren Betroffene?«

»Ja, und vermutlich Deiß und Pommerenke ebenso. Es heißt ja Selbsthilfegruppe, weil Betroffene sich über ihre Erfahrungen austauschen und damit gegenseitig unterstützen. Vermutlich aus eigener Betroffenheit ist Deiß auch in der Seelsorge tätig und hat gemeinsam mit Pommerenke versucht, traumatisierten Menschen zu helfen. Das ist genauso wie bei den Anonymen Alkoholikern, die Selbsterfahrung zählt, um die Sucht schlussendlich bewältigen zu können. Sie geben somit ihre emotional gewonnenen Erlebnisse an die Gruppe weiter. Nur so findet man vielleicht den notwendigen Halt für einen Ausstieg aus der Sucht. Und in unserem Fall haben sich die Betroffenen ebenso über ihre Erfahrungen ausgetauscht. Jeder war Betroffener, hat Traumata erlitten und kam nicht darüber hinweg. Ich bin gespannt, was unsere Kriminaltechnik noch alles aufdeckt.«

»Interessant, sehr interessant. Was wäre, wenn sich die fünf gesucht und gefunden haben? Bestand diese Selbsthilfegruppe nur aus diesen fünf Personen oder gab es da noch mehr Teilnehmer?«

»Deiß und Pommerenke haben diese Selbsthilfegruppe 2013 ins Leben gerufen. Drei Jahre später, also 2016, sind dann Hurler, Bezold und Bodemann hinzugestoßen. Es gab andere Teilnehmer, aber diese fünf wurden der konstante Kern«, entgegnete Horst.

Schorsch überlegte laut. »Was wäre, wenn Deiß und Pommerenke sich Notizen gemacht haben? Vielleicht haben sie sich die Namen der ehemaligen Täter gemerkt und weiter recherchiert. Vielleicht war dafür ein EDV-Spezialist, wie Bodemann es ist, genau der, den man für Nachforschungen im Netz brauchte. Dann Dr. Hurler, ein renommierter Anwalt, der auch Einblicke in das Kirchenrecht hat und selbst als Betroffener seine traumatischen Erlebnisse zu verarbeiten versuchte. Und Thomas Bezold, der nebenbei als Lohnhäcksler tätig ist und ebenso wie alle anderen durch einen Kirchenvertreter traumatisiert war. Ein Mann mit den Gerätschaften, alles für immer verschwinden zu lassen.«

Horst nickte. »Ja, das könnte in der Tat ein schlüssiges Bild ergeben. Aber wie verknüpfen wir damit Hurlers Bruder, diesen Moritz Landauer? Der hat in jedem Fall etwas damit zu tun. Und wenn ich alleine an diesen königlichen Hochlehnstuhl denke, mit seinen Symbolen ›Waage der Wahrheit‹ und ›Schlüssel der Verschwiegenheit‹. Was ist, wenn Landauer seinem Bruder vertrauliche Informationen aus den Archiven der Schwarz-Mander-Kirche hat zukommen lassen? Wenn man es sich in dieser kriminellen Vereinigung zum Ziel machte, vergangene Taten von Klerikern, die seit Jahrzehnten von den Kirchenoberen unter den Tisch gekehrt wurden, mit dem Tode der Täter zu bestrafen, dann wäre das goldwert gewesen. Man hatte sich zum Ziel gesetzt, diese Täter im Collarhemd ausfindig zu machen, sie mit ihrer Vergangenheit zu konfrontieren, ihre vergessenen Taten im Rahmen einer Selbstjustiz zu rächen und die Täter selbst für immer verschwinden zu lassen.«

Schorsch übernahm wieder. »Dieser Moritz Landauer hat mit Sicherheit etwas damit zu tun. Ich gehe fest davon aus, dass er seinen Bruder unterstützt hat. Nur, wie können wir ihm das beweisen? Hoffnung besteht möglicherweise noch in den sichergestellten Unterlagen und Speichermedien. Aber die Ähnlichkeit mit den Hochlehnstühlen im Erlengrund und in Innsbruck ist unstrittig, der Stuhl bei uns stammt aus Österreich, da bin ich mir sicher. Und was ist mit den verschwundenen Priestern in Österreich? Was wäre, wenn sich dieser Moritz mit seinem Bruder Magnus abgesprochen hat und parallel ebenfalls überführte Kleriker hat verschwinden lassen?«

27. Kapitel

Dienstag, 10. Dezember 2019, 09.30 Uhr, Landgericht Nürnberg-Fürth, Fürther Str. 110, 90429 Nürnberg, Schwurgerichtssaal 600

Sechs Wochen später eröffnete die Vorsitzende Richterin Armborst die öffentliche Hauptverhandlung gegen die fünf Angeklagten Dr. Magnus Hurler, Knut Bodemann, Thomas Bezold, Gregor Deiß und Herfried Pommerenke. Der Schwurgerichtssaal 600 war bis auf den letzten Sitzplatz belegt. Neben einer Vielzahl von Presse- und Medienvertretern hatten sich auch einige Kirchenobere der Bistümer Eichstätt, München und Freising sowie Bamberg eingefunden.

Jeder der fünf Angeklagten machte auf Anraten seines Verteidigers keinerlei Angaben zu den erhobenen Tatvorwürfen. Dr. Menzel, als Vertreter der Anklage, hatte sich eine besondere Strategie und Verfahrenstaktik zurechtgelegt, die im Wesentlichen auf die forensische Auswertung der sichergestellten Beweismittel abzielte und dadurch die Verteidigungsstrategien der Anwälte ins Leere laufen ließ. So sah es auch die Vorsitzende Richterin, die bereits in der Beweisaufnahme zu erkennen gab, dass die Verteidigung aus ihrer Sicht den von Dr. Menzel erhobenen Anschuldigungen nichts entgegenzusetzen habe. Auch wenn vielleicht keine der jeweiligen Indizien für sich alleine zum Nachweis der gemeinschaftlichen Tat ausreichen würde, reichten sie in ihrer Vielzahl. Die Kammer kam bei der Gesamtwürdigung der vorliegenden Beweisketten zu der Überzeugung, dass besondere Grausamkeit als Mordmerkmal bei den fünf Angeklagten vorlag. Die besondere Grausamkeit äußerte sich nach strafrechtlicher Auffassung bei Mord dadurch, dass das Opfer weit größeren Schmerzen und Qualen ausgesetzt wurde, als es durch die eigentliche Tötung hätte erleiden müssen. So makaber es anmuten konnte, diese Einschätzung in die Würdigung der Tat mit einzubeziehen, wurde dies doch von der Kammer im vorliegenden Fall bejaht. Schließlich sah sie es auch als erwiesen an, dass die Grausamkeit der Taten auf eine menschenverachtende Haltung der Täter zurückzuführen sei. Gestützt wurde dies durch die Videoaufnahmen und den abgetrennten Daumen eines der Opfer.

Zwar war keine Leiche gefunden worden, aber aufgrund der gesicherten Luminol- und DNA-Spuren am Albach Silvator betrachtete die Richterin die vorliegenden Verbrechen als erwiesen. Das Urteil war klar, die Tötungsdelikte zum Nachteil von Benedikt Fromm, Martin Helmreich und Valentin Käberl waren gemeinschaftlich von den fünf Angeklagten geplant und begangen worden.

Auch die Einvernahme des Zeugen Ugur Coskun hinsichtlich der bei der Autoverwertung U.Cos-Autorecycling vorgefundenen Mercedesteile wurde bei der Gesamtbetrachtung mit einbezogen. Der Zeuge gab an, dass ihm von Thomas Bezold der grüne Mercedes Vito übergeben worden sei. Bezold habe darauf bestanden, dass Coskun das Fahrzeug einer besonderen Verwertung zuführen solle. Eine gezielte Ersatzteileverwertung sollte unterbleiben, so der Zeuge. Nachdem ihm Bezold das Fahrzeug übergeben hatte, entschied sich der Zeuge entgegen der getroffenen Vereinbarung. Coskun schlachtete das Fahrzeug aus, lediglich die nummerierte Fahrzeugkarosse landete in der Metallpresse. An der sichergestellten Rücksitzbank wurden sowohl daktyloskopische Spuren als auch Genmaterial der Geschädigten vorgefunden.

Dr. Menzel forderte in seinem Schlussplädoyer eine lebenslange Freiheitsstrafe für alle Angeklagten. Eine anschließende Sicherungsverwahrung legte er in die Urteilsfindung des Gerichts.

Montag, 16. Dezember 2019, 14.30 Uhr, Landgericht Nürnberg-Fürth, Fürther Str. 110, 90429 Nürnberg, Schwurgerichtssaal 600

Nachdem an den vier angesetzten Verhandlungstagen die Beweisaufnahme abgeschlossen war, verkündete die Vorsitzende Richterin am 16.12.2019 um 14.30 Uhr das Urteil gegen die Angeklagten.

Alle fünf wurden zu einer lebenslangen Freiheitsstrafe verurteilt. Die Vorsitzende Richterin, Alexandra Armborst, begründete ihr Urteil damit, dass aus den konkreten Tatumständen von den Verurteilten und deren Verhalten eine nicht unerhebliche Gefahr für Kirchenvertreter abzuleiten sei, die sich mutmaßlich eines sexuellen Missbrauchs strafbar gemacht hätten. Eine anschließende Sicherungsverwahrung schließe sie derzeit jedoch aus. Mehrere psychiatrische Gutachten stellten heraus, dass die Verurteilten durch den sexuellen Missbrauch traumatisiert waren. Sie hatten durch den Besuch einer Selbsthilfegruppe versucht, ihre Traumata zu verarbeiten. Dies gelang ihnen jedoch nicht. In der Gruppe war deshalb, so folgerte die Kammer, der gemeinschaftliche Beschluss gefasst worden, Selbstjustiz zu üben, um kirchliche Täter zur Verantwortung zu ziehen.

Rolf Müller vom *Nürnberger Express*, der jeden Tag als Prozessbeobachter der Verhandlung beiwohnte, hatte sich am Wochenende bereits die passende Schlagzeile ausgedacht:

Für immer verschollen – ein Albach Silvator 2000 leistete ganze Arbeit

Nürnberg: Die Mordserie an drei Geistlichen ist aufgeklärt, fünf traumatisierte ehemalige Missbrauchsopfer zu lebenslan-

ger Freiheitsstrafe verurteilt. Kirchliche Prozessbeobachter sprechen von einem gerechten Urteil ...

Auch die K 11er waren mit dem Strafmaß zufrieden. Es war auch in ihren Augen ein gerechtes Urteil. Die Grausamkeit der Taten wurde darin ebenso berücksichtigt wie die von den Tätern erlittenen Übergriffe in der Kindheit und ihre daraus erfolgten Traumatisierungen.

Es war ein Urteil, das in der Bevölkerung unterschiedlich aufgenommen wurde. Diejenigen, welche selbst großes Leid durch sexuellen Missbrauch erfahren hatten, konnten das Verhalten der Verurteilten teilweise verstehen, selbst wenn sie deren Taten nicht rechtfertigen wollten. Vielleicht waren es aber auch die jahrhundertealten Vertuschungen seitens der Kirchenoberen, die solche abscheulichen Morde an den kirchlichen Tätern von manchen mit einer gewissen Genugtuung gegenüber den geschädigten Missbrauchsopfern betrachten ließ.

Auch die Aufdeckung des Bestehens einer geheimen Bruderschaft, die sich über Jahrzehnte hinweg ihren Glauben zunutze machte, um ihre sexuellen Fantasien an Kindern und Schutzbefohlenen missbräuchlich ausleben zu können, entsetzte viele Beobachter, zumal weitere Details zu diesem Geheimbund nicht aufgedeckt werden konnten.

Auf der anderen Seite gab es strenggläubige Katholiken, die nicht aushalten konnten, ihr Bild vom stets makellosen Priester infrage zu stellen. Für sie war das Urteil noch viel zu milde, und sie trösteten sich mit dem Höllenfeuer, das auf die Täter warten würde.

Epilog 1

Das Jahr 2019 neigte sich dem Ende zu. Bereits im November hatten Schorsch und Rosanne mit Ben und Suzanne ein gemeinsames Reiseziel auserkoren. Zuerst ging es drei Tage in die Stadt, die niemals schläft. Das gemeinsame Weihnachtsshopping erbrachte nicht nur tolle Geschenke für jeden, für Rosanne und Suzanne war es zudem ein Erlebnis der besonderen Art. Am Times Square machten die beiden Mädels eine besondere Entdeckung, etwas, worüber sie noch in Jahrzehnten schmunzeln würde. Der »Naked Cowboy« wartete dort auf die beiden Girl aus Europe. Und Suzanne und Rosanne ließen es sich natürlich nicht nehmen, ein gemeinsames Foto mit dem leicht bekleideten US-amerikanischen Straßenmusiker aufzunehmen, der selbst bei strenger Kälte sein obligatorisches Outfit beibehielt. Am vierten Tag folgte um 18.00 Uhr das Boarding im Manhattan Cruise Terminal, Pier 88. Die atemberaubende Kulisse der Stadt zog alle Kreuzfahrer beim Auslaufen auf das Oberdeck. Untermalt von Alicia Keys' – »*New York Empire State of Mind* * konnten einige Reisende ihre Tränen nicht mehr zurückhalten, denn genau dieser Welthit, vermengt mit der nächtlichen Kulisse dieser mitunter schönsten Stadt der Welt, ließ Kreuzfahrerträume Wirklichkeit werden. Dann ging es mit der AIDAdiva entlang der Südostküste. Über Baltimore, South Carolina und Miami schipperte ihr Traumschiff über den Jahreswechsel vierzehn Tage in die Karibik.

---

* https://www.youtube.com/watch?v=oMX1sc3eOTE

Epilog 2

Jetzt im Herbst war es besonders schön in der Kaiserklamm. Die Herbstfärbung hatte bereits eingesetzt, und man dachte, der Indian Summer habe Einzug gehalten. Früh am Morgen, noch bevor die Dämmerung dem Wald neues Leben durch den Morgentau einhauchte, hatte er seinen letzten Weg beschritten, seinen Gang nach Canossa angetreten.

Mit seinem Gang in die von der Brandenberger Ache durchflossene Kaiserklamm war er am Ende seines irdischen Zieles angekommen, er war hier, um zu beichten und um Reue zu zeigen.

Im Karwendelgebirge waren die Wanderwege und Forststraßen für schwere Forstmaschinen wenig geeignet. Hier in der Alpenregion setzten die Berg- und Waldbauern auf das einfache Handling des »Vermeer BC 200«, der in diesem Gelände mühelos mit einem Pick-up von A nach B transportiert werden konnte. Die Brandenberger Ache, ein reißender Gebirgsbach, war nicht nur ein Eldorado für Kajakfahrer, auch Fliegenfischer konnten anhand ihres hervorragenden Fischbestands an Salmoniden ihrem Hobby frönen. Umgeben von kleinen Tälern und Schluchten bahnte sich die Ache ihren Weg durch die idyllische Bergwelt im Tiroler Land.

Es war kurz nach fünf Uhr, die Dämmerung setzte langsam ein, als sie den Hochauswurf, der das Häckselgut in hohem Bogen wegschleuderte, über das Gebirgsbächlein richteten. Hier an einer Engstelle der Brandenberger Ache stürzte das Wasser mit einer eindrucksvollen Geräuschkulisse in die Tiefe.

Wie in jeder Dämmerung, sei es abends beim letzten Büchsenlicht oder am frühen Morgen, war dies die Zeit der Jäger, die sich in den Stromschnellen ihr Frühstück suchten.

Ihre Jagd jedoch war leichter. Der Einschaltknopf der gelb lackierten Gerätschaft setzte den 57 PS starken Kubotamotor in Gang, der die auf dem Einzugstisch mit Kabelbindern fixierte Person zu den rotierenden Häckselmessern zog. Sekunden später war alles vorbei, nur für einen kleinen Augenblick färbten sich die Stromschnellen der Brandenberger Ache in einem unauffälligen Rot, die Fütterung der Raubfische und Salmoniden war beendet.

In sich gekehrt hatten sie ihren Auftrag erfüllt, ein weiterer Name wurde gestrichen, die blaue Liste peu à peu abgearbeitet.

Moritz blickte mit starrem Blick in den reißenden Bach, mit leiser Stimme gab er Gottfried Keller wieder

»Wandl ich in dem Morgentau

Durch die dufterfüllte Au,
Muß ich schämen mich so sehr
Vor den Blümlein ringsumher!

Täublein auf dem Kirchendach,
Fischlein in dem Mühlenbach
Und das Schlänglein still im Kraut,
Alles fühlt und nennt sich Braut.

Apfelblüt im lichten Schein
Dünkt sich stolz ein Mütterlein;
Freudig stirbt so früh im Jahr
Schon das Papillonenpaar.

Gott, was hab ich denn getan,
Daß ich ohne Lenzgespan,
Ohne einen süßen Kuß
Ungeliebet sterben muß?«

»Halleluja« – »Nolite Timere«

«*Es ist vollbracht!«

---

* https://www.katholisch.de/aktuelles/themenseiten/der-fall-pell-kardinal-unter-missbrauchsverdacht

Danksagung

Dies war ein Kriminalroman gespickt mit Spannung & Erotik.

Wenn Ihnen meine Geschichte gefallen hat, dann würde ich mich über eine Bewertung und Weiterempfehlung sehr freuen. Denn Schorsch Bachmeyer kommt wieder!

Bis dahin ein herzliches »Servus vom Schorsch«

Mein besonderer Dank geht an »Lady Rosewood«, die es versteht, mit wenigen Worten einen Kriminalfall auch mit erotischer Vielfalt auszugestalten. Mehr darüber unter: www.lady-rosewood.de.

Großmutters Rezept

Alles, was er dazu benötigte, waren eine große Zwiebel, fünf zerstoßene Wacholderbeeren, schwarzer Pfeffer, zwei Esslöffel scharfer Bautzner Senf und vierzig Milliliter Essig, der den Boden des Tupperbehältnisses abdecken sollte. Zuerst hatte er die ausgelösten Rehsteaks mit dem Senf eingerieben und sie anschließend gepfeffert. Mit den zerdrückten Wacholderbeeren und den klein gehackten Zwiebeln hatte er dann die Steaks in der Frischhaltebox abgedeckt. Abweichend von Omas Rezept hatte Schorsch das Grillgut abschließend mit einem dünnflüssigen, dunkelbraunen, aromatischen Extrakt, das am 28. August 1837 von der Grafschaft Worcestershire aus seinen Siegeszug in die Küchen der Welt gestartet hatte, beträufelt. Um jedoch nicht allzu sehr von dem Geheimrezept seiner Großmutter abzuweichen, hatte Schorsch diesen Extrakt mit vierzig Milliliter der Worcestersauce Dresdner Art abgerundet. Jeden Abend hatte er die geschlossene Tupperbox aus dem Kühlschrank genommen und sie kurz kräftig durchgeschüttelt. So war gewährleistet, dass sich die Aromastoffe von Omas Rezept rundum über das Wildbret verteilten. Und Omas Geheimtipp eignete sich nicht nur für Wildspezialitäten, Schorsch und Rosanne waren von diesem Rezept so angetan, dass sie jegliches Grillgut in diese Marinade einlegten.

Glossar

- *AFIS-Datenbank* = Ein Automatisiertes Fingerabdruckidentifizierungssystem der Polizei
- *BAO* = *Besondere Ablauforganisation*
  (Eine »Besondere Aufbauorganisation« wird errichtet, wenn eine Lage durch die Allgemeine Aufbauorganisation der Polizei entweder wegen erhöhten Kräftebedarfs, wegen der erforderlichen Einsatzdauer oder wegen der notwendigen einheitlichen Führung (etwa bei verschiedenen Zuständigkeiten) nicht bewältigt werden kann. (Quelle PDV 100)
- *Brodwürschd* = fränkische Bratwürste oder auch Bauernseufzer genannt
- *Dregsagg* = der Drecksack
- *EMA-Abfrage* = Auskunftsersuchen Einwohnermelderegister
- *Erschd amol a bräsdla* = ein Prosit der Gemütlichkeit
- *Feuchter Kehricht* = Hausabfall (sprichwörtlich) = es geht dir nichts an
- *Laid, dou lach iiech ja wieh a hads Weggla«* = Etwas in Abrede stellen
- *PDV 100* = Polizeidienstvorschrift 100 (Einsatzlehre)
- *Pratze* = große Pfote/große Hand
- *Schäuferle/Schäuferla* = fränkische Bratenspezialität = Schulterstück vom Schwein
- *Schlapphüte* = Geheimdienstmitarbeiter Bundesnachrichtendienst und Verfassungsschutz
- *Stadtwurst* = fränkische Wurstspezialität mit Majoran
- *Vermeer BC 200* = mobiler Baumhäcksler

es begleitet mich noch heute

Lesen Sie auch…

Band I

Lesen Sie auch...

Band II

Lesen Sie auch…

Band III

Lesen Sie auch…

Band IV

Lesen Sie auch…

Band V

www.dadord-frangn.com